한국문학과 개인성

**지은이** **박숙자**(朴淑子, Park, Suk-ja)는 1970년에 태어나 인하대학교 국어교육과와 서강대학교 대학원을 졸업했다. 1996년 「1930년대 모더니즘 소설 연구」로 석사학위를, 2005년 「근대문학에 나타난 개인의 형성 과정 연구」로 박사학위를 받았다. 석사논문은 『민족문학사연구』가 지정한 '추천석사논문'으로 선정되었으며, 박사논문은 학술진흥재단에서 지원하는 출판과제로 지정되었다. 이밖에 「근대문학의 형성과 감정론」으로 한국어문교육연구회가 수여하는 2007년 '어문논문상'을 수상했다. 현재 서강대 인하대 · 한신대 등에서 강의하고 있으며, 지은 책으로는 『환상성』(공역), 『여성의 몸』(공저)과 『한국문학과 모성성』(공저) 등이 있다. 소논문으로는 「조선적 감정이라는 역설」, 「1920년대 아동의 재현 양상 연구」 등이 있다.

# 한국문학과 개인성

2008년 4월 20일 1판 1쇄 인쇄
2008년 4월 25일 1판 1쇄 발행

지은이 _ 박숙자
펴낸이 _ 박성모
펴낸곳 _ 소명출판
등록 _ 제13-522호
주소 _ 137-878 서울시 서초구 서초동 1621-18 (란빌딩 1층)
대표전화 _ (02) 585-7840
팩시밀리 _ (02) 585-7848

somyong@korea.com | www.somyong.co.kr
ⓒ 2008, 박숙자
값 18,000원
ISBN 978-89-5626-304-5 93810

이 저서는 2006년 정부(교육인적자원부)의 재원으로 한국학술진흥재단의 지원을 받아 수행된 연구임(KRF-2006-814-A00068)

# 한국문학과 개인성

*Korean Modern Literature and Individuality*

박숙자

소명출판

이 책의 제목은 '한국문학과 개인성'이다. '개인성'이 '한국문학'과 나란히 놓일 수 있을지 고민했다. 이러한 의문에도, 개인성이 한국문학의 내·외부를 횡단하며 문학의 변화와 생성을 추동으로 있다는 사실에 의미를 두었다. 이 역시도 어쩌면 '나'라는 '개인'이 붙잡은 진실일지 모르나, 문학은 늘 '개인'으로부터 시작하여 또다른 '개인들'과 만날 준비를 하지 않는가 싶다. 문학은 '개인'의 것인 동시에 '개인들'의 것이다. 그리고 이 속에 시대의 궁핍함을 월경하는 '개인성'이 있다.

근대의 개인들은 자신의 기원을 찾기 위해 부단히 애쓴다. '본원적인 자기' 얼굴을 찾기 위해 각종 주술에 기대거나 또는 여러 질문지에 답하거나 한다. 이들은 지금의 삶을 의미 없는 것으로 만든 후 자기의 본래적 얼굴이 있을 거라고 가정한다. 그러나 이렇게 삶을 해석하는 그 속에 '개인'의 삶이 옹송그리고 있다. '본원적인 자기'에 대한 물음이 숨가쁘게 추동되는 것은 고려되어야 한다. 오히려 지금의 삶 속에서 '개인'이 '무엇'이고, 무엇이어야 하는지 물어야 할 것이다. 이 책은 이러한 개인들의 기록이다. 근대의 마을 곳곳에서 '광장'을 발견하고 있는 정치적 개인과, '앎'을 붙잡고 '해석'하는 자로 등장한 계몽적 개인, 그리고 사적영역에서 진정성을 부르짖는 감정적 개인과, 도시 시장 속에서 욕망의 시선으로 나타난 취향의 개인 등 이들은 너나할 것 없이 한 국문학 속의 '개인들'이다. 이들은 저마다의 방식으로 '광장', '학교', '골방', '도시거리'에서 당대의 시대성을 읽어내고 있다. 그러면서 동시에 서로 다른 방식으로 공존하며 근대의 '얼굴'임을 자임하고 있다.

이 책은 박사논문 「근대문학에 나타난 개인의 형성 과정 연구」를 토대로 재구성되었다. 박사논문이 개인을 '형성'의 관점에서 분석하고 있다면, 이 책에서는 '차이'의 관점에서 분석했다. 그래서 하나의 정체성으로 설명되는 기원의 '개인'이 아니라, 서로 다른 '개인성'을 가진 '개인들'로 재구했다. '정치'와 '지식' 그리고 '감정'과 '취향'의 인간은 각각의 서로 다른 개인성이다. 이것들은 상징적 질서의 내면화인 동시에, 우연적인 방식으로 구성되거나 선취된 결과이다.

제3부의 '근대문학과 개인'은 근대 '내부'에서 '개인성'을 탐색하는 '개인들'의 이야기이다. 제1장에서는 토론의 민주적 형식 속에서 '공중적 개인'과 '광장'이 탄생하는 과정, 그리고 이 속에서 광장의 개인들이 비분강개의 집단적 감정을 공유하면서 '민족적 개인'으로 변화되는 과정을 살펴보았다. 제2장에서는 앎의 개인이 이분법적 기준을 통해 개인을 구분하고 위계화하는 풍경, 또 '투명한 언어'에 집중하며 개인들의 내면을 단일한 코드로 해석하며 동일시하는 것, 이를 통해 역사에 대한 긍정이 제도 안으로 포섭되는 과정을 살펴보았다. 제3장에서는 개인의 신체에 내장된 억압된 감정들이 표출되면서 사적 개인을 산출하나, 각각의 개인들이 배타적인 형태로 자기 세계를 구성하면서 각각 다르게 경험된 현실들을 어떻게 공유할 것인가 하는 문제가 남겨지는 과정을 살펴보았다. 결국 개인은 결국 세계와의 소통불가능성을 야기하게 되었고, 결과적으로 '개인을 위한 개인'으로 남게 되었다. 제4장에서는 자본

주의적 대중문화 속에서 개인／세계, 내면／외면의 자리가 지속적인 자리바꿈을 통해 그 경계를 지워나가게 되는 혼성적 개인을 살펴보았다. 이 세계 속에서 개인은 세계를 재현할 뿐만 아니라 재현된 세계의 일부로 드러나며, 내면은 표면의 일부이자 '징후'로 상상된다. 이를 통해 개인은 '기원(발생)'에 대한 집착을 일부 포기하면서 잡종적인 상황에서 다양한 '취향'으로 자신을 구성하게 되나 진실의 기호를 쾌락의 기호로 바꿔놓는 방식으로 한정된다.

제4부에서는 근대 '외부'에서 개인성을 구성하는 개인들을 살펴보았다. 제1장에서는 관계지향적인 집합적 개인성을 살펴보았다. 이것은 여성적 커뮤니티 속에서 구성되는 개인성인데, 이 속에서 개인성은 한 개인의 특질이 아니라 커뮤니티가 생산하는 개인다움의 특질로 나타난다. 제2장에서는 박제화된 신체성을 낯설게 바라보는 이상의 작품을 살펴보았다. 『날개』의 인물은 근대의 '어른'도 '어린이'도 아닌, 근대 이전의 '아해'이며 이 아해들의 유희성은 노동／놀이의 경계를 넘나들며 다형적 개인성을 산출한다. 개인의 신체에서 발원하는 무한 생성의 유희 안에 개인이 무엇일 수 있는지 보여준다. 이를 통해, 근대를 넘어서는 개인이 무엇이고 무엇이어야 하는지 일별해 보았다.

제5부에서는 근대 시기 새롭게 출현한 개인의 기호들을 살펴보았다. 여기에 실린 논문들이 이미 다른 학회지나 잡지에 실렸던 논문이다. 제1장에서는 근대적 개인이 '아동' 표상을 자기−초월, 자기−부정의 계기로 사용하는 풍경을 다루었다. 제2장에서는 감수성이 풍부한 '소녀' 표상의 담론화 과정을 살펴보았다. 지금도 그러하지만 근대 '소녀'는 '홍조'나, '감수성' 등 신체성의 표지로 상징되나 이같은 신체성의 표지가 허구적으로 담론화되면서 타자화된다. 마지막 장에서는 '구여성／신여성'이라는 자명한 이분법을 문제시하며 '어머니'가 신여성의 무의식

의 닿임을 드러내고 있다.

글자와 글자가 만나면서 '문학'은 하나의 정체성을 만들어 간다. 이 정체성은 단일하지 않으며 서로 다른 세계를 꿈꾼다. 그래서 저자가 하나의 이야기로 몰아가는 것이 내심 반갑지 않을 것 같다. '문 / 학'에서 '문(文)'과 '학(學)'의 관계 또한 너무 오랫동안 변하지 않은 관계를 유지해 왔다. 이들은 다른 만남을 통해 변신해야 한다. 글자는 이야기와 만나야 하고, '학(學)'은 또다른 '학(學)'들과 만나야 할 것이다. 그러했을 때 '문 / 학'의 개인성 또한 갱신될 수 있을 것이다. 그런 의미에서 나의 공부가 언젠가 다른 사람들에게 '이야기'가 되기를 바란다.

한국학술진흥재단에서 박사논문 출판과제로 선정되면서 출판 기회를 얻었다. 박사논문을 다시 보면서, 한동안 고마움과 부끄러움으로 먹먹했다. 여러 선생님의 말씀이 그대로 논문의 뼈대를 만들고 있으며, 고개를 들 수 없을 정도로 부끄러운 논의들이 나의 한계로 고스란히 남아있다. 그리고 논문을 쓰는 동안 엄마의 책상 높이를 넘어, 훌쩍 커 버린 아이들의 생활이 깊이 아로새겨 있다. 나에게, 공부는 삶과 대화하며 교섭하는 통로이다. 그래서 삶에 대한 고민이 그대로 아로새겨 있다. '나'가 무엇이고 무엇이어야 하는지 하는 회의와 불안, 그리고 세계 속에서 개인이 무엇이어야 하는지 하는 관심 속에 이 책이 시작되었다.

비록 이 책이 온전히 내 것인양 출판되지만, 사실 박사논문의 길목마다 여러 선생님들의 시선이 담겨 있다. 이 책이 나오기까지 아낌없는 격려와 가르침을 주신 김경수 선생님과 석·박사과정 내내 지도해 주신 이재선 선생님, 그리고 논문심사 기간 동안 여러 가지 조언으로 도움을 주신 최시한·김승희·이상란 선생님께 깊이 감사드린다. 또한 여기까지 오게 이끌어 주신 학부 때 스승인 윤영천·최원식·문무영 선생님과 늘 격려를 아끼지 않으시는 이명수 선생님, 그리고 박사논문 출판을 흔쾌히 수락해 준 소명출판의 박성모 선생님께도 깊이 감사드린다. 그리고 같이 공부하며 지적과 배려를 아끼지 않았던 동학들, 특히 공부하는 기간 내내 같이 했던 한국여성연구소 문학분과 선배들께 감사드린다. 그리고 공부하는 아내를 묵묵히 지켜봐 준 남편과 늘 좋은 친구가 되어 주는 아이들, 그리고 여전히 공부하는 딸을 안타깝게 지켜봐 주시는 부모님께 이 책이 작은 기쁨이 되었으면 하는 바람이다. 이들로부터 이 책이 나왔다.

2008년 봄
박숙자

# ● 차례 ●

# 제1부
## '개인'이라는 문제 설정

# 1. 근대의 얼굴, '개인'의 환상

'개인'은 근대의 얼굴이다. 근대는 자유로운 개인들의 이합집산을 보장하는 만국공법의 신질서이며, 봉건적 질서를 넘어서기 위한 대안적 개념이다. 이 근대 기획의 중심에 '개인'(Individual)이 놓여있다. 개인은 '인종, 민족, 정당, 가족 혹은 결사, 그 무엇에도 개의치 않는' 어느 것에도 환원되지 않는 자아[1]로서, '특수한 정치적 정체성에서 자유로운',[2] 더 이상 분리되지 않은 '자율성과 독립성'[3]을 가진 개체이다. 근대 세계에서 개인은 외부의 것과 우연히 관련될 뿐 그 무엇과도 본질적으로 관련이 없는 경험과 의지의 중심이다. 이 개인은 개인의 신체를 포함한 외부의 모든 것과 구별되는 사고와 경험의 장이다.[4] 그러나 이 같은 개인은 전근대의 질서가 포착한 근대의 얼굴로서, 근대의 환상일 뿐이다.[5]

'개인'은 자족적으로 존재할 수 있는 개체이지만, 이 개체의 자족성은 명사형으로 주어진 '개념'이나 '내포'의 방식을 통해서가 아니라 이

---

1) 이안 와트, 이시연·강유나 역, 『근대 개인주의 신화』, 문학동네, 2004, 181면.
2) 낸시 암스트롱은 루소의 논의를 인용하며, 근대에 '특수한 정치적 정체성에서 자유로운' 개인을 만들기 위해 정보를 엄격히 통제하고, 개별적인 토대에 기반한 '개인'을 양성하는 것이 필요했다고 말한다(Nancy Armstrong, *Desire and domestic fiction : a political history of the novel*, New York : Oxford University Press, 1987, pp.98~99).
3) 레이몬드 윌리엄스와 알랭 로랑은 개인을 일러 '분리할 수 없고 서로 환원되지 않으며 실제로 홀로 느끼고 행동하며 생각하는 인간'으로 정의한다. 이를 통해 '개인'을 정의하는 중요한 내포로 '자율적 능력과 독립적 자질'을 꼽는다(Raymond Williams, *Keywords*, New York : Oxford University Press, 1976, 165면; 알랭 로랑, 『개인주의의 역사』, 김용민 역, 한길사, 2001, 11면).
4) 찰스 귀논, 강혜원 역, 『진정성에 대하여』, 동문선, 2005, 142~143면.
5) 데카르트 이후 생각하는 '나'가 '자아'로 전유되었다. '자아'는 지속적이며 동일한 개인의 본질적 부분이다. 개인이 '자아'와 동질적인 부분으로 이해되는 맥락도 있지만, '개인'을 개체의 다양한 표상이 드러날 수 있는 장소로 이해하고 있기 때문에, 이 글에서는 '자아'라는 용어를 가급적 사용하지 않으려고 한다.

개체가 다른 개체들과 조우하고 결합하며 관계 맺는 방식을 통해서 구해져야 한다. 그리고 이 '관계'는 실체로 고정될 수 없는 가변성을 잠재한 관계로서, 지속적이며 개방적인 시간의 흐름 속에서 구해질 수 있을 것이다. 그러므로 개인의 정체성은 다른 개인들과 맺는 관계의 양상을 통해 말해야 하는, 그 자체로 세계를 배제한 채 자족적인 선언이나 과거지향적인 탐색을 통해 구할 수 있는 고정불변의 것이 아니다. '개인과 세계' 혹은 '개인과 사회'라는 익숙한 언어의 형식도 이 같은 관점에서 생각해 보아야 한다. 개인 / 세계라는 언어의 형식이 전제하는 것은 '개인'과 '세계'가 분리될 수 있으며, 각각 독립적으로 존재하는 것처럼 오인될 여지가 있다. 비록 이들 간의 '관계'가 고려되더라도 배제나 포섭의 국면에서 자유롭지 못하다. 혹 때때로, 개인과 세계의 관계에 주목하는 논의가 있다 하더라도 이 둘 간의 '관계'가 '전체화'나 '소외'의 이름으로 전유될 뿐이다.

　이 연구에서 개인을 묻는 방식은 '누구'에 집중하는 대신 '무엇'에 주목하는 방식이다. 근대문학에서 '개인'은 자명한 전제나 목적처럼 여겨졌지만, 이것이 심도 있게 다루어지지 못한 이유는 '개인'을 묻는 방식과 관련돼 있다. 그동안 '개인'은 '누구'의 표상에만 집중해 왔다. 그래서 근대문학의 중요한 전제인 '개인'은 '인물'론으로 협소화되었다. 개인이 '누구'인지 묻게 되면 개인의 표상이나 균질적인 주체의 이름만을 건져 올리게 될 뿐, '개인'에 대해서는 아무것도 말하지 않게 된다. 예를 들어, 『무정』에서 개인이 누구인가라고 묻게 되면 '형식'이라는 주인공을 끄집어 내지만, 개인이 '무엇인지' 묻게 되면 한 인물 안에서 길항하는 여러 이질적인 가치들 가운데 '무엇'이 내부적 동력으로 특정 '개인'을 구성하는지 묻게 될 것이다. 그러므로 이 개인은 고정된 이름이 아니라 맥락적으로 구성되는 '관계'의 특이성으로 말해야 한다.

　그러므로 '나란 누구인가' 하는 물음을 던지며, 본원적인 '나'를 탐색하는 일은 외부 세계와 독립적으로 존재하는 불변의 '나'를 찾으려는 미망이다. 개인의 정체성은 어느 순간의 깨달음과 각성으로 생기지 않는다. 개인은 세계의 일부인 동시에 또 다른 세계의 개인성을 무의식적으로 선취하고 있는 개체이며, 그런 만큼 세계와 다각적으로 관계를 맺고 상호 주관적으로 구성되는 존재이다. 그러므로 근대적 개인의 실존적 위기 양상으로 불안을 얘기하는 것도[6] 실은 내면과 외면의 엄격한 분리가 자초한 개인의 유동성의 발산일 뿐이지 그 자체로 부정적인 기표는 아니다. 근대적 개인의 유동성과 불안은 관계 속에 놓인 '개인'의 본래적 양상이다. 이것은 부정적인 것도 그렇다고 긍정적인 것도 아닌, 이런 가치 판단 너머에 있다.

근대 초기, '개인'은 근대 초기 민족국가 논의와 함께 목적론적 지향으로 말해진다. '개인'의 사상이 민족국가를 건설하는 매개가 된다는 기대가 보편적으로 공유되었다. 즉 근대 초기 '개인'의 사상은 그것이 근대성의 이념을 담아내는 지향이자 결정체였다. 신분에 예속되지 않는 '자율성', 이는 전근대의 세계를 폐기하고 근대의 세계로 유유히 나갈 수 있는 알리바이로서, 근대 전환기에 역사적 개인에게 주어진 명분이자 당위였다. 그러나 근대 역사 전체를 통틀어 이 같은 인간상을 보편적 개인의 형상으로 설명하기는 힘들어 보인다. 엄밀히 말해, 이 '개인'은 근대를 관통할 수 있는 역사적 인간상일 뿐이다.

그러므로 개인의 문제를 논할 때 있다 / 없다의 문제로 얘기하는 것은 부적절하다. 그간 한국에서 '민족주의'가 개인성을 잠식하는 주권자 역할을 했다고 평가하며, 민족주의의 위력 속에서 개인성이 발휘될 여지가 없었다고 평가하기도 했는데, 민족주의 비전 하에서 개인이 균질화된 개체들로 드러날 수 있으나, 이 균질화된 집합을 넘어서는 개인성 역시 시기 시기마다 중요한 징후로 드러나고 있는 것 또한 분명하다. 일례로, 근대 초기 '個'라는 보편의 감각을 발견하고 공론의 장에 몰입

---

6) 프랑코 모레티, 성은애 역, 『세상의 이치』, 문학동네, 2005, 27~31면.

해 간 개인들의 공화주의라는 꿈, 이것이 비록 국권피탈의 위협 속에서 '국민'이라는 집합적 표상으로 전유되었지만, '영은문'에 새겨진 중국이라는 과거의 기표를 몰수하고 대신 그것에서부터 자유을 선언하는 '독립'의 기표를 새겨넣은 것은 시공간을 새롭게 배치한 개인들의 사건이다.7) 이 새로운 시공간의 감각 아래 새로운 개인성이 발산되고 있다. 그리고 이 집합적 신체가 '個'를 단위로 공동의 네트워크를 형성하고 있다는 사실, 여기에서 '個'는 공동의 감각과 동시에 발생된다. 이 '느낌'은 새롭게 배치된 '개인'의 사회적 기반이다.8)

그러나 이 과정에서 드러난 '個'의 감각은 국민의 표상으로 전유되는 동시에 억압되었다. 그런데도 자율적 개체들이 자유로운 관계를 통해 사고될 수 있는 것, '공화국'에 대한 갈망은 억압되었을 한국적 근대의 신체의 일부로 남아있다고 가정할 수 있다. 자유로운 개인들이 유영하듯 사회를 만들고, 그 안에서 권력의 지분을 분배함으로써 수평적인 관계를 산출할 수 있는 가능성은 여전하다고 말할 수 있다.

그뿐인가. 1910년 '청년'의 표상 아래서도 또 다른 이름의 개인성이 출현하고 있다. 비루한 식민의 세계를 '지식'의 비전을 통해 소유한 자들의 개인성이다. '지식'이란, 세계와 개인을 이분법적으로 구획하며 세계의 물질성을 휘발시킨 채 관념적인 상상을 가동시킬 수 있는 매개이다. 그래서 식민의 세계를 낙관하고 개척할 수 있는 의지를 드러내지만, 이들의 지식이 세계의 물질성을 일거에 휘발시키는 학교라는 제도 안에서 생산되고 있다는 사실을 염두에 두어야 한다. 이를 통해 이들이

---

7) 리디아 리우는 근대시기 중국문학을 식민 지배−피식민 저항이라는 도식으로만 설명하는 것은 문제가 있다고 말한다. 그래서 그는 이를 '통언어적 실천(translingual practice)'으로서 다루는 '번역'에 집중한다. 이는 언어를 '투명한 매개'로 보지 않고, 현실을 상상적으로 구성(imaginary / imaginative construction)하는 능력에 비중을 두는 것이다(Lydia H. Liu, *Translingual Practice −literature, National Culture, and Translated Modernity China 1900∼1937*, Stanford Univ Press, 1995, pp.xv∼xx).

8) 베네딕트 앤더슨, 『상상의 공동체』, 윤형숙 역, 나남, 2002, 23∼27면 참조.

간취한 내면조차 투명한 세계의 '창'으로 균질화되었다. 또 이밖에도 사적 '감정'을 통해 개인의 신체를 일깨우는 개인성의 출현도 목도할 수 있다. 비록 이것이 배타적인 개인의 지위를 통해 개인성조차 내부 지향으로 억압되면서 그 힘을 잃고 말았지만, 개인의 과잉된 '감정'을 통해 개인성이 일깨워지는 것 또한 분명하게 포착할 수 있다. 그 외에도 개인의 진정성이 통용되지 않던 시점에서, 혼성적 정체성이 다중의 감각으로 자리잡는 '취향'의 문제를 생각해 볼 수 있다. 개인성의 형식으로서 출현된 '취향'은, 후에 계급적 지표의 효과로 드러나게 되지만 이것이 개인에게 들씌워져 있던 '민족'의 기표를 박탈하고 이를 선택의 문제로 재배치하게 되는 것도 주목할 지점이다. 이뿐만 아니라 그동안 근대문학 안에서 '개인'을 설명할 때 중요한 기표로 다루어지던 '내면' 또한 개인과 세계의 양상에 따라 달라진다. 어떤 경우에는 '외부'의 자극을 반사하는 '내부'로 상상되기도 하고, 또 다른 경우에는 개인을 나누는 분류의 기준이 되기도 하며 또 다른 경우에는 '참'의 가치가 실현되는 고립무원의 지평처럼 보이기도 한다. 소비 자본주의 문화 속에서는 내면과 표면이 지속적인 자리바꿈을 하며 '징후'로서 나타나기도 한다.

 이 글의 대상 시기는 '개인'의 기표가 수용되는 1900년대부터 1920년대 후반까지이다. 그러나 이 연구에서 시기는 부차적인 문제이다. 개인들은 이 시기에 출현하고 있지만, 또 다른 상황에서 반복적인 양상을 띠며 출현할 수 있는 개인이기도 하다. 다만, 이 연구에서는 1920년대 후반까지로 한정하면서 개인의 양상을 짚어보려고 했다. 또 1930년대의 경우에는 제4부 제2장에서 짧게 서술하고 있다. 1930년대는 개인을 벗어난 '비-개인'의 문제가 출현한다고 가정해 보았다. 이상의 문학작품을 분석하면서, 근대를 초극하는 '비-개인'의 양상이 드러난다고 보았다. 여기에서 '비-개인'은 개인의 지위까지 반납한 개인의 또 다른 이름이다

 대상텍스트는 '근대문학'이다. 언어로 환원되지 않은 독립적인 개인

을 상정하는 것은 이 논의 밖의 문제이다. 이 연구에서 '개인'은 사유이전에 존재하는 언어의 산물이 아니기 때문에, '문학'은 늘 유효한 텍스트다. 문학은 개인이 세계를 객관화한 결과가 아니라, 개인과 세계가 상호 주관적인 방식으로 습합된 결과이다. 그러므로 개인이 세계를 객관화하려고 할 때, '문학'은 '관계'가 새겨지는 텍스트가 될 것이다. 즉 근대문학은 단지 '언어의 산물'일 뿐만 아니라 상상적인 형태로 재구해내는 '제도'9)이며 동시에 개인들의 지향하는 가치가 중층적으로 실현되는 장소이다. 또한 객관적이고 실증적인 담론들이 지니지 못하는, 일상사의 미세한 징후들과 양상들이 서로 교직하는 근대 무의식의 저장소이기도 하다. 문학이 '문학'이고자 주장하는 시기에 이 같은 대립적인 관념들은 '근대문학'을 둘러싸고 충돌하고 대립한다.

요컨대, 이 연구에서 '개인'은 확고한 자기를 가정하는 근대문학의 인물도, 그렇다고 역사의 실체도 아니다. 오히려 본질적 개인, 유일한 '개인'이라는 가정이 세계와 유리되어 개체화되는 양상을 부추기는 듯 보인다. 이 연구에서는 특정한 역사적 상황에서 또 다른 세계를 형성할 수 있는 '개인성'10)이 어떻게 발산되는지, 그리고 이 같은 개인성이 어떤 맥락과 관계성 속에서 표출되는지 살펴볼 것이다. 이를 통해 한 개인 안에 산재해 있는 느낌들, 경험들, 움직임들이 다양한 접속을 통해 개인성을 발산해가는 과정을 볼 것이다.

---

9) Deidre Lynch and William B. Warner, "The Transport of the Novel", *Cultural institutions of the Novel*, Durham : Duke Univ. Press, 1996, pp.1~10.
10) 이 책에서 사용하고 있는 '개인성'의 의미는 2부에서 자세히 설명하고 있다.

## 2. 근대문학과 '개인'의 스펙트럼

그동안 개인 연구는 '소년'·'청년'·'신여성' 등처럼 개인 '표상' 논의로 구체화되든가, 아니면 본질적 자아를 상징하는 '내면' 논의로 대체되든가 했다. 최근 들어 '개인'에 대한 일반적 화두로 문제를 풀어나가는 연구 등도 보이는데, 여하튼 이 논의들에서 주요하게 사용하는 용어는 '주체'·'자아'·'내면'· 표상 논의 등이다.

최근 많이 연구되고 있는 표상 연구는 한국적 개인의 일면을 직시할 수 있다는 점에서 많은 연구자들이 분석하고 있다. 이경훈의 '오빠의 탄생'11)이나 권용선12)과 소영현13)의 '청년' 논의는 근대 시기 새롭게 고안된 '주체'로서 '청년' 표상을 분석한다. 이밖에 '청년 담론'으로 그 범위를 넓히면서 청년 담론과 식민지 현실을 두루 조감하고 있는 이기훈14)의 논의도 있다. 또한 '청년'과 유사하게 사용된 용어지만 1910년 이후 청년에서부터 의미의 분화가 일어난 '소년'에 대한 연구로 원종찬,15) 조은숙16) 등이 있다. 그리고 아동문학 연구자17)들이 분석한 '소

11) 이경훈, 『오빠의 탄생』, 문학과지성사, 2003.
12) 권용선, 「청년 개념의 분화 과정과 자기 구성의 논리」, 『한국문학의 현단계』(김용성·김영 편), 역락, 2005.
13) 소영현, 「청년과 근대」, 『한국 근대문학 연구』 6권 1호, 2005.
14) 이기훈, 「일제하 청년 담론 연구」, 서울대 박사논문, 2005.
15) 원종찬, 『아동문학과 비평정신』, 창작과비평사, 2001.
16) 조은숙, 「근대계몽담론과 소년의 표상」, 『어문논집』 46, 2002. 그는 소년을 "국민국가를 수립할 이상적인 미래주체"로 설정한다.
17) 이재철은 『소년』 속에 나타난 소년을 '아동'으로 한정한다. "『少年』지가 비록 '상투를 틀고 면진 청춘남녀인 소년을 대상으로 하고 있었고 또 문단의 초창기를 형성한 신문학운동의 기반이긴 했지만 엄격히 따진다면 그 내용과 정신에서 아동문학잡지의 효시라 아니할 수 없다. 그것은 첫째, 육당의 창간사에 해당하는 권두언이 다사다난한 시대에 국가와 민족의 장래를 소년에게 의탁하려는 원대한 포부에 차 있으며 둘째, 그 내용 또한 소년의 읽을거리 일색으로 되어 있을 뿐만 아니라 셋째, 소년이라 題한 점 넷째, 육당과 관계인의 연치가 불과 20세 미만의 소년들이었고 다섯째, 아동문학적 요소를 가진 작품이 문예물의 대부분을 차지하고 있으며, 여섯째, 이 문예물들이 본격적

년' 연구 등이 있다. '청년' 연구가 근대적 주체로 논의되고 있다면, '소년'은 '아동'의 관점에서 설명되는 것이 대별되는 점이다. 그밖에 '청년' '소년' 표상 연구에 성별화의 관점을 수용한 '신여성' 표상 연구도 있다. '신여성' 연구는 근대 / 식민 / 젠더의 문제가 교차하며 근대 여성의 표상을 만드는 방식에 집중한다.18) '소년', '청년', '신여성' 등의 표상에는 역사적 상황에서 이 표상이 어떻게 구성되는가 하는 점이 부각돼 있다.

일례로 '오빠의 탄생'에서 보여지듯, 아비를 잃은 조선적 주체들이 식민의 위기를 극복하기 위해 '오빠―누이'의 연대 구조를 만들어 내는 것이 그것이다. 이 논의에서 '오빠'는 부계적 질서의 혈통을 대리하는 수직적 / 수평적 지위에 처한 근대적 주체이다. 즉 아버지의 자리에서 누이를 호명하는 친근한 아버지의 다른 이름이자, 거역할 수 없는 혈연의 이름이다.19) 또 아동문학 연구가들이 자세히 논구하고 있는 '소년' 연구도 마찬가지다.20) 민족의 기원을 마련하는 시점에서 호명된 '소년'은 민족의 역사적 비전이 감안된 표상으로 '아동'의 관점으로만 전유할수 없는 민족적 시선이 담겨 있다. 또한 '신여성'21)의 표상에 투사된 원

---

아동문학운동의 온상인 점으로 보아 분명히 『少年』지는 아동문학의 선구적 잡지였던 것이다."(이재철, 『아동문학개론』, 문운당, 1967, 36~37면)

18) 식민지 시기 여성작가와 신여성의 표상을 연구해 온 논자들이 여기에 속한다. 서정자·이상경·송명희·김미현·최혜실·김경수·이선옥·김복순·김양선·이정옥·김연숙·심진경·권명아·김수진 등 페미니즘 관점을 수용하든 그렇지 않든 식민지 '여성'을 주목하고 분석한 논자들이다. 물론 이 연구자들의 지향성이 다 다르고 연구 분야도 좁게는 작가론에서부터 넓게는 신여성 연구 전반까지 펼쳐 있어 하나의 경향으로 묶기 어려운 점이 있는 것이 사실이지만, 식민지 '조선'에서 '여성'은 무엇이고 또 누구인지를 문학사에 기입하고 있는 것만은 분명하다. 또 최근에는 신여성의 표상을 탈식민주의적 관점과 결합함으로써 여성 표상을 '민족담론'과 '식민담론'에서 재해석할 수 있는 시선 또한 가지게 되었다.

19) 김윤식, 『임화연구』, 문학사상사, 1989, 184~198면.

20) 권복연, 「근대 아동문학 형성과정 연구」, 연세대 석사논문, 1999; 김화선, 「한국 근대 아동문학의 형성과정 연구」, 충남대 박사논문, 2001.

21) 신여성에 대한 연구는 그동안 다량의 논저가 축적되었다. 개별작가 연구에서부터, 여학생, 모던걸에 대한 연구 등 그 범위가 확대 심화되고 있는데 그중에서 신여성을 포괄적으로 다루고 있는 연구서만 꼽자면 다음과 같다. 수유+너머 근대매체연구팀, 『신여

망과 기대 또한 적잖은데, '신'과 '여성'을 결합함으로써 신여성을 통해 근대 문화에 대해 일정한 거리감을 유지하며 방어하고 옹호하면서 남성화된 민족문화를 창안하기 위한 양상들이 두드러지고 있다. 이 용어들은 중국·일본에서도 동시에 사용되고 수용된 어휘들로 근대의 보편적 욕망이 내재돼 있다.

문화론적 시각으로 분석된 이 같은 표상 연구는 '개인' 연구가 가질 수 있는 피상성과 추상성을 뒤로하며, 당대의 공적 담론에 밀착해서 식민지 개인의 복합적 양상을 면밀히 분석하는 장점이 있다. 역사적 시기마다 구성되는 근대적 주체의 상을 해부해서, '소년'으로 '청년'으로 혹은 '신여성'으로 살아갔던 식민지민의 세세한 기록이 미세하게 그려지게 된 성과가 그것이다. 특히 문학 작품의 리얼리티가 당대의 맥락 속에서 이해되면서, 근대문학의 또 다른 영역이 개척된 섬노 분명하다. 다만, 이 같은 연구가 일정하게 성과를 내고 있는 것에 반해 적극적 해석과 비판적 해석의 지점이 후경화되고 있는 것 또한 이 같은 연구가 부대하고 있는 양상이다. 물론 몇몇 '표상' 연구가 치밀한 고증과 동시에 비판적 해석이 연동하며 이루어지고 있지만 보편적 시각에서 이 같은 표상이 어떻게 해석될 수 있을 것이며, 또 다른 인물 표상과 어떻게 길항하며 배치되고 변별되는지 하는 문제를 동시에 고려해야 할 것이다.

한편, 근대적 개인 연구에서 빼놓을 수 없는 것이 '내면' 연구이다. 근대문학이 태동하기 위한 전제는 내면/외면의 이원화된 구분이다. 그래서 근대저 개인의 출발을 '내면'의 개인을 통해 발견하려고 한 것이 사실이다. 최근에 와서 이 논의가 적극적으로 대두되고 있는데, 실은 그 이전부터 무엇을 내면의 등장으로 볼 것인가 하는 문제로 문학사에서

성』, 한겨레, 2005; 문옥표 외, 『신여성』, 청년사, 2003; 최혜실, 『신여성은 무엇을 꿈꾸는가』, 생각의나무, 2000; 김수진, 「1920~30년대 신여성담론과 상징의 구성」, 서울대 박사논문, 2005. 김경일, 『여성의 근대, 근대의 여성-20세기 전반기 신여성과 근대성』, 푸른역사, 2004.

논의한 바 있다. 근대문학사에서 적극적으로 논의되지 않던 1910년대 단편소설의 의미를 평가하는 논의가 그러하다. 이재선,[22] 김현실,[23] 주종연[24] 등 그전까지 문학사에서 범주화하지 않았던 1910년대 단편소설을 범주화하고 이를 문학사의 주요 단계로 설정하려는 노력이 그것이다. 내면지향 논의를 적극적으로 이끌어냄으로써, 근대문학의 형성과정에 '내면'이 어떤 지위를 차지하는지 설명하고 있다. 또한 1910년대에 국한되지 않더라도 '내면'을 근대문학의 중요한 매개로 설정한 권보드래[25]의 경우도 있다. 그는 문학사를 구성하면서 '내면의 형성'과 '소설의 예술성'을 나란히 연결지어 기술함으로써 내면과 근대소설의 관계를 분명히 하고 있다.

마지막으로 '개인'에 대해 본격적 문제제기를 하는 논의들이 있다. 근대적 개인과 사회를 대립항으로 구성하며 한국 근대에서 어떻게 강한 개인이 등장하게 되었는지를 분석한 박주원[26]의 연구가 있으며, '한국적 근대 만들기' 기획의 일환으로 한국에서 개인이 어떻게 드러나고 있는지를 조망하고 있는 박노자[27]의 글이 있다. 또 1920년대 개벽에 나타난 '인격' 담론을 중심으로 인격적 개인의 등장을 분석한 최주한[28]의 글이 있다.

근대적 개인에 대한 논의는 다양한 접근 방법과 여러 가지 해석의 틀을 통해 분석되고 있다. 다만, 이 논의의 주요한 기저가 근대적 개인 '내부'에 자리한 본질적 자아, 단일한 개인을 전제로 하고 있으며, 이 같

---

22) 이재선, 『한국 단편소설 연구』, 일조각, 1975.
23) 김현실, 「1910년대 단편소설 연구」, 이화여대 박사논문, 1989, 218~227면.
24) 주종연, 「한국 근대단편소설의 형성과정 연구」, 서울대 박사논문, 1979, 131면.
25) 권보드래, 『한국 근대소설의 기원』, 소명출판, 2000.
26) 박주원, 「『독립신문』과 근대적 '개인', '사회' 개념의 탄생」, 『근대계몽기 지식 개념의 수용과 그 변용』, 이화여대 한국문화연구원, 소명출판, 2004.
27) 박노자, 「한국 근대에서의 나의 계보─개인주의 정착의 숱한 어려움」, 『인물과사상』, 2002.3; 「1920년대의 타이쇼 데모크라시형 개인주의─염상섭의 『만세전』」, 『인물과사상』, 2002.4; 「초기 개신교 개인주의의 두 얼굴」, 『인물과 사상』, 2002.5.
28) 최주한, 「개조론과 근대적 개인」, 『어문연구』 124호, 2005, 307~326면.

은 경향이 근대적 개인을 둘러싼 논의의 주요한 흐름인 것은 분명해 보인다. 그러나 근대문학은 개인과 세계의 관계가 그려지는 통로이자, 무수한 개인의 얼굴이 서로 다른 차이를 가지고 재현되는 장소이다. 이 얼굴에는 하나의 일관적 표상으로 집단화하기 어려운 개인성과 그런데도 집단화될 수 있는 균질화된 개인이 복합적으로 구성되어 있다. 이 연구에서는 개인 안에 놓인 이질적 경향들의 길항관계를 중심으로 '개인성'이 어떻게 발휘되고, 또 억압되며 상징적 질서의 일부로 환원되는지 살펴볼 것이다.

제2부
# 개인, 개인성, 개체화

# 1. '개인'의 개념과 이론적 접근

이 연구에서 방법론적 개념으로 사용하고 있는 용어는 '개인(individual)'과 '개인성(individuality)', '개체화(individuation)'이다. 이 세 용어는 논자마다 유사하게 사용하는 경우도 있고 또 하나의 개념만 특화시켜 사용하기도 하나, 본고에서는 세 용어를 다른 개념을 사용할 것이며 개인성, 개체화는 질적으로 구분해서 사용할 것이다. 우선 '개인'은 특정 관계 속에서 발휘되는 개별성과 특이성의 기표로 가정하고 있으며, '개인성'은 특정 관계 속에서 개별성과 특이성을 생산하려는 개체들의 비동일적인 의지와 지향으로, '개체화'는 개인을 보편적 개체, 비개별적인 실체로 지속시키려는 자기 동일성[1]의 의지와 경향으로 설정하고 있다.

개인은 그 자체로 더 이상 "나눠지지 않는"[2] 독립적인 자아이자 그 자신이 최고의 목적이자 근원적인 가치이며, 외부와 구별되는 경험과 의지의 중심으로 설명되어 왔다. 근대 이전의 인간이 세계와 구별되지 않는 확대된 자아[3]로서 면모를 띤다면, 근대의 인간은 세계와 개인을 대립적으로 구성하며 자기충족적인 특징을 띤다. 즉 근대 이전의 개인이 집단에 환원되고 수렴되는 하나의 '요소'였다면, 근대 이후의 개인은 사회 경제적인 유동성에 따라 "사회적 질서 내의 지위"가 아니라 "사회 경제적인 역할"을 통해 정체화되면서 스스로 판단할 수 있는 '자율성'을 통해 경제활동과 징신활동의 원전으로 기능한다고 얘기되었다.[4]

---

1) 리꾀르는 '성격'을 "인간 개인을 동일자로 재동일화하게 해주는 개별적 표시들 전체"(『타자로서 자기자신』, 동문선, 2007, 164면)로 설명한다.

2) Raymond Williams, *Keywords*, New York : Oxford univ, 1976, p.165.

3) 찰즈 귀논은 전근대와 근대의 자아를 구별하며, 전근대의 인간을 '확대된 자아'로, 근대의 인간을 원자적 자아로 설명한다. 확대된 자아란 세계를 자아의 확대된 형태로 간주하면서 자아(개인)/세계를 대립적으로 파악하지 않는다. 이에 반해 '원자적 자아'는 '사회'를 개별로 구성하는 단위로서 개인과 세계를 대립적으로 인식한다(찰즈귀논, 141~143면).

이처럼 '개인'은 어원적으로 더 이상 분리될 수 없는 '원자'의 의미를 담아내고 있는데, 이 같은 의미를 특정 인간의 유형으로 대입해서 보편적인 인간상이나 특정한 인간상을 대변하는 의미로 전유하곤 한다. 그러나 여기에서 '분리될 수 없음'이라는 자질이 '내적 동일성'이나 '남과 다름'이라는 의미로 설명되면서 '개인'이 자족적인 개체로 설명될 여지가 발생하고 있다. 이 논의에서 '개인'이 남과 다르기 위해 필요조건인, 이 둘 간의 관계성은 배제된 채 '개인' 내부의 자족적인 특질만 가지고 그 정체성을 밝힐 수도 있어 이는 재론의 여지가 있다. 또한 개인을 설명할 때 종종 쓰이는 '환원불가능성'과 '자율성', '독립성'의 의미도 몇 가지 단서가 필요하다. '자율성', '독립성'의 의미가 무엇인지 분명히 드러낼 것이다. 만약 그렇지 않을 경우에는 '자율성'과 '독립성'이 공허한 의미로 남을 수 있다. 또 '내적으로 동일'하다는 것의 의미가 특정 인간 유형이자 보편적인 인간 유형으로 설명되는 논의로까지 이어질 여지가 있어, 이 글에서는 이를 사회·역사적 개념으로 접근하려고 한다.

즉 개인이 '어느 것에도 환원되지 않는, 자족적이고 독립적인 개체'라는 사실은 일반적으로 다루어진 사실일 수 있지만, 역사를 초월해서 인간을 사고하는 보편적 진리로 다루는 것은 위험할 수 있다. 이럴 경우 스스로 자족적이기 때문에 또 '전적으로 주관적이기 때문에 모든 것은 자기 책임 아래 있으며, 객관적인 것은 아무 것도 없다'[5]는 주장이 가능해야 하며, '환원불가능성'이 개인을 초역사적 실체로 남길 여지또한 가정해야 한다. 만약 이 같은 가정이 성립하려면 개인이 실체, 정신, 질료, 주체 등에서처럼 자아동일성의 원천으로서 자리를 잡을 수 있어야 한다.

그런데 이 같은 개인 논의는 '근대 주체', '자아' 논의와 연동하면서

---

4) Raymond Williams, "Individual and society", *The Long Revolution*, London : Chatto Windus, 1961, p.74.
5) 토니 마이어스, 박정수 역, 『누가 슬라보예 지젝을 미워하는가』, 앨피, 2005, 75면.

그 특징의 일면이 부각되기도 한다. 일례로 데카르트에서부터 시작된 '나는 생각한다. 고로 존재한다.'라는 이 주장에서, 생각하는 '나'를 선험적 자아를 상정할 수 있는가 하고 묻는다. 정신의 실체성을 인정하든 그렇지 않은 간에, 특정 행위 이전에 이 행위의 최종적인 원인으로 자리잡을 수 있는 선험적 자아가 가능한 것인지, 즉 생각하는 '나'와 존재하는 '나'가 이렇게 인과적인 문장으로 구성되는 것이 가능한지 묻는다. 생각하는 '나' 이후에 존재하는 '나'를 어떻게 상정할 수 있을 것인지, 이 같은 논리대로라면 '나'는 어떤 행위와 행위의 원인으로 이원적으로 분리될 수 있으며, 어떤 행위에 그 행위를 조정하는 최종적인 심급으로 행위자인 '주체'를 전제해야 한다. 이는 "실체를 요청하고자 하는 욕망의 표현"[6]이라고 말해진다.[7]

이 연구에서 '개인'은 선험적으로 주어지는 실체나, 더 이상 항구불변의 고정된 장소 또는 어떤 외부에 대해서도 자율적이고 독립적일 수 있는 자족적 개체가 아니다. 예를 들어 로크는 개인을 '시간과 장소의 변화에도 항상 동일한 인격'으로 정의한다. 오직 '인간의 본질은 자기자신의 이익을 위해 개입하는 관계 이외의 어떤 관계에서도 자유롭다는 데 있다'[8]고 말하는 것이다. 이 같은 논의에서 개인이 어떤 관계에서도 자유롭다는 진실은 진실일 수 있지만, 개인에 관한 보편적 진실로 삼을 수는 없다. 무엇에서 자유로운지 그 관계성이 밝혀져야 한다. 그렇다고 모든 개체성을 부인하면서 모든 것을 권력이 생산하는 담론의 일부라

---

6) 강영안, 『타인의 얼굴』, 문학과지성사, 2005, 51면.
7) '주체'와 '자아'의 의미에 대해, 그 사용된 용례를 가지고 은유적으로 구성한 논의가 있어 이를 참조했다. 이 책에 따르면 주체는 '경험하고 있는 의식이며, 이성과 의지, 판단의 소재지가 되는 사람의 한 국면으로서 그 본성상 오직 현재 속에만 존재한다. 이것이 바로 대부분의 경우에 주체가 되는 것이다.' 자아는 '주체에 의해 선별되지 않은, 사람의 바로 그 부분이다. 이 부분에는 몸과 사회적 역할, 과거 상태들, 세계 속에서 한 행동들이 포함된다'라고 정의한다(G. 레이코프 · M. 존슨, 임지룡 외역, 『몸의 철학─신체화된 마음의 서구 사상에 대한 도전』, 박이정, 2002, 393~395면).
8) C. B. 맥퍼슨, 이유동 역, 『소유적 개인주의의 정치이론』, 인간사랑, 1991, 360면.

는 논의로 지지하지도 않는다. 더욱이 권력의 외부란 가능하지 않으며, 모든 개인이 상징적 질서의 효과이자 결과일 뿐이라는 논의도 수용하지 않는다. 개인의 상상적 구조를 수용하면서, 개인을 둘러싼 상징적 질서 또한 '단일한' 권력 구조로 작동될 수 없다고 가정하고 있다. 각각의 개체는 상징적 질서의 분절한 형태로 그 욕망을 드러내지만, 각각의 개인들이 상징적 질서 안에 연루되어 있는 정도나 심도에 따라, 다시 말해 그 '관계성'에 따라 개체성이 작동되는 범위와 양상이 다른 것이다.

즉 '개인'은 '관계'를 통해서만 '개인성'을 발휘할 수 있으며,[9] '개인'의 자리도 마찬가지다. 사회·역사적 상황을 초월해서 자족적으로 존재하는 '개인'은 고려하지 않고 있으며, 이 개인은 특정한 관계를 표상하면서 나타난다. 그러므로 '개인'은 사회·역사적 상황에서 매번 가변적으로 자신의 정체성을 다르게 쓸 수 있다. 이는 '개인'의 주관적인 특징이나 의지 혹은 지향을 통해서 나타나는 것이 아니라, 개인과 개인이 맺고 있는 관계 또는 개인이 상징적 질서와 맺고 있는 관계를 통해서만 가능하다. 또한 이 '관계'는 상징적 질서의 시스템이나 구조의 일부일 수도 있고 그렇지 않을 수도 있다. '관계'에 초점을 둔다는 것은 관계가 생산되고 작동하는 과정에 초점을 둔다는 것이며, 이 관계가 상징적 질서의 결과로만 이해되거나 이미 놓여진 것으로 전제하지도 않는다. 그뿐만 아니라 개개의 '관계'가 실체화될 수도 없다고 가정하고 있다. 특정한 관계를 특정한 '실체'로 가정하는 것은, 개인의 '개인성'을 또다시 고정된 것으로, 절대적인 것으로 가정하며 '개인'을 희석시킬 수 있는 논점으로 자리잡을 수 있다.

이는 사회·역사적 계기 속에서 개인이 어떻게 발견되는가를 보는 뒬멘의 논의가 좋은 참조가 된다. 리하르트 반 뒬멘은 근대적 개인이

---

9) 리쾨르, 앞의 책. 리쾨르는 타자와 맺는 얽힘 속에서 발휘되는 개인성을 '자기동일성'으로 규정하며, 시간 속에서 불변한 채 고정적으로 유지되는 자체-동일성과 차이가 난다고 말한다.

어떻게 전통의 관계망을 부수면서 자신의 사적인 목표와 소망들을 다루었는지 역사적으로 조감하면서 여러 정치·사회적 계기들을 '개인의 발견'에 뒤따르는 연속적 계열로 구성한다. 여기에서 유일한 원인이자 직접적인 시점으로 특정 계기를 가정하지도 않는다. 예를 들어 종교개혁에서 나타난 '종교적 개인주의'가 부단한 자기성찰을 도모하는 방식이라든가, 16세기 자화상·자서전의 유행에서 나타나고 있는 '개인의 발견' 등도 이러한 예에 속한다.[10] 이 외에도 양심을 생산하는 고백의 제도, 심리학, 인류학, 골상학 등이 풍미하는 담론적 반향과 관심이 '개인'의 발견을 이끌어내는 동인이 되었다고 지적하는데, 뒬멘의 논의에서 주목할 것은 '개인'의 발견을 시민계층이 지닌 사회적 관심의 산물로서 보는 것이다. 이 논의 안에서 '개인'은 다양한 성격과 함의를 가지는 일련의 역사적 유형으로 드러나게 된다.

그러나 뒬멘은 '개인'을 자족적인 개체로 보거나 선험적인 자아로 상정하지는 않지만 그와 유사한 결과를 내고 있다. 이 논의가 '개인'에 관한 관심을 역사적으로 증명하거나 보증한 측면도 충분하지만, '개인'의 외연만 넓어졌을 뿐 기본적인 의미가 달라지지는 않았다. 그뿐만 아니라 '개인'의 스토리를 사실적으로 구성하면서 '개인'을 목적론적 도달점으로 상정하거나 고정적 인간상으로 가정하는 결과가 드러나고 있다.

이 연구에서 '개인성'은 특정 관계 속에서 개별성과 특이성을 생산하려는 개체들의 성격으로 정의한다.[11] 특정 '관계'는 이미 구조화되어 있는 상징적 질서를 동일하게 반복하는 관계가 아니라, 동일하지 않은

---

10) 물론 이 초상화가 '개성'을 나타내는 초상화는 아니다. 일례로 뒤러는 초상화에서 보편적 인간에 대한 관심을 나타내었고, 렘브란트는 개인을 표현하는 것보다 '감정의 백과사전'을 더 부각시켰다고 전한다. 그런데도 뒬멘은 이 초상화들이 근대적 개인의 역사성을 드러내는 예로 본다.

11) 논자에 따라서는 '개인성'을 동일한 방식으로 상징적 질서를 생산하는 주체화나 개체화의 용어로 쓰기도 하지만 이 글에서는 '개인성'과 '개체화'를 변별해서 사용하고 있다.

방식으로 창조적인 통합을 할 수 있는 관계인데, 이는 우연하게 조우하며 생성된다. 이때 드러난 성격을 '개인성'이라고 정의했다. 즉 개인성은 상징적 질서를 동일하지 않은 방식으로 통합하는 개별성, 개체성이라고도 할 수 있다. 푸코의 경우 이를 '자기의 테크놀러지'로 접근하고 있다. 동일한 것은 아니지만, 주체와 객체가 맺는 관계의 양상에 집중하면서, 권력의 주체 생산과는 다른 자리에서 '자기' 자신을 어떻게 배려하고 구성할 것인가 하는 문제에 집중하는 것이다. 여기에서 '자기의 배려'는 자신의 재산과 건강에 대한 배려를 포함하면서 '정치적이며 에로틱한 능동적 상태를 지칭하는 것'[12]이다. 또한 기든스는 '개인성'을 '성찰성'으로 접근한다. 이는 이성의 자율적인 사용과 관련되는 것인데, 정치적 권력에서부터 자유로울 수 있는 개인의 보호와 자신이 스스로 판단·선택할 수 있는 능력인 자율성의 능력으로 얘기된다. 그리고 이 같은 자율성을 제도적으로 보장하기 위한 방안을 마련하고 있다. 기든스의 논의가 '제도'를 통해 개인성의 자리를 마련한다는 점에서 푸코의 논의와는 분명한 차이가 있다. 이 같은 측면에서 지젝은 주체화의 일면을 개인성으로 사고하지만, 후기 근대사회에 범람하는 '재귀성(반성성)'에 대해서는 자율적 주체의 나르시시즘적 믿음으로 일갈한다.[13] 이 점에서 지젝과 기든스의 논의 또한 충돌할 여지가 있는 게 사실이다.

한편, 이 연구에서 개체화는, 개인들이 이미 주어진 상징적 질서를 동일한 방식으로 통합하면서 반복할 때 나타나는 것이다. 푸코는 '개별화'가 근대 권력이 '분할과 지배(divide and rule)'가 결국 개인을 개별화한 뒤 권력의 객체로 변화시키는 것으로 본다. 그러므로 푸코의 논의에서 '개별화'는 '객체화'로 요약될 수도 있다. 푸코[14]가 'subject'를 '주체'인 동시에 '복종'을 뜻하는, 두 가지 양의적 개념을 담고 있다고 보는 것처

---

12) 미셸 푸코, 『자기의 테크놀로지』, 동문선, 1997, 47면.
13) 슬라보예 지젝, 『부정적인 것과 함께 머물기』, 도서출판b, 2007.
14) 미셸 푸코, 이규현 외역, 『성의 역사』, 나남, 1990, 60면.

럼, 그에게 역사는 "인간의 복종화·주체화를 산출한 거대한 노동력, 즉 인간을 이 두 가지 의미의 subject로 성립하는 사태"라고 지적한다. 그리고 이 속에서 개인이 개체화되는 동시에 사회권력에 복속된다고 말한다. 지젝도 이 점에서는 유사한데, '주체화'의 일면적 의미가 이 같은 상징 질서의 모방과 내면화라고 가정하는 것이 그것이다.[15) 또한 페미니즘에 입각해서 개체화 논의를 언급하는 스코트의 경우, 가부장 질서 속에 남성적인 방식으로 개인화가 일어난다고 지적한다.[16) 그에게 근대적 개인의 '개인화(개체화)'는 가부장 질서 속에서 남성적인 방식으로 이데올로기화된 개인이다. 논자에 따라 개인화·주체화·개별화 등으로 번역되지만, 그 내용은 근대의 상징질서의 함의를 어떻게 이해하고 있으냐에 달렸을 뿐 개체화가 일어나는 방식은 유사하다고 볼 수 있다. 다만, 이 글에서는 '개체화'를 개인성과 변별해서 사용할 예정이다. 뒬멘의 경우 '개인화'[17)는 개인의 형성 과정으로 쓰고 있는데, 이 '개인화'가 개인성으로도 개체화로도 드러나고 있다.

'개인'은 이 두 가지 다른 계열의 경향성이 복합적으로 구성되면서 나타난다. 상징적 질서를 동일적으로 통합하는 개체화의 경향과 동시에, 동일하지 않은 방식으로 상징적 질서를 월경하며 생성하는 개인성의 경향이 맞부딪치는 것이다. 그뿐만 아니라, '개인성'이 부각된 개인의 표상이 다른 맥락과 시공간 속에서 개체화의 경향으로 남기도 한다. '개인성'은 반복되는 것이 아니라, 반복 속에서 차이가 생성될 때 현현한다. 이 연구에서 집중하고 있는 것은 각각의 개인들이 이렇게 동일하

---

15) 토니 마이어스, 박정수 역, 『누가 슬라보예 지젝을 미워하는가』, 앨피, 2005, 71~95면.

16) 조앤 스콧, 공임순 외역, 『페미니즘 위대한 역설』, 앨피, 2006.

17) 뒬멘은 개인으로 형성되는 것을 일러 '개인화'로 쓴다(뒬멘, 앞의 책, 270~271면). 그에 따르면 『빌헬름 마이스터의 수업시대』에서 한 시민이 개인적 독립과 자기규정에 도달하는 과정이 나타나는데, 이는 '개인과 그 안에 내재된 모든 가능성과 능력을 완성하는 것'으로서의 '개인화'다.

지 않은 방식으로 사회·역사적 순간과 조우하며 개인성을 발휘하는가이다. 그러므로 개인성은 매번 달라지며, 그때마다 또 다른 '개인'들이 생성된다.

이 과정에서 '문학'의 역할에 주목한다. 근대문학은 개인이 '누구인가' 하는 물음과 동시에 '무엇인가'에 대해 답하는 것이다. 인물과 주인공으로 '개인'이 누구인지 답하는 과정이었을 뿐만 아니라 '개인'이 무엇이어야 하는지 그 과정에 답하고 새로운 비전을 창출한 매체이다. 근대문학의 오래된 정의에서 빠지지 않는 것은 '개인'과 '세계'가 대립되어 있다는 것이다. 그런데 여기에서 '개인'과 '세계'라는 명사만 집중하고, 개인과 세계를 연결하는 '관계'는 몰이해되거나 후경화되었다. 근대문학은 개인과 세계가 맺는 '관계'에 집중하는 것이며, 이 '관계'는 이전 세계를 모방적으로 답습하는 형식으로 생산하는 것이 아니라 새로운 질서를 향한 개인의 비동일적 개인성이 상상적으로 발휘되는 것이다. 그러므로 '문학'은 이 같은 개인성이 상상적인 형태로 재현되는 매체이다. 즉 근대 세계 안에서 새롭게 선취되고 있는 개인과 세계의 관계 양상이 어떻게 상상되는지를 재현하는 텍스트다. 또한 다른 식의 '개인성'이 창출되고 모색되는 동시에 반복적으로 세계를 재생산하고자 하는 개체화가 얽히고 충돌하는 경합의 장이다.


## 2. 방법론적 전제, 담론적 접근


### 1) '個'라는 보편의 감각

근대의 '개(個)'의 감각은 '~에서부터' 벗어나는 '독립'의 감각이자,

'사회'라는 공론의 장에 한 분자로 참여할 수 있는 평등의 느낌이다. 또한 제국/식민의 관계에 국한되지 않는 전근대의 관계에서 자유로워지고자 세계 보편의 감각이기도 하다. 그런데 이 개인의 감각이 조선에서는 '개인'과 '민족' 양 편에서 전유된다. 개체 발생이 계통발생과 연동하면서 논의되었던 동양에서는 이 문제가 개인[18]의 문제로 중요하게 다루어지는 것이 사실이다.

'개인'의 등장을 두고 '매혹적인 동시에 혼란스럽'다[19]고 일컫는 20세기 중국[20]의 예에서도 드러나지만, 근대·국가·개인의 문제를 동시에 수용해야 했던 우리의 경우 더욱 복합적인 양상을 띠는 게 사실이다. 더욱이 한국은 국권피탈이라는 변수가 작용하고 있기 때문에 근대의 가치가 '국가'의 중요성과 함께 다뤄지면서 '개인'의 기의를 결정하는 주요한 맥락으로 '국가'가 부각된다. 예를 들어 '개인'에 대한 이론적 수용은 1900년대 이전부터 '자기', '자기몸'에 대한 인식으로 드러나지만, 1900년대 수용 당시에는 그 기의가 불안정한 듯하다.

---

18) 위의 책, 76~78면.

19) Lydia H. Liu, *Translingual Practice —literature, National Culture, and Translated Modernity china 1900~1937*, Stanford Univ. press, 1995, p.78.

20) 중국에서는 '개인(geren)', '자아(ziwo)', '개인주의(geren zhuyi)'와 같은 단어들이 5·4운동 무렵에 등장하기 시작하는데, 논자에 따라 다양하게 이해된다. 예를 들어 1916년 Jia Yi는 「개인주의」 글에서 "개인주의는 궁극적으로 중국인들의 정서에는 이질적이다. 씨족, 지역, 행정구역, 국가, 사회가 절대적인 지배권을 쥐고 있는 한 개인이 출현할 가능성은 없다"고 말한다. 하지만, 이와 대별되는 시각도 동시에 있다. 예를 들어 『중국의 문제』라는 책에서는 "서양에서 개인주의는 쇠락하고 있으나 중국에서 그것은 악으로 뿐만 아니라 선으로서도 융성하고 있다"(Lydia H. Liu, *Translingual Practice —literature, national culture, and translated modernity china 1900~1937*, stanford university press, 1995, p.83)고 언급하고 있으며, 신문화운동의 최절정기에 베이징 대학 학생들이 발행한 『新潮 Xin chao』에서 Chen Jia'ai는 "새로운 것은 단수이며, 오래된 것은 복수이다. 전자는 완전히 독특한 존재이므로 단수이며 반면 후자는 무제한의 다양성으로 개방된 존재이므로 복수이다"는 논의로 '근대' '단수'의 우월성을 주장한다. 그래서 '개인주의(geren zhuyi)'가 근대적 자아와 국가라는 문제를 해결하기 위한 개념 중의 하나로 보인다는 지적까지 하게 된다. 즉 중국에서도 근대적 개인이 집단적 정체성에서부터 자유롭지 않았고, 그래서 '개인'이 민족이라는 집단적 정체성과 사적 자아를 매개하는 개념처럼 쓰이고 있다고 얘기된다.

이 같은 사정은 1900년대 '개인'의 기표가 처한 국면을 살펴보면 더욱 분명해진다. '개인'의 기표가 다양한 맥락에서 의미화되면서 '근대적 개인'이라는 기의와 '국민'이라는 기의가 공존하지만 '국민'의 기의가 지배적으로 드러나는 상황이 그것이다. 이 같은 맥락은 국권피탈의 위기 상황과 연결되지만 이는 비단 '민족주의'적 감각으로 설명될 수 없는, 세계적인 감각을 통해 구성되고 있는 개인(국민)의 감각이다.

> 나라라 홈은 여러 사롬이 合하야 되니 것이니, 나라의 일신이 비록 적으나 곳 나라롤 민드는 일개인이라 만일 너가 업스면 나라에 일개인이 업셔셔 나라의 일분 힘이 감흐느니
>
> —『유년필독』1권, 1907, 1면

> 國家라 하는 거슨 國家가 不能自國家라. 衆多人이 合勢ㅎ야 國家 團體 이뤄거든 衆多ㄱ 諸人등이 각각 反省 自己ㅎ야 個人的 自國家를 正方으로 先治ㅎ야 卓然獨立이 急務로다.
>
> —禪師一隅 金太垠, 「個人的 自身國家論」, 『태극학보』 6호, 1907.1.24

> 國家之自助權柄이 必自於其國民之自助精神이니 故로 自助品行이 卽 有關係於個人程度오 個人程度가 卽 有關係於國家程度也니라
>
> —홍성연, 「國家程度는 必自個人之自助品行」, 『대한학회월보』 3호, 1908.4.25

> 民族은 獨立心보다 依賴心이 富ㅎ고 實行力보다 放棄力이 强ㅎ야 國家的 獨立競爭心은 姑捨ㅎ고 個人的 生活獨立心도 全無ㅎ니 兄弟 姉妹 二千萬 中에 能히 宛全흔 個人 獨立흔 者ㅣ 幾人이 在乎아 (…중략…) 一國의 獨立은 地方的 自治獨立의 團結與否에 在ㅎ고 地方的 自治獨立은 一家族 生活獨立 如何에 在ㅎ고 一家族 生活獨立은 一個人 自由獨立에 先在ㅎ니
>
> —이승근, 「個人獨立 四字로 大告我韓同胞」, 『대한흥학보』 1호, 1909.3.20

위의 인용에서처럼, '개인'은 '나라를 만드는 한 개인'이다. 집단과 분리된 개인이 아니라 집단을 구성하는 한 단위이다. 그렇다고 '개인'들이

전근대의 '백성'과 동일한 의미는 아니다. "일 개인이 업셔셔 나라의 일분 힘이 감ᄒᆞᄂᆞ니"라는 언급을 볼 때, 더욱이 "衆多ᄒᆞᆫ 諸人등이 각각 反省 自己ᄒᆞ야 個人的 自國家"를 만들자고 하는 언급을 볼 때, '개인'들이 성립해야만 근대 국가를 만들 수 있다는 인식이 전제돼 있다. '개인'이 비록 '국민'의 기의로 의미화되고 있지만, '백성'의 기의로 한정할 수 없는 '근대적' 기의가 수용되어 있다는 것을 알 수 있다. 『대한흥학보』에 실린 「個人獨立 四字로 大告我韓同胞」라는 글에서 一國의 독립이 가능하려면 "개인독립"이 가능해야 한다고 말한다. "개인독립"이라는 말은 일면 아이러니컬하다. 이 말만 놓고 볼 때 이 당시 '개인'의 의미 안에 '독립된'이라는 의미가 전제되어 있지 않았다는 것을 알 수 있다. '개인'이라는 근대적 기표가 수용되고 있기는 하지만, 당시 '개인'이 근대 국가를 구성할 수 있는 개체 징도의 의미였음을 알 수 있다. "개인으로 독립한 자 얼마인가"라는 이 같은 물음이 "一國의 독립"에 관한 문제로 귀결되는 것처럼, "국가 정도"가 "개인의 자조 품행"을 통해 재구되는 현실이기 때문에 '개인'의 근대적 의미는 근대적 국가를 구성하는 범위 안에서만 긍정적인 자질로 의미화된다. 그러므로 근대적 '개인'을 논하는 데서 근대국가 건설이라는 당시의 시대적 상황을 염두에 두지 않을 수 없다. '개인'이라는 근대적인 기표가 수용되고 있으며 그 개념도 맹아적인 형태로 드러나고 있지만, 이 기호가 근대 국가의 '국민'으로 이해되는 수용 상황을 이해해야 할 것이다. 1900년대 한국은 국가 건설의 과제로 시급했기 때문에, '개인'의 기호가 가지는 본래적인 개념과 '국민(nation, people, citizen)'21)으로 번역22)하려는 담론이 각축하면

---

21) 1890년대 '개인'의 개념이 '인민' '백성' 논의 안으로 수렴된다고 지적한다(전동현, 「대한제국 시기 중국 양계초를 통한 근대적 민권 개념의 수용」, 『근대계몽기 지식 개념의 수용과 그 변용』, 소명출판, 2004, 403~410면). 또 이지명은 지금껏 별 생각없이 사용하는 국민, 시민, 인민 등의 개념은 명백히 그 의미가 다른 말이라고 전한다. 예를 들어 '국민은 국가라는 정치체제를 전제하며, 시민은 시민권을 전제한다'(이지명, 『넘쳐나는 민족, 사라지는 주체』, 책세상, 2004, 22면).

서, 그 기의가 불안정하게 된다.

일본에서도 이 같은 경향이 농후하다. 웨란드의 『수신론』을 일본의 후쿠자와[福澤]가 번역하면서 「인민의 본분」(The Duties of Citizens)을 「국민의 직분을 논한다」로 번역한다. 더욱이, 후쿠자와는 individual을 '客(지배받는 측)'으로 'member of society'를 '主'로 번역하면서, 개인의 본분을 개인으로서보다 사회의 성원으로서 부각시킨다.23) '사회'와 '개인'을 동일 구조로 상상하고 있는 일면이다. 그러나 후쿠자와 유키치는 'society'를 인간교제라고 번역해서 좁은 인간관계만을 표시하던 '교제'의 의미를 '가족, 군신, 정부, 인민' 등 근대적 · 사회적 집단을 설명하는 용어로 확대한다. 이를 통해 근대적 'society' 개념에 근접하게 된다.24)

그러나 '개인'을 국가(사회)의 한 분자로 상상하는 이 같은 방식은 국민 표상을 통해 강화되었다. 특히 '개인'의 기호보다 '개인'의 개념을 매개하는 여러 기호들, 특히 국민국가의 맥락에서 번역되는 기호들인 '소년', '청년' 등에 두드러지게 나타난다. 1907년의 '소년 한반도'와 1908년의 '소년 한국'이나 '소년의 나라' 그리고 1910년대 '반도 청년'에 대한 논의는 '개인'에 대한 이해가 국가의 문제와 연결되어 나타난 예들이다. 이것은 중국이나 일본도 마찬가지이다. 'The youth'나 'young man'이라는 단어가 일본에서는 '청년'으로 번역되었고, 명치 20년대에는 '국민을 대표하는 인물로까지 창출'25)된다. 중국에서도 '청년'이 '국민의 중견'26)으로까지 의미화된다. 이 같은 양상은 서양의 단어가 동양에 번역될 때 근대국가 건설의 맥락에서 자유롭지 못한 채 집단적 정체

---

22) 리디아 리우는 앞서도 언급했지만 '통언어적 실천(translingual practice)'에 주목한다. (Lydia H. Liu, *Translingual Practice—literature, National Culture, and Translated Modernity China 1900~1937*, Stanford Univ Press, 1995, pp.xv~xx)

23) 다지리 히로유끼(田尻浩幸), 「문명사적 시점과 이인직의 신소설」, 한국어문교육연구회 167회 학술대회자료집, 2007.9, 218~219면.

24) 야나부 아키라, 서혜영 역, 『번역어 성립사전』, 일빛, 2003, 20~23면.

25) 木村直惠, 『〈青年〉の 誕生』, 東京 : 新曜社, 1998, 43면.

26) 高語罕, 「青年與國家之前途」, 『新青年』, 上海 : 新青年雜誌社, 1916.1.

성에 연루되고 있음을 드러내는 징후이다. 그래서 근대적인 '인권'까지도 '국가 건설'이라는 절대적 명제를 통해 변형[27]될 가능성이 두드러지게 된다. '사회' 영역에 대한 상상이 '국가'로 대체되는 것이다.

그러나 '개인'의 기호를 매개하는 '소년'이나 '청년' 안에 '국민'의 개념과 등치될 수 없는 '개인적' 자질이 온존하고 있는 것 또한 분명하다. 예를 들어 일본에서 '청년'이 '국민'을 대표하는 인물이었지만 동시에 '장사(壯士)'와 달리 '비가시적인' 영역의 중요성이 부각되면서 글쓰기를 통해 자신의 정치성을 드러내는 근대적 존재였으며,[28] 중국의 '신청년' 또한 전근대적인 복수(複數)[29]보다 근대적인 '단수(單數)'[30]의 중요성을 깨달으며 민주와 과학을 부르짖은 존재였다는 사실이다. 물론 이 '단수' 안에서 발생되는 '개인성'의 감각이 어떻게 규율되는지 하는 논의는 별개로 하면서 말이다.

이처럼 '개인'의 개념이 수용되는 과정에서 개인과 개인 간의 관계보다 개인과 집단(국가)의 관계가 초점이 되었으며, 이에 따라 개인을 '국가' 건설의 구성원으로 이해하는 사고가 등장했기 때문에 '개인'의 개념을 규정하는 데 선결 물음인 '나는 누구인가(무엇인가)' 하는 질문이 '국민의 자격 조건이 무엇인가' 하는 질문과 착종되어 제기된다. '개인'의 개념 안에 내포되어 있는 '자율성'과 '독립성'의 가치가 개인과 집단 간의 문제로 해석되었을 뿐만 아니라 민족과 민족, 집단과 집단의 관계로 확장되어서 이해되었기 때문이다. 그래서 개인을 구성하는 자율적이고 독립적인 인간상은 다른 민족에 대해 우리 민족을 지킬 수 있는 국민의 자질로 대체되었고, 이를 통해 근대화가 진행되는 과정에서 드러

---

27) Wendy Larson, *Woman and Writing in modern china*, Calif : Stanford Univ, 1998, pp.10~25.

28) 木村直惠, 앞의 책.

29) 『新靑年』에 실린 여러 글들을 참조해 볼 때 '複數'란 가문, 가족 등 개인보다 집단을 우선시하는 전체주의적 원리의 비유일 것으로 보인다.

30) 이때 '단수'의 의미가 '個'의 의미 즉 Individual이었다고 말해도 무방할 듯하다(Lydia H. Liu, 앞의 책).

난 '개인주의'가 국가의 '적'으로까지 언급된다.[31] 더욱이 춘원은 1922
년 「민족개조론」에서 '個'의 의미를 '私'와 동일시한다. 또 개인과 '私'
를 동일시하기 때문에, 사적이지 않은 '개인'의 의미를 주장하게 된다.
'개인'의 의미를 사적인 것으로만 이해하기 때문에 '이기주의' 논의나
사회와 유리된 개인을 도출하게 된다. 그래서 1920년대 '人格이란 그
自體가 이미 사회적 관계를 표시한 바'의 개인을 주장하며 사회적(민족
적) 개인의 의미를 만들기도 한다.[32]

> 個人主義란 무엇신가? 英語로는 individualism(인듸븨쥬일늬슴)이라 한다. 世
> 間에서는 個人主義라 하면 이상한 의미가 잇거나 又는 惡한줄 안다. 그러나
> 此主義는 近世文名에 中心問題임을 생각할진대 우리가 一日이라도 速히 其
> 眞意를 解得함이 可할 것일다. (···중략···) 결국은 社會奉仕主義로다. 熱狂的
> 自由主義 갓치 보이나 實相은 他人의게 個性과 自由를 害하지 아니하는主
> 義일다.[33]

이처럼 개인주의가 '사회봉사주의'나 '사회의식' 안으로 포섭되기도
한다. 사회나 민족에서부터 자유로울 수 있는 개인주의의 가능성에 맞
서 적극적으로 방어하고 있는 것이다. 개인과 사회가 맺고 있는 관계를
유무로만 단정지어 사고하고 있기 때문에 개인과 사회의 관계를 연결
시키려는 집요한 경향을 보이게 된다.

---

31) 예를 들어 "個人主義로 生을 求치 말지어다 (···중략···) 嗚呼라 慘哉라 此 主義여
此 主義가 人을 殺ᄒᆞᆫ도다 大抵 只今은 民族競爭의 時代라 (···중략···) 韓國 將來
의 大憂가 亦 日 個人主義가 是라"(논설, 『大韓每日申報』, 1909.11.21) 등이 있으며
그 뒤로도 "우리의 업 중에 「자아의 실현」과 「공공의 도리」의 이대 사상에 …… 닛체
의 사상이 비록 개성의 수합에 적적하다 할지나 당사자로서 박두한 공공의 문제를 포
기하고 절대적 개인주의만 주장할 수는 업다 하오 불가하다 단언하는 것보다 실제에
사회생활하는 우리 인류의게 그와 갓흔 박정한 생각이 잇슬가 의문이오"(최승구, 「불
만과 요구」, 『學之光』 6호, 1916)와 같이 개인주의를 공공성이 박탈된 개념으로 사용
하는 예를 자주 볼 수 있다.
32) 최승만, 「인격주의」, 『개벽』 25호, 1922.7, 18면.
33) 홍병선, 「개인주의의 의의」, 『청년』, 1921.4, 2~4면.

그러면 이 '자기의 사상' 혹은 '자기의 표현'이라는 것을 정서적 수단 —예술—을 통해서, 즉 자기의 감정을 다른 사람의 감정에 감염케 하는 것이 예술의 정의(定義)가 된다면 이 예술 내용을 형성한 '자기사상'이나 '자기의 표현'에서, 이 '자기'는 무엇인가.

> 이 '자기'라는 것은 개인주의자들이 주장하려는 이기주의적 개인을 말하지 안는 것은 물론이다. 그것은 말할 수 업는 것이다. 예술적 작품을 구성해논 그 핵심인 '자기'는 결단코 孤島에 漂着한 '로빈손'의 '자기'가 안이다. 그것은 한 사회 가온데서 엇게 된 자기개체에 刺戟된 의식 즉 사회의식이 그것이다. 예술은 혼자서 亨樂하려는 것이 안이라 남의 감정에 감염하는 까닭으로 일반이 공감하고 잇는 사회적 의식에 부듸치지 안으면 안이 된다. '완전한 개인주의는 개인이 혼자 잇는데서 실현되는 것이 안이라 다수한 가운데서라야 실현될 수 잇다'는 선배의 말과 깃치 그 작품이 예술적이면 예술적일수록 남의 감정에 더 만히 감염되면 될수록 그 작품 속에서 표현되려는 '자기'는 점점 사회적 의의를 더 만히 갓게 되며 따라서 '자기'라는 것은 '사회적 의의'와 異語同義의 것이 되고 마는 것이다.[34]

박영희가 예술을 논하는 자리에서 "'자기'가 결단코 孤島에 漂着한 '로빈손'의 '자기'가 안이다'라고 말하는 것은 '사회'에 대한 강박증적 사고를 보이는 것이다. 이처럼 개인에 대한 논의 안에 근대 국가 건설이 밀접하게 연결되어 있다는 것, 그래서 '개인'과 민족 국가의 관계 양상에 따라 '개인'의 형성 과정이 드러날 수 있다고 가정해 볼 수 있다.

일례로 1900년대 '소년'의 의미[35]가 전유되고 해석되는 과정에서도 마찬가지의 모습을 보게 된다. 1900년대 '소년'의 기표 아래 여러 의미

---

34) 박영희, 「藝術이란 무엇인가」, 『삼천리』, 1930.7. 67면.
35) '소년'의 쓰임을 통해 그 기의를 5가지로 나누어 보았다. 일단 ① '소년' / '노년'과의 대비 속에서 노인의 대상으로 드러난 경우 ② 젊은이 사나히 등으로 쓰인 경우 ③ '소년'이 '새로운' '근대적인'의 의미로 쓰인 경우 ④ '소년'이 '국민'의 의미로 표상된 경우 ⑤ 1900년대 '유년'이나 '자제'로 얘기되는 경우 ⑥ 근대적 '어린이'의 의미로 한정된 경우 등이다. 이 기의들 중 몇몇의 기의가 결합하거나 합쳐지는 경우도 있다.

들이 공존하고 있으며 심지어 대립적인 의미까지 포괄하면서 다양하게 수렴되어 있다는 것을 발견했는데, 때문에 기존 논의와 달리 '소년'이 특정 의미로 환원되지 못하는 양상이 이 당시 '소년'의 특성이 아닐까 생각해 보았다. '아해'만으로도 '사나히'로도 한정될 수 없는, 가능성과 징후만으로 의미화되는 단어인데, 이 단어가 '국민'으로 표상될 수 있었던 것은 당시 민족국가의 절실한 염원 속에서 '소년'이 가지고 있는 의미 중 '新'과 '幼'가 결합하면서 양계초의 미래의 국민을 뜻하는 '新民'으로 일시적으로 의미화된다.

이처럼 1900년대부터 '개인'의 기표가 들어오기는 하지만, 이 '개인'은 지금과 같은 기의로 사용된 '개인'이 아니라 근대 국가를 이룰 수 있는 근대적 개체, 다시 말해 근대 국가의 '국민'으로 일차적으로 수용되고 있다고 할 수 있다. 즉 '개인'이 집단적 주체로 임의적으로 해석되고 있는 것이다. '개인'이라는 기표를 개인주의의 맥락에서 해석하지 않고 '국민'이라는 집단적 주체의 형식으로 상상하는 것, 이것은 근대 국가 건설이라는 당시의 시대적 과제를 '개인'에게 적용하고 있는 모습이다. 물론 '개인'이 전적으로 '국민'으로 환원되지 않은 부분이 있기 때문에 '개인주의' 논란을 벌이는 것이기도 하다.

요컨대 1900년대 '개인'의 기표 아래 다양한 기의들이 각축하고 있으며 '개인'의 개별성이 무엇인지 발견되기 시작했다는 것, 즉 개인의 '個'라는 의미가 산술적인 의미로 이해되기는 했으나 그럼에도 이 '個'들의 수평적 관계가 상상되기 시작했다. 그러나 이 '개인'들의 개인성이 '민족주의' 안의 개인으로 개체화되는 양상 또한 분명한 징후로 나타나고 있다. 즉 개인성을 상징적 질서 내부의 개체로 동일화하려는 움직임 또한 또 다른 징후로 나타나고 있다. 이것이 1930년대 이후에는 '인물론' (사회 인사)으로 돌올하게 표출된다. 국가와 민족을 이끄는 '천재'·'인사'·'거인'·'영웅'들을 상상하며, 이들에게서 민족의 역사를 상상하려고 하는 것이다. 개인들이 만들어가는 사회적 공공성에 대한 이해를 외면하며, 걸출한 인물을 통해 민족을 상상하고 있기 때문에 이 같은 인물론이 득세하게 된다. 개인, 사회, 국가가 동일구조로 이해되었기 때문에 가능한 일이며, 그것과 다른 질의 '사회'가 배제되거나 국가 밖에 놓였기 때문이다.


## 2) 개체화의 원리-연령화, 성별화

특정 관계가 어떤 배치 속에 놓여있는가에 따라 개인성으로 드러날 수도 있고, 개체화로 나타날 수도 있다. '개체화'는 '개인성'의 또 다른 이면으로, 어느 맥락에서는 개인성의 양상으로 또 다른 맥락에서는 개체화의 양상으로 드러난다. 즉 한 개인은 '누구'라는 이름으로 얘기될 수 있는 단일한 존재가 아니라, 다양한 양상이 놓일 수 있는 '장'의 다른 이름이기 때문에 하나의 얼굴이나 이름으로 개인의 성격을 점칠 수 없다. 이런 관점에서 개인이 세계와 자기동일적인 반복으로 관계를 고착화해갈 때 이것이 결국 개체화된다고 보았다. 즉 이 글에서는 개인이 상징적 질서의 일부로 고립과 소외의 이분화된 관계로 환원되는 양상을 개체화로 정의했다.[36]

개인과 개인, 개인과 민족 간의 관계들이 드러난 맥락에 따라 개인성으로 발휘될 수도 있고 그렇지 않을 수도 있다. 예를 들어 1900년대 개인이 '민족'의 한 분자로 구성된 상황에서 '개인'은 비록 민족의 한 분자로 호명되었지만, 민족/개인의 관계는 개인의 개인성이 무엇인지를 자각하게 해주는 관계이자 배치로 나타난다. 그러므로 개체화의 '원리'라는 고정된 잣대는 사실 가능하지 않다. 다만, 이 장에서 개체화의 원리로 언급하고 있는 연령화, 성별화는 개인을 제도의 일부로 규율하는

---

36) 푸코는 판옵티콘 속의 개인의 특성을 개체화·내면화로 지적한다.

일반적 잣대이다. 이 두 가지 원리에는 근대 제도가 개인을 어떻게 규율화하고 개체화하는지 하는 문제가 내재해 있다.

이 두 가지 원리는 민족(국민)의 내부를 연령과 성별에 따라 구분한 뒤 이를 다시 내부적으로 통일하는 '민족주의적 지향'이 드러나 있다. 여기에서 연령화와 성별화는 국민국가 안에서 진행되는 '제도화'의 일환이다. 연령화는 나이에 따라 국민을 구분하는 것이며, 나이에 따라 그 가치가 주어지는 것을 말한다. 예를 들어 근대 이전에는 '관례(통과의례)'의 유무로 아이 / 어른을 나누었다. 이 같은 기준으로 재구된 '아이'는 어른이 '못 된' 부정의 기호였으며, 이들이 어른이 될 수 있는 길은 사회에서 합의한 제의를 무난히 거치는 것이었다. 그 때문에 관례를 받기 위한 준비나 일련의 성숙에 대한 과정이 특별하게 부각되지 않았다. 아이의 타고난 본성을 닦아 줄 수양이 강조되기는 했으나, 아이가 일정 기간 수양하게 되면 어른이 될 수 있다고 생각하지 않았다. 그러나 시간에 따라 발전하고 진보하는 근대적인 시간의식이 생기면서부터 '성숙'의 개념이 마련되었다. 선형적인 근대의 시간을 따라 인간이 발전할 수 있다는 사고를 기반으로 한, 근대적 교육체계는 아이가 성장하는 과정을 분절하면서 이에 따르는 과업을 마련한다. 그리고 이 과업을 성취하면서 '성숙'의 도정으로 나아간다고 가정한다. '성숙'을 통해 아동을 보게 되면서 성장 과정 전체가 가지는 중요성이 인식된 것이다. 그래서 '아동'을 어른이 못 된 결핍된 자아로 이해하는 대신, 제대로 성장할 수 있도록 배려해주어야 하는 존재로 이해하게 되었다.[37]

---

37) 이 같은 '아동'의 등장을 일러 가라타니 고진(『일본 근대문학의 기원』, 민음사, 151~179면)은 내면을 가진 근대적 개인에 의해 발견된 '풍경'이라고 지적한다. 개인의 내면이 있다고 가정되면서 정체성의 기원을 상정하려는 태도가 드러나는데 이것이 '아동(기)'를 통해 재구된다고 주장한다. 근대적 아동이 근대적 풍경 안에서 재구된다는 이 같은 논의는 필립 아리에스의 『아동의 탄생』(새물결, 2003)의 논의에서도 보여진다. 그에 의하면 근대 이전의 아동은 어른이 되지 못한 '미숙한' 것으로, 이성을 가지지 못한 동물과 비교된다고 그러나 근대에 핵가족이 확립되고 아이들이 학교에 편입되기 시작하면서 어른의 시기와는 다른 아동의 시기가 있다는 관념 그래서 더 개발

이것은 근대가 '청춘'을 가장 중요한 시기로 정체화하고자 하는 것과 관련된다. 그래서 '나이 든 사람들과 구별하는 것, 아동기를 인생의 가장 중요한 시기로 정체화하고자 하는 모더니티의 자기의식과 연관'[38] 되는 '연령화(연령주의)'가 그것이다. 이 맥락에서 '연령화'란 개인의 성숙을 가정하는 것으로 아이와 어른을 구별하는 근대적 개인의 자기의식으로 요약할 수 있다.

또한 '개인'의 등장과 관련해서 성별화의 잣대도 염두에 두고 있다. 한 개인이 어른이 되는 동시에 성별 체계 속에 놓이면서 '개인'의 정체성이 구성된다. 이런 점에서 성별화의 문제[39]는 주의깊게 다루어야 하는 문제이다. 개인의 성별화가 당대에 주요한 화제였기에 더욱 그러하다. 서구에서도 18세기 초반까지 '남녀 동형설'이 지배적이었다고 한다. 그러다가 신체적 차이를 넘어서는 문화적 차이의 수사학이 널리 확산

---

되고 교육받아야 한다는 면으로 발전되기 시작한다(김혜경, 「일제하 어린이기의 형성과 가족변화에 관한 연구」, 이화여대 박사논문, 1998). 근대 이전에는 어른이 아닌 아이를 성장 단계에 따라 나누고 분류하지 않았다. 관례를 통해 어른으로 인정받기 전의 아이들은 모두 그냥 아이일 뿐이다.

38) 이것을 일러 소냐 안드레 마흐는 'Ageism'이라고 언급한다. 소냐 안드레마흐 외, *A Concise Glossary of Feminist Theory*, Arnold Press, 1997, p.10.

39) 펠스키의 『근대성 페미니즘』(리타펠스키, 김영찬·심진경 역, 거름, 1998)과 치즈코의 『내셔널리즘과 젠더』는 책의 내용은 다르지만 기본적인 문제제기 방식은 동일하다. 펠스키가 근대의 젠더를 묻고 있다면 치즈코는 내셔널리즘에 민족국가와 젠더를 묻는다. 펠스키가 근대세계에 성별화가 나타난 양상을 분석하고 있다면, 치즈코는 근대 민족국가 안에서 성별화의 잣대가 어떻게 전략적으로 사용되고 있는지 분석한다 (Chizuko Ueno, 이선이 역, 『내셔널리즘과 젠더』, 박종철출판사, 1999). 두 논자 모두 근대성과 내셔널리즘에 대한 논의가 남성적 주체를 전제하고 있는 것에 문제제기를 하며, 근대와 내셔널리즘을 다시 보고자 하는 논의이다. 우에노 치즈코는 『내셔널리즘과 젠더』에서 이 문제를 집중적으로 논의한다. 즉 여성이 전쟁에 어떻게 동원되는가 분석하면서 여성이 국민국가 형성에 어떻게 참여하게 되는지를 살핀다. 이를 통해 국민국가가 젠더화되었음(engendering the nation-state)을 밝힌다. 호미바바 또한 인종의 차이와 성적 차이를 통해 식민담론을 살피면서, 그 특유의 언어유희적 관점으로 주체발생을 성별화의 관점에서 얘기한다. 예컨대 "주체는 발생되면(engendered) 말해지기 위해 성적 차이가 생겨야(gendered)" 한다는 식의 서술이 그것이다. 호미바바의 민족/서술이 쌍생아임을 언어유희를 통해 보여주는 것처럼 주체발생(engendered)에 주요한 계기로 젠더화(gendered)의 문제를 들고 있다.

되었다고 한다. 자연적 성(sex)의 수평적 차이에 대한 생물학적 담론이, 문화적 성(gender)의 수직적 차별에 대한 지배적 담론으로 탈바꿈하게 되었는데[40] 이같이 된 이유로 민족국가의 발전 전략을 꼽을 수 있다.[41]

예를 들어 웬디 라손[42]은 중국의 근대 초기 민족주의 담론과 젠더가 연결되는 측면을 분석적으로 보여준다. 그녀는 국가 건설에 젠더 구축이 불가피함을 전제하면서 기본적으로 근대 국가가 '젠더화된 남과 여'에 대한 기대를 통해 구성된다고 지적한다. 그래서 그녀는 '才 / 德' '정신 / 육체' '남 / 여'와 같은 구분법이 근대 시기에 어떻게 조정되고 변형되었는지 그리고 이 과정에서 어떻게 여성이 배제되었는지 서술한다. 우리도 이것과 그리 다르지 않다. 근대 국가 건설 과정에서 여성의 계몽은 근대 국가를 나타내는 상징처럼 사용된다. 그래서 여성의 각성 여부에 따라 국가의 존폐 여부와 가능 여부를 묻는 논의가 왕성하게 진행된다. 이 같은 맥락에서 '청년'과 짝을 이룰 수 있는 '청년녀자', '조선여자', '반도여자' 등의 단어가 국가와 여성을 연결하는 기호로 드러난다. 그래서 '청년'과 '청년녀자' 등이 대립항을 형성하면서 '젠더화된 남과 여'의 성별체계를 작동시킨다.

이 같은 맥락에서 '청년녀자'[43]나 '여성'[44]이라는 단어의 출현에도 주목해 볼 수 있다. 성별화는 남 / 녀의 성별 차이를 심리적 제도적 규범으로 수용하는 것이다. 이미 근대 이전에도 확고부동한 사회적 제도로 실현되고 있었지만, 젠더의 완고한 전근대적 규범에 대한 비판이 민족국가 건설 시기에 왕성했기 때문에 성별화 규범이 '민족국가' 논의 속

---

40) 임지현, 『오만과 편견』, 휴머니스트, 2003, 295면.
41) 사카이 나오키, 『오만과 편견』, 휴머니스트, 2003, 296면. 사카이 나오키의 지적에 따르면, '일본어'가 완성되는 과정에서 남성다움과 여성다움이 자리잡았다고 한다.
42) Wendy Larson, *Woman and Writing in modern china*, stanford univ, 1998, pp.1~43.
43) '청년-녀자'의 기호는 1910년대에 '부인(婦人)'을 인식하는 두 가지 국면이 드러난 예이다.
44) 우리나라에서 여자를 지칭하는 말로 '여성'이 쓰이기 시작한 것은 1910년대 중반 이후이다. '여성'의 기호는 '여자'에 대한 사회적 인식의 변화와 맞닿아 있다.

에서 행해진다. 이 근대적인 성별화를 매개로 개인의 정체성이 무엇이어야 하는지 드러내고 있기 때문이다. 예컨대 이학학당의 초대 교장인 스크랜톤은 교육이념을 건전한 '한국인' 육성으로 설정한다.[45] 다시 말해 1900년대 이전 여자 교육을 성별화되지 않은 '국민'의 관점에서 얘기했다면, 1910년대에 여자교육은 남자와 다른, 젠더화된 교육으로 제창된다. 여자 교육 목표를 가정교육과 아동교육으로 한정하면서,[46] 남자와 다른 역할로 성별화하는 것이다. 이 과정이 개인의 젠더화 과정과 결부되어 있는 것은 아닌가 생각해 볼 수 있다.[47] 즉 1910년대 '청년'은 1900년대의 '소년'과 달리 성별화되고 있다는 것, 그래서 1910년대 청년은 이 젠더화를 거친 남자 '청년'이라는 것, 그리고 이 청년이 '민족'이라는 대의를 통해 '부인(婦人)'[48]을 '청년녀자'로 포섭한다는 사실에 주목해 볼 수 있다.[49]

---

45) 스크랜톤의 교육관을 인용해 보면 "여성들로 하여금 우리 외국인들의 생활 양식, 의복 및 환경에 맞추어 지기를 바라는데 있지 않다. 우리는 다만 한국인을 보다 나은 한국인이 되게 하는 것으로 만족한다. 우리는 한국이 한국적인 것에 대하여 긍지를 갖기 바라며 나아가서는 그리스도와 그의 교훈을 통하여 완전한 한국인이 될 것을 바란다."(http//ewha.hs.kr/info/body2.html)

46) 「여자교육의 방침」, 『每日申報』, 1910.9.16.

47) 물론 소년이 아동의 개념으로 한정되면서 '소년소녀'라는 말이 쓰이기는 하지만, 이 때 '소년소녀'는 '無性'적인 아동의 내포 안으로 한정되기 때문에 생물학적 차이를 드러내는 기호 이상이 아니다. 물론 후에 사춘기 '소녀'의 개념이 젠더화되는 것은 별개이다. 그러나 '청년남녀' 혹은 '청년녀자'라는 개념은 젠더화된 개념이다. 여성의 역할과 남성의 역할을 구분하고 위계화하면서 등장하게 된 용어이다. '소년'과 '소녀'가 짝을 이루어 사용될 수 있는 말이 되면서 '소녀'의 기의가 일차적으로 한정되고 여기에 '여성'에 대한 이해기 달라지기 시작하면서 '소녀'의 기의가 가지는 근대적 의미가 창출된다(박숙자, 「근대적 주체와 타자의 형성 과정에 대한 연구─근대 소녀의 타자성 형성을 중심으로」, 『어문학』, 2007.9, 267~290면).

48) '부인'이라고 하면 결혼한 여성을 떠올리나, 이 당시 '부인'은 '여자'로 호환가능하게 사용된다. 그래서 '부인(婦人)'이라는 의미로도 쓰이고, 결혼한 여자라는 의미로서 '부인(夫人)'으로도 쓰인다. 적어도 1920년대 말까지 '여기자'의 대용어로 '부인기자'라는 용어가 사용되고 있기 때문에 이 용어의 개념을 폭넓게 알아둘 필요가 있다. 다만, 이광수의 『재생』(『이광수전집』 2, 삼중당, 1962)에서 이 단어의 함의가 축소되고 있는 세태의 일단을 엿볼 수 있다. "P부인은 이름은 부인이라 하지만, 그의 남편을 본 사람이 없다."(68면)

이처럼 나이를 기준으로 어른/아이의 변별적 대립항을 만들어내고, 젠더를 잣대로 남/여의 변별적 자질을 드러내며 '개인'이 출현하고 있는데도, 당대에 드러나고 있는 새로운 기호들의 이면에는 '개인'이 무엇이어야 하는지 하는 물음이 담겨 있다. 민족국가와 개인이 연결되는 지점이 일련의 기호로 드러나고 있는 것이다. 이는 '누가 개인일 수 있는가' 하는 질문과 동시에 '누가 국민일 수 있는가'라는 질문을 동시에 묻는다. 그래서 '개인'이 출현하는 과정에서 '개인' 내부의 이질성들을 분리시켜내면서, 위계화하는 초월적 기제로 민족국가의 바람을 상정하고, 이 지향이 연령화와 성별화에도 일정하게 작용하고 있다고 보고 있다.

---

49) 이처럼 민족을 구성하는 과정에 젠더화가 개입되고 있음을 밝히는 논자로 우에노 치즈코를 들 수 있다. 그녀는 '국민국가를 젠더화하고자' 시도를 통해 여성이 국민화되고, 여성의 영역이 어떻게 사적영역으로 격리되어 자연화되었는지를 지적한다. 그러면서 국민은 처음부터 여성을 배제함으로써 남성성의 용어로 정의되었다고 말한다(우에노치즈코, 『내셔널리즘과 젠더』, 박종철출판사, 90면). 또 웬디 라손도 근대 중국의 경우를 분석하면서 여성해방담론이 여성인권 차원에서 번역되지 않고 '건강한 국가'의 개념안에서 수용되는 과정을 자세히 소개한다(Wendy Larson, 앞의 책, 30면).

# 제3부
# 근대문학과 개인

# 제1장

# 개체로서 민족, 공중적 개인

## 1. '個'로서 민족, '曾'의 분자인 개인

　20세기를 전후해서, 신분과 계급을 뛰어넘는 '개(個)'의 지향이 두드
러진다. 그 전부터 징후적으로 포착되거나 발산되던 개체적 욕망이 그
시기에 근대적 인간의 성격으로 전유되는 것이다. '개인'이 '무엇'이며,
조선인들이 무엇이어야 하는지 하는 논의가 그것이다. 즉 이 '개체'에
대한 사상이 하나의 민족을 상상하는 방식에서도 반복되기노 한다. '단
체 개인'[1]이라는 말의 쓰임이 그러한 것처럼, 개인이 개별 단위의 이름
으로 수용된다. '개인'은 인간의 이름으로 이해된 것뿐만이 아니라 집단
을 사고하는 '개체' 감각으로도 수용된 것이다. 개인이나 민족이나 모두
'개인'이라는 사상을 과제로 부여잡게 된 것이다. 개체로서 민족, 개체

---

1) 『황성신문』, 1901.12.6.

로서 개인, '個'의 지향이 인간의 얼굴을 하고, 민족의 얼굴을 하고 출현하게 된다.

또한 개인이 결합할 수 있는 '회(會)'에 대한 이해도 자리잡기 시작한다. '대한은 갑오 이후로 정부에 비로소 회가 생겨'[2]났는데, '회(會)'는 상하귀천에 상관없이, '동등하게' '차등없이' 일심으로 결합할 수 있는 집단이다. 이 '회'는 가족이나 국가나 세계처럼, 개인들이 모일 수 있는 집단의 이름이며 이 집단의 원리는 동등함을 원칙으로 한다. 그래서 '낱낱이'[3] '분자로서' 참여하는 자유와 평등의 이름으로 회(會)를 구성한다. '독립협회' '만민공동회'라는 말이 그러한 것처럼, 이 당시 '회(會)'는 새로운 개인들이 결합하는 집단의 다른 이름이다. 개체 감각이 자유와 평등의 이름으로 '회(會)'를 구성하게 된 것은 '개체 감각이 도달한 새로운 경지임이 틀림없다. 그런데 이 '회(會)'의 성격이 개인들의 '합' 이상을 넘어서지 않는다는 데 그 특징이 있다. '회(會)'가 개개인들의 합을 넘어서지 않는다는 사실은 개인들을 연결하는 '관계'에 대한 새로운 사고가 부재했다는 것을 의미하는 것이다. 즉 개체는 있었지만, 이 개체들을 산술적인 '합'으로 이해하고 있었다는 사실은 '개인'들을 구성할 새로운 관계가 없었다는 말이며, 개인과 사회를 동일 구조로 상상했다는 얘기이다.

개인이 구성되는 '관계'로 '일심(一心)'[4] 등이 사용되었지만, '일심'은 가족의 연장선상에서 국가를 그대로 대입해서 상상했던 상상력이다. 개인의 발견이 이루어지고 있지만, 이 개인들이 공동의 네트워크를 이루어 교류하는 '회(會)'에 대한 이해는 전대의 상상력에서 그대로 이어지고 있었다는 것, 그래서 '개인'의 발견이 사장될 여지도 있으나 그런데

---

2) 『독립신문』, 1898.2.19.
3) 『독립신문』, 1898.7.15.
4) 『독립신문』, 1898.2.19. '여러 학교를 합하야 일심으로 이 회를 하였으니 지극히 아름다운 일이라'라는 구절이 보인다.

도 '개인'의 합으로 '회'가 성립한다는 사실은 여전히 중요하다.

　　國家가 不能自國家라. 衆多人이 合勢ᄒ야 國家團體 이뤄쩌든 衆多호 諸
人 等이 각각 反省自己ᄒ야 個人的 自國家를 正方으로 先治ᄒ야 卓然獨立
이 急務로다.5)

　　기인 사만 알고 공동ᄉ를 몰으면 근본을 아지 못호 쟈요 공동의 뜻만 싱각
ᄒ고, 기인을 몰으면 공동의 뜻을 방히ᄒᄂᆫ 쟈라 기인이 업스면 샤회가 업겟
고 사회가 업스면 (…후략…)6)

국가는 국가만으로 존재하는 것이 아니라 모든 사람들이 '각각' '합'
해야 국가단체를 이룰 수 있으며 개인이 모여 '공동'을 이루고, 공동의
사회 또한 '개인' 없이는 의미없다는 사실을 분명히 하고 있다. 그러나
이 집단이 이렇게 '개인'의 합으로 존재한다는 사실의 발견은 역시나
중요하다.

이 당시 '개인'은 국가나 사회에 환원될 수 있는 개인이지만, 이 개별
성에 대한 감각이 '민족'을 보편적인 질서로 이해할 수 있는 동력이 된
다. 집합적 신체의 일부로 분리 가능한 '개인성', 이는 '개인'이 비록 텅
빈 기표처럼 사용될지라도 개별의 '합'이 역으로 개별의 '독립'까지 가
정할 수 있는 것으로 파생되고 있는 것이다. 당시 '독립문'의 기호가
'중국에서부터'라는 의미를 전제하고 있었던 것처럼, '독립'의 기호가
'~에서부터'를 전제함과 동시에 세계 보편의 질서에 '합류'할 수 있는
'민족'을 가정한다는 점에서 산술적 '합'에 내재한 개별성의 의미는 중
요하다. 또한 개인이라는 것이 무엇인가 하는 질문은 개인은 누구인가
하는 질문으로 전이되었고, 이를 통해 개체적 욕망이 '인간'의 성격으로
흡수되었다.

---

5) 김태은, 「개인적 자신국가론」, 『태극학보』 6호, 1907.1.24.
6) 「기인의 성공이 국가의 행복」, 『공립신보』, 1908.10.8.

이 장에서는 새로운 집합적 신체를 구성하는 '독립협회'와 '만민공동회'가 드러내는 새로운 관계의 양상으로서 공론의 장을 살펴볼 것이다. 영은문에 새겨져 있던 사대주의의 기표가 그것에서부터 '독립'을 뜻하는 '독립문'으로 변경함으로써 '개(個)'의 감각을 공간 속에 각인시키는 것, 이는 '개(個)'의 감각이 기표의 '박탈'을 통해 주어지고 있음을 드러내는 것이다. 그뿐만 아니라 조선의 장사치들이 오가는 길거리 또는 백성들의 오가며 여러 흐름들을 낳고 있는 종로가 한 무리를 이루어 한 목소리를 경청하는 '소리의 공동체'[7]로 변화된 것은 그전까지 흐름이나 지향으로만 있던 거리를, 공중의 신체로 전치시키는 사건으로 볼 만한 일이다.

이 같은 '개인'이 민족국가의 개념과 상호작용하면서 집단을 구성하는 개체에 대한 이해를 가능하게 하고 있는 것 역시 주목해서 볼 지점이다. 개인의 개념이 개별 인간의 고유성과 정체성 위에 기능하고 있지 않다고 하더라도, 서구적인 개인의 개념이 번역되고 수용되면서 파생시킨 근대성의 의미 또한 녹록지 않다. 이는 얼핏 보아 이 시기 사용된 '개인'의 문맥을 살펴보아도 알 수 있는데, 이 당시 사용된 개인의 기호에는 서구적인 의미에서 말하는 계몽적이고 자유로운 '개인'을 설명하는 수사가 동시에 쓰이고 있다. 그뿐만 아니라 이 '개인'의 기호가 근대적 개인의 이념을 촉진시키고 자극하면서 '근대성'의 신체를 구성하는 데 기여하고 있다고 볼 수 있다.

이는 민족주의적 감각만으로 포섭될 수 없는 세계 보편의 감각이다. 인간이 어떠해야 하고, 민족이 어떠해야 하는가라는 세계사적 변화에 조응하는 변화이다. 그런데 이 같은 개체 감각이 국권피탈을 전후한 시기에 '국민'의 표상으로 수렴되면서 새롭게 마련된 집합적 신체는 민족

---

7) 이승원은 이 당시 '매체'의 등장에 힘입어 '소리의 공동체'를 구성하게 되었다고 말한다.

의 단일한 신체로 전치된다. 즉 산술적 '합'에 내재한 개체성의 흔적을 지우고 '민족'이라는 단일한 '동포'로 재배치된다. 개인들이 눈뜨고 발견한 공론의 장 안에서 그들이 제일 먼저 목도하게 되는 것이 세계사적 시선으로 조망한 '민족'의 이름8)인데도 불구하고 이들은 공론의 장에서 '민족'과 '국민'이라는 단일한 감각으로 균질화된다.

개체 발생이 계통 발생을 반복한다는 헤켈의 진화론적 관념은 이 당시 '국민'을 이해하는 것에서도 유사하게 전유된다. 새로운 국가, 새로운 국민의 이름을 '소년'의 단계로 놓고 '소년국민'은 민족의 시작을 알리는 역사적 지표로 나타나기 시작한다. 다만, '소년'이라는 이름이 '국민'의 이름으로 대체되면서 국민 내부의 개별성 또한 억압된다. 개별성의 감각으로 민족과 개인을 발견하고 있지만, 국가의 국민을 단일한 표상으로 전유하면서 이 개별성이 지워지는 것이다. 이 개별성의 배제는 '소년'이 나아가는 '바다'에 대한 지향에서 보인다. 또한 '민족'이 '법'을 창안하는 주역으로 탄생하지 못하면서 울분과 같은 집단적 감성을 남기게 되는데, 이를 통해 이성에 기초한 개인의 신체를 구성하는 것은 이성의 논리가 아니라 '집단적 무의식'의 기초를 이루고 있는 감성이다. 근대적 개인의 몸이 실상 집단적 감성이라는 민족적 동질의식9)을 그 신체로 가지게 되는 점은 이 개인들을 개체화하는 중심 동인

---

8) 앙드레 슈미드는 조선에서 민족이 보편적인 지식의 일부로 발견되었다고 한다. 세기의 전환기에 한국의 지식인들은 세계 보편의 이데올로기에 부응하면서 민족을 만들어내고 있다는 것인데, 그래서 민족을 거대한 보편성의 일부로 생각하도록 만들었다고 밝힌다(앙드레 슈미드, 정여울 역, 『제국 그 사이의 한국』, 휴머니스트, 2007, 55~56면).

9) 근대의 개인들은 이미 공동화된 신체 감각을 통해 규율된다. 일본의 근대를 '신체'의 변화로 설명하고 있는 효도 히로미는 '국민'의 퍼포먼스를 통해 국민신체로 구성되고 있음을 지적한다. 일례로 그는 "메이지 정부가 시행한 대중 규율화의 모든 시책과 연동하면서 소리와 신체의 근대화, 즉 학교 교육과 군대교육을 통해 행해진 근대 일본의 리듬감과 신체감각의 창출"(89면)을 통해 근대적 개인이 국민의 신체로 변화되고 있음을 상세히 설명하고 있다(효도 히로미, 문경연·김주현 역, 『연기된 근대─국민의 신체와 퍼포먼스』, 연극과인간, 2007, 89면).

이다. 개인들의 개체감각이 '비분강개'로 통칭되는 민족 감정의 출현으로 대체되는 것, 이것은 근대 초기의 개인의 한 국면을 이해하는 첫 번째 열쇠이다.

다음 장에서는 근대적 개인의 개념이 공론장에서 번역되고 현실화되는 과정을 살펴볼 것이다. '개인'의 기호가 구성될 수 있는 물적 토대가 평등한 질서로 유지되는 연대의 공간인 '공론장'이 그것인데, 이 공공 영역으로 개인들은 자유와 평등을 전제할 수 있는 개체 감각을 가지게 된다. 비록 이 공론장에서 논의된 내용들이 근대화의 보편적 이념을 드러내고 있다고 하더라도 공공의 영역에서 의사 결정의 기초가 '개인'에게 있다는 사실은 근대적 개인의 개념을 여는 데 중요하다.


## 2. 공화제의 퍼포먼스와 토론장의 형성


근대 초기 개인들이 선취한 것은 각각의 개인들이 '주권'을 가진 개인들이고 이 개인들이 모여 공동의 합의와 동의의 과정을 거쳐 공동체를 실현할 수 있다는 기대와 지향이었다. 사적 자율성과 공적 자율성의 변증법적 기대 속에서 이 두 가지 모두를 충족시키기 위한 공화제적 노력이 행해지는 것이다.[10] 서구의 자유주의 물결에 힘입은 이 같은 반향은 근대 초기 지식인들의 '개인'에 대한 이해와 노력 속에 구체화되고 있다. 이 지향을 통해 근대적 개인의 '개인성'이 선취되고 있으며, 조선과 비슷한 처지에 있는 중국에서도 '개인주의가 근대적 자아 문제를 해결할 수 있는 개념'[11]으로 출현하면서, '개인'이 근대성의 핵심 매개로

---

10) 하버마스는 '민주적 공민의 지위가 나름대로 강행적 법의 도움으로만 제도화될 수 있다고 말한다(하버마스, 황태연 역, 『이질성의 포용』, 나남출판, 2000, 101면).

작동한다.

1896년 독립협회의 구성은 그 대표적 예이다. 독립협회는 서재필 등을 중심으로 한 개화지식인들이 민족주의와 민주주의를 주장하며 내세운 사회정치단체이다. 독립협회에서는 토론회, 연설회 등을 통해 자유주의와 계몽주의에 입각한 민권을 주장한다. 또한 1898년에 이르러서는 만민공동회를 열어 시국과 관련하여 6개조 개혁안을 발표하는 등 근대 초기 대표적인 사회정치단체로 활동한다. 이들의 이러한 활동은 '평등' 원리에 입각한 공화주의의 맹아로 수용된다.[12] 공화주의는 권력이 왕에게 종속되어 있는 것이 아니라 권력을 여러 사람이 평등하게 나누어 갖는다는 말이며, 이는 'public'을 전제로 개인들을 분자로 하는 '사회' 영역을 개발하는 기초이다.[13]

독립협회의 이 같은 노력은 구한말의 왕권 사회를 근대 시민들이 결집하는 근대 공화국으로 재배치하려는 기획이다.[14] 근대 국가에 대

---

11) 리디아 리우는 개인주의의 용어가 서구의 자유주의적 민족주의적 이론을 번역하려 했던 일본 메이지 지식인에 의해 고안되었다고 전한다(리디아 리우, 민정기 역, 『언어 횡단적 실천』, 소명출판, 2005, 153면).

12) 독립협회가 '공화주의'를 표방한다는 소문이 돌면서, 고종의 독립협회에 대한 태도가 일변한다.

13) 이 같은 공화국에 대한 열망은 1908년 『화성돈전』의 등장으로 재촉발된다. 『화성돈』(『花盛頓傳』, 滙東書館, 1908, 2면)을 치밀히 고증하고 있는 최원식에 따르면, 워싱턴 전기가 한·중·일 세 나라에서 모두 번역되었는데 일본판과 중역본 사이에는 미묘한 차이가 있다고 한다. 일본판에서는 일본의 미래를 짊어질 소년들에게 '자유와 공도와 국가와 인류를 위해' 진력할 것을 당부하고 있는데 반해, 중역본에서는 '자유와 공리와 국가와 국민을 위해' 받기할 것을 호소하면서 '국민'을 강조한다. 이를 통해 최원식은 중국판 워싱턴 서사에는 일본판의 체제서사적 성격보다 저항서사적 측면이 더욱 강화되었다고 볼 수 있다고 지적한다. 또 『화성돈전』은 워싱턴의 전기인데 '워싱턴을 거울 삼아 자유 및 공적인 도리와 국가 및 국민을 일으켜 세울지어다'라는 서문의 말처럼 공화제를 주창했던 워싱턴의 전기와 사상을 통해 조선에 필요한 것이 무엇인지 말하려는 의도가 강하게 드러나 있는 텍스트다. 워싱턴의 전기가 '역사를 추동해 가는 시민의 힘을 생생히 보여준 세계사적 신기원, 미국혁명을 승리로 이끈 워싱턴의 지도력은 당대 동아시아 민중에 독특한 영감을 불러일으키기에 충분'하다고 보는 것이다(최원식, 『한국 계몽주의문학사론』, 소명출판, 2002, 187면).

14) 신용하, 『독립협회 연구』, 일조각, 1990, 520면.

한 적극적인 모험과 시도가 표명되지 않았다고 할지라도, 독립협회가 상상적인 형태로나마 백성들에게 근대적 가치에 입각한 새로운 공동체에 대한 지향을 분명하게 보여주고 있다고 할 수 있다. 특히 토론회, 연설회를 통해 이성의 공론적 사용[15]에 입각한 '시민담화'[16]를 끌어낸 것은 당대의 민중을 근대적 개인으로 호명하는 상징적 사례에 해당한다.

〈독립협회 토론회 규칙〉
① 토론회 회장은 독립협회 회장이 겸임하여, 일년 중 4월 1일부터 9월 30일까지는 매주 일요일 하오 3시부터 6시까지, 10월 1일부터 3월 31일까지는 매주 일요일 하오 2시부터 5시까지 3시간 동안 독립관에서 개최한다.
② 논쟁이 될 수 있고 회원과 방청인의 지식에 有助한 주제를 1주일 전에 선정한다.
③ 토론회의 주제 발표 토론자를 4인 1주일 전에 선정하여 주제의 결정을 찬성하는 '右議'와 반대하는 '左議'를 2인씩 배정하되, 발표시간은 매 1인당 10분 이내로 한다
④ 토론회 당일 회원들은 토론에 참가할 수 없으며, 이때 회원의 토론 시간은 매 1인당 5분 이내로 한다.
⑤ 토론이 끝난 후에 가부의 결정은 회장의 질문에 대하여 회원이 고성으로 '可' '否'를 말하되, 가부의 다소가 현저하지 않을 때에는 가부의 양편을 기립케 해서 그 수를 헤아려 판별하며 가부가 상등할 때에는 회장으로 하여금 가부를 결정케 하기로 한다.
⑥ 회원 이외의 방청인의 참관을 적극 권장한다.
⑦ 다음 토론회에서 토론할 주제는 提議가 회장에게 제출한다.

---

15) 하버마스, 앞의 책.
16) "17세기 말부터 18세기 초 영국에서는 자신의 사회를 가능한 한 포괄적으로 재현하고 그것에 대한 비판적 논평을 가하며 궁극적으로는 그 사회적 공간을 통제하고 지배하려는 문화적 욕구를 가진 담화양식이 등장하게 되는데"이것을 유건종은 '시민담론'이라고 명명한다. 그리고 이 같은 시민담론의 기능은 "공유된 가치에 근거한 새로운 동질적 공동체를 만들려는 부르조아 계몽주의 지식인의 문화적 기획을 수행하는 담화양식"이다(유건종, 「공공영역의 수사학」, 『안과 밖』 2권, 영미문학연구회, 11면).

⑧ 다음 토론회에서 토론할 '右議'와 '左議'의 4인은 회장이 點定한다.
　　　　　　　　　　　　—신용하, 자료해제−독립협회토론회 규칙


　독립협회는 1896년 말에 이미 회원 수만 2,000명에 육박한다. 독립협회의 조직 구성을 보면 협회를 대표하는 회장·부회장 등의 여러 간부들이 있긴 했지만 일반회원들과 이들 사이의 권리에서는 큰 차이가 없었다. 그뿐만 아니라 협회 내부의 운영을 위해서 평의원제도를 두었는데 이는 회원들의 의견을 수렴하여 의제를 만들고 이를 다시금 회의에 참석한 청중들에게 제출하여 토론을 거친 다음 표결로 과제를 결정하는 민주적인 운영 방식의 일환이었다[17] 또한 독립협회의 토론 규칙에서 드러나고 있는바, 시민들의 자유로운 의사 수렴을 목적으로 하고 있었다는 점이 분명하게 나타나고 있다. 우의와 좌의를 나누고, 방청객의 참관을 적극 권장하며 민중들의 의사를 묻는 것은 근대적 개인의 개념을 전제하지 않고서는 가능하지 않은 일이다.
　'토론회'가 '민권'을 그 원리로 삼았음을 알 수 있게 하는 부분이다. 『독립신문』과 독립협회가 근대적 시민운동 발전의 맹아적 형태로 민권의 개념을 발생[18]시키고 있으며, 토론회가 이를 매개하고 있는 것이다. 이 같은 토론회에서 각각의 개인들을 차별하는 요소는 소거되며, 의견을 가진 사람은 모두 평등하게 대우된다. 만약 계급이 있다 해도, 계급적 요소가 고려되지 않으며, 계층적 차이가 있다 하더라도 그 또한 큰 의미를 얻지 못한다. 토론장에 참석한 사람들은 '토론장'의 배치 속에서 균등힌 빌인권과 실서를 갖는다. '토론장'은 '모든 개인은 같은 권리를 가진다'는 명제를 육화한 것이다. '토론'이라는 용어가 명사인 동시에 '논쟁하다'라는 인간행위를 전제하는 동사로서 '토론하는' 행위를 전제

---

17) 장명학, 「독립신문과 근대적 정치권력의 등장」, 『역사와 사회』 33, 국제문화학회, 2004, 122면.
18) 김용직, 「개화기 한국의 근대적 공론장과 공론 형성 연구−독립협회와 독립신문을 중심으로」, 『한국동북아논총』 38집, 한국동북아학회, 2006, 342면.

하는 '민주적 형식'을 뜻한다. 즉 '토론'은 근대의 민주적 형식을 표상하는 기호이자 제도이다.

> 우리에게 독립신문을 오늘 처음으로 출판하는데 조선 속에 있는 내외국 인민에게 위의 주의를 미리 말씀드리어 알게 하노라. 우리는 첫째, 편벽되지 아니한 고로 무슨 당에도 상관없고 상하귀천을 달리 대접하지 아니하고 모두 조선사람으로만 알고 조선만 위하여 공평히 인민에게 말할 터인데 …… 만일 백성이 정부의 일을 자세히 알고 정부에서 백성의 일을 자세히 알면 피차에 유익한 일만 있을 터이요 불평한 마음과 의심하는 생각이 없어질 터이다[19]

이 같은 대의는 『독립신문』의 편집 방침에서도 그대로 드러난다. 당시 한문을 신문의 언어로 채택하지 않고 한글을 채택함으로써 편벽됨 없이 '조선사람'을 전체적으로 아우른다는 원리를 그대로 적용하고 있다. 이는 조선사람이라면 모두 평등한 조건으로 말할 수 있는 권리를 현실화한 것이다. 사농공상이라는 상하귀천의 구분으로 사람을 '달리 대접하지 않'겠다는 태도로서, 이 같은 조직원리를 통해 '조선'이라는 국가적 영역 안에서 모든 사람이 균등한 권리를 가진 사람으로 대접한다는 사실을 대외적으로 선포한다. 실제로, 토론회에 참가하는 사람들은 어린 소년과 부녀자를 비롯해서 기생들까지 이들은 계급과 신분을 떠나 '개인'으로 참여한다.

이로써 알 수 있는 것은 토론회의 내용은 차치하더라도 '토론'의 형식을 통해 전 인민을 '교육'했다는 것이다.[20] 토론의 내용도 중요하지만 '토론'의 형식 자체가 교육의 메시지인 것이다. 독립협회와 만민공동회

---

19) 「독립신문 창간사」, 『독립신문』, 1896.4.7.
20) 민주주의의 수용 측면에서 독립협회가 '민중 집회를 통한 민주의 참정을 유도'한 점은 민주주의의 실현에서 '실천'의 측면이 강조된 예이다. 그 파급력도 주목할 만한데 1898년 3월10일 서울 종로에서 개최한 제1차 만민공동회에는 당시 17만 명의 서울 시민 중 1만 여명의 성인남자들이 참여할 만큼 그 규모가 컸다고 한다(안의순, 「조선에서의 민주주의 수용론의 추이-최한기에서 독립협회까지」, 『사회과학연구』 9집, 2000, 60면).

의 토론회는 그 안에서 다룬 내용도 중요하지만, 대의제를 중요한 원칙으로 내세우고 있다는 사실 또한 그에 못지 않게 중요하다. 토론회 안에서는 위계 질서와 차별 관념이 아닌 다양한 의견을 가진 개별 발화자로 대우되는 것이다. 이 같은 토론에 참여하면서 '집합적 의견'의 합리화에 동참하게 되고, 이 결집된 의견을 통해 개인의 참여를 유도하게 된다.[21]

이 같은 독립협회의 '토론'은 당대 공적담론의 '대화체'[22]나 연설[23] 체 서사에서도 유사하게 반복된다. 『대한매일신보』, 『독립신문』 등에서 드러난 대화체 단형서사는 정치적 의사를 가진 '개인'들의 담화 양식이다. 『자유종』의 시작에서 보이는 "민족중의 한 몸이 된 신설헌"[24]의 표기도 이러한 사정을 보여준다. '민족중의 한몸'이 '민족' 일반으로 이해된다고 하더라도, '한몸'의 기표가 산술적 합으로 손쉽게 갈망될 수 없는 중요한 부분을 보여준다고 할 수 있다.

> 모쳐롤 지나다가 슈슴 향긱이 모혀 담화ᄒᄂ 말를 들은즉 한 사람이 가로더 지금 세계ᄂ 참 휘황챤란ᄒ 세계라 우리들의 고루ᄒ 소견으로ᄂ 엇더타 형언홀 슈 업거니와 만국통상 약조하야 틔셔 각국 사롬들은 쳔만 리롤 지쳑으로 만리타국 나와셔도 거쳐 범빅 의복 졔도 문명국인 긔상이오
> — 우시싱, 「향긱담화」, 『대한매일신보』, 1905.10.29

---

21) "사람들은 자신의 개인적 견해를 집합적인 타자에게 투사한다. 거울반사 효과 또는 의사합의 효과라는 말은 일반적으로 다른 사람들의 의견과 행동이 자신과 비슷하다고 생각하는 경향을 지칭한다." 이 같은 의사합의 현상을 통해 개인은 집합적 의견에 한 분모로 참여하게 된다(디이애니 머즈, 양승찬 역, 『미디어 정치 효과』, 한나래, 2000, 93면).

22) 『독립신문』과 『대한매일신보』에 게재된 대화체 서사들을 모은 것으로 『근대 계몽기 단형서사문학 자료선집 상·하』를 들 수 있다. 그리고 이밖에 이 책을 근거로 대화체만 목록화한 것으로 송명진의 「개화기 서사 형성 연구」(서강대 박사논문, 2006, 76~82면)를 들 수 있다.

23) '연설'이라는 단어를 최초로 사용한 사람은 후쿠자와 유키치였다고 한다. 일본의 경우, 연설의 보급에 힘쓰면서 신문논설이나 보도에서도 연설스타일이 유행이었다고 한다(효도 히로미, 앞의 책, 100~101면).

24) 이해조, 『자유종』, 창작과비평사, 1996, 5면.

며번에 죵로에셔 만민이 공동회를 ᄒᆞᄂᆞᆫ디 유지ᄒᆞᆫ 부인 이십여 분이 분면과 록발을 드러니이고 만인 즁에 앙연이 참셕ᄒᆞ엿기로 셰샹 사ᄅᆞᆷ이 말ᄒᆞ기를 며 부인네가 슈쳔 년 고막된 풍쇽을 졋쳐름 확연히 폐지ᄒᆞ고 만인 조좌ᄒᆞᆫ 춍즁 애 참회를 ᄒᆞ엿스니 졍부 졔공네도 응당 오백년 고막된 구습을 해지ᄒᆞ고 동 셔양 통용ᄒᆞᄂᆞᆫ 신식을 실시ᄒᆞᆯ 것이니

—「엇던 친구의 편지」, 『독립신문』, 1898.11.24

어졔 밤에 본샤 탐보원이 셔쵼 ᄒᆞᆫ 친구의 집에 갓더니 뭇춤 유지각ᄒᆞᆫ 사오 인이 안져서 공동회 일져노 슈쟉이 란만ᄒᆞᆫ 것을 듯고 그 죵요ᄒᆞᆫ 것을 뽑아셔 좌에 긔지ᄒᆞ노라

(문) 공동회를 파ᄒᆞᆫ 후에 시비가 분운ᄒᆞ야 혹은 공동회에셔 실슈를 만히 ᄒᆞ 엿다 ᄒᆞ고 혹은 졍부에셔 잘못ᄒᆞ엿다 ᄒᆞ니 누구의 말이 올ᄒᆞᆫ지

(답) 대한 사ᄅᆞᆷ들은 몃백년 압졔에 눌녀셔 무엇이던지 졍부가 ᄒᆞᄂᆞᆫ 일은 감 히 평론 못ᄒᆞᄂᆞᆫ 것을 리치로 아는 고로 졍부에셔 올타면 올ᄒᆞᆫ줄 알고 글타ᄒᆞ 면 글은 줄 알거니와 실샹으로 말ᄒᆞ면 당쵸부터 졍부에셔 그 직분을 잘 ᄒᆞ엿 스면 공동회가 싱겻슬 리치도 업고 공동회 시쟉ᄒᆞᆫ 후에라도 졍부에셔 잘못ᄒᆞᆫ 것을 ᄭᆡ닷고 민론을 좃챠셔 황샹 폐하의 셩칙을 밧들어 시ᄒᆡᆼᄒᆞ엿드면 공동회 가 근 이십일이나 ᄭᅳᆯ엇슬 리가 업고 ᄯᅩ 만민 모힌 디에셔 언어 동쟉에 실슈ᄒᆞᆫ 일이 잇드리도 몃히 몃 둘을 두고

—「공동회에 디ᄒᆞᆫ 문답」, 『독립신문』, 1898.12.28

19세기 말과 20세기 초반 여러 다양한 이야기들이 「공동회에 디ᄒᆞᆫ 문답」, 「쳥국 형편 문답」, 「힁셰문답」, 「외국사ᄅᆞᆷ과 문답」, 「신구문답」, 「지미잇ᄂᆞᆫ 문답」 등 '문답'으로 서사화된다. 이 '문답'에 전제되어 있는 것은 각각의 개인들의 시국 현안에 대해 '견해'를 가진 개인들이라는 사실이다. 각각의 문답에서 개인의 정체성은 '정치적 견해'를 통해 드러 난다. "공동회를 파ᄒᆞᆫ 후에 시비가 분운ᄒᆞ야 혹은 공동회에셔 실슈를 만히 ᄒᆞ엿다 ᄒᆞ고 혹은 졍부에셔 잘못ᄒᆞ엿다 ᄒᆞ니 누구의 말이 올ᄒᆞᆫ지" 알 수 없다고 되뇌이는 데에서도 드러나지만 '시비'가 분분한 이야기거

리에 대해 누구의 말이 옳은지 분명하게 드러나지 않는다. 심지어 화해로운 결말로 끝내지 못한 채 각각의 결말로 끝내는 경우도 종종 있다. 이 대화에서 '개인'은 판단주체로 떠오른다.[25]

이 개인은 '민족'으로 쉽게 환원될 수 없는 개인이다. 정치적 견해를 통해 드러나는 이 '개인'은 '인민'이나 '백성', 또는 '국민'의 이름으로 호명되었을지라도 개화의 핵심 개념에서 '권리'는 인민의 권리가 아니라 각각의 개인을 호명하는 이름이다.[26] 나 자신의 정치적 견해를 묻고 있는 이 논의에서 각각의 개인들이 판단의 주체로 거듭나고 있는 것이다. 개인들의 합으로서 '회(會)'라는 원칙이 분명하게 자리잡고 있는데도 실은 개별의 합이 전체 이상의 효과로 파급될 수 있음을 알리는 징후이다.

의사결정의 기초에 개인이 있는데도, 이들의 토론이 '공론'을 목적으로 하면서 공공성을 가능하게 한다는 사실,[27] 이는 독립협회가 파생시키는 근대적 개인이 공중[28]적 개인이라는 사실을 말하는 것이다. 이 개

---

25) 다음은 토론에 참여하는 개인이 '귀족(양반)'이 아니라 '시민'이라는 점은 드러난 외국의 예이다. "내가 만약 귀족이라면 우리의 토론은 금방 결판이 날 수 있을 거야. 그러나 나는 단지 시민에 불과하기 때문에 어떤 독자적인 길을 선택하지 않을 수 없는 것이네. 그래서 나는 또 자네가 나를 이해해 주기를 원하는 것이지."(리하르트 반 뒬멘, 앞의 책, 272면)

26) 이와 관련해서 박주원은 독립협회에 나타난 개인과 사회의 개념을 '인민'이나 '국가'로 쉽게 환치시키는 것은 문제가 있다고 지적한다. 그에 따르면 '근대 한국에서 개인이 국민이나 민족에 의해 무자비하게 제약되거나 그리하여 형성되지 못한 슬픈 이름이 아니라 그들과 함께 경쟁했던, 혹은 그들의 내용을 구성하거나 존재했던 이름을 탈각시켰던 관계 속에 존재했던 이름'이라는 사실에 의해서다(박주원, 「『독립신문』과 근대적 개인, 사회 개념의 단생」, 『근대계몽기 지식 개념의 수용과 그 변용』, 이화여대 한국문화연구원, 소명출판, 2004, 164면).

27) 이 시기 공론장의 성립과 관련해, 신지영과 이승원은 신체감각의 변화와 소리의 공동체로 말한다. 신지영은 연설토론의 감각이 신체감각의 변화를 거쳐 민족으로 거듭난다는 사실을 강조하고 있으며, 이승원은 연설이라는 미디어를 매개로 소리의 공동체가 구성된다고 주장한다(신지영, 「연설, 토론이라는 제도의 성립과 감각의 변화」, 『근대문학연구』 11호, 한국근대문학회, 2005; 이승원, 『소리가 만들어낸 근대의 풍경』, 살림, 2005).

28) 여건종은 공적권위를 나타내는 공공성과 근대 시민계급들이 구성하는 공중의 개념이 다르다고 지적한다. '공공성(publicity)'이 초기 절대국가 시기에 군주들이 일반사람

인에게 사적인 느낌이나 사견이 무엇인지는 중요하지 않으며 공동체의 문제를 논의하는 공론의 주체로서만 의미있는 존재인 것이다.

제1회(1897.8.29) 조선의 급선무는 인민의 교육
제2회(1897.9.5) 도로 수정하는 것이 위생에 제일 방책
제3회(1897.9.12) 나라를 부강케 하는 데는 상무가 제일[29]

독립협회의 토론 규칙을 살펴보면 주제를 결정하고 찬반을 나눈다. 더 나은 대안을 도출하기 위해, 찬반을 나누지 않고 논의하는 '토의'의 형식으로 진행할 수 있는데도 찬반의 구도를 이용하는 토론의 형식으로 진행한다. 위의 인용에서 보는 것처럼, 토론의 주제로 선택된 주제들을 보면 '조선의 급선무는 인민의 교육', '도로 수정하는 것이 위생에 제일 방책'이라는 식으로 당시 문명화 담론이다. 반대 논의가 극히 적을 것으로 생각되는 논의들인데, 실제로 독립협회의 토론회를 참가한 아펜젤러와 존스의 참관기에 따르면, '동포형제 간에 남녀를 팔고 사고 하는 것이 의리상에 대단히 불가하다'(1897.11.1)는 주제는 만장일치로 의결되었다[30]고 전해진다.[31]

그렇다면, 이 같은 주제를 왜 찬반의 형식으로 다루려고 했을까. 찬반 논의로 분명히 갈라지기 어려운 주제에 대해 토론의 형식을 유지하며 논의를 이끈 이유는 무엇이었을까. 일단, 분명한 것은 이 같은 형식이 더 나은 대안을 선택하기 위한 소통의 형식이었다는 점이다. 즉 찬반이라는 토론의 형식이 공론화를 이끄는 적절한 소통일 수 있다는 점

들 '앞에서' 그들의 공적권위를 재현하는 과정에서 구성된 것이라면, '공중'은 근대 시민들이 구성하는 근대시민사회의 집단적 속성으로 봐야한다고 지적한다(여건종, 「공공영역의 수사학」, 『안과밖』 2호, 영미문학연구회, 1997, 18면).

29) 신용하, 「독립협회토론 규칙」, 『한국학보』, 일지사, 1989, 307면.
30) 신용하, 앞의 글, 309면.
31) 하버마스는 '다수결의 원칙은 개인적 의지표명들의 일치성―만인은 같은 것을 의욕한다만을 조작해 낼 뿐이다'(하버마스, 앞의 책, 167면)라고 하면서 민족주의 안에서 내용의 선험성이 이미 자리잡고 있다고 지적한다.

이다. 이미 대다수가 공감하는 주제라고 할지라도, 사실은 그것과 상관 없이 찬반형식을 취한 것은 '찬반' 결정의 목적이 개인의 주장을 인증 하는 데 있지 않다는 점이다. 토론의 목적은 '더 나은 대안을 향해가는 공론화의 형식'이기 때문에 이미 많은 수가 알고 있든지 혹은 그렇지 않든지 상관없는 것이다.

'찬반'이라는 토론의 형식은 특정주제를 개인들이 판단하기 쉽게 재 구성한 것이다. 개인들의 판단을 용이하게 하기 위해, 주제를 입체화한 것으로서, 특정 주제가 가지고 있는 다층적인 측면을 이해시키기 위해 이 같은 형식을 취하는 것이다. 그래서 공론화 과정에서 찬반 형식이 필수적으로 얘기된다. 공론화와 관련해 찬반 논쟁이 제기되지 않는 상 황에서 공론은 형성되지 않는다고 한다. 누구나가 다 옳다고 생각하거 나 누구나가 다 그르다고 생각할 때 개인들은 적극적으로 자기 의사를 표명할 필요를 느끼지 않는다고 생각하며, 이 주제를 자신이 판단해야 할 주제로 수용하지 않는다고 한다.[32]

개인들은 수많은 정보 속에서 자신들의 판단기준을 분명히 하기 어려 우며, 그래서 '찬/반' 형식으로 개인들의 판단 지점을 예각화하는 것이 다. 논쟁의 주체는 논쟁 당사자이기도 하지만 동시에 공론에 참여하는 사람들이기도 하다. 토론회에서 토론의 목적이 '개인들이 참여(동의)를 통 한 공론화'라고 할 때 토론의 찬반구도는 개인들이 참여할 수 있는 입지 를 만들어주는 것이다.[33] 이 토론회에 참여하는 청중은 일차적으로는 토 론에 참석한 방청객이지만, 포괄적으로는 담화공동체로 확대된다.

19세기 말과 20세기 초에 진행된 담화 형식은 그것이 번역되고 차용 된 형식이라고 할지라도, 새로운 담화공동체를 통해 또 다른 사회질서

---

32) 김대영은 찬반 논쟁이 제기되지 않는 상황에서 공론화는 불가능하다고 말한다(김대 영, 「공론화를 위한 정치평론의 두 전략」, 『한국정치학회보』 38집, 2004, 121면).
33) '청중'은 토론에 참석하는 방청객이기도 하지만 '청자를 포함하는 언어공동체 안에서 동일한 사회·문화적 규범을 지닌 합리적 집단'이다(홍종화, 「의사소통과 논증」, 『프랑 스학연구』, 프랑스학회, 2006.8. 399면).

를 수행하고자 한 민주적 기획이었다고 할 수 있다. 이 기획의 중심적 동력은 '평등'에 입각한 개별적 개인들을 호명한 집합적 신체의 창안이 었으며, 이 집합적 '회(會)'가 '공론'이라는 공공적인 의견을 생산하고 있는 것이다. 이 당시 개체감각은 세계 속의 민족을 바라볼 때에도, 그리고 '회(會)'에 참여하는 개인을 바라볼 때도 필수불가결한 근대 감각이다. 이 집합적 개인, 공중적 개인이 결집될 때 단순히 산술적 '합'의 의미만으로 나타나지는 않는다. 당시 풍미했던 단형 서사 안에는 개별성이 생산하는 불일치 또한 징후적으로 나타난다. 이 개인들은 직접 대의제에 입각한 공화주의를 실천적으로 수행하는 개인들이었다.[34]

## 3. 개별성의 배제와 '소년─국민'의 표상

1900년대 '개인'의 기표는 수용되어 있지만,[35] 개인의 기표 아래 여러 대립적인 기의들을 놓고 논쟁을 벌일 정도로 '개인'의 개념이 다양한 양상으로 전유되고 있다.[36] '개인'을 근대 국가의 이상적인 국민상으로 이해하면서 이를 '사적이지 않은' 자질로 수용한다든가, 아니면

---

34) 정선태는 논문의 장 제목을 '다시 만민공동회라는 텍스트를 읽기 위하여'라고 붙이고 "정치공동체의 구성원들이 이 정치운동을 통해 스스로가 국민의 일원임을 발견했다는 것이다"라고 쓰면서 만민공동회의 의의를 되새긴다(「근대적 정치운동과 국민발견의 시공간」, 『근대계몽기 지식의 발견과 사유 지평의 확대』, 소명출판, 2006, 114면).
35) 지금까지 조사한 바에 따르면, '개인'의 기호는 1901년 『황성신문』(「개인손해액의 조사」, 10.5)에서 처음 발견되고 있다. 그러나 여기에 사용되는 개인의 기호는 개별성의 지각정도이다. 또 여기에서 '개인'은 인간을 지칭하는 용어가 아니라 각 국가를 지칭하는 용어로 사용되고 있다. 개인의 기호가 나타나지는 않았지만 독립신문에서 '자기'라는 기호로 나타나고 있다.
36) 이 당시 '소년'의 기호는 「근대문학에 나타난 개인의 형성과정 연구」(박숙자, 서강대 박사논문, 2005)에 정리해 두었다.

'개인'을 '개인주의'로 확대 해석하면서 이를 '이기적'인 의미로 공박하는 예가 드러나기 때문이다. 이는 산술적 합의 분자로서 '개인'의 기호가, '합'의 분절 그 이상을 넘어설 때 나타나는 평가이다.[37] 그런데도 이 개별성에 대한 발견이 실은 또 다른 개인성으로 확대될 여지를 남긴다는 점에서 이 시기 '개인성'을 이해하는 중요한 단서가 된다.

그러나 이 같은 개별성을 지우고 단일 '민족'으로 나아가면서 이 개인성의 감각은 배제된다. '소년―국민'의 표상이 바로 그 예이다. '소년'은 1900년대 이전부터 사용되어 왔지만, 이 시기에 이르러서 기의들이 충돌하고 교차하면서 '사나히'로도 '아해'로도 또는 '젊은이'로도 사용된다. 의미의 분절을 거치지 않은 상태에서 '소년'이 드러내는 여러 가지 자질이 자의적인 맥락에서 사용된 것이다. 이 과정에서 '소년'은 일시적으로 '국민'의 기호로까지 부각된다. 근대 국가 건설의 맥락에서 '개인'의 지배적인 기의가 '국민'으로 번역된 것인데, '소년'을 '국민'의 비유이자 기호로 사용하게 된 것은 당시 '개인'의 기호를 근대 국가의 건설의 맥락에서 수용하려는 당대의 의지가 반영된 것이다.[38] 물론 양계초의 '소년중국'에서 영향받은 것이 적지 않지만, 그런데도 분명한 것은 일정한 영향이나 감화와 별개로 '개인'의 기호를 근대 국가 건설의 기획으로 번역하려는 의지일 것이다. '소년'이 다양한 맥락에서 수용되어 다른 형상을 지칭하는 단어로 쓰였던 것은 '개인'의 개념이 정착하기 위해서 필요한 가치 체계의 변화나 분화 과정을 아직 거치지 않았기 때문이다.

---

37) 이는 1930년대 이후까지 지속된다. 개인들의 '합'으로 자리잡는 민족, 즉 민족의 1/n로 자리잡는 개인이 1/n 이상을 넘어서게 되면 '이기적'이라는 평가를 받게 된다. 이는 '민족'에 포섭되지 않는 '개인'의 의미로 얘기될 수 있다.

38) '소년'의 표상이 '국민'으로 흡수되는 과정에서 공화주의적 바람과 민족주의적 기대가 충돌한다고 볼 수 있다. 하버마스는 이에 대해 '보편주의와 특수주의' 간의 긴장이라고 지적한다. "Nation은 두 얼굴을 가지고 있다. 공적 시민들의 의욕된 Nation(국민)은 민주적 정통성의 원천인 반면, 동포들의 탄생적 Nation(민족)은 사회적 통합을 받쳐 준다 ……. 평등한 권리공동체의 보편주의와 역사적 운명공동체의 특수주의 간의 긴장이 이 개념 속에 박혀 있다."(하버마스, 황태연 역, 『이질성의 포용』, 나남, 2000, 145면)

1900년대 '소년'의 기호 아래에 여러 기의들이 공존하고 있다. 그러나 이렇게 다양하게 드러나는 '소년'의 기호가 1907~1908년 사이에 '국민'으로 표상된다. 이는 '개인'의 기호를 국민국가 건설의 맥락에서 드러내고자 하는 당대의 강력한 바람이 투사된 결과이다. 이것은 '소년'을 통해 기호화된 것은 '소년'이 가지고 있는 '새로운' '어린' 등의 기의가 '노인'이 가지고 있는 '구래의' '기성의' 등과 대립하면서 빚어진 결과이기도 하다.

특히 『소년한반도(少年韓半島)』 이후 '소년'이 새로운 국가를 건설하기 위한 주체로 호명된다. '소년'의 기호가 '소년한국' '소년한반도' '소년의 나라'처럼 민족국가와 연결되는 말로 쓰이게 된 배경에 양계초의 '소년중국'의 영향이 일정 정도 있었던 것으로 보인다. 『소년』이 간행되면서부터 이 영향에서 어느 정도 자유로워져, '소년'은 '신대한'을 가능하게 하는 '국민'의 형상으로 쓰이기 시작한다. 백철이 이 시기를 '소년의 시대'와 '민족주의'39)의 시대라고 할 정도로 '소년'과 국민국가는 별개로 자리하지 않는다. "우리 大韓으로 하야금 소년의 나라로 하라"고 밝히고 있는 것처럼, '대한'은 '소년의 나라'여야 한다는 얘기가 강한 명령의 형식으로 말해진다. '소년의 나라'가 절대절명의 과제이기 때문이다.

① 나는 이 雜誌의 刊行하난 趣旨에 對하야 길게 말삼하지 아니호리라 그러나 한마듸 簡單하게 할 것은 우리 大韓으로 하야금 소년의 나라로 하라 그리하랴 하면 능히 이 責任을 堪當하도록 그를 敎導하리라

② 今에 我 帝國은 우리 소년의 智力을 資하야 我國歷史에 大光彩를 添하고 世界文化에 大貢獻을 爲코뎌 하나니 그 任은 重하고 그 責은 대한디라. 本誌는 此 責任을 克當할만한 活動的 進取的 發明的 大國民을 養成하기 위하야 出來한 明星이라 新大韓의 소년은 須臾라도 可 難티못할디라40)

---

39) 백철, 앞의 책.
40) 『少年』 창간호 표지 참조.

③ 嗚呼라 我大韓이 過去時代에는 老人大韓이 되얏거니와 今日은 소년大韓이 될 기회라

—「지도의 관념」, 『少年』, 1908.12, 16면

④ 우리 新大韓의 建設노 天職을 삼난 소년 사이에도

—『少年』, 1909.10, 41면

⑤ 나를 알아야 함은 오작 個人으로만 그럴 쑌이 아니라 나라로도 쏘한 그러하니 한 國民이오……世上에 偉人 自處하난 사람들 한번 자기의 속을 搜索해 보아 나가 아직도 좀 남쏘아니 남은 것을 檢査할지어다

—『少年』, 1910.1, 10~13면

①은 『소년』의 창간사 격에 속하는 글인데, 이 글에서 "大韓으로 하야금 소년의 나라로 하라"고 말한다. 이 언급은 ②에 가서 더 구체적으로 표현된다. 잡지 표지에 씌어 있는 이 글은 몇 호에 걸쳐 계속 반복 게재되는데, "신대한"을 위해 "대국민을 양성"해야 하며, "우리 소년"이 이 임무를 감당해야 된다고 말한다. 한 국가의 국민으로 '소년'을 호명하는 이 언급은, '소년'을 "대국민"으로 명명함으로써 소년이 국가를 건설해야 하는 임무를 부여받은 국민의 표상임을 적극 알리게 된다. 그러므로 '소년 대한'이 하나의 단어처럼 쓰이는 것은 자연스러워 보인다. '소년'은 "우리 新大韓의 建設노 天職을 삼난" "대국민"이기 때문이다. 이로 볼 때 소년 : 대한=국민 : 국가라는 등식이 작용한다고 볼 수 있을 듯하다. 물론 '소년'도 '신대한'도 현실화되지 않았기 때문에 꼭 국민국가와 일치 대응한다고 볼 수는 없을지라도 그 의미가 충분히 형상화되었다고 할 만하다⑤. 또한 '신대한'이 '대한'을 새롭게 변화시킨 형태가 아니라 근대국가라는 관념을 가지고 고안한 새로운 형태의 국가상이라는 사실도 눈여겨 봐야 한다. 『少年』에서 '노년대한'과 '소년대한'을 대립시키면서 그 의미를 구성하고 있는 것처럼, '신대한'은 '대한'과

대립적인 지점에서 그 의미를 형성한다.

이처럼 '소년'은 '신대한'이라는 국가적 정체성의 맥락 속에서만 의미화는 국민국가의 형성과 떼려야 뗄 수 없는 존재인 것이다. 국권피탈의 위기 속에서 외세의 위협에 공동으로 대응하는 집단에 대한 가정은 국민 국가의 형성과 궤를 같이 하는 것으로, '소년'의 표상은 이러한 시대적 맥락 속에서 발생하고 있다. 『少年』 창간호에서 분명히 얘기하고 있는 것처럼 '소년' 자체가 국가 형성과 따로 자리하지 않는 듯 상상된다. '소년'이 국권의 위기 속에서 국가의 정체성을 지킬 수 있는 희망이자 국가라는 집단의 정체성과 분리되지도 않는 주체로 고안되고 있는 것이다.41) '소년'은 국권피탈의 위협의 가시화된 현실 속에서 국가의 정체성을 보증하기 위해 표상된 주체의 형식이다. 그런 측면에서 이상적인 주체이다. "이상의 대상물인 신대한이" 건설되리라고 믿으며 그것을 가능하게 한다고 설정되었기 때문이다. '소년'은 지금 현실 속에 있는 형상이 아니라 앞으로 있어야 할 존재의 형상이기 때문에 쉽게 머릿속에 떠오르지 않는다.

> 自負와 自大와 自慢이 너모 强大한 것이니 無論 이 멧가지는 소년의 特色이오
>
> —『少年』, 1910.1, 20면

> 그뎌 우리 소년만이라도 뎜 活潑하고 뎜 快活하야 능히 男兒 四方의 지를 듸딜만한 사람 되기를 권하고뎌 함이라
>
> —「快소년 世界 周遊 時報」, 『少年』, 1908.11, 77면

---

41) 고자카이 도시아키는 『민족은 없다』에서, 사회구성원들이 경계를 만들고 범주화하면서 민족이라는 단위를 파악하게 되는데 "처음부터 동일성이 존재하는 것이 아니라 거꾸로 차이를 만들어내는 운동이 먼저 있고 그것이 동일성을 구성하는 것이다"라고 지적한다. 또 여기에 덧붙여 일본인이라는 동일성을 형성하게 된 데에 구미 열강의 위협이 그 중요한 역할을 담당했다고 지적한다. "외부가 없으면 내부도 존재할 수 없다"는 사실을 분명한 셈이다(고자카이 도시아키, 방광석 역, 『민족은 없다』, 이파리, 2003, 31~43면).

또한 민족국가(nation)가 '상상된(imagined) 공동체'[42]로 부각되는 과정에서 '소년'은 그 중심 매개로 작동한다. 그래서 소년의 특색을 설명하면서 '자부와 자대와 자만이 너무 강대'하다고 말하는데, 이는 선취해야할 미래의 상이기 때문에 그러할 수밖에 없다. 지금 현실에서 찾아볼수는 없지만, 꼭 현실화되어야 하는 존재로서 '소년'이기에 그러하다. 이 '대국민'의 상은 위에서도 언급한 것처럼, 국가를 떠나 생각할 수 없다. 그래서 '소년'에게 '四方의 지를 듸딜만한' 사람이 되라고 직설적으로 얘기한다. 쾌활과 활발은 순진무구한 소년의 인성을 드러내는 표현이 아니라, 국가의 경계를 넓히고 지키기 위한 '국민'의 표현으로 제기된다. 그러면서 『少年』 이곳저곳에 '國'에 대한 언급이 빈번하게 그리고 강박적으로 얘기된다.

前途를 가진 新大韓 소년 여러분은 여러분의 나라 형편이 三面으로 滋味의 주머니오 보배의 庫ㅅ집인 바다에 둘닌 것을 壽常한 일노 알지 말어 항상그를 벗하고 그를 스승하고 또 거긔를 노리터로 알고 거긔를 일터로 알어 그를 부리고 그의 脾胃를 마초기에 마음 두기를 바라옵나니 …… 한마디 부처말할 것은 우리 모양으로 私利와 작난으로 바다를 쓰실 생각말고 좀 크게 놉게 人文을 위하야 國益을 爲하야 眞實한 마음과 精誠스러운 뜻으로……
　　　　　　　　　　　　　　　　—『少年』(1909.10) 표지에 실린 글

우리의 國旗가 날니지 아니한다고 世界가 내것이 아니라고 생각하지 말지어다. 淹博한 智識과 猛勇한 氣力이 우리를 世界의 주인이 되게 하리라 世界 地誌를 배홈으로 써 火星의 地理를 배호난 것과 깃흔 所用적고 이익업난 일노 생각하지 말지어다.
　　　　　　　　　　　　　　　　—『少年』, 1909.10, 86면

나는 國家라난 것의 成立이 올흔지 글은지는 몰나 또 알랴고도 아니하노라 그러나 그것이 나의 生存에 密接한 關係잇난 것을 깨다랏노라
　　　　　　　　　　　　　　　　—『少年』, 1910.8, 22면

42) 베네딕트 앤더슨, 앞의 책.

"國旗가 날니지 아니한다고 世界가 내것이 아니라고 생각하지 말"라며 "세계주인"이 되라고 얘기한다. 그러면서 '국가'가 선악의 개념을 초월하는 자리에 있음을 알리며, 「세계지지」를 국가 성립의 도구로 삼고자 한다. 국권을 지키고 확장하는 것이 가치 판단 너머에 있음을 드러내는 것이다. 국가에 대한 열망과 제국의 욕망이 따로 자리하지 않는 것이다. 아니, 오히려 '국가'가 제국주의의 시선으로 발견되었다고 해도 과언이 아니다. 다만, 그 차이에 대한 고려는 전제되지 않으며 제국과 "신대한"을 일치시키는 경향이 다분해 보인다. 소년은 그러한 집단적 정체성을 대표하면서 이를 가능하게 하는 주체로 창안되고 있다.

이러한 국민국가에 대한 상은 『소년』지 이곳저곳에 그려져 있는데, '지리학'에 대한 관심으로 그 열망의 일부를 표현하고 있다. 『소년』 창간호에서부터 『대한지지(大韓地誌)』와 『외국지지(外國地誌)』를 게재하는 것도 그 한 예에 속한다. '지리학'을 근대 최고의 '과학'으로 언급하며,[43] 지리를 알아야 한다고 말하는데, 지리학의 핵심은 국가의 정체성과 경계에 대한 관심이다. 『소년』지의 광고에서도 비치는 것처럼 '지지'의 내용은 '대한'과 '외국'이다. 국가의 경계를 인식하고자 하는 의도가 '지지'를 통해 드러나고 있는 것이다. 내/외의 관념[44]이 국가 단위로 이루어지고 있으며, '대한'을 여러 국가와 비교하면서 정체성을 구성하려는 의도가 드러나고 있다. 그중 두드러지는 것으로 대한이 "삼면이 바다에 처한 반도국"이라는 사실이다. '대한'이 바로 "삼면이 바다에 처한 반도국"이라는 각성은 지금 생각에는 지극히 뻔한 사실이나 이는 여러 객관적

---

43) 앤더슨은 '지도'가 근대 시기 민족의 영토를 확정하는 역할을 했다고 지적한다(앤더슨, 앞의 책, 211면).

44) 앤더슨이 지적하고 있는 것처럼, 분류자체가 민족에 대한 관념을 형성한다고 해도 과언이 아니다. 예를 들어 1920년대에 『別乾坤』에 자주 실리는 통계 연표에서 이항분류만 보더라도 일본은 '외국'에 속하지만, 삼항으로 나누는 통계연표에서는 '조선, 일본, 외국'으로 나누는 것을 볼 수 있다. 일본을 어떻게 분류할 것인가 하는 문제는 미묘하다. 그런데 『무정』에서는 신문연재 당시 '일본'으로 표기하지 않고 '내지'라고 표현한다. 물론 나중에 이 표현은 '일본'으로 바뀐다.

지표를 통해서만 인식될 수 있는 것이다. 대한제국이 어디에 처해 있는지 어떤 모양으로 어떤 상황에 놓여있는지 그 의문을 드러내는 표현이라고 할 만하다. '국가'사상이 '국토'를 매개로 작동하고 있음을 알리는 표현이다.

> 내가 이 冊에 집필할세 우리 國民에게 向하야 着精키를 願할 ― 事가 잇스니 그것은 곳 우리들이 우리나라가 三面環海한 半島國인 것을 許久問, 忘却한 일이라
>
> ―「海上大韓史」, 『少年』창간호, 1908.1, 31면

> 三面 環海한 우리 大韓의 世界的 地位
>
> 우리가 輿地圖를 펴놋코 볼 째마다 恒常 感謝하난 뜻을 禁티 못함은 事實이니 대개 우리나라의 處地갓히 묘흔 곳이 다시는 탸려 보려 하야도 업거늘 오댝 한군대 우리나라만 天惠를 偏厚히 밧어 이러케 妙한 位를 엇음을 感謝티 아니티 못함이라 우리는 本文에 드러가기 前에 이를 한번 말하난 것이 정당한 次序로 아오
>
> 우리나라는 半島國=三面環海國이라 …… 크기 차서로 말하면 미락카 다음에 우리 반도가 되나니 원 세계상으론 제 십위오 한아시아 대륙으론 제육위 가난 반도나 그 형세로 말하면 쌱이 업시 돗코 한이 업시 묘한디라 이에 그 처지를 보건댄 아시아 대륙중동방에서 좌우네는 일본해를 끼고 우에는 황해를 끼고 머리에는 세계 철탄의 무진장으로 아덕 주인을 만나디 못한 원동대륙을 이고 발아래에는 세계 문화의 대중심으로 바야흐로 활극을 연출하난 남대양을 굽으려 보면서 ……
>
> ―海上大韓史, 『少年』2호, 1908.12, 5면

위의 인용에서 보는 것처럼, '三面 環海한 우리 大韓의 世界的 地位'는 대한이 놓여있는 객관적 지위에 대한 관심이다. 그래서 크기로 말하면 "미락카 다음"이요 세계상으로는 제 십위라고 지적한다. "우리나라는 半島國=三面環海國이라"는 표현은 본문의 글씨보다 크고 진

하게 강조되어 있다. 우리나라의 처지가 바로 삼면이 바다로 둘러싸인 반도국임을 제대로 알자는 글이다. 이 글에서 눈여겨 볼 것은 우리의 처지를 바로 알자는 주장의 이면에 우리의 처지를 과대포장하려는 의도가 있다는 것이다. 위의 글에서 보자면 "우리나라만 天惠를 偏厚히 밧어"라거나 혹은 "싹이 업시 돗코 한이 없이 묘한디라"라는 표현이 그것이다. 이러한 의도는 조선의 지도를 토끼가 아닌 호랑이에 비유하면서 대한의 정체를 규정하려는 데에서 보인다.

> 二十世紀新天地에 我大韓地圖의 전체가 突然히 新光采를 발견하니 壯哉 雄哉라 東洋半島에 大韓地圖여 천지간 동물중에 最히 驍勇無雙하고 强猛 無敵한 虎에 형체로다 대저세계각국에 도회서적의 류가 각기자국의 역사를 발휘하며 자국의 인물을 찬양하며…… 국가의 지위를 존중케하난 재료가 될 지로다…… 惟我全國소년界는 次地圖를 觀念하야 國性을 培養하며 國粹를 扶植하고 仁義 文武의 덕으로 雄勇强猛의 材를 成就하야 擧皆桓桓虎士와 矯矯虎士이 되야 아 소년大韓으로 하야금 虎視天下하난 威風을 振動케 할 지어다. 乙支文德과 여한 영웅이 何獨舊時代에만 산출하리오 全國의 소년諸 君이여!
> ─「지도의 관념」, 『少年』 2호, 1908.12, 15~16면

국가의 정체성에 대한 관심은 '반도국'에 머무르지 않고, '소년대한' 이 나아갈 방향까지 그 목적으로 분명히 한다. 大韓의 외형을 토끼에 빗댄 小藤博士의 의견에 동의하는 대신, 호랑이에 빗대어 대한의 외형 선을 주장한다. 이렇게 외형의 굴곡을 따라 그 나라를 인식하는 것이 "소년의 審究하난 힘을 느려듈 수" 있다면서 사실에 입각한 판단 대신, 도달해야 될 목적으로 '國性'을 '배양'하려고 한다. 대한을 "强猛無敵 한 虎에 형체"에 비유함으로써, 국가의 성격을 더 강대한 것으로 상상 하려는 것이다. 반도국이라는 사실과 조선의 외형에 대한 관심이 "次 地圖를 觀念하야 國性을 培養"하는 것, 즉 현실에는 없지만 있어야 하

는 국가의 정체성을 만들고자 하는 욕망인 것이다. 이러한 발상을 통해 보건대, 사물의 실상을 있는 그대로 보는 의식이 있다고 볼 수는 없다.[45] 오히려 "있어야 하는 국가"에 대한 관념이 초월적으로 작용하는 듯하다.

이는 삼면이 반도국이라는 객관적 처지를 인식하는 과정과 인식한 후의 모습에서도 분명하게 나타난다. 바다는 있는 그대로의 바다가 아니다. 위인이 나올 수 있는 경로이며 위인이 이용했던 길이다. 물론 이때 위인이란 국가를 일으키고 국가를 지킨 인물이다. 이 위인은 하나같이 해상권을 영입함으로써 국가의 경계를 넓히고 국가의 위력을 보여준다. 바다가 국가의 영토이기도 하지만 국가의 '경계'를 가지고 상징적으로 싸움하는 용사이기 때문이다.

> 또 帝의 有形功績中, 特大한 것은 압헤 말한 새서울의 세움이니, 大抵 빨트헤 北口로 急히 都城을 옴김은 크게 海軍을 진흥하야 러시아의 威武를 宣揚도하고 또 유롭과 諸國과 利速하게 교통을 하야 아모조록 그 文化가 드러오기를 쉽도록 하고 또 더욱 革新의 大業을 이루려함에 舊都에 잇다가는 ……이 싸홈 뒤에 제가 째를 일치 아니하고 리율낸드와 에스틀랜드 地方을 略取하야 多年 熱望하던 빨트海東南岸 一帶의 地를 版圖中에 領入하고 크게 스위덴의 海上權을 썩그니라
>
> —「소년史傳」, 『少年』, 1909.1, 67~73면

또 1909년 『少年』 5권 「소년사전(少年史傳)」에는 「이탈늬를 통일식힌 싸리발듸」를 소개시키며 이 밖에도 나폴레옹 페터대제 프랭클린 등의 예

---

45) 1909년에 발간된 『少年』 5권에 가면 花에 관한 지식이 실리는데 이 글 중간중간에 '충청남도의 外形線과 擬像', '경상남도의 外形線과 擬像', '전라북도의 外形線과 擬像' 등의 그림이 별 상관없이 끼워져 있다. 포도나 꽃이 그려져 있고 그 모양이 충청남도나 전라북도의 외형선과 닮아 있다고 지적하는 것이다. 이미 지방의 외형성에 대한 관념을 가지고 여러 事象을 보려는 것인데, 이 사이에 놓인 비약은 이 당시 개인들이 세계를 어떻게 인식하고 있는지 하는 단면을 보여주는 예이다. 사실과 표상 사이에 놓인 이 간격은, 이 당시 개인들의 세계 이해의 정도를 반영한다.

를 더 든다. 이들은 모두 '위인'이며 위인은 하나같이 국가의 힘을 세계에 떨치거나 국가를 잘 지도한 정치적 인물들이다. 이 같은 양상은 더 노골화된다. 『소년』 2년 6권(1909.7, 54면)에 가면 세계적 지식이라야 하여 "屬地甲富"으로 쑤리탠국을 다루는 것을 볼 수 있다. 또 '쑤리탠국' 속지(屬地)를 표시하여 놓은 세계 지도를 삽화로 그려 놓으며 "쑤리탠 國旗 아래는 해가 아니진다"는 소제목까지 뽑아 놓고 있다. 국권피탈의 위협 속에 '위인'의 개념은 국가를 지키고 국가를 번영하게 한 인물로 구성된다.

이 중에는 依例히 싸홈하야 쌔아슨 것도 잇고 속혀 쌔아슨 것도 잇거니와 또 大部分은 國民의 冒險進取의 勇力으로서 생겻스니 만일 이 國民이 가만히 안자서 밥버레노릇이나 하얏드면 오날에 이르러서 이러케 만흔 屬地는 그만두고 大西大洋한 모통이에 조고만 강아지가 고개돌리고 안젓난 것 갓흔 잉글낸드 本土도 제 손에 쥐여잇슬난지 모를 터이라 그러나 天幸으로 그네들은 끈허진 바다 적은 섬 氣候 고롭지 못한 쌍을 붓들고 안자 죽어도 너와 죽고 살어도 너와 살자하야 이 밧게는 世上이 업거니 하도록 못생긴 種子가 아니라 이에 깁히 깁히 自己네 나라의 處地를 깨닷고 에구머니 이리하다가는 나종에는 밥도 못어더 먹고 子息색기도 못길너 먹겟다고서 이에 發憤忘食하고 海事에 專力하야 보기부터 시원한 바다위에 시원스럽게 배를 씌워 안가삼 푸러재치고 …… 어렵다고 當初부터 아니하지 안코 되지 못하리라고 제 출몰에 그만두지 아니하야 쑥 참고 진뜻 견대여 一年에 안되면 二年 三年으로 乃至百年 까지라도 成就한 後에야 말고 當代에 못되면 一代 二大로 乃至 百代까지라도 出梢 …… 앵글노 색손 인종 압헤도 어려운 일이 업섯거니 웃지 新大韓소년 압헤 잇스며 앵글노 색손 인종 압헤도 이루지 안난 일이 업서거니 웃지 新大韓 소년 압헤 잇스며 …… 將來에 偉大한 國民이 되려하난 諸子는 맛당히 旣往과 方今에 偉大한 國民에게 배우시오 그리하되 다만 그네의 偉大한 精神을 잘 배우시오

—「세계적 지식」, 『少年』, 1909.7, 62~64면

이러한 바다에게 가히 위인되난 법을 배홀지며 …… 三面이 바다가 둘닌 大韓國民=장차 이 바다로써 活動하난 舞臺를 삼으려하난 新大韓 소년은 工夫

도 바다에 구하지 아니하면 아니되고 遊戱도 바다에 求하지 아니하면 아니될
터인즉

— 「嶠南鴻爪」, 『少年』, 1909.9, 48면

우리 三面環海國소년아 너의는 瞬時라도 夢寐에라도 너의 天惠徧厚한 세
계적 처지를 잇디말디어라 …… 今日 世界文運의 大中心은 太平大洋과 泰
東大陸에 잇난데 우리 大韓은 좌우로 이 兩處를 控制함을 생각하라

— 「우리의 운동장」, 『少年』, 1908.12, 33면

위인이 되고 위대한 국민이 되기 위해서는 바다를 자기 집처럼 여기
고 바다를 개척해야 한다. 바다는 자연 그대로의 대상이 아니다.[46] 국가
다운 국가, 국민다운 국민을 '배양'한 매트릭스이다. 그래서 위대한 국
민이기 위해서 "海事에 專力"하여 배를 띄우고 모험진취하는 용력으로
시원한 바다에 나가야 한다. 바다는 제국의 야망을 실천할 수 있는 길
이기도 한 것이다. 그래서 "대국민"과 동의어로 사용되고 있는 '소년'은
바다를 제 마당으로 삼아 거기서 놀고 그 곳에서 공부하여야 한다고 말
한다.[47] 바다는 단순히 파란 물결 넘치는 자연의 일부가 아니라, 제국의
야망을 실현하는 경로이자 동시에 위대한 국민국가를 건설하는 매트릭
스이다.

『소년』지를 '바다'호라고 얘기해도 좋을 만큼,[48] 바다에 대한 논의가
풍성한 것이 사실이다. 한국을 '반도'라고 인식하는 것에서부터 시작하

---

46) 박철희도 이 시에서 '산과 바다'가 "조선주의 고취"라는 미리 정해진 선험에 압도당
하고 있다고 지적한다(박철희, 앞의 책, 83면).

47) "前途를 가진 新大韓 소년 여러분은 여러분의 나라 형편이 三面으로 滋味의 주머
니오 보배의庫ㅅ집인 바다에 둘닌 것을 壽常한 일노 알지 말어 항상 그를 벗하고 그
를 스승하고 또 거기를 노리터로 알고 거기를 일터로 알어 그를 부리고 그의 脾胃를
마초기에 마음 두기를 바라옵나니 …… 한마디 부처 말할 것은 우리 모양으로 私利와
작난으로 바다를 쓰실 생각말고 좀 크게 놉게 人文을 위하야 國益을 爲하야 眞實한
마음과 精誠스러운 뜻으로 (…후략…)"(『少年』(1909.10) 표지에 실린 글)

48) 김학동은 '이 무렵 육당의 관심은 온통 '바다'에 집중되어 있음을 알 수 있다'고 한
다(위의 책, 122면).

여, '해사사상'을 강조하는 것까지 『소년』지 전체에 걸쳐 '바다'가 강조되어 있다. 『로빈슨 크루소』 같은 작품이 이 시기 대대적으로 번역된 것은 기존 논의에서처럼 '아동의 읽을 거리'를 위해서가 아니라 식민지 지배 야심이 노골화된 '바다'를 형상화했기 때문이다. 이런 맥락에서 「해에게서 소년에게」도 해석되어야 한다.

그동안 『소년』은 근대 시형이 형성되는 시로 조명되고 연구되었다. 그 예 중에 하나로 「해에게서 소년에게」를 들 수 있다. 이 작품은 '신체시'라는 이름으로 근대시 이전의 맹아적 형태를 드러내는 시형으로 초점화되었다. 그런 의미에서 이 시형이 가지는 특징들에 집중했던 게 사실이다. 그러나 『소년』지 전체를 하나의 텍스트로 놓고 보면 '해에게서 소년에게'는 『소년』지의 함의를 상징적으로 표현하는 시로서의 면모가 다분하다. 『소년』 창간호를 '바다' 특집호라고 말할 수 있는 것처럼, 「해에게서 소년에게」도 그런 맥락에 놓여 있기 때문이다. 기존 논의에서는 개화기 전체의 시대 정신을 중심으로 이 시를 읽었기 때문에 '새로운 문물'이나 '근대화 지향'이라는 '문명개화'에 초점이 맞추어져 있었다. 그래서 왜 '바다'가 강력한 힘의 원천이나 공격적 욕구의 산실로 표현되어 있는 지에 대해 묵과된 면이 있다. 이 점을 좀더 고려해야 할 것이다.

海에게서 소년에게

一

텨 … 르썩, 텨 … 르썩, 텩, 쏴 ……
따린다. 부슨다. 문허바린다,
태산갓흔 놉흔 뫼, 딥태갓흔 바위 ㅅ 돌이나
요것이 무어야, 요게 무어야,
나의 큰 힘, 아느냐, 모르나냐, 호통까지 하면서,
따린다, 부슨다, 문허버린다,
텨 … 르썩, 톄 … 르썩, 텩, 튜르릉 콱

二

텨…ㄹ썩, 텨…ㄹ썩, 텩, 쏴…아
내게는, 아모것, 두려움 업서,
陸上에서, 아모런, 힘과 권을 부리던 者라도,
내 앞혜와서는 꼼짝 못하고
아무리 큰 물결도 내게는 행세하지 못하네.
내게는 내게는 나의 압혜는
텨…ㄹ썩, 뎨…ㄹ썩, 텩, 튜르릉 콱


三

텨…ㄹ썩, 텨…ㄹ썩, 텩, 쏴…아
나에게 멸하디, 아니한 者가,
지금까디, 업거딘, 통긔하고 나서 보아라.
秦始皇 나팔륜 너의들이냐.
누구 누구 누구냐 너의 역시 내게는 굽히도다.
나허구 겨르리 잇건 오나라.
텨…ㄹ썩, 뎨…ㄹ썩, 텩, 튜르릉 콱


4

텨…ㄹ썩, 텨…ㄹ썩, 텩, 쏴…아
됴고만 산 모를 依支하거나
됴ㅅ쌀갓흔 덕은 섬, 손ㅅ뼉만한 짱을 가리고
고속에 잇서서 영악한 톄를
부리면서 나 혼댜 거룩하다 하난 者
이리 됨 오나라, 나를 보아라.
텨…ㄹ썩, 뎨…ㄹ썩, 텩, 튜르릉 콱


5

텨…ㄹ썩, 텨…ㄹ썩, 텩, 쏴…아
나의 짝 될이는 한아 잇도다.
크고 길고 널으게 뒤덥흔 바 더 푸른 하날

뎌것은 우리와 틀님이 업서,
뎍은 시비 뎍은 쌈 온갖 모든 더러운 것 없도다.
됴 짜위 세상에 됴 사람터럼,
텨 … 르썩, 톄 … 르썩, 턱, 튜르릉 콱


6
텨 … 르썩, 텨 … 르썩, 턱, 쏴 … 아
뎌 世上 뎌 사람 모다 미우나
그 中에서 쏙한아 사랑하난 일이 잇스니
膽 크고 純精한 소년背들이,
才弄터럼, 貴엽게 나의 품에 와서 안김이로다.
오나라 소년背 입맛텨 듀마.
텨 … 르썩, 톄 … 르썩, 턱, 튜르릉 콱

— 최남선, 『소년』 창간호, 1908


이 시에서 말하고자 하는 바가, 「海에게서 소년에게」로 전해져야 하
는 '무엇'에 놓여 있다. 시의 첫 행은 "텨 … 르썩, 텨 … 르썩, 턱 쏴 ……
싸린다. 부슨다. 문허바린다"로 시작한다. 그런데 이 시행를 읽으며 '무
엇을' 때리고 부수고 무너뜨리려고 하는지, 그 대상을 찾는 것은 오히
려 무모하다. 어떤 대상을 무너뜨리려고 하는지가 중요한 게 아니라, 부
수고 무너뜨릴 수 있는 힘 자체가 더 부각되어 있기 때문이다. "태산갓
흔 놉흔 뫼, 딥태갓흔 바위ㅅ돌"을 보면서도 "요것이 무어야, 요게 무어
야" 하고 말할 수 있는 "나의 큰 힘" 자체가 중요한 것이다. 그러므로
이것에 보태어져 "아느냐, 모르나냐" 하며 "호통까지" 칠 수 있는 그 광
포한 위용이 '해에게서 소년에게'로 전해져야 하는 바다의 힘과 위력에
해당한다. 1연에서부터 지속적으로 얘기하고 있는 것은, 나폴레옹이나
진시황과 같은 제국의 왕을 발 아래 둘 수 있는 그 막대한 정치적 힘이
자, 상상할 수 없는 경지의 광폭한 힘이다. 이 권능은 마지막 연의 '입
맞춤'을 통해 전해진다. 바다는 그러한 제왕을 가능하게 하는 힘의 산

실이기 때문에, 다시 말해 그 제왕과 제국을 가능하게 한 원천이기 때문에 '소년'은 바다를 모태로 삼아야 한다. 소년이 바다와 입맞추는 것은 바로 그 가능성의 기대이다.

그런데 바다와 '소년'의 동일시는 선취되어야 하는 과제로 남겨지는 게 아니라 이미 전제된 관계처럼 보인다. 언뜻 보면 발신자로 바다가, 수신자로 '소년'이 고정되어 있는 듯이 보인다. 그러나 주의깊게 보면 1연의 시적화자와 나머지 연의 시적화자가 다르다는 것을 알 수 있다. 1연만 보면 "요것이 무어야, 요게 무어야, 나의 큰 힘, 아느냐, 모르나냐, 호통까지 하면서"인데, "호통까지 하면서"라는 말을 볼 때 1연의 시적화자는 '바다'가 아니라 오히려 '소년'으로 읽힐 부분이 있다. 이로 보아 '소년'은 이미 자신을 바다에 투영시키[49]면서 바다와 맺은 관계를 일방적인 영향 관계로 상정하지 않고 있는 것이 아닐까 추정해 볼 수 있다. 이 시에서 초점화되고 있는 것은 앞에서도 말한 바처럼, 바다와 '소년'의 관계양상이 아니라 이미 동일시된 바다의 광포한 힘이자 능력이다. 바다와 '소년'이 일체가 된 상태에서 '태산갓흔 놉흔 뫼, 딥태갓흔 바위ㅅ돌'을 움직일 수 있는 막강한 힘으로 재현되고 있는 것이다.

만약 이 시에서 바다와 '소년'의 관계를 일방적인 영향관계로 상정하게 된다면, 바다와 '소년'이 대립적으로 놓이게 되면서 '소년'을 어떤 특정 능력이 결여된 인물로 보게 되는데 이 같은 관점은 『少年』지 전체에서 의미화되고 있는 '소년'의 의미와 부합하지 않게 된다. '소년'은 '- 이 아닌' '~이 못된'과 같은 부성과 결핍의 기호가 아니라 다양한 기의를 가진 채 그 어떤 형상도 될 수 있는 가능성으로 의미화될 수 있는 기호이다. 그래서 씩씩한 '사나히'로도 드러나지만, 보호받아야 하는 나약한 '아해'로도 드러나는 것이다. 이는 '소년'의 다양한 의미가 근대적인 아동으로 국한되지 않은 상태에서 벌어지고 있는 의미의 충돌이

---

49) 권복연은 '바다가 소년의 분신으로' 설정되어 있다고 주장한다(권복연, 앞의 논문, 45면).

다. 다만, 근대 국가 건설이라는 역사적 맥락 속에서 '소년'이 미래의 '신민'의 의미까지 선취하고 있지만 '소년'의 상상적 성격을 탈피하는 계기로까지 부상하고 있지는 못한 듯하다.

서구에서는 이 시기에 '바다의 서사'[50])가 모더니티를 드러내는 서사의 양식으로 풍미한다. 바다는 상업자본주의의 통로이자 더 나아가 정치경제학의 바다로 이해되었고 이에 따라 다국가, 다민족, 다언어의 이질성이 착종되어 있는 매트릭스로 드러나게 된다. 시간적으로는 '비동시성의 동시성'으로, 공간적으로는 '이질 공간'의 형식으로 드러나는 것이다. 표면적으로 바다가 단일한 의미로 요약된다고 할지라도, 그 안에 이질적인 요소가 결합되어 있음을 염두에 둘 필요가 있다. 비록 '바다'가 가진 이질적인 요소가 소년의 시선으로 포착되지 않았을지라도, 바다 자체가 민족과 민족 간의, 인종과 인종 간의 갈등을 배태하고 있는 모체임을 염두에 두어야 한다. 『少年』에서 얘기되고 있는 바처럼, 바다는 소년의 '활동무대'이자 '놀이터'이다. 마찬가지로 제국의 '활동무대'이자 '놀이터'이다. '바다'는 이질적인 요소들이 결합되어 있는 공간이다. 문명과 야만이 공존하고, 과거와 현재가 교차하는, 이 '바다'를 누구든지 지배하고자 하면서 구세대에서 신세대로 나아가고자 하는 것이다.

> 奇文字 『로빈손 크루서』를 飜譯하야 우리 사랑하난 소년諸子로 더브러 한 가지로 海上生活의 興致와 航海冒險의 趣味를 맛보게 하도다
>
> —『少年』 2호, 1908.12, 42면

분명한 것은 '소년'과 '바다'를 별개로 생각할 수가 없다는 것이다.[51])

---

50) 카사리노는 19세기 서구에서 풍미했던 '바다의 서사'를 세 가지로 구분한다. 이국적인 피카레스크 양식과 성장소설 그리고 마지막으로 '가장 근대적인 바다의 서사the modernist sea narrative'가 그것이다. 그는 기본적으로 19세기 '바다'를 모더니티의 위기를 드러내는 모체로서 보고, 바다의 서사가 시간적으로 그리고 공간적으로 어떻게 이질성을 담아내는지 서술한다(Cesare Casarino, *Modernity at Sea*, Minneapolis : Minnesota Univ, 2002, pp.1~17).

바다를 통해 국민국가를 상상하고 제국을 욕망하며 대국민이 되기 위해 분투해야 하는 '소년'은 '해상대한사'를 공부하고, 해상권을 둘러싸고 싸움을 벌인 세계의 역사를 익히며, 심지어 『썰늬버유람기』도 "世界에 著名한 海事소설"(『少年』광고, 1909.3)이기 때문에 읽는 것이다. 『로빈손 크루서』를 읽는 것도 소년의 동심을 진작시키기 위해서가 아니라 '海事사상'을 떨치기 위해서인데, 그런 맥락이 빠진 채 '소년의 읽을거리'로 당연시하는 것은 『少年』지에 대한 적절한 접근은 아닌 듯하다. 지금의 관점을 가지고 「썰늬버유람기」와 『로빈손 크루서』를 '소년'의 읽을거리로 얘기하는 것은 역사적인 관점이 사상된 결과라고 하겠다. 『썰늬버유람기』가 '해사소설'로 얘기되고, 소년이 '해상대한사'를 공부하는 맥락에서 「해에게서 소년에게」가 의미화된다. 「해에게서 소년에게」는 『少年』에 단순히 게재되어 있는 시가 아니라 『少年』 창간호에 창간사 격으로 실려 있는 시이다. 창간사란 잡지의 성격과 지향점을 밝히는 시이다. 더욱이 『少年』지가 단일한 사상으로 편집된 잡지라는 사실을 고려해야 할 것이다.

요컨대, 『少年』지에서 재현되고 있는 '바다'는 이질적인 요소를 종식시키고 단일한 힘으로 출현하고자 하는 근대성의 모체이다. 민족과 민족, 인종과 인종, 구세대와 신세대 간의 갈등이 배태되어 있는 장이자, 이들 간의 갈등을 봉합하고 단일하게(단성적으로) 지배하고자 하는 욕망

---

51) 김학동과 박철희 모두 「해에게서 소년에게」를 민족의식과 연관지어 보고 있다. 예를 들이 김학동은 '육당의 바나는 민속의식과 지리적 관심의 소산이며'(122면), '소년으로 하여금 구질서를 파괴하고 개화한 서구문명을 받아들여 새 질서를 세우자는 것'(「신체시와 그 시단의 전개」, 『한국 개화기시가 연구』, 시문학사, 1981, 123면)이라고 분석한다. 또한 박철희는 '산과 바다의 객관적 상관물은 조선주의 고취라는 미리 정해진 선험에 압도당하고 있다'(「개화기 시가의 구조와 배경」, 『한국시사연구』, 일조각, 1980, 83면)고 주장한다. 분명 '바다'는 '민족의식'과 '조선주의' 고취와 상관이 있는 개념이다. 본고에서는 이런 분석에 덧붙여, '바다'가 제국에 대한 상징으로서 '소년'이라는 표상을 통해 제국에 대한 욕망을 초월적으로 상상한다는 점을 부각시키고 있다. 이는 민족주의 자체가 아니라 민족국가에 대한 상상 속에 제국에 대한 '모방' 욕망이 있음을 말하는 것이다.

의 장소이다. '소년'에게 바다는 이질적인 요소가 공존하는 공간이자 그 이질성을 종식시키는 힘의 원천이다. 이 지향은 '소년'이 나아가고자 하는 지향과 무관하지 않다. '소년—국민'은 단일 민족 신화를 저본으로 개발한 근대 국민의 표상이다. 이 '소년—국민'이 새롭게 창안되면서, 이 안에 놓여진 이질적인 개별성 또한 단일한 계열로 정리되고 있다. 이와 함께 개체 감각은 민족의 표상 아래서 배제되고 있다. 민족의 성립을 위해서 필요로 했던 개체감각이 단일민족의 배타적인 형태로 수용되는 것이다.

## 4. 토템 없는 비극의 코러스, 정치적 개인

전근대의 공동체가 붕괴되는 과정에서 '개인'들은 '자유'와 '평등'의 이름으로 공론장에 호명된다. 전근대의 위계화된 결속의 코드를 해체하며, '평등'하게 연대할 수 있는 '사회'라는 공간이 그것이다. 이 근대의 '사회'는 현실적으로는 공공의 목적을 가지고 토론하는 '공론장'인 동시에 '매체'가 형성하는 커뮤니티의 공론장이기도 하다. 개별적으로 호명된 이 공론의 장에서 '개인'은 사회를 형성하는 단위이자 개체로 사고된다. 공공의 목적에 도달하기 위해 '소통' 행위를 수반하는 이 같은 과정은 집단적 신체를 만들어가는 근대적 방식이다. 여기에서 '신체'란 여러 경험과 느낌과 움직임이 기록되는 '장'을 이야기한다. 예를 들어 공론의 장에 개별로 참가하는 과정, 다른 사람의 신체와 평등하게 놓이는 경험, 손을 들고 말하는 행위, 거수를 통해 집단의 의견을 정할 때의 느낌 등 다른 경험과 느낌들이 축적되는 일련의 과정이다.

이를 통해 개인의 신체 감각이 개발된다. 근대적 '개인'이란 이 같은 보편사적 경험 속에 발생되는 개체이다. 독립협회의 공론장의 형성과 공적인 활자 매체의 등장은 이 같은 공동체를 근대적인 방식으로 조각해가는 매개이다. 개인의 감각과 근대적인 코드로 재구성된 집단은, '상상적'인 방식으로 개인들을 규율할 수 있는 원천이었으며 그렇게 규율할 수 있는 새로운 코드로 근대 계약이 성립하게 되는 것이다.

그렇다면 조선의 경우는 어떠할까. '근대' 국가를 상상적으로 구축하는 과정에서 조선의 '백성'들이 근대적 '국민'의 이름을 얻으며 새로운 질서를 향해 나아간다고 할 때, 이들이 모의한 혹은 이들이 합의한 '토템'은 무엇이고 결과로 남은 질서는 누구의 것인지 새삼스럽지만 다시 물을 수밖에 없다. 이미 알다시피, 조선의 개인들은 계약 주체로 나서지 못한다. 조선의 개인들은, 국민의 표상을 만들며 계약의 주체이고자 했지만 계약의 대상이었을 뿐이다. 즉 새로운 국가의 법을 선포하는 과정에서 '소년―국민'들은 아비살해에 모의만 했을 뿐 실행하지 못했기 때문에 자신들의 원초적 아비를 몸 밖으로 내보내지 못한다. 일본이라는 새로운 국가는 탄생했으나, '소년―국민'들이 합의하고 모의한 새로운 질서의 공동체는 아니며, 이 '국가'는 소년의 의지조차 거세의 대상으로 구성하고 있다. 근대적인 공동체가 새롭게 구성되면서 다졌던 근대 계약의 기초들이 '국가' 만들기 안에서 의미 있게 전달되지 못하게 되는 것이다.[52]

더욱이 이 과정에서 이 개인들이 대상화시켰던 '토템'을 향한 살해충동은 새로운 질서 속에 전이되지 못한 채 개인들의 신체에 그대로 남게 된다. 새로운 국가는 있으되 구질서이 조선은 해체되지 않았으며 심지어, 토템 살해를 모의했던 근대의 개인들은 이 구질서의 조선조차 제 몸 밖으로 벗어던지지 못하면서 두 가지 '법' 사이에 놓이게 된다. 이들에게 남은 것은 제 몸 안에 놓인 토템을 향한 애증의 양가감정과 새로

---

52) 이것과 관련하여 김홍중은 "이들이 진정한 고아가 아니라 사실은 입양이였다는 사실을 냉철하게 깨닫지 못했기 때문에 발생한 시대사적 착각"이라고 지적한다(김홍중, 「한국 모더니티의 기원적 풍경」, 『사회와 이론』 7집, 2005.11, 199면).

운 질서로 나아가지 못하는 데 따르는 무력감이다.

조선의 근대적 개인들은 이 같은 양가감정과 무력감을 제 신체에 각인시킨 채, 외부에서 침입한 '일본'이라는 위협적 타자에게 이를 전가시킨다. 국권피탈이라는 사건에 직면해서 양가감정과 무력감을 '분노'로 전치시키고 있는 것이다. 이를 통해 그동안 새롭게 구성했던 근대적 신체감각이 '분노'를 통해 다시 한 번 재구성될 기회를 얻는다. 그러나 이같은 '비분강개'를 통해 근대 '국가'에 자리를 튼 개인의 신체 안에는 그동안 준비해왔던 자유로운 '개인'에 대한 이념과 새로운 공동체에 대한 지향과 동시에 비분강개의 정치적 신체감각도 못지않게 자리하고 있는 것이다. 이는 당시 발표되고 있는 창가, 애국가사 등을 통해 그 전모를 확인할 수 있다.[53]

> 애국하는 노래(이필균)
> 아세아에 대죠선이 자주 독립 분명하다
> (합가) 애야에야 애국하세 나라 위해 죽어 보세.
>
> 분골하고 쇄신토록 중군하고 애국하세.
> (합가) 우리 정부 놉혀 주고 우리 군면 도와 주세.
>
> 깁혼 잠을 어서 깨여 부국 강병 진보하세.
> (합가) 남의 천대 밧게 되니 후해 막급 업시하세.
>
> 합심하고 일심되야 서세 동점 막아보세.
> (합가) 사농공상 진력하야 사람마다 자유하세.

---

53) "개화가사는 어느 것이나 그 내용만이 개화사상을 담았다 뿐이지 가락은 구태의연한 고가(古歌)가사이다. 따라서 이러한 개화가사는 모두 전래의 타령(打令)조, 낭송(朗誦)조나 가야금 거문고에 맞춘 것이 아니면 쾌지나 칭칭나네식 민요조로 한 사람이 먹이고 중인(衆人)이 받아서 가창하는 형식을 취했을 것이 자명하다."(조지훈, 「반세기의 가요문화사」, 『한국문화사 서설』, 1964) "창가는 문학형식이라기보다 개화인의 생활 감정을 표현하는 '국민적 행동'의 하나이고, 일종의 신생활 양식이며, 신문의 '사회등란'의 가사는 '비평적 기사'로 쓰여진 것이다."(조연현, 『한국현대문학사』, 성문각, 1978)

남녀 업시 입학하야 세계 학식 배화 보자.
(합가) 교육해야 개화되고, 개화해야 사람되네.

팔괘 국기 놉히 달아 륙대주에 횡행하세.
(합가) 산이 놉고 물이 깁게 우리 마음 맹세하세.[54]


생명, 자유 품은, 이 짜— 내 나라 爲하야
五尺短軀 이몸, 가루를, 만들고,
心臟에, 쓸으며, 전신에, 도라가난,
맑고, 밝고, 쓰거운, 이내 피로
三千里靑邱를, 무듸리리라!
부모, 형제, 자매, —한피, 난흔, 우리 동포,
생명, 자유 품은, 짜— 내나라의 운명이
危機一髮한, 이째, 오날날— (…후략…)
　　　　　　　　　　— 춘원, 「우리 영웅」, 『소년』, 1909


츙신일세 츙신일세 민츙정공 츙신일세
돌아갈쥴 뉘알엇나 사천년후 쳐음일세
살기됴쿄 죽기슬킨 사람마다 상졍인데
부귀공명 다눌이고 부모쳐자 잇건만은
죵묘사직 보젼코져 칼노질너 피흘리니
텬디가 아득하고 초목금슈 슯어하네 (…후략…)[55]
　　　　　　　　　　— 『제국신문』, 1905.12.26


　1909년 안중근 의사가 한국침략의 원흉 이등박문(이토 히로부미)를 처단하면서, 전국 각처에서 이토를 저주하는 노래가 불렸다. 이 밖에도 이토 처단과 관련해서는 많은 민요가 나돌았다.

---

54) 이필균, 「애국하는 노래」, 『독립신문』, 1896.5.9.
55) 이 창가는 1905년 11월 30일 거행된 민영환의 장례식에서 상여꾼들이 부른 노래이다.

아무개 똥구녁 나발 똥구녁
나발 한 대 불다가 코가 깨져서
병원에 갔더니 안고쳐 주기에
경찰서에 갔더니 뺨만 맞고
집에 와서 생각하니 분해 죽겠네.56)

이것은 모두 4·4조든, 6·5조든 운율이 있다. 운율이란 노래부르기 적당한 리듬인 동시에 여럿이 같이 부르기 편한 형식이기도 하다. 리듬이란 말하고 듣는 실제적인 청중을 가정하는 것으로서 집단화된 '국민'이라는 신체를 만드는 데 필요한 것이다. 이 당시 개화가사, 애국가사가 청중을 고려하거나 따라하기 쉬운 형태의 운율로 구성되었음은 물론이다. 대중들에게 호소하기 유용한 일정 운율로 '노래'가 아니어도 낭독하기 쉬운 형태, 이를테면 '연설'이나 '토론'에서도 듣기 좋은 형태로 구성된다. 이를 통해 즉자적 감정이 '국민'의 신체에 공분모로 새겨진다.

민족의 개체성을 지우고 단일민족의 신화를 창안하는 동안 민족은 비분강개의 단일한 감정으로 정리되고 있다. 국권피탈이라는 사건으로 개별적인 감각들은 '구구한 사정이나 자질구레한 일들'57)로 외면되고 오직 민족적 감정으로 정리되는 것이다. 아비 살해 현장에서 아들들이 쥔 것은 '법'이 아니라 '비분강개'의 감정이다. 개별적인 신체는 이제 하나의 감정으로 각인되면서 텅빈 기호였던 개별적인 신체에 개인적인 의사가 아니라 민족적 '감정'이 채워진다. '국민'이라는 표상과 민족적 감정을 통해 개체화가 진행되는 풍경이다.

요컨대, 공화주의적 기대와 지향이 민족국가의 표상 속으로 수렴되면서, '個'의 기표는 제거되고 그 자리에 민족국가의 표상이 자리잡는다. 이 표상은 민족국가와 개인이 만나는 방식을 하나의 관계로 고정한

---

56) 임동권, 『한국민요 연구』, 삼우출판사, 1978.
57) 이중원, 「동심가」, 『독립신문』, 1896.5.26.

개인이다. 민족과 개인의 관계가 하나의 관계로 환원되면서 '국민'의 표상이 부각된 것인데, 이 국민의 근저에는 근대 초기 개인들이 도모한 이성적 기획이 아니라 민족 감정이 자리잡고 있다. 민족감정을 통해 개인들은 더 급격하게 단일민족의 신화 안으로 연루된다. 근대 초기 개인들이 선취했던 공화주의의 바람과 기대가 단일한 민족적 감정으로 갈무리되는 역사적 상황이다.

'민족'은 식민지 시기 내내 초월적 기표이기는 하나, 이것만이 유일한 진실이라고 말하는 것은 '민족'의 기표 아래 자리하는 여러 상충되고 충돌하는 기호를 억압하는 결과를 낳게 된다. 앞서도 보았지만 근대전환기 '국민'의 신체가 만들어지는 시점에서도 '국민'의 기호 아래 여러 이질적인 기의들이 동시에 공존하고 있으며, '국민'의 신체 안에도 양가 감정과 무력감 등이 상충된 채 공거하고 있다. '소년' 분석에서도 그러했지만, 이것들을 초월적인 기호로 결집시키고자 하는 강제적인 힘이 대거 폭발하고 있을 뿐이다. 이들이 만들어낸 공론장의 정치성이 '비분강개'의 감정으로 전치되는 과정은 국민의 신체 안에 깃들어 있는 신체 감각 중 일부이다.

# 제2장
## 민족이라는 신화와 '앎'의 개인


### 1. 앎의 '빛'으로 포착한 '속사람'


개인은 지식의 힘으로 개인성을 발휘하기도 한다. 세계의 개별적인 면면을 초월해서 세계를 안다고 가정할 수 있는 힘, 이를 통해 외부 현실은 이성의 힘을 통해 균질화되며 개인은 세계의 자명한 본질을 간취하게 된다.

이 장에서 다룰 개인성의 중심 동력은 지식의 언어로 표상된 '투명한 언어'이다. 이 개인들은 지식의 언어가 지시하는 투명한 기표를 통해 현실을 총체적으로 구성할 수 있는 비전을 가지게 됨으로써 식민화된 현실에서 탈주할 수 있는 힘을 얻게 된다. '事物을 實物대로 知覺'[58]하자고 주장하면서 무엇이 '사실'에 해당하는지 이 문제에 매달리게 되는

---

58) 「착각의 기현상」, 『청춘』, 1914.10, 82면.

것이다. 이것은 궁극적으로 민족을 세우고 국가의 경계를 '건설하는' 힘으로서 사고된다. '사실'을 말하는 '새로운 감정을 표현하는 언어'[59]에서 느껴지는 현실에 대한 느낌은 이 당시 '개인성'의 주요 동인이다. 이를 통해, 개인은 자명하다고 여겨지는 이 '사실'을 어떻게 말하고 재현할 것인가 하는 문제에 집중한다. 이 문제에 답하는 과정에서 '문학'이 무엇인지 새삼 묻게 된다.

1910년대를 전후해서 주목해야 할 문학적 사건은 '문학'에 대한 본격적 정의가 시도되는 것이다. 춘원은 「문학의 가치」를 시작으로, '문학'이 무엇이어야 하는지 묻는다. 비분강개의 집합적 감정으로 광장의 정치성을 만들어내던 것에서 '문학'하기로 관심이 옮겨지는데, 이들의 문학에 대한 기대 속에서는 세계의 현실을 모사하는 투명한 언어와, 이 투명한 언어가 발휘하는 언어의 힘에 대한 발견에 있다. 춘원은 1910년 「문학의 가치」의 서두를 '文學은 인류사상에 甚히 중요한 것'이라고 제기하며, '문학은 과연 실제와 沒交涉한 無用의 長文일까'라고 묻는다. 이 문제제기가 말하는 것은 '문학'이 인류에 미치는 영향력이 상당하다는 새로운 발견과 현실과 밀접하게 연결되어 있는 문학의 기능에 대한 깨달음이다. 그리고 이때 '문학'은 춘원이 분명하게 구분하고 있는 것처럼, 전대의 오락물과는 질적으로 구분되는 '국민에게 필요한' 것으로서, '정의 분자'를 골간으로 하는 것이다. 이때 '정의 분자'는 '개인'을 매개로 한다는 사실을 지시하는 표현이다.

개인의 '정'을 근간으로 하는 '문학'이 현실과 교섭하는 쓸모있는 매개라는 사실은 현실을 상상적으로 재현하는 문학의 역할에 대한 새로운 이해를 드러내는 부분이다. '현실'이란 직접 체험하고 경험하는 것이기도 하지만, 개인을 매개로 대표적인 현실로 구성될 수 있는 것이다.[60]

---

59) 김동인, 『김동인전집』 16권, 조선일보사, 1987.
60) 재현의 원칙으로 '리얼하게 느껴지는 것'이 주목되었다. 다음은 이에 대한 가라타니 고진의 언급이다. '그런데도 근대소설의 특성은 어찌되었든 '리얼리즘'에 있으며 '허

'이것은 이제까지 감성적 오락을 위한 단순한 오락거리였던 소설에서, 철학이나 종교와는 다르지만 더 인식적이고 실로 도덕적인 가능성이 발견되었다는 것'으로 '소설은 공감의 공동체, 즉 상상의 공동체인 네이션의 기반'[61]으로 재구성된다.

'개인과 우주 간에 구별이 없는'[62] 개인을 상정한다거나 '유기적 개체'[63] 논의를 이끌면서 '사회성과 개성이 병행'한다고 가정하는 것처럼, 개인과 사회를 동질적인 것으로 사고하게 한다. 그래서 개성의 발달은 민족적 도덕성과 동시에 계발될 수 있는 것이자 축소된 것으로 얘기된다. 이 같은 양상은 개인 간의 관계를 사고할 때도 그대로 적용된다. '형제여 애정을 가지자'[64]며 개인의 내면이 서로 동일할 수 있다는 '동정'의 정치학이 발생하는 것이다. 이들이 기대하는 투명한 언어와 이 언어가 지시하는 자명한 현실이 제도화된 내면과 연동하면서 동질적인 '관계성'이 부각된다.

개인의 내면은 '동정'으로 동일시되고, 개인은 민족의 도덕성과 동질의 것이기 때문에 이들에게 '민중의 정신을 지배하는' '천재'[65]는 '대표성'의 문제로 사고된다. '민족'이 개인을 매개로 대표적으로 재현될 수 있다는 가정, 즉 이 대표적 개인을 통해 세계는 상상적으로 재현된다. 이 같은 가정 속에서 '개인'의 '정'과 정을 생산하는 '내면'이 중요하게 자리하나, 실은 이 '정'이 '동정'이라는 하나의 감정을 생산하고 있는 것처럼, 개인의 내면 또한 이미 규율의 지점에 놓여있게 된다. 그러므로

구라고 해도 그것이 마치 리얼한 것으로 생각되어야만 했다. 이야기여서는 안된다. 영국소설에서도 초기는 디포가 그랬지만 써어 있는 것이 이야기가 아니라 사실이라는 체재를 만들었다 …… 소설가는 이야기에 불과한 것을 어떻게 하면 리얼하게 보일까 궁리했던 것이다. 그것은 회화에서도 마찬가지였다'(가라타니 고진, 조영일 역, 『근대문학의 종언』, 도서출판b, 25면)

61) 위의 책, 51면.
62) 이돈화, 「오인의 신사생관」, 『개벽』 20호 1922.2, 22면.
63) 이돈화, 「여론의 도」, 『개벽』 21호, 1922.3, 4면.
64) 현상윤, 「거듭나자」, 『개벽』 19호, 1922.1, 28면.
65) 이광수, 「천재야 천재야」, 『학지광』 12호, 1919.4.

'문학'은 상상적 영역을 확대하고 생산하는 매개이며 '청년'은 민족의 내면을 개발하는 임무를 맡은 대표적 개인이 된다. '소년'처럼 집단화된 기호가 아닌, '대표적' 지위를 부여받는 '개인'의 '문학'이 탄생하는 것이다. 리우에 의하면 근대초기 국민국가 건설과정에서 문학적 근대성이야말로 국부나 무력, 과학과 기술 등을 근본적으로 능가하는 국가적 과제라고 말한다.[66] 문학적 근대성 담론에 내재한 의학적·해부학적 비유들, 은유적 유비는 정신·육체의 대립 위에서 문학을 과학보다 우위의 것으로 승격시키는 구실을 했다고 전한다. 특히 근대문학에서 중요하게 얘기되는 '개연성', 리얼리티는 불가해한 현실을 일관된 논리로 꿰는 논리이다. 이는 개인이 세계와 맺는 관계를 표현하는 근대 초기 문헌에서 '개인'이 '근대국가'를 구성한다는 사실을 자명하게 보여주는 관계 양상이다.

이 당시 '청년' 표상에는 이 같은 사정이 녹아있다. '청년' 기호는 20세기 전후에 출현하나 1905년 이후 신문지면에서 '청년'의 용어가 적극적으로 등장하고 있다.[67][68] 현상윤은 "신조선을 세우고 못 세우는 것은

---

66) 리디아 리우, 앞의 책, 101면.

67) 이 같은 사정은 일본에서도 유사한 방식으로 드러난다. 일본 자유민권운동 이후 등장한 근대적 주체의 상이 '청년'인데, '청년'이란 '국민을 대표할 수 있는 이상적인 존재'이다(기무라 나오에, 『〈靑年〉の 誕生』, 新曜社, 1998, 43면). 또한 동시에 문학활동이나 잡지활동을 통해 개인의 내면이 중요하게 드러나는 개인이라는 이중적 의미가 부여되어 있다. 기무라 나오에는 '청년'이라는 형상이 동시대에 각축하는 형상이었던 '장사壯士'와 어떻게 경쟁하게 되었는지, 그리고 이를 통해 '완력'괴 '비분강개'를 통해 정치석 수장을 행사하던 '장사'가 어떻게 범죄자 집단처럼 매도당했는지, 그리고 진짜/가짜 장사 논의를 통해 비가시적인 영역의 중요성이 부각되면서 '청년'의 정신적인 영역이 어떻게 마련되는지를 짚어낸다. 그에 따르면 '청년'은 문학잡지 활동을 통해, 다시 말해 문사적 활동을 통해 자신의 정치성을 간접적으로 드러내 보인 '능동적'인 근대적 주체인 동시에 '내면'의 중요성을 파악하고 있는 개인이다. 그리고 이 '청년'은 국가의 이해를 개인적인 글쓰기 작업을 통해 모색하고 궁구하려는 주체이다.

68) '청년'이 드러내는 이러한 이중적인 정체성은 중국도 마찬가지이다. 1915년에 창간된 『신청년』의 창간사 격에 속하는 「敬告靑年」이라는 글에서 陳獨秀(「敬告靑年」, 『新靑年』, 1915.9)는 청년을 비유하며 "청년은 초봄과 같고 아침과 같고 여러 가지 꽃들이 맹아할 때와 같고 날카로운 칼날이 새롭게 만들어질 때처럼 인생의 제일 아껴야

그 책임이 다 각각 내게 잇다"[69]며 '신조선'의 운명이 '개인'에게 달려
있음을 외친다. 그러므로 개인이 바로 서는 길이 민족을 바로 세우는
길로 등치된다. 그런데 이 개인은 또한 "어른 없는 사회에 처한"[70] "개
척자"이다. 스스로 자신이 누구인지, 그리고 어떠해야 하는지 스스로가
구성해 가야 한다. 이들에게 유일한 참조점은 근대 국가를 가능하게 한
근대 지식이다. 그래서 배움을 통해서 "남과 같이" 될 수 있다고 자임한
다. 근대 문물을 그저 보고 흉내낸 "개화꾼"[71]이 되지 않기 위해서, 중

---

되는 귀한 시기이다. 청년은 사해에 신선하고 활발한 세포와 같다"고 지적하며 '신진
대사'의 비유를 통해 새로운 존재가 등장해서 국가의 신진대사를 원활하게 해야 된다
고 말한다. 이 새로운 존재가 바로 '청년'이다. 또한 같은 잡지에 실린 高語罕의 글에
서도 '청년'을 '국가의 중견'이라고 지적한다. 즉 "누가 국민의 근본인가 국민은 나라
의 근본이 되고, 그리고 청년은 국민 중의 중견이 된다. 나라를 강하게 만들려면 우리
국민부터 행해야 하고 국민을 강하게 하려면 청년부터 행동해야 된다"(高語罕, 「青年
與國家之前途」, 『新青年』, 1916.1)고 말한다. 이 글에 따르자면 '청년'은 '국민중의 국
민'이다. 그러나 '청년'이 국민의 이름인 동시에 '근대적 개인'의 비전을 통해 파악되
고 있기도 하다. 『新朝』라는 잡지에서 드러나고 있는 것처럼, 청년의 개념과 동시에
'단수'의 중요성이 제기되고 있듯이 근대적 개인에 대한 바람이 한켠에 자리하고 있다
(리디아리우, 앞의 책). 마찬가지로 高語罕도 『青年의 障碍』라는 글에서 청년을 둘러
싸고 있는 '가정'이 청년의 전도를 방해한다고 지적하면서(高語罕, 「青年之敵」, 『新青
年』, 1916.2) 가정·가문이라는 집단에 얽매이게 하는 중국의 현실을 청년의 장애라고
언급하고 있다. 이것은 리디아 리우가 지적하는 것처럼, 중국과 서양 문명이 조우하는
과정에서 개인주의의 기반 하에서 국가적 국가를 얘기해야 했던 사정의 한 측면이기
도 한 것이다. 이처럼 근대국가 건설의 시기에 '청년'은 한·중·일 삼국 모두에서 개
인적 정체성의 기반 하에서 집단적 정체성을 드러내는 존재로 표상된다. 물론 일반적
인 젊은이를 뜻하는 일반명사이지만, 시대적인 맥락에 따라 이상적인 국민의 표상으
로 정체화되었다.

69) "아아 여러분! 우리는 지금부터 맹서하여서라도 다 각각 조선 장래의 전책임은 우리
가 지기로 하여야 할 것이외다 그리요 조선 사회의 구제되고 구제 못되는 것은 다
각각 내게 달녓다!합시다. 다시 말하면 신조선을 세우고 못세우는 것은 그 책임이 다
각각 '내게 잇다' 합시다."(현상윤, 『學之光』 15호, 1918.3)

70) 『무정』 93회.

71) 이광수, 『개척자』에서 인용(『개척자』가 『每日申報』에 연재될 때에는 등장인물 중 한
명인 '전君'을 일러 '늙은 개화꾼'이라고 말한다. 그런데 몇 년 뒤에 나온 단행본(회동
서관, 1922)에서는 '낡은 개화꾼'으로 그 의미를 더 폄하해서 표현한다. '늙은 개화꾼'
이라는 표현이 '전군'의 예전 이력을 밝혀주는 표현이라면, '낡은 개화꾼'은 예전 이력
을 가치중립적으로 밝히는 것에서 더 나아가, '개화꾼'이 시대착오적임을 암암리에 지
시하는 수사적 표현이다).

요한 것은 '정신적인 변화'이고 '정신 문명'이다. 정신적인 각성만이 문명에 도달할 수 있는 길이라고 생각한다. 때문에 이들의 정체성은 언제나 학생이다.[72] 어떤 직업을 가졌든지 간에, 조선의 정체성을 구성하기 위해 이들이 취해야 하는 태도는 보고 배워서 문명인이 되는 '學之光'[73]에 대한 바람이 있는 학생—'청년'이다. 이들이 사고가 구축되는 상징적인 공간은 학교이다. '학교'란 계몽의 장소이다. 이곳은 적어도 제국/식민의 정체성 대신 역사 근대의 '지식'을 동일선상에서 '경쟁'적으로 수용할 수 있다고 상상되는 장소이다. 이 경쟁 속에서 실은 동일한 내면이, 동일한 욕망이 복제되고 있다.

이 학생—청년의 중심에 지식이 놓여있다. 세계의 보편타당한 원리에 대한 권력이 '지식'이고 이 지식을 통해 세계는 균질화된다. 이러한 방법은 자신을 어디서든 보편타당하게 적용할 수 있는 정신의 태도이고자 한 것이며, 실은 인식 대상인 사실과 관계를 포기해야 하는 것[74]이다. 이 같은 개인은 순수한 논리적 동일성만 추구함으로써 동일성 속으로 용해되지 않은 것들에 대해서는 눈을 감게 된다. 개인이 앎의 주체로 간주되면서 '외부의 어떤 것과도 결정적인 관련이 없게 되는'[75] 객관화된 개인이 가정된다. 즉 지식의 '언어'가 현실의 물질성을 제거한 이후의 관념이기 때문에 오히려 현실에 대한 자의적 해석이 행해진다. '위대한 건설을 홈에는 정신적 근거와 학술적 토대가 든든하여야' 하며 이를 위해 구태로 상징되는 현실의 면면을 '파괴하자'[76]고 말할 수 있을 정도로 식민지 현실을 임의적으로 구축하는 양상을 띤다. 그러나 이

---

72) 이 당시 학교를 다닌 학생 수가 몇 %인지는 중요하지 않다. 사실적 접근을 통해 이를 밝혀내는 것도 중요하지만, 여기에서 중요한 것은 학생이 아닌 개인도, '학생'의 가치관에 연루되는 규율체계에 속하는 것이다.
73) 『學之光』을 읽은 소감을 쓰면서 '無限한 將來를 明示하는 『學之光』 三字에 대하여'라고 명시하는 것이 그 예이다(C Y생, 「讀學之光有感」, 『學之光』, 1915.2. 20면).
74) 하르트무트 샤이블레, 김유동 역, 『아도르노』, 한길사, 1997, 113면.
75) 찰스 귀논, 강혜원 역, 『진정성에 대하여』, 동문선, 67면.
76) 전영택, 「구습의 파괴와 신도덕의 건설」, 『학지광』 13호, 1917.7.

들이 설정한 내면과 외부라는 세계 분절의 잣대가 현실의 다양성을 하나의 본질로 환원시키기 때문에 '개인성' 또한 발휘되자마자 배제된다.

이들은 스스로의 정체성을 구성하는 과정에서 '소년'과 자신을 분리하고, 여성과 자신을 성별화한다. 민족 국가의 표상으로 얘기되었던 '소년'을 아동의 의미로 축소시켜 수용하고, 여성을 자신의 '뜻'과 다름이 없는 '청년녀자'로 위치시킨다. 비록 자신의 정체성은 미래에 획득 가능한 정체성이지만 연령화와 성별화를 통해 근대적 개인으로서 자신의 입지점을 마련하며 '민족'의 기원을 마련하기 시작한다. 연령화를 통해 '소년'을 자기정체성의 원점으로 위치시키고, 전근대적 습속이 육화되어 있는 여성을 근대국가를 상징하는 해방의 비전으로 전유하면서 성별화된 내셔널리즘으로 자신의 자리를 마련한다. 이 같은 민족주의적 노력과 연결해서, '국민'을 권력에 복속시키는 주체화(객체화)의 과정이 뒤따르게 된다. 제도화에 부대되는 '분할과 지배'를 통한 주체화가 그것이다. 덩어리로 묶여 있던 '국민'을 성별로 나누고, 연령별로 분할해 '위계'와 '가치'를 주는 방식이 그것이다.

근대적 '개인'은 연령화되었고 성별화되었으나 그 과정에서 드러난 이질성은 민족구성을 위한 과제 아래 무화된다. 분화되고 위계화된 차이들은 무시되고, 동일시의 기제를 통해 '청년'과 '소년', '청년'과 '청년녀자'가 묶여진다. 그러나 이 과정이 순탄치만은 않다. 예컨대, '여성해방사상'의 경우 근대국가를 위한 근대화의 비전으로 남녀 모두 "국가를 위한 여자교육"에 동의하면서 여성의 "정신적인 활동"이 인정되는 계기를 마련하기는 하지만 근대국가 건설이라는 목적에 일탈되는 여성의 내적 갈등은 소모적인 감정상의 '번민'으로 의미화되면서, 여자의 내적 갈등은 폭력적인 형식으로 소거된다. 이상적인 민족을 구성하기 위한 동일시에 강제적이고 일방적인 성격이 개입되어 있는 것이다.

이 같은 과정을 통해 근대적 '개인'은 민족을 상상할 수 있는 위치를 확보하게 된다. 그런데 이들의 공통점은 학생-'청년'이라는 것, 다시 말해 균질적인 지식을 통해 세계를 논리적인 정합성으로 깨우치는 성숙을 향한 도정 위에 놓여 있는 존재들이다. 다음 장에서는 '청년'의 정체성이 '학생'이라는 것77)과 이들이 동일시의 기제를 통해 여성과 아동을 수용하면서 발생하는 양상과 잡음, 또 이 기제가 민족과 개인의 정체성을 구성하는78) 과정 등을 살펴볼 것이다.


## 2. '기원'과 역사를 응시하는, 학생 – '청년'


『소년』 이후 『청춘』이 등장한다. 민족의 계동 발생의 입장에서 보면 '소년'에서 좀더 성숙한 단계이다. 그러나 '소년'과 달리 왜 '청춘'인지에 대해서는 특별히 다루지 않는다.79) 『청춘』 창간호의 글과 구성을 보면, 그 의문이 더해진다. 『소년』 창간호에서 「해에게서 소년에게」라는 시로 창간의 의도를 드러냈다면, 『청춘』 창간호에서는 「어린이의 꿈」이라는 시로 『청춘』의 등장을 알린다. 「어린이의 꿈」이라는 제목이 낯설기도 하지만, 원근법적 시선이 작동한다는 사실을 보여주는 것만은 분명하다.

> 아츰해에 취하야 낫붉힌 구름
> 인도 바다의 김에 배부른 바람
> 훗훗한 소근거림 너줄 때마다

---

77) 김복순은 1910년대를 고찰하면서 '신지식층'의 등장을 주목한다. 그리고 이들을 신지식, 신사상을 흡수한 새로운 '주역'으로서 의미화한다(앞의 책, 38면).

78) 개인의 정체성과 조선의 정체성을 구성하는 일은 별개가 아니다. 예컨대, 이광수의 『김경』에서 김경은 자신이 도달한 근대적 개인의 정체성을 '건전한 조선인'으로 얘기한다. 개인이 민족과 동일시되면서 개인이 도달한 성숙의 지점에서 민족이 상상된다.

79) 『靑春』 창간호에 광고로 실린 『기독교청년』 광고문구 중에서 인용해 왔다.

간지러울사 우리 날카론 신경

—『청춘』 창간호, 1914

「어린이의 꿈」 1연만 본다면 1~3행에서 아름다운 풍경을 그린 후 4행에 가서 이 풍경이 나에게 어떻게 다가오는지를 얘기한다. 이 구성은 『少年』과 비교해 볼 때 분명히 차이가 있다. 『少年』에서 '바다와 소년'의 '입맞춤'으로 바다와 소년의 동일시를 표현했다면, 그래서 해에게서 '소년'에게 그 능력이 전해지기를 기대했다면, 「어린이의 꿈」에서는 자연이 시적화자에게 주는 영향력이 후퇴한 것으로 보인다. 후퇴했다는 표현보다 풍경을 바라보는 시적화자의 가치관이 달라졌다고 말하는 편이 더 적절할 것이다.

『少年』에서 바다가 내셔널리즘의 시선으로 포착된 대상이라면 —자연적 실재로서 대상이 아니라 강력한 국가를 가능하게 하는 상징으로서 바다—『靑春』에 실린 「어린이의 꿈」에서 재현된 바다는 초월적인 선험이 빠진 풍경으로서 풍경이다. 또한 『少年』에서 '소년'이 바다와 동일시를 통해 나폴레옹이나 진시황을 무릎 꿇게 할 수 있는 상상된 주체라면, 『靑春』의 어린이는 풍경과 동일시될 수 없는 "날카로운 신경"을 가진, 풍경과 대립된 개인이다. 이 시에서 주목할 것은 "날카로운 신경"을 가진 개인과 아름다운 풍경이 대립된 채로 드러나고 있다는 것이다. 또 분명하지는 않지만 아름다운 풍경이 "어린이의 꿈"으로 등치되고 있다는 사실도 발견할 수 있다. '어린이의 꿈'의 세계가 아름다운 풍경으로 등장하고 이 풍경을 관조하는 '날카로운 신경'을 가진 개인이 등장하고 있는 것이다.

이것은 풍경과 개인의 분리와 동시에 '어린이'와 어른의 세계가 분리되고 있다는 사실을 예시하는 것이다. 즉 풍경(어린이) / 개인(어른)의 대립적 자질이 형성되면서 '어린이'가 어른의 타자로 등장한다. 이 사건은 '풍경의 발견'과 동시에 의미 있게 다루어져야 하는 사건이다. 풍경과 어린이가 '날카로운 신경'에 포착되고 있기 때문이다.

이 같은 측면이 춘원의 「소년의 비애」[80]에 잘 나타나 있다. 이 소설은 1917년 『靑春』 8호에 실린 이광수의 작품인데, 서두에서부터 이채를 띠는 것은 자신의 정체성을 '소년'이 아니라 '청년'이라고 말한다. '소년'과 '청년'의 개념이 구별되고 있을 뿐만 아니라 '소년'의 의미가 '어린이'로 축소되어 있다.

> 文浩는 이제 十八歲 되는 시골 어느 中等 程度學生인 靑年이나, 그는 아직 靑年이라고 부르기를 슬허하고 少年이라고 自稱한다. 그는 感情的이요, 多血質인 才操있는 少年으로 學校成績도 每樣 一, 二 號를 다투었다. 그는 아직 女子라는 것을 모르고 그가 交際하는 女子는 오직 從妹들과 其他 四五人되는 族妹들이라. 그는 天性이 女子를 사랑하는 마암이 잇는 지 父親보다도 母親께 叔父보다도 叔母께 兄弟보다도 姉妹께 特別한 愛情을 가진다. (106면)

위의 인용은 「소년의 비애」의 서두이다. 문호는 '청년'이지만 '소년'이고자 한다. '청년'과 '소년'이 호환가능하지 않은 차별적인 개념으로 제시되고 있다. 1900년대까지 위계관계가 성립되지 않거나 변별적 자질이 만들어지지 않던 '소년'과 '청년'이 근대적 성장 개념 안에서 변별적인 개념으로 재구되는 것이다. 분명하지는 않지만, "청년이라고 부르기를 싫어"하고 "소년이고자" 하는 바람 속에 '청년'과 '소년'에 대한 대립적 인식이 전제되어 있다. 그리고 '소년'이 "여자라는 것을 모르고" "종매들과 기타 사오인되는 족매"들과만 지낸다는 서술을 통해 볼 때 '소년'이 성의 구분없이 지내는 아동기를 일컫는 말이 아닌가 생각해봄직하다. 다시 말해 '문호'가 고집하는 '소년'이란 엄밀히 말해 '소년기'의 '아동'으로서 대가족 제도에서 남녀의 구분없이 지내던 시절을 말하는 것, 즉 '性'의 구분없이 아이처럼 지내는 시절을 일컫는 것이 아

---

80) 이광수, 「소년의 비애」, 『靑春』 8호, 1917.6, 106~117면.

닌지 생각해 볼 만하다.

> 文浩는 하나이 自己의 아들이오, 하나이 文海의 아들인 줄은 아나, 어느 것
> 이 自己의 아들인 줄은 몰라 우두커니 우는 아이들을 보고 앉았다가 自嘆하
> 는 모양으로 "흥, 우리도 벌써 아버질세 그려. 少年의 天國은 永遠히 지나갔
> 네 그려"하고 우스면서도 눈에는 눈물이 고인다. 가만히 文浩를 보고 안젓는
> 母親의 얼굴에도 前보다 주름이 만케 되엇다. 文浩는 精神업는 드시 母親만
> 보고 안젓다. 집 압 버드나무에서는 "쾨쏘리오" 하는 소리가 들린다. (117면)

문호는 자신의 가정을 가지고 대가족 제도에서 분리되어 나왔는데도
불구하고 "어느 것이 自己의 아들인 줄은 몰"라 볼 정도로 '개인'적인
사고가 분명하지 않다. 이는 '소년'이고자 하는 바람과 무관하지 않다.
그래서 자신의 정체성을 '아버지'라고 되새기는 순간 "少年의 天國은
永遠히 지나갔네" 하고 자탄하는 것이다. 이때 '아버지'라는 호명은 소
년시절과 대립되는 '어른'으로서 의미이다. 그리고 이 어른된 자가 어린
시절을 "少年의 天國"으로 회상한다. "少年의 天國은 永遠히" 갔다고
하는 이 회한에 일차적으로 전제되어 있는 것은 소년기를 천국으로 사
고하는 것이다. 그런데 '소년기', 다시 말해 어린 시절을 '천국'으로 지
시하는 것은 당대적인 관점에서 볼 때 이채를 띠는 것이다. 이는 근대
적 개인이 어린이를 통해 '동심'을 발견하는 것과 같은 맥락이다. 순진
무구한 아이라는 관념이 여기에서부터 비롯되는 것이다. 관례를 통해
'어른'이 되어야만 온전한 사람 대접을 받는 전근대의 사고에서는 찾아
보기 힘든 것이다. 이 작품에서는 아이 / 어른의 대립뿐만 아니라 어린
시절을 자기 정체성이 온전히 보존되는 유토피아의 세계로 여기는 근
대적 사고가 드러난다.

또한 문호는 자기의 성격이 어떠한지 어떤 취향과 어떤 지향을 가졌
는지를 사촌 누이와 사촌 형제와 비교하면서 정의한다. 자신과 문해가
어떻게 다른지, 자신과 난수와 어떤 점에서 유사한 성격인지 또한 문혜

와 혜수가 어떤 점에서 같은 성격으로 묶일 수 있는지 하는 것에 관심을 갖는다. 이처럼 소년기를 통해 반추하는 것이 바로 자신이 성격이 무엇인지 탐구하는 것이다. 이것은 '소년기'에 대한 회상을 통해 자기 정체성이 무엇인지 알 수 있다고 말하는 가정과 밀접하게 연결되어 있다. 소년기가 자기 정체성의 원점일 수 있다고 가정하는 것, 그래서 소년기에 대한 회상을 통해 '개인'의 정체성이 무엇인지 탐문하는 것은 주목할 만한 부분이다.

이렇게 '소년'과 '청년'의 의미가 달라지면서,81) '청년'은 근대적 개인의 형식으로 재현되고 '소년'은 동심을 가진 과거의 고향으로 은유화된다.82) 이 같은 면모가 「金鏡」에서도 반복된다. 이 작품에서 '소년기'83)에 대한 언급이 직접적으로 이루어지면서 '소년기'가 성장의 한 단계로 기억되고 회고된다. '소년기'가 회고의 대상이 되는 것은 의미 있는 사건이다. 이제 소년기가 돌아갈 수 없는 고향처럼 은유화되고 이 소년기를 회상하는 인물은 지극히 개인적인 내면을 가진 주체로 의미화되기 때문이다. 그러므로 「소년의 비애」는 내면을 가진 주체의 등장을 알리는 신호이며 '소년기'가 정체성의 원점으로 사고되기 시작했음을 알리는 징후이다. 이것은 아동/어른이라는 대립과 동시에 아동이 '꿈'으로 요약되는 돌아갈 수 없는 풍경으로 제시되는 것84)과 같은 맥

---

81) "봄에 꽃필 때는 사람으로 치면 십오육세 소년시대와 갓고 느진 봄 첫녀름은 이십세 후의 청년시대와 갓다. 꽃필 시절은 작란 꽃이 피여 날 쒸는 소년소녀와 가티 정신업시 날 쒸며 분주하다" 이 표현은 『別乾坤』에 실려 있는 문장이나 성수가 문제를 꽃이 피고 지는 문제로 비유하는 표현이 눈여겨 볼 만하다(『別乾坤』, 1930.6, 128면).

82) 물론 '소년'과 '청년'의 개념이 변화되고 있는 과정이기 때문에, '소년'과 '청년'이 부분적으로 동일하게 사용되는 예도 적지 않게 발견된다. 예를 들어 '현대 청년의 정신상의 표준'이라고 광고하면서 '소년 독자에게 십조'라며 '청년'과 '소년'을 혼용해서 쓰는 경우가 그것이다. 사실 『少年』을 편집했던 최남선과 춘원이 『靑春』에 와서 많은 부분 참여하고 있기 때문에 그같은 혼선은 어쩌면 당연한 것이기도 하다.

83) "원래 金鏡은 소년기에 感化를 바든 데가 업슨 고로 만이 자리를 잡지 못하고 자리를 잡는다하면"(『靑春』, 6호, 120면).

84) 「소년의 비애」 마지막 구절은 "文浩는 精神업는 드시 母親만 보고 안젓다. 집 압 버드나무에서는 『꾀꼬리오』하는 소리가 들린다"이다. 소설의 마지막 구절에 '꾀꼬리오'

락이다. 춘원의 1910년대 소설을 보면 '소년기'를 '아동기'로 언급하는 구절을 어렵지 않게 찾아 볼 수 있다. 물론 '소년'이 보호받고 배려받아야 하는 계층으로 폭넓게 의미화되는 시기는 1920년대로 보인다.[85]

> 원래 김경은 소년기에 감화를 바든 데가 업슨 고로 만이 자리를 잡지 못하고 자리를 잡는다하면 오즉 제 생각으로 정할 수 밧게 업는 처지니 (…중략…) 김경군의 성격이 처음 기초를 잡은 것은 그가 중학교 삼년급적 즉 십육세시러라. 이후에 다른 일이 업섯던들 소년 김경의 영은 혹 즐겁고 안온하엿스리라 그러나 조물은 그에게 (…중략…) 이 소년들은 그에게 두고 다만 제자 될 뿐만 아니라 실로 형제요 자매요 정인이라 그가 일직 이 정을 읍조리어
> —이광수, 「김경」, 『靑春』 6호, 120~121면

> 조선 최고급의 인사 되기는 지극히 용이한 일이라. 이렇게 광호가 자기의 소년시대와 현생활을 비교할 때에는 희열의 미소를 금치 못할 것은 물론이다.
> —이광수, 「윤광호」, 『靑春』 13호, 69~70면

「소년의 비애」에서는 청년된 자가 '소년'이고자 하지만 사실은 '소년'(어린이)이 아니라 '청년'이라고 강력히 선포한다. '소년'과 '청년'이 근대적 성숙의 개념에 의해 분절되면서 변별적 자질을 획득한다고 볼 수 있다. 이 같은 측면이 「김경」에서는 더 강력한 형상으로 드러난다.

---

라는 새의 울음소리는 그 자체로 '풍경'의 발견일 수 있으며, 풍경을 소외시키는 개인의 등장을 알리는 구절이기도 하다.

85) 기무라 나오에도 이 같은 측면을 지적한다. "이렇게 전면적으로 교육에 포위당한 '소년'이라는 표상이 산출되었다. 항상 교육적 시선 안에, 교육적 배려의 그늘 안에 있는 형상으로 '소년'은 그후에 계속해서 교육의 객체로서 나타난다…… 이러한 풍경 속에서는 정치적인 것의 그림자는 전혀 존재하지 않는다."(木村直惠, 『〈靑年〉の 誕生』, 東京 : 新曜社, 1998, 286면) '소년'이라는 말이 처음부터 '청년'과 다른 개념으로 사용된 것은 아니다. 기무라 나오에 또한 '동의어'처럼 언급하고 있는 부분이 있기 때문이다. 그러나 『少年園』이라는 잡지를 계기로 '소년'과 '청년'의 개념이 달라진다고 밝힌다. 이때부터 소년은 '교육받아야 하는', '사랑스러운' 객체로 등장하게 된다. 그래서 청년이 '능동적인 주체성'을 가진 '두려운' 존재로 요약된다면, '소년'은 '사랑스러운'이라는 말로 요약될 수 있다고 밝힌다.

'소년기'를 직접적으로 언급하는 '청년'이 바로 '소년'을 지도·감독하는 '교사'로서 등장하는 것, 이를 통해 '소년기'에 대한 근대적 비전과 동시에 소년기가 통제되어야 한다는 사실이 드러난다. '소년'과는 다른 '청년', 소년의 내면을 지도·감독하는 교사로서 '청년'의 형상은 결국 내면을 통제·관리하면서 자신을 정체화하는 '개인'의 등장으로 볼 수 있을 것이다. 즉 동심을 가진 '아동'의 등장과 동시에 이 '소년'을 훈육과 통제의 대상으로 강력하게 견인하는 양상을 엿볼 수 있다.

이 같은 측면은 '내면'에 대한 인식과 결부된다. 어른/아이의 분리를 통해 외부 세계와 분리된 근대적 '개인'의 내면이 등장하고 있는데, 이 '내면'이 외부 세계와의 관계에서 자율적이고 독립적으로 존재하는 게 아니라는 의심, 이것은 '내면'의 외부 세계의 영향 하에 있을 거라는 가정과 연결된다. 이 같은 측면은 내면보다 외부 세계를 강조하는 『청춘』에 실린 다른 글의 성격에서도 드러난다. 예컨대 한 편에서는 「어린이의 꿈」을 통해 개인의 '날카로운 신경'을 얘기하지만, 동시에 다른 글에서는 '사실 그대로'에 대한 강조가 행해지면서 외부 세계의 우위를 강조하는 것으로 이어지고 있기 때문이다.

> 按設의 가치는 사실을 천연적 자연적으로 곳 조금도 억지 쓰지 아니하고 설명할 수 잇슴에 잇스니 사실을 휘어다가 억지로 안설에 들어 맛도록 하면 안설이 주체가 되고 사실이 짤님이 되는 것 곳일이 걱구로 되는 것이라 사실이 잇고서 비로소 안설이 생겨나는 것이니 억지 쓰지 아니하고 사실을 설명할 수 업는 안설은 쓸대없는 것 잘못된 것 가치 업는 것이라 할 밧게 업도다.[86]

위의 인용은 "사실을 천연적 자연적으로 곳 조금도 억지 쓰지 아니하"자는 주장이다. 그러면서 사실을 써야만 가치 있는 것이라고 말한다.[87] 이때 "천연적, 자연적"이라는 말은 있는 그대로를 쓰자는 주장이

---

86) 「세계의 창조」, 『靑春』 1호, 1914.9, 10면.
87) 『靑春』 2호 「每日申報의 我誌評」의 글에서, 다른 신문이 『靑春』 1호를 어떻게 평가

다. 이와 비슷한 예로 「명물수휘(名物數彙)」라는 부분에서는 국어사전에 서처럼 '일군'[88]이라는 단어에서부터 각 단어를 순서대로 나열해 놓고 단어의 뜻을 설명하고 「세계일주가」라는 글에서도 가사와 함께 가사에 쓰인 단어의 뜻풀이를 해놓는다. 또 다른 글인 「마호멛과 밋 회회교」, 「태서 삼대기인」과 「주시경 선생 역사」, 「조선 명산」 등도 마찬가지 형식의 글로서 설명 위주의 글이다. 이에 대해 『매일신보』에서도 『청춘』에 실려 있는 글들이 '설명' 위주의 글이며, 지식 함양에 좋은 글이라고 평가하고 있다. 있는 그대로의 세계를 그대로 인식하자는 이 같은 주장이 『청춘』 3호에 가면 더욱 두드러져서 시 속에 쓰인 단어까지 뜻풀이를 해놓는다.

〈새아이〉 —외배

네 눈이 밝고나 엑스빗갓다
하늘을 쩨쭐코 쌍을 들추어
온가지 진리를 캐고 말란다
네가 '새아이'로구나

네 손이 슬겁고 힘도 크도다
불길도 만지고 돌도 줌을 너
새롭은 누리를 지려는고나

네가 '새아이'로구나

「엑스빗」 X광선, 「불길」 火焰, 「누리」世

—『청춘』 3호, 1915

하는지에 대해 옮겨 적고 있다. "……「世界의 創造」는 天地開闢의 歷史的 科學的 說明이오 기타 「人種論」, 「回回教 歷史」, 「人의 定義」 등 기사가 모두 常識 涵養상 切要한 것들이오……"(145면)
88) '一'에서부터 시작하고 있다.

앞의 인용은『청춘』3호에 실린 시인데, 보다시피 시 밑에 단어풀이처럼 뜻을 적어놓고 있다. 단어의 뜻을 명확히 한다는 의미도 있겠지만, '시'에서까지 뜻을 분명히 하겠다는 의지는 좀 강박관념처럼 느껴지는 게 사실이다. 다른 시에서는 '물레방아'라는 뜻까지도 뜻풀이를 해 놓고 있기 때문이다. 또『소년』에서 소년이 따라야 할 모범으로 제기되던 '프로이센 왕'에 대한 이야기가『청년』에 와서는 "독일은 엇더한 나라인가"로 글의 재료를 다루는 어조와 태도가 달라졌다. 전자에서 프로이센 왕의 행적을 높이 칭송하면서 소년의 모범으로 추켜세웠다면,『청춘』에서는 이 내용이 독일에 대한 개괄적 설명 형식의 글로 제재를 다루는 태도에 변화가 생기고 있다.

『청춘』의 편집 방향은 '외계'의 사실을 그대로 드러내고 그것을 배우는 데에 있다. '외계'의 사실과 개인의 내면이 분리된 채로 드러나는 것[89]뿐만 '외계'의 질서와 내용을 배워야 하는 것으로 드러난다. 그 때문에 '개인'과 외계는 분리되었지만 개인의 '내면'이 자율적으로 작동하는 것처럼 보이지만 실은 제도화되었거나 도식적으로 규율화된 내면으로 자리잡을 가능성이 농후한 것이다. 왜냐하면 개인의 '내면'이란 개조되고 각성되어야 하는 상태로 상정되어 있기 때문이다.『청춘』창간호에서 발견하고 있는 "날카로운 신경"의 '개인'이 자율적이고 독립적인 인간으로 서기 위해서 전제되어야 하는 것이 외계의 "지식"을 "천연 그대로" 수용해야만 한다고 이야기되는 것이다. 여기에서 '천연 그대로'란 투명한 언어의 힘을 말하는 것이다.

요컨대 1910년대 발견되는 근대적 '개인'은 풍경 / 내면의 분리를 통해 드러난다. 풍경과 "날카로운 신경"을 가진 '개인'의 분리, 그리고 이

---

89) 창간호의「착각의 기현상」이라는 글에서 '우리는 往往히 外界의 事物을 實物대로 知覺하지 아니하고 그릇 知覺하는 일이 잇스니'라며 외계의 사물을 실물대로 지각하지 못하는 개인의 지각에 대해서 일침을 가한다(「착각의 기현상」,『청춘』, 1914.10, 56면).

'개인'이 대상화하고 있는 '어린이'라는 낭만적 풍경은 풍경 / 개인과 동시에 어린이 / 어른의 변별적 자질을 도모한다. 이 '개인'의 내면이 포착하고 있는 아름다운 풍경으로 어린 시절이 재현됨으로써 '아동기'라는 근대적 개념이 드러나게 된다. 또 이 아동기의 개념이 한국문학 안에서는 '소년기'로 드러나고 있는 것도 볼 수 있다. 즉 1900년대까지 유사한 개념이었던 '소년'과 '청년'이, 이 시기에 와서 변별되는 것이다. 이는 '청년'의 시선으로 소년을 원근법적으로 재구해내는 것이며, 이 같은 사고는 진화론90)의 한 반영이다. 이 주장에 따르면 사물을 있는 것대로 보는 것뿐만 아니라 '발생'에 따라 보는 '기원'을 응시하는 시선으로 나타난다. 이를 통해 '소년기'를 매개로 개인의 내면이 드러난다는 것, 그리고 여기에서 주목할 것이 내면과 외계가 분리되는 동시에 '외계'에 대한 우위가 강조되고 있다는 사실, 그래서 개인의 내면이 외계의 '사실'을 배우고 익히는 '개조'와 '각성'의 장소가 된다는 사실이다.

한편, 이 같은 개인의 상이 돌올하게 형상화된 작품이 이광수의 『무정』91)이다. 이 작품에서는 개인의 내면과 외계가 어떤 관계에 놓이는지 집중한다. 즉 앞서 언급하고 있는 '개조'와 '각성'이 어떻게 발생하는지 그 문제에 착목하는 것이다. 그동안 『무정』에 대한 평가 가운데, 근대적 주체의 낙관적인 전망과 같은 평가를 내리고 이를 통해 근대문학으로서 지닌 한계를 지적하는 논의가 많았는데, 과연 이러한 분석이 타당한지 생각해 보아야 할 것이다. '형식'을 '근대적 주체'로 사고하는 것은, 그가 전근대적 방식과 절연하면서 근대적인 문명을 주장하는 각성된 존재라는 점에 기인한다. 이 점과 관련하여 그의 각성을 어느 정도 신뢰할 수 있느냐 하는 점이 먼저 얘기되어야 할 것이다. 형식 스스로가 자인하고 있는 것처럼 "마참 어른 업는 사회에 처하엿슴으로 스사로 어

---

90) 「진화론」, 『청춘』 2호, 1914.11.
91) 『무정』은 1917년 1월 1일부터 6월 14일까지 126회에 걸쳐 『매일신보』에 연재되었다. 이 글에서는 이 『매일신보』 본을 대상텍스트로 한다.

른인 체 ㅎ던 것"92)이라면, 형식의 각성을 두고 근대적 주체의 각성 운운하는 것은 섣부른 감이 있을 것이다. 또 사정이 이러하다면 이상적인 해결이나 결말의 추상성은 한계가 아니라 개인이 안고 있는 특성으로 평가될 수 있을 것이다. 이런 측면에서 본고에서는 형식이 '교사'이면서 '학생'이라는 이중적인 국면에 처해 있음을, 그래서 그의 정체성의 주요한 부분이 학생–'청년'의 인식적 태도에서 배태되고 있음을 지적할 것이다.

형식이라는 인물이 가지는 특성93)을 이재선은 '전환기 인간상'94)이라는 표현으로 암시적으로 언급한다. 이것에서 더 나아가 이보영95)과 김경수96)는 좀더 적극적으로 그 핵심에 다가간다. 특히 김경수는 『무정』에 등장하는 인물들을 이보영의 '사춘기 인물' 논의에 힘입어 이들의 정신적 갈등의 해소 과정이 "간접화된 현실이해"에서부터 "직접적인 세상읽기"의 과정으로 "나아가는 격변기 세대의 적응의 모습"이라고 지적한다. 이 같은 논의는 『무정』을 평가하는 데서 한계로 지적되어 온 결말부의 특성을, 특성 그대로 드러낼 수 있는 시각이다.97)

이 글에서는 형식의 미숙성에 초점을 맞추되, 그의 미숙성이 '지식'을 통해 나아지는 학생–'청년'이라는 점을 부각시킬 예정이다. 물론 형식이 '어른이 없는 시대'에 스스로 민족의 정체성과 개인의 정체성을

---

92) 이광수, 『무정』, 『매일신보』, 1917.5.30.

93) 이광수의 『무정』에 대한 평가 가운데 '근대적 자아'의 면모를 중심으로 한 김붕구의 「신문학 초기의 계몽사상과 근대적 자아」(『한국인과 문학사상』, 일조각, 1964, 1~111면)는 여러 무로 시사하는 비가 크다. 그는 춘원의 작품 속 인물들을 자아의식과 새 세대의식 민족의식 등의 잣대로 얘기하면서 "민족주의라는 고된 병을 치루다가 그것으로 쓰러졌다고 밖에 형용할 도리가 없다"라고 언급한다.

94) 이재선, 「개량주의자의 문학」, 『한국 현대소설사』, 홍성사, 1979, 203면.

95) 이보영, 「식민지 시대 문학론」, 필그림, 1983, 159~240면.

96) 김경수, 「근대소설 담론의 유입과 형성과정」, 『전환기의 서사담론』, 서강대 인문과학 연구원, 1998, 111~122면.

97) '청춘'기와 '사춘'가 유사한 개념인데도, 1910년대에는 아직 '사춘기'라는 말이 수용되지 않았을 뿐만 아니라, 더욱이 지금 사용하는 '사춘기'의 개념과 1910년대 사용되기 시작한 '청춘'의 의미는 함의가 다른 듯 보인다.

축조해야 했던 인물이기에, 아동과 여성의 내면을 통제하는 교사의 역할을 부여받지만 그 또한 정신적인 각성과 깨달음을 통해 성숙의 과정으로 나아가는 학생의 정체성이다. 일단, 그의 정체성을 드러내는 데서 눈에 띄는 서술 중 하나가 「소년의 비애」의 문호처럼 '소년'기에 대한 회한을 드러내는 부분이다. 영채를 찾아 평양에 가면서 자신의 소년시대의 일부를 떠올리며 개인의 정체성이 어떻게 구성되게 되었는지 돌아본다. 그러면서 자신은 "소년시대"를 즐기지 못했노라고 안타까워한다. 그러면서 '형식'도 「소년의 비애」의 문호처럼 소년시대를 애도하지 못하면서 여전히 소년이고자 하는 마음을 드러낸다.

> 대동강 우헤서 「쌩」ᄒ고 달아나는 화륜선을 보고 놀러던 소년은 그 로인을 알앗다. 그러나 그러ᄒ던 쇼년은 임의 죽엇다. 「쌩」하는 화륜선을 볼 째에 임의 죽엇다. 그러고 그 쇼년의 껍더기에 전혀 다른 이형식이라는 사롬이 들어 안젓다. 마치 선화당이던 것이 도청이 되고……98) (63회)

> 그러나 형식은 어려서부터 세상에 부짲겨 왓슴으로 어느덧 쇼년의 어엽분 빗이 슬어지고 얼골에나 마음에나 로성ᄒᆫ 어른의 빗이 잇섯다. 그럼으로 아모리 즈긔와 년갑 되는 소년들과 친ᄒ려 ᄒ야도 그 소년들이 마음을 허ᄒ지 아니하였다. 더구나 형식은 그 소년들에게 비ᄒ야 학문의 명도에 챠이가 만핫슴으로 그 소년들은 형식을 선비 모양으로 공경ᄒ는 싱각은 가지되 억기를 겻고 손을 잡고 동무가 되랴고는 아니 ᄒ얏다. (…중략…) 마참너 형식은 소년의 동무가 되야 보지 못ᄒ고 말앗다. 그러고 지금까지 평생 즈긔보다 십여년이나 어른 되는 이와 친구가 되여 왓다. 형식은 일찍 이러케 자탄ᄒ얏다. 「나는 소년시뎌룰 건너씌엇서!」 소년시뎌를 보지 못ᄒᆫ 형식의 마음은 과연 젹막ᄒ얏다. 그는 항상 말ᄒ기를 「나는 인생의 한 권리를 쌔앗겼다」하얏고 또 「그러고 그 권리는 인셩의게 가장 크고 즐거운 권리」라 한다. 이러ᄒᆫ 말을 홀 째마다 형식은 젹막ᄒᆫ 싱각을 익이지 못ᄒ야 길게 한슘을 쉬운다. (…중략…) 그러서 나도 이제 어느 중학교에 입학을 ᄒ야 저 쇼년들과 갓치 노라 보앗스면 ᄒ는 싱각까

---

98) 『매일신보』, 1917.3.21.

지도 ᄒᆞ얏다. 형식은 학싱들을 지극히 ᄉᆞ랑하얏다.[99] (67회)

'소년'으로서의 형식은 "쌩하는 화륜선"을 보는 순간 죽었다고 말한다. "마치 선화당의 자리에 도청"이 들어선 것과 같은 변화가 자신에게도 있었다고 말한다. 그래서 자신은 소년시대를 충분히 즐기지 못했다고 하는 것이다. 격변기 조선은 "어른업는 시디"였으므로 "스스로 어른인 체"해야 했기 때문에 소년시대를 즐길 수 없었노라고, 그래서 인생의 한 "권리"인 소년시대를 충분히 누리지 못해서 "소년들과 같이 놀아 보았으면 하는" 생각을 하곤 한다고 말한다. 그런데 이 같은 내적지향이 사실은 형식의 정체성을 드러내는 일면으로 보이는 게 사실이다. 소년이고자 하는 형식의 바람 속에서 형식의 정체성이 있는 것은 아닌지 하는 가정, 즉 형식의 정체성이 '청년'도 '소년'도 아닌, 소년이고자 하는 어른이라는 과도기 상에 놓인 것은 아닌지 하는 것이다. 형식은 '소년'과 분리된 청년인 듯 자부하나, 이것은 '어른이 없는 시대에' 어른을 대리해야 했던 현실에서 비롯되는 문제가 아닐까 생각해 볼 수 있다.

우선은 형식이가 두 사람을 크게 칙망ᄒᆞᆯ 줄 알앗더니 교실에서 학싱들에게 힝실 잘하기를 가리치는 모양으로 말ᄒᆞᆷ으로 형식은 아직도 세상을 모르는 도련님이라 ᄒᆞ엿다. 만일 너가 형식이가 되엇스면 이러ᄒᆞᆫ 째를 당ᄒᆞ야 실컨 꾸지람이라 톡톡히 ᄒᆞ야 분풀이를 ᄒᆞ련ᄆᆞ는 ᄒᆞ엿다. 그러나 형식으로는 이보다 이상 더 심ᄒᆞᆫ 칙망을 ᄒᆞᆯ 줄 몰랏다. ᄀᆞ래서 형식이가 ᄆᆞ침내 다시 한번 발을 구르며, '여보! 사롬들이 되시오!' ᄒᆞ엿다. 형식은 싱각에 아마 이만하면 저 두 사롬들이 량심에 붓그러움이 싱겨 '다시는 이러ᄒᆞᆫ 일을 아니ᄒᆞ리라' 하고 아프게 후회ᄒᆞᆯ 줄을 믿었다. (…중략…) "여보게 자네는 영치 씨 모시고 들어가게. 이 일은 너가 마틈세" ᄒᆞ엿다.[100] (40회)

---

99) 『매일신보』, 1917.3.28.
100) 『매일신보』, 1917.2.21.

형식은 갑작이 얼골이 쌜갓케 된다. 우선은 "아직도 어린이로다" ᄒ고 형식의 팔을 쓴다.[101] (48회)

우선도 눈에 시로 눈물이 돌면서도 "형식은 어린이로다" ᄒ엿다.[102] (51회)

로파의 ᄒ는 말은 ᄌ긔에게 들은 것인 줄은 알면서도 갓흔 말이라도 로파의 입으로서 나오면 시로운 맛이 잇섯다.[103] (43회)

형식은 ᄒ참 싱각ᄒ더니.
"그러면 일싱 혼인 말고 지니지…… 절에 가서 즁이 되던지"
우선은 마춤내 썰썰 우스며,
"지금 자네가 좀 노보세(上氣) 힛네. 참 ᄌ네는 어린니일세. 세샹이 무엇인지를 모르 네 그려. 행여 ᄭᅮᆷ에라도 그런 싱각ᄂ지 말고 어서 미국이나 가게"
"그러면 저 사롬을 바리고?"[104] (114회)

그럼으로 ᄌ긔가 오날날까지 여러 학싱들에게 문명을 가라치고 인싱을 가라친 것이 극히 외람된 일인 줄도 깨달앗다. 자긔는 아직도 어린이다. 마참 어른 업는 사회에 처하엿슴으로 스사로 어른인 체 ᄒ던 것인 줄을 깨돌으매 스사로 붓그러운 싱각도 난다. (…중략…) 쥬장하여 오던 바는 모두 다 어린니의 어린 슈작이다. (…중략…) 이제보니 선형이나 ᄌ긔나 다 갓흔 어린이다.[105] (115회)

위의 인용은 형식의 정체성을 드러내는 부분이다. '우선'이나 노파는 형식을 판단하면서 형식을 '어린애' 같다고 말한다. 예를 들어 청량사 사건에서도 형식은 배학감과 김현수에게 "행실 잘하기를 가르티는" 모양으로 그들에게 훈계한다. 또 영채 겁탈 사건에서 형식이 화를 내지

---

101) 『매일신보』, 1917.3.2.
102) 『매일신보』, 1917.3.6.
103) 『매일신보』, 1917.2.24.
104) 『매일신보』, 1917.5.29.
105) 『매일신보』, 1917.5.30.

못하는데 이는 그의 성격에서 비롯되는 것은 아닌 듯하다. 한 여자를 강제로 추행하는 사람들에게 훈계를 하는 식은 '우선'이 보기에 형식이 아직 '어린애'라서 그런 것이다. 이때 '어린애' 같다는 지적은 형식의 순수성을 드러내는 진단이 아니라 현실 판단 수준에 관한 것이다. 그래서 '우선'은 청량사 사건에서도 '어린애' 같은 형식을 대신해 뒤처리를 하겠다고 한다. 또 형식이 현실 판단이나 감정의 균형을 잡아야 할 경우, '우선'은 형식의 판단을 뒷받침하며 그의 역할을 대리한다. 예를 들어 기차에서 영채를 만났을 때 형식이 극단적인 선택을 떠올리며 갈팡질팡하자, 우선은 '노보세(상기)하다고 말하며 형식의 판단을 돕는다. 형식이 혼인을 무른다든지 아니면 중이 된다든지 하며 극단적으로 사고하는 것은 감정 처리의 미숙함을 드러내는 것이다.

이 같은 측면이 노파의 시점에서도 발견된다. 형식이 노파에게 영채가 죽었다고 전하자, 노파는 영채가 왔을 때 벌어진 상황을 형식에게 요약해서 전해준다. 그러면서 이형식의 판단을 돕는다.

> "리 선성이 잘못히서 죽었구려!"
> "엇지서요?"
> "그러케 십여 년을 그럽게 지나다가 ᄎ자왓는데 그러케 무정ᄒ게 구시닛가"
> '무정하게'라는 말에 형식은 놀랏다. 그러서
> "무정ᄒ게? 내가 무엇을 무정하게 힛서요?"
> "(…중략…) ᄯᅩ 간다고 홀 적에도 붓드러 만류를 ᄒ던가 ᄯᅡ라가는 것이 안이라……" ᄒ고 형식을 원망ᄒ다.[106] (74회)

> 「리형식 씨가 퍽 무정ᄒ 사룸ᄀᆺ치 싱각이 되여요 그리도 너가 죽으러 갓다면 좀 ᄎ져라도 볼 것인디 …… 어느싀에 혼인을 히 가지고……」ᄒ다가 병욱의 무릅에 ᄌ긔의 이마를 디고 비비며 「아이구, 언니, 너가 웨 이런 쇼리를 히요」

---

106) 『매일신보』, 1917.4.8.

병욱은 영채의 머리와 목과 등을 만저주며 어린이에게 ㅎ는 듯이[107] (111회)

형식은 영채가 어떤 마음으로 찾아왔는지 알고 있다. 십여 년 동안을 자신만을 생각하며 있다가 찾아왔을 것이라고 충분히 짐작하기 때문에 영채와 결혼이 가한지 부한지 고심했던 것이다. 영채를 만나고 심리적으로 갈등하는 장면만 생각하면, 그가 갈등하기 때문에 영채를 붙잡지 못했다고 생각하지만, 형식은 사실 그 당시의 상황을 충분히 파악하지 못하고 있었던 것이다. 노파가 그 상황이 어떠한 상황이었는지 현실적으로 판단해주자, 형식은 그제서야 "내가 영채를 죽였어요"하면서 흥분한다. 그리고 노파의 얘기를 그대로 수용하면서 새로운 각성을 얻은 듯이 행동한다. 형식은 노파의 지적을 통해, 자신의 문제를 객관화할 수 있는 힘을 얻는다. 그렇게 상황 파악이 된 형식은 그제서야 영채에 대한 자신의 책임을 깨닫고 평양으로 내려가야겠다며 또 즉자적으로 행동한다.

형식이 '무정'하다는 사실은 노파에게서도, 영채에게서도 말해진다. 그러나 형식이 '무정'한 이유는 그가 원래 무정한 특성이 있는 사람이기 때문에 무정한 것이 아니라 상황 판단을 적절하게 할 능력이 안 되기 때문이다. 형식은 늘 자신이 해야 할 책임과 의무에 대해서 누구보다 진중하게 생각하는 내면을 가졌는데도 영채의 사건을 해결하는 과정에서 마음만 급했지 현실적인 해결 능력이나 상황 판단 능력을 하지 못한다. 그래서 영채가 찾아온 사건을 두고서도 곰곰이 생각했지만, 다른 사람의 입장에서 문제를 바라볼 수 있는 '동정'의 태도가 부족한 것이다. 다시 말해 형식이 '무정'한 이유는 그의 인간됨에서 기인하는 문제가 아니라 '어른이 없는 시대에 어른의 노릇을 해야 하는' 아이가 들을 수밖에 없는 소리인 것이다. '무정'이라는 표현은 당시에 여러 텍스트에서 시쳇말처럼 변화된 세태를 지적하는 표현으로 드러난다.[108] 그

107) 『매일신보』, 1917.5.24.

런데 이 격변의 시기 속에서 형식이 '무정'한 이유는 소년 시대를 충분히 향유하지 못한 채 어른이 되어야 했던 개인의 수준에서 발생하는 문제이다. 형식은 빨리 어른으로 성숙해야 한다. 그가 도달하려고 하는 목표는 "문명정도"이다. 이 같은 목표는 형식의 목표이기도 하고, 민족국가의 목표이기도 하다. 개인과 민족이 동일하게 도달해야 할 목적의 지점이다.

이를 위해 형식이 택하는 방식은 '책'을 매개로 삼아 자기 정체성의 일단을 만들어가는 것이다. 그에게 독서는 취미가 아니라 "문명"에 "달(達)"할 수 있는 매개이다.

> 남들이 기성집에 가는 동안에 슐을 먹고 바둑을 두는 동안에 그는 시로 사온 칰을 읽기로 유일흔 벗을 삼앗다. 그리셔 그는 붕비간에노 녹서가리는 칭찬을 듯고 학싱들이 그를 존경흐는 쏘흔 리유는 그의 칰장에 즈기네가 알지 못하는 영문, 덕문의 금즈 박힌 칰이 잇음이엇다. 그는 항상 말흐기롤, 우리 죠션 사롭이 살아날 유일의 길은 우리 너지 민쪽 만흔 문명 뎡도에 달흠에 잇드흐고, 이리흠에는 우리나라에 크게 공부흐는 사람이 만히 싱겨야 한다 흐얏다. 그럼으로 그가 싱각흐기롤, 이 줄을 즈각한 즈긔의 칰임은 아무조록 칰을 만히 공부흐야 완젼히 세계의 문명을 리히흐고 이롤 조선사롭에게 션뎐흠에 잇다 흐얏다.[109] (24회)

108) 『靑春』 12호 〈독자문예〉란에 「아니! 내가 無情?」(경성부 인사동 85번지에 사는 金賢珣의 글)이라는 글이 실리는데 그 내용이 재미있다
'아아 무정하다 아아 무정하다 / 수평선하에 만경창파에 / 사정업시 쩌러지는 태양 사정업시 쩌나가는 뎌 배 / 아니! 내가 무정? 아니! 내가 무정? /(…중략…) 아니! 내가 무정? 아니! 내가 무정? / 나도 무정하다만 나도 무정하다만 / 너는 더욱 어느 더욱 / 너는 더- 너는 더-' 이 글의 시적화자는 일몰과 떠나가는 배를 아쉬워한다. 그러면서 누가 무정한가 되묻는다. 떠나가는 것을 붙들려고 하는 내가 무정한가 아니면 태양과 배가 무정한가 되묻는다. 그런데 시적화자가 생각하기에 암만해도 배와 태양이 무정한 게 아닌가 운을 띄운다. 그래서 시의 제목도 「아니! 내가 무정?」하며 물음표를 찍는 것이다. 이 시에는 암암리에 '무정함'의 주체가 사람이 아니라 변화하는 세계에 있음을 간곡하게 전달하는 뜻이 드러나 있다.
109) 『매일신보』, 1917.2.1.

가만히 눈을 감고 안졋노라면 전에 보던 시와 소설의 긔억이 그 째처음 볼 째와 다른맛을 가지고 마음 속에 쩌나온다. 모든 것에 강흔 싀취가 잇고 강흔 향긔가 잇고 깁흔 뜻이 잇다. 형식은 "내가 지금 ᄭᅵ지 인싱과 셔적을 뜯 모르 고 보앗구나" 하얏다. 그러고는모든 긔억을 다 쓰러닉여 지금 시로 쓴 눈에 비취여 보앗다. (…중략…) ᄌᆞ긔는 다 알고 읽엇거니 ᄒᆞ얏던 것이 기실을 알 지 못ᄒᆞ고 읽은 것임을 ᄭᅢ다랏다. 형식은 모든 셔적과 인싱과 셰계를 왼통 다 시 읽어 볼 싱각이 난다. 첫 페지 첫 줄브터 왼통 다시 읽더라도 "전에 읽은 젹이 없구나" ᄒᆞ다십히 글귀마다 글자마다 시로운 뜻을 가지고 내 눈에 비취 리라 ᄒᆞ얏다. (…중략…) 형식은 이제야 그 속에 잇는 사롬이 눈을 떳다. 그 '쇽눈'으로 만물의 '속뜻'을 보게 되얏다. 형식의 '쇽ᄉᆞ롬'은 이제야 희방되얏 다.110) (28회)

형식은 활동샤진에서 셔양사롬들이 ᄌᆞ동차를 타고 질풍ᄀᆞᆺ치 다라나는 양을 싱각ᄒᆞ고, 이런 째에 나도 쟈동차를 탓스면 ᄒᆞ얏다.111) (37회)

형식은 ᄌᆞ긔가 지금ᄭᅡ지 읽어오던 소셜의 계집 쥬인공과 신문이나 말로 드 러 온 계집의 일을 싱각ᄒᆞ야 보앗다. 녯날 지나의 소셜이나 우리나라 리약이 칙을 보건디 과연 송쥭 갓흔 졀긔를 지케 온 녀자도 잇섯다. 그러ᄂᆞ 그것은 소셜 중에 잇는 일이다. '현실'에 그러흔 일이 잇슬 수가 잇슬까 ᄒᆞ얏다.112) (44회)

형식은 책을 보면서 인생의 숨은 뜻을 발견한다. 그러면서 '속사 람'113)이 해방되었다고 한다. 여기에서 '속사람'의 의미가 무엇인지 분 명하지는 않지만, '정의 분자'에 해당하는 정도의 의미이며, 이 '속사람'

---

110) 『매일신보』, 1917.2.6.
111) 『매일신보』, 1917.2.17.
112) 『매일신보』, 1917.2.25.
113) '속사람'이란 『學之光』에서 장덕수가 이야기하는 '내적인 자각'과 연결되는 부분이 다. 『學之光』에서 지속적으로 주장하는 것은 '수입'(문명수용)과 동시에 '자각'(정신적 각성)이다. 춘원과 함께 장덕수는 '내적인 자각'의 중요성을 설파한다(장덕수, 「意志의 躍動」, 『學之光』 4호).

이 책의 '속뜻'을 통해 상상하게 된, 책이 매개한 것임은 어느 정도 상상할 수 있다. 형식은 특히 소설을 통해 내/외의 관념을 익히고 이 관념을 통해 자신뿐만 아니라 세계도 이해하게 된다. 그래서 그는 심지어 청량사에서 영채가 봉변을 당하는 장면을 판단할 때에도 "자기가 지금까지 읽어오던 소설"을 떠올린다. 자신의 아내가 될지도 모를 여자의 겁탈 사건을 떠올리며, 그 상황을 설명하기에 부적절한 신문과 소설의 힘을 빌리려 하는 것은 쉽게 납득할 수 없는 일이다. 이러한 특성은 비단 여기서 그치지 않는다. 영채의 죽음을 확인하지 않은 채 기정사실화하는 자신을 책망하며 급하게 영채를 다시 찾아가는 상황에서도 "책 한 권을 뽑아 들고"(75회) 나선다.

그는 "인생과 세계조차 온통" "읽는" 것으로 해결하고 있다. "완전히 세계 문명을 이해"하는 길노 책읽기를 통해 방법을 찾는다. 이로 볼 때 그는 교사이지만 책을 통해 성장해야 하는 '학생-청년'이다. '학생-청년'이기에 그의 판단은 책을 통해 판단하며 표면과 이면의 구조를 깨달아 가면서 스스로가 이러한 가치기준을 작동시켜 나가는 준거로 행동한다. 형식은 세계를 그대로 직시하지 않는다. 개인과 세계를 매개하는 것은 '지식'의 보고인 '책'이며 소설이다. 그에게 책이란 세계이며, 세계의 분절이다. 그는 개인과 세계를 '매개'하는 투명한 언어의 힘을 발견하고 있는 것이다.

> 그는 성경을 익웠다. 그러니 디만 외윗슬 뿐이엇나.114) (27회)

선교수들은 김장로가 서양문명의 니용이 무엇인지 모르는 줄을 안다. 김 장로는 과학을 모르고 텰학과 예술과 경제와 산업을 모르는 줄을 안다. 그가 종교를 아노라 흐건마는 그는 됴선식의 예수교의 신앙을 알 짜름이오 예수교의 진수가 무엇이며 예수교와 인류와의 관계또는 예수와 조선 사람과의 관계는

---

114) 『매일신보』, 1917.2.4.

무론 싱각도 ᄒ여 본 적이 업다. 문명이라 ᄒ면 과학, 털학, 종교, 예술, 정치, 경제, 산업, 사회, 제도 등을 총칭ᄒ는 것이라. 서양의 문명을 리히ᄒ다 홈은 즉 우에 말혼 내용을 리히혼다는 뜻이니, 김 장로는 무엇으로서 서양을 알앗노라 ᄒ는고 서양 선교ᄉ들은 이러홈을 안다. 그럼으로 그네는 김 장로를 서양을 숭니ᄂ 사름이라 ᄒ다. 이는 결코 김 장로를 비방ᄒ야서 ᄒ는 말이 아니라 김 장로의 참상태를 말ᄒ는 것이다. 서양사름의 문명의 내용은 모르면서 서양 옷을 입고, 서양식 집을 짓고 서양식 풍속을 짜름을 숭니가 아니라면 무엇이라 하리요 다만 용서홀 덤은 김 장로는 결코 경박ᄒ야 ᄯ는 일명한 주견이 업서서 ᄯ다만 허영심으로 서양을 숭니ᄂ 것이 아니라 진정으로 서양이 우리보다 우승홈과 짜라서 우리도 불가불 서양을 본바다야 할 줄을 미듬(ᄭ달음이 아니오)이니 무식ᄒ야 그러는 것을 우리는 칙망홀 수가 업는 것이라 그는 과연 무식ᄒ다. 그가 들으면 성도 니러니와 그는 무식ᄒ다. 그는 눈으로 슬적 보아 가지고 서양 문명을 깨달을 줄로 안다. 허기는 그에게는 그 밧게 더 조혼 방법이 업다. 그러나 눈으로 슬적 보아 가지고 서양문명을 알 수가 잇슬가[115] (79회)

그래서 형식은 '매개'되지 않은 채 세계를 그대로 이해하는 태도에 대해서는 분명하게 질타한다. 일례로, 그는 선형을 보면서 "다만 성경을 외웠을 뿐"이라고 말하며 서양의 것을 그대로 흉내내었다고 핀잔하는 것이나, 김 장로에게 "서양을 아는" 것이 아니라 "서양을 흉내낸" 것이라고 지적하는 것도 같은 맥락이다. 형식이 보기에 김 장로는 "조선식의 예수교의 신앙을 알 따름"이다. 그의 판단에 따르면 김 장로는 사이비 문명인 즉 "타인의 생활을 생활하는"[116]가짜 서양인일 뿐이다. 비록 김 장로가 근대 문물을 적극적으로 수용하면서 서양인처럼 하고 살지만 형식이 보기에 그는 흉내내고 있을 뿐이다.

그러나 형식은 김 장로를 책망하지는 않겠노라고 되뇌인다. 그가 진

---

115) 『매일신보』, 1917.4.14.
116) 이 글의 부제가 '타인의 생활을 생활하는 시대'인데, 문의천에 의하면 '타인의 생활을 생활' 하면 결국 파멸하게 될 것이라고 말한다(문의천, 「아학우사상게롤 논홈」, 『學之光』, 1915.2).

짜 문명론자가 되지 못한 것은 서양문명을 "알지" 못하기 때문이다.[117] 아니 좀더 정확히 말해 서양의 문명을 알고는 있지만 세계와 조선 사이를 중개하는, 매개 능력을 간취하지 못한 것이다. 서양의 문명을 코드화시키지 않은 채 그저 수입하는 것은, 개인과 세계를 일치시키는 것일 뿐 '매개된' 지식은 아니다. 그가 초점화하고 있는 것은 개인과 세계 사이를 매개하는 투명한 언어이다. 그래서 형식은 '정신문명'[118]을 말하며, 개인과 세계, 조선과 제국 사이를 매개하는 개인적 '장'의 중요성을 주장하게 된다.

> 혹 저놈은 악혼 놈이오, 저 놈은 무식혼 놈이오 저 놈은 무례혼 놈이라 ᄒ기도 홀지나, 만일 그네롤 어려서부터 갓혼 경우에 두어 갓갓혼 감화와 갓혼 힝복을 누리게 ᄒ면, 혹 선텬적 유전의 차이는 잇다 홀지라도 대기는 비싯비싯혼 선량혼 사롬이 되리라 ᄒ얏다. 그러고 ᄯ 한번 자는 노파의 얼골을 보앗다. 이때에는 로파가 정다운 듯혼 싱각이 난다. (…중략…) 그러고 로파의 얼골을 보니 마치 어머니나 누이롤 ᄒ는 듯 ᄉ랑스러운 싱각이 난다.[119] (54회)

> 그러나 그 째에는 학교라는 것도 업섯슴으로 됴션 지리나 조선 력스를 읽어 본 적이 없었엇다. 형식은 싱각ᄒ얏다. 문명혼 나라 ᄋ희들 갓흐면 평양의 력사와 명소와 인구와산물도 알앗스리라[120] (56회)

이러한 특성은 그가 다른 인물들을 대하는 태도에서도 보여진다. 그는 김 장로뿐만 아니라 주인 노파도 쉽게 용서한다. 심지어 영채를 청

---

117) 이런 의미에서 '우리는 무식하고 어둡고 미련하'므로, 구라파식의 '문예부흥'과 '종교개혁'과 같은 '정신문명'에 대한 수용이 필요하다고 주장하는 것을 어렵지 않게 찾아 볼 수 있다(소성, 「문예부흥과 종교개혁의 사적 가치를 논하야—조선당면의 풍기문제에 급함」, 『靑春』 12호, 33~41면).
118) 춘원, 「부활의 서광」, 『靑春』 12회(이 글에서 춘원이 강조하는 것은 '정신생활'과 '정신문명'이다).
119) 『매일신보』, 1917.3.9.
120) 『매일신보』, 1917.3.11.

량사까지 가도록 모의한 주인 노파를 보면서도 "어머니나 누이"라고 말한다. 이 인물들이 비난할 여지가 없는 것은 아니나, 그런데도 쉽게 용서하는 것은 그가 이 인물들의 지식 정도나 처한 상태에 관심을 두지 않기 때문이다. 그가 주목하는 것은, 이들을 '있어야 할 세계'로 매개하는 것이다. 그에게 날것의 현실이 관심의 대상이 아니듯, 이 인물들의 상황 정도도 별로 문제시되지 않는다. 어떤 인물이든, 혹은 어떤 상황이든 그가 이들을 번역하고 재현하고 해석하는 과정에서 재구성될 여지가 있다.

형식은 '투명한 언어'와 이것에 기반한 '동정'을 수사학의 재료로 이용한다. 그에게 동정은 다른 사람의 입장에서 그를 배려하는 태도가 아니라 '나'와 타자를 동일시할 수 있는 개인의 윤리적 감정이다. 바로 '정의 분자'이다. 이것은 개인과 개인을, 개인과 세계를 매개하는 투명한 언어로 기능한다.

'자 일어나시오 눈물씻고' 하다가, 이제는 이러케만 홀 처다가 아니라 ᄒ야 한참 주져ᄒ다가 한 팔을 선형의 가삼 밋흐로 너허 안아 니르켯다. 형식의 팔에 닷는 선형의 살은 부드럽고 따듯ᄒ얏다. 선형도 형식의 ᄒ는 디로 닐어나면서 잠깐 형식의 손을 쥐었다. 그러고 수건으로 눈물을 씨스면서

"아이구, 이게 무슨 꼴이야요 닉지 사름들이 우섯겟습니다" ᄒ고 웃는다. 그 눈물로 붉게 된 눈과 쌤이 더 곱게 보엿다. 닉디 사람들은 과연 우섯다.121) (109회)

그네의 얼골을 보건디 무슨 지혜가 잇슬 것 갓지 안이 ᄒ다. 모도 다 미련히 보이고 무감각히 보인다. 그네는 몃 푼엇치 안이되는 농ᄉ호 지식을 가지고 그저 쌍을 팔 ᄲᅮᆫ이다. 이리ᄒ여서 몃 히 동안 하ᄂ님이 가만히 두면 썩은 볏섬이나 모화 두엇다가는 한 번 물이 나면 다 씻겨 보내고 만다. 그러서 그네는 영원히 더 부ᄒ여짐 업시 점점 더 가는하야진다. 그러서 미련하야진다. 저뒤로

---

121) 『매일신보』, 1917.5.22.

늬어버려두면 맛참늬 북히도의 '아이누'나 다름업는 종ᄌᆞ가 되고 말 것 갓다. 저 들에게 힘을 쥬어야 ᄒᆞ겟다. 지식을 주어야 하겠다. 그리ᄒᆞ서 생활의 근거를 안전하게 ᄒᆞ여 주어야 ᄒᆞ겟다. "조선사롬에게 무엇보다 먼저 과학을 쥬어야겟 서요 지식을 쥬어야겠서요" ᄒᆞ고 주먹을 불끈 쥐며 자리에서 일어나 방안으 로 거닌다. (…중략…) "불상ᄒᆞ게 싱각힛지오" 하고 우스며 "그러치 안아요?" ᄒᆞᆫ다. 오날 갓치 활동ᄒᆞᆫ는 동안에 할신 친ᄒᆞ야것다. "무론 문명이 업는데 잇겟 지오—생활ᄒᆞ여 갈 힘이 업는데 잇겟지오" (…중략…) "가라처야지오? 인도히 야지오!" "엇더케오?" "교육으로, 실힝으로"[122] (123회)

그런데 형식이 이러한 판단에 이르게 된 지식이 서양 선교사들에게 서 나왔다는 것은 좀 생각해 볼 문제이다. 김 장로라는 가짜 교양인을 가늠하기 위해, 자신의 입지점으로 삼은 것은 서양 선교사의 시선이다. 그래서 몇 푼어치 안 되는 농사한 지식을 기지고 ᄯᅡᆼ을 파는 우리 농사 꾼을 보면서, "북해누의 아이누"를 떠올릴 수 있는 것이다. "북해누의 아이누"란 '야만'의 비유이다. 형식이 조선의 농사꾼을 '야만'으로 범주 화하는 것에는, 야만을 자신의 타자로 삼으려는 서양인의 시선이 녹아 있다. 그래서 조선의 농사꾼을 보면서 "불쌍"하다고 말할 때 자신은 불 쌍한 민족의 일원이 아니라 그 민족을 미개한 '야만'으로 규정하고 시 혜를 베푸는 서양 선교사들이다.[123]

형식 일힝이 부산서 비를 탄 뒤로 조선 전테 만히 변호 것이다. 변한 것이 다. 교육으로 보던지 경제로 보던지, 문학 언론으로 보던지, 모든 문명 ᄉᆞ상의 보급으로 보던지 장족의 진보를 하얏스며 더욱 하례홀 것은 상공업의 발달이 니, 경성을 머리로 ᄒᆞ여 각 대도회에 석탄 연기와 쇠마치 소리가 안이 나는 데가 업스며 년리에 극도에 쇠ᄒᆞ얏던 우리 상업도 점ᄎᆞ 진흥ᄒᆞ게 됨이라. 아 아, 우리 ᄯᅡᆼ은 날로 아름다워간다. (…중략…) 우리는 맛ᄎᆞᆷ늬 남과 갓치 번젹ᄒᆞ 게 될 것이로다[124] (126회)

122) 『매일신보』, 1917.6.9.
123) 프란츠 파농, 『검은 피부, 하얀 가면』, 인간사랑, 1998, 90면.

『무정』의 마지막 장면에서 형식은 '학생-청년'이라는 본연의 정체성을 찾으며 유학의 길을 떠난다. 형식의 유학은 민족의 앞날에도 "장족의 진보"를 가능하게 하는 것이다. 서술자는 "우리 땅은 아름다워간다"고 말한다. "경성을 머리로 하여 각 대도회에 석탄연기와 쇠마치 소리가 아니 나는 데가" 없는 이 현실이 아름답다고 얘기한다. 그러면서 "남과 같이 번적하게 될 것이로다"라며 낙관한다. 형식은 현실의 물질성을 제거한 뒤, 논리적인 정합성만으로 세계를 인식한다. 이 논리에 따르면, 세계의 진보는 개인의 성숙함에 비례해서 발전하고 진보하는 것이다. 그러나 이는 '학생'들의 논리일 뿐이다. 이들의 자명한 논리나 본질적인 인과론이, 현실에서 적용될지는 미지수다.

'정의 분자'에 기반을 둔 이들의 글쓰기가 민족국가의 낙관적 전망을 가능하게 하나, 이것이 결국 '학생'의 투명한 언어에 대한 기대 속에서 허망한 미망으로 남을 가능성 또한 녹록지 않은 것이다. 학생-'청년'이 구성한 텍스트가 부분적으로 '일제가 허락한 영역일 수밖에'[125] 없는 것처럼, 혹은 전적으로 그렇지 않다고 하더라도 학생들의 현실 인식이 세계의 물질성(신체성)을 휘발시킨 채 개인의 기능적 '내면'에만 초점을 맞추고 있는 것은 문제적이다. 학생-'청년'들은 '동정'이라는 상호주관성의 원리를 '동일시'의 방식으로 이해함으로써, 결국 '타자'들은 배제하거나 억압할 여지를 남기게 된다.

---

124) 『매일신보』, 1917.6.14.
125) 박헌호, 「식민지 조선에서 작가가 된다는 것」, 『상허학보』 17호, 2006.

## 3. 젠더화된 내셔널리즘과 탈성화된 '개인'

근대적 개인으로 정립되는 과정에서, 여성과 남성의 젠더화된 실제
와 기대들이 민족구성에 필수불가결해진다.[126] 웬디 라손은 근대시기
중국이 국가를 건설하는 과정에 젠더화가 긴요하다고 지적한다. 예를
들어 "건강한" 근대국가를 건설하기 위해 제창되는 것이 여성해방의 이
념인데, 이 이념 자체가 여성 개인의 인권과 무관하게 '국가'의 건설을
위해서만 사용되는 것, 만약 여성 개인의 인권문제로 '여성해방'이 얘기
되면 여성의 육체성이 강화되면서 여성이 죽거나 아픈 형상으로 드러
나게 된다고 말한다. 그래서 서구에서는 여성해방의 개념 자체가 '국가'
와 분리되어서 반국가적 지위까지 차지하는데 비해 중국에서는 '여성해
방'의 이념은 개별적인 중국여성이 아닌 중국의 부와 권력을 위해 도입
된다고 지적한다. 이러한 '국가 페미니즘'은 남성에 의존하는 여성이 국
가를 가난하게 만든다는 주장을 통해 여성의 지위를 수직 상승시킨다
고 전한다.[127]

이러한 중국의 사례는 우리에게도 비교적 유효한 부분이 있다. 예를
들어 1917년 발간된 최초의 여자잡지로 알려진 『여자계(女子界)』는 그
내용을 보면 민족을 위한 여성해방이다. 여자의 천직으로 조선을 위한
'사회사업'이 얘기되고, "녀자의 책임"으로 민족국가를 살리는 것이 주
요하게 언급된다.[128]

---

126) Wendy Larson, 앞의 책, p.11.
127) 낸시 암스트롱은 『파멜라』에 와서 남성과 여성 간의 신분 관계가 성적인 계약으로
  변형되고 있다고 말한다. 이를 통해, 여성은 지배계급의 '도덕경제를 대신할 수 있는
  대안적인 경제를 적절히 배치'해야 하고 '동의'를 통한 '계약'의 관계를 만들어 가게
  된다(낸시암스트롱, 앞의 책).
128) 『女子界』 이전에도 『學之光』에서 이러한 주장을 찾아 볼 수 있다. 예를 들어 '나의
  사랑하는 半島新婦人에게'라는 부제가 달린 「여자계에도 자유왔네」라는 글에서 '우
  리는 어딋까지 사회를 사랑하며 인류을 사랑하는 동시에 우리는 우리의 자유와 평등

① 조선 천지의 여자들은 생명이 잇슴닛가 업늬가 생명이 업스면이어니와 잇거든 지금은 ᄭᅵ여야 할 거시오 움직여야 할 거시오 …… 지금 조선여자계에 할 일을 생각합시다. 첫재 교육문제외다. 교육은 아동교육 학교교육 …… 둘재는 사회개량이외다 …… 셋재는 사회 구제외다 …… 그리고 ᄯᅩ한가지는 지금 시대의 희생자된 부인들 되어가는 이들을 엇지 하렵닛가? 그들도 여러분이 구하여야 안됩닛가? 이 우에 말한 사회사업은 남자도 하야되지만은 특별히 여자에게 적당하고 여자의 천직인가 합니다[129]

② 그런즉 남편이 주인이 되고 중심이 되는 가정제도를 개혁하야 가정의 주인은 부인이 되며 한집의 중심은 어린이가 되게 할지니라[130]

③ 사희에 공헌ᄒ고 민족을 살녀 가뎡에 영광을 ᄉᆞ는 것이 녀ᄌᆞ에 칙임이겟고 어린아희가 병이 잇셔 약을 쓰게 되면[131]

④ 어머니 마음을 충분히 광휘잇게 하랴면 교육을 바다야 ᄒ겟지오 …… 위인과 영웅을 엇더케 생각ᄒ시는지 무의식으로 대답ᄒ시는지? …… 위인과 영웅을 무슨 ᄭᅡ닭으로 너지 안습니까 현모가 업ᄂᆞᆫ ᄭᅡ닭이지오 …… 어머니를 교육ᄒᆞᆫ 거슨 전 민족을 교육함이라 하겟소 왜 여자 교육의 필요를 ᄭᅢ닷지 못ᄒ게, 유치한가요 우리 민족은 …… 이상을 실현할냐고 노력ᄒᆞᆫ데 사람의 가치가 잇겟지오 형님 부디 바랍니다. 이상적 어머니가 되시기를 …… [132]

앞의 인용 ①을 보면 '조선녀자'의 문제를 총체적으로 짚고 있다. 교육문제, 사회문제, 자녀문제 등등, 그 내용을 보면 개인적인 문제가 아

을 차자일치 말고 원만한 가정과 원만한 사회를 구성ᄒ야 인류의 고등적 생활을 영위홈이 우리의 본분일가 ᄒ노라'(江戸美女史, 『學之光』 4호, 11면)라고 얘기되는 것이 그것인데 사실 이 주장은 표면적으로는 마땅한 대의 명분을 시대적 분위기에 편승해서 주장하고 있지만, '우리의 자유'와 '원만한 가정'이라는 두 마리 토끼가 어떻게 성취될 수 있을지 그 방법이 묘연한 게 사실이다.

129) 「사설」, 『女子界』 2호, 1918.
130) 추호, 「가정제도를 개혁하라」, 『女子界』 2호, 1918, 8면.
131) 김녑, 「신구충돌의 비극」, 『女子界』 2호, 31면.
132) 김덕성, 「시로 어머니가 되신 H형님 ᄭᅴ」, 『女子界』 2호, 1918.

니라 조선 현실에 대한 이야기이며, '여자'를 '매개' 삼아 주장하고 있다. 서술자는 구국을 논하면서 여자의 천직을 재정의하는데, 이를 ④의 예문에서 보면 '위인과 영웅'을 내기 위해서다. 또 "가뎡의 영광"이 곧 민족을 살리는 길이라고 말하면서 '가정제도를 개혁하라'고 말할 때에도 가정을 빌려 국가의 문제를 논한다. 이 논의들에서 강조되고 있는 것은 '여성'으로서 해야 할 '역할'의 문제이다.

> 여자를, 사람을 만든 다음의 가장 큰 일은 여자를 만드는 일이외다[133]

그래서 "여자를, 사람을 만든 다음의 가장 큰 일은 여자를 만드는 일"이라고 말한다. 이때 '여자'는 남자와 구분되는 역할을 통해 정의되는 존재이다. '여자'의 의미가 인권이 아니라 젠더화된 역할을 통해 설정된다. 그 때문에 한국에서 민족국가를 구성하는 과정에서 젠더 구축의 문제는 별개의 문제가 아니라 불가분의 문제로 대두된다. 여자가 여자로서 이상적 어머니의 역할을 제대로 해 주어야만 민족국가가 구축되기 때문이다. 여자는 가정에서 자녀를 "교육"하고, 남자는 학교에서 학생들을 교육하는 것이 통일되어야 한다는 주장이 그것이다. 이런 의미에서 근대 민족국가는 여자와 남자의 역할을 명확히 구분하면서 그 정체성을 형성해갔다고 해도 과언이 아니다.

그러나 '여성해방'의 이념이 민족의 프리즘을 통해 단일하게 "교육"되었다고 하더라도, 이것이 여성 개개인에게 단일하게 수용되었다고 보기는 어렵다. 여성해방의 봇물을 "민족 구성"이라는 출구로만 흘러가게 하는 사회적 담론에 여성들이 수긍하고 동의했다고 하더라도, 개개인의 자의식이 눈떠 가는 과정도 있기 때문이다. 새로운 민족을 기획하기 위한 사회적 참여에 동의했다고 하더라도, 여성들의 사회적 페르소나와 별개로 '나'는 무엇이고 나의 욕망이 무엇인지 귀기울이기 때문이다.

---

133) 「여자교육론」, 『女子界』 3호, 1918, 10면.

이러한 국면을 드러내는 기호로 '청년—여자'를 들 수 있다. '청년여자'나 '조선여자'는 1910년대부터 여자를 일컫는 용어로 등장한다. 앞에서 보았던 것처럼 최초의 여자잡지인 『女子界』[134]에서는 "청년—녀자"와 거의 동일한 "조선여자" "반도여자"라는 언급이 보인다. 이 언급은 국가와 '여자'의 정체성이 어떻게 얽혀야 하는지를 표면적으로 드러낸 표현이다. 이는 '조선'의 여자로서 무엇이 필요한가, 무엇을 해야 하는가 하는 인식을 드러낸 용어이다. 하지만 그 의미가 그리 단일하지 않다. '여자'에 초점을 두게 되면 '해방' '각성' '계몽'의 층위가 강조되면서 남자와 다를 바 없이 교육받아야 한다고 내용에 초점이 두어지나, '조선'이나 '반도' 혹은 '청년'에 비중을 두게 되면 '조선여자'가 무엇을 해야 하는지 하는 역할에 초점이 모아지게 된다. 그런데 한 주장 속에서도 '해방'과 '조선적'이라는 이질적 수사가 동시에 사용된다. "해방되려"와 같은 '계몽'의 수사와 "조선식", "조선에 적합한"과 같은 국가 건설의 수사가 동시에 쓰이는 것 등에서 볼 수 있는 것처럼, 두 가지 주장이 불협화음을 일으키지 않으면서 공존한다. '조선여자' '청년녀자'는 이렇게 두 가지 관점이 모호하게 착종되어 있는 용어이다.

그 때문에, 여성의 의식상의 갈등[135]을 '반분어치 가치도 업난 번민'[136]이라고 일축하는 여성의 '번민'[137]에 대한 통제 또한 어렵지 않

---

134) 1917년 창간.

135) '성장'에 대한 근대적 개념이 생기면서 여성의 성장과 관련해 '처녀시대'라는 시기를 설정하는데, 이 시기의 특징을 '번민'이 많은 것, 감정이 풍부한 것으로 이해한다 (춘정생, 처녀의 번민, 여자계 2호 14면; 김덕성, 시로 어머니가 되신 H형님 씨 『女子界』 2호, 1918, 18면; 최의순, 삼십 오전짜리 적삼, 『別乾坤』, 1928.7, 105면). 이 글에서 처녀의 '번민'을 '쓸디업난 걱정'으로 치부하면서 오히려 몸을 쓰자고 주장한다. 이는 처녀의 '번민'을 관리하면서 육체적 존재로서(정신적인 존재가 아닌)의 재규정하려는 시도이다.

136) 김덕성, 「시로 어머니가 되신 H형님씌」, 『女子界』 2호, 1918, 18면.

137) 물론 이광수는 이 번민을 긍정적으로 표현하고 있기도 하다. 하지만 그 맥락을 분명하게 가늠할 필요가 있다. "청년 학생계에 흔히 煩悶이라는 말을 듯는 것도 그 兆朕이오 좀 상서롭지 못한 말이나 이혼문제, 결혼문제가 만히 토론되는 것도 그 조짐이다. 구습에 복종하면 아모 번민도 업고 갈등도 업는 것이니 그럼으로 노인들은 자기네

게 찾아 볼 수 있다. 이 논의의 대부분은 여자가 '처녀시대'에 도달하면 쓸데없는 걱정이 생기는데, 부질없는 사념이 오히려 건강에 해롭다는 말이다. 이에 대해 웬디 라손[138]은 여성의 의식상의 변화가 가속화되면서 여성을 육체적 존재로 정의하려는 시도들이 대두되었다고 말한다. 근대 이전에 여성들이 정신적이지 않은 존재로 규정되었는데 근대 이후 여성의 글쓰기와 같은 정신적인 영역들이 확대되면서, 여성들을 육체적 존재로 담론화되었다고 지적한다. 이를 통해 여성의 번민이 쓸데없는 개인적인 감정이나 자유연애 등으로 연결됨으로써 여성의 의식상의 변화를 통제하는 일련의 이데올로기가 작용하고 있음이 어렵지 않게 감지된다.

이광수의 『개척자』[139]는 1917~1918년에 『매일신보』에 연재된 소설로 『부정』 연재 이후 곧바로 쓰여진 소설이다. 이 소설과 관련해 춘원은 "합병에서부터 대전 전까지 쓴 소설"[140]이라고 언급하며 당대를 배경으로 형상화했음을 밝히고 있다. 여성의 죽음을 소재로 한 『개척자』는 여성의 욕망이 어떻게 다뤄지고 있는지 잘 드러난 단편으로, 여성의 사적욕망이 어떻게 통제되는지, 그리고 여성의 적절한 '계몽' 수준이 어디까지인지 분명히 드러내고 있다.

이 소설은 성재와 성순 남매 이야기를 중심으로 전개된다. 성재는 조

---

의 청년자제가 자기네의 지켜오던 도덕 습관 사상을 묵수하기를 바라건마는 그래서야 사회에 무슨 진보가 있으리오 '나는 내다' 하는 생각과 '내가 이러케 생각하닛간 이러케 행한다'하는 자각이 업스면 그 사회에는 번민이나 길등도 없는 대신에 진보도 향상도 업슬 것이다."(『靑春』 12호, 1918.3) 이 언급에서 번민이 구세대와 대립하는 내적인 갈등일 때에는 긍정성을 띠나 '이혼문제나 결혼문제'와 관련될 때에 즉 그 번민의 내용이 사적일 경우에는 부정성을 띤다고 할 수 있을 것이다. 또 한 가지 재미있는 사실은 「부인」(1922) 편집실에 여러 고문이 소개되는데 '번민'고문이 있다고 한다. 개인의 사적 번민에 '고문' 있다는 사실은 번민이 관리와 통제의 대상이 되었던 것은 아닐까 생각해 보게 하는 대목이다.

138) Wendy Larson, 앞의 책.
139) 『개척자』는 1917년 11월 10일부터 1918년 3월 15일까지 『매일신보』에 연재되었다. 이 글에서 이 신문연재본을 대상텍스트로 한다.
140) 이광수, 「여의작가적 태도」, 『이광수전집』 16, 삼중당, 1964, 193면.

선의 농업기술을 획기적으로 개혁할 기술을 연구하는 과학자이고, 성순은 그런 오빠를 물심양면으로 도우며 오빠의 실험보조원으로 일하는 여학생이다. 성순은 오빠를 애경하며 "오빠에게 버림이 되면" 살아갈 수 없을 정도로 오빠의 뜻을 존중하고 오빠의 일을 위해 헌신한다. 그런데 성재가 7년 동안 "만인에게 이익을 주는" "좋은 일"141)을 위해 열심히 연구한 보람도 없이, 가정 경제가 나빠져서 하던 일을 중도에 포기해야 하는 상황에 이르게 된다. 성재도 성순도 하나의 목적만을 위해 7년을 하루같이 살았는데 자본의 냉엄한 법칙 하에 그 목적이 좌초된다. 그래서 성재나 성순은 그 연구실을 나오게 되고, 이를 통해 성순은 연구실이 아닌 또 다른 현실을 대면하게 된다. 성순은 오빠의 목적을 자신의 목적인 양 여기며 살았지만 성재의 신념이 흔들리면서 성순 또한 공황 상태에 빠지게 되었고 그러면서 관심의 초점이 변화하게 된 것이다. 성재를 통해 자신의 욕망을 풀어내던 성순은 성재의 연구가 좌초되는 순간 자신의 관심을 개인적인 형태로 풀어내기 시작한다.

성순은 오빠가 집을 비우는 사이 오빠 친구인 '민'과 많은 시간을 보내게 된다. 오빠를 통해 해결하던 여러 생각들을 '민'을 통해 얻게 되면서, '민'에게서 애정을 느낀다. 그러면서 이 느낌들을 개인 일기에 풀어놓기 시작한다. 오빠의 연구실에서 연구보고서만을 기록했던 성순이, 사적인 욕망들을 기록하게 되는 것이다. 성순은 이 일기 쓰기를 통해 '민'에 대한 열정을 확고한 신념으로 굳히게 된다. 이렇게 성순이 자기 생각과 욕망을 다시 써 가는 동안, 성재는 '변'의 도움으로 다시 연구를 재개한다. '변'은 성재가 판단하기에 "괜찮은" 청년이다. 특히 물질적으로 능력이 있어서 자신과 성순을 도와줄 수 있는 유능한 청년이다. '변'

---

141) 이것과 관련하여 김종욱은 『개척자』를 쓸 무렵, 이광수의 관심이 농촌개량에 가 있었다고 지적한다. "이광수는 『개척자』가 발표되던 무렵 〈농촌계발〉을 『每日申報』에 연재한 바 있다. (…중략…) 『개척자』에 적지 않은 영향을 끼치고 있는 것으로 보인다"고 주장한다.

또한 물질적 공여를 통해 성순과 결혼할 수 있는 기회를 얻을 수 있지 않을까 계산하고 있기 때문에, '성재'는 성순을 '변'과 결혼시켜야겠다고 결정한다. 그것만이 성재의 연구를 지속할 수 있는 길이기도 하고, 성순 또한 무난하게 결혼할 수 있는 방법이기 때문이다. 이렇게 성재가 마음의 결정을 내리게 되면서, 성순의 결혼문제는 인물들 간의 갈등을 노골화하는 매개가 된다.

성재는 성순이의 생각을 물어보지도 않고 아마도 '내뜻'과 같을 것이라고 추단하면서 성순이에게 결혼을 강제한다. 그러나 성순은 '민'과 관계를 생각하면서 이에 불복하자, 성재는 성순이 '일기'를 보았다고 말하면서 성순이의 생각이 아직 유치하다고 말하며 설득한다. 그 논리에 따르면, '민'은 결혼한 남자이고 성순의 열정은 부질없다는 얘기이다. 그래서 성재는 자신의 '뜻'에 따르라고 독촉한다. 그는 누구보다 여자교육을 장려하고 독려했던 인물이지만 여자교육도 '내뜻' 안에서 이루어지기를 바란다. 성재의 '여자교육'은 성재의 뜻을 벗어나지 않을 때만 가능한 일이다. 조선의 여자도 배워야 한다고 깨어야 한다고 주장했던 성재지만, "내뜻"을 벗어난 여자의 열망을 발견하는 순간 일기를 검사하는 등 강압적인 태도를 취하게 된다.

> 性哉도 主義상 女子 敎育을 重히 넉기며 性淳을 ᄉ랑ᄒ며 ᄯᅩ 性淳의 才質을 밋는 고로 기어히 東京 留學을 식히려 ᄒ엿섯다. 그리셔 三四年前부터 或 父母를 대ᄒ여 性淳의 儒學에 대한 議論도 ᄒ엿고 性淳도 卒業ᄒ기 전 전히부터 父母의 졸랏다. 그러나 父母는 女子가 글은 그리 만히 비호면 무엇 ᄒ느냐ᄒ는 것과 (…후략…)[142]

> "오늘 約婚을 ᄒ엿다 먼져 네게 물어보아야 올흘 것이지마는 아마 네 뜻도 어머니나 내 뜻과 드름이 업슬 줄 알고 네 말은 들어보지도 아니ᄒ고 作定ᄒ 엿다! 毋論 네게도 反對는 업슬터이지?"

---

142) 『매일신보』, 1917.11.14.

(이 말은 용ᄒ게 性哉의 思想을 發表혼 것이엇다. 그는 性淳에게도 獨立혼 人格을 認定ᄒ여야 올흘 줄을 안다. 알 ᄲᅮᆫ더러 남을 向ᄒ야 말 ᄭᅵ지 혼다. 그러나 西洋셔 드러온 지 얼마 아니더는 人이 人權이라는 시 思想은 가장 進步ᄒ얏다는 性哉에게ᄭᅵ지도 아직 實行홀 힘을 주리만큼 깁히 浸透ᄒ지롤 못 ᄒ얏다.143)

성재의 이중적인 태도에 대해 서술자는 적극적으로 옹호한다. "人權이라는 시 思想은 가장 進步ᄒ얏다는 性哉에게ᄭᅵ지도 아직 實行홀 힘을 주리만큼 깁히 浸透ᄒ지롤 못 ᄒ얏다"고 말하면서 서술자는 성재의 사상에 대해 조선에 들어온 지 얼마 안 되는 해방에 대한 이념이 아직 충분히 체화되지 않았다면서 성재를 변호한다. 조선에 들어온 여성해방의 이념이 "인권"의 개념으로 들어왔지만 조선에서는 아직 "깁히 침투하지 못"했다고 말하는 것이다.

하지만 이러한 설득에도, 이 당시 '청년'에게 '여성해방' 이념이 여성 "인권"과 무관한 방향으로 진행된 것은 아닐까 생각해 봄직하다. 여성해방의 이념이 "깁히 침투하지 못"한 게 아니라 여성해방의 이념이 '민족'이라는 단일 코드로만 동일시된 게 아닐까 하는 문제가 그것이다. "진보"적인 성재지만 사상이 "깁히" 침투하지 않아 충분히 실행하지 못하는 게 아니라 다시 말해 시간이 부족하기 때문이 아니라, '해방'과 '계몽'의 코드가 애초부터 여성 개인의 '인권'과 무관했던 것은 아니었을까 생각해 봐야 할 것이다. 성재가 전제하고 있는 여성 '계몽'의 함의는 "좋은 일"로 통칭되는 민족을 위하는 "내뜻"의 연장선이지 성순이의 "독립한 인격"을 고려한 처사는 아닌 것이다. 그 때문에 여성해방의 이념이 여성 개인의 의식의 성장이나 갈등 혹은 사적 욕망의 형태로 드러나게 될 경우 갈등의 원인이 된다. 그렇다면 이 갈등을 어떻게 해결할 것인가. 또 갈등의 원인을 누구에게 전가할 것인가 하는

---

143) 『매일신보』, 1918.1.17.

점이 부각된다. 이 문제와 관련하여 눈에 띄는 장면이 있다. 이 장면은 성순이가 'Woman'과 'girl'을 오역하고 이를 자기 식대로 받아들이는 상황이다.

> "안이야요! 確實히 져는 處女가 안이야요. 져는 벌서 a girl이 아니오 a woman
> 이야요! 그러치오? 그러타 하십시오!"
> "……."
> "그러타 안이 흐십닛가"
> 閔의 性淳의 얼굴만 나려다 본다. 閔의 눈에는 苦悶의 빗이 잇다. 性淳은
> 물쓰럼이 민의 눈을 보다가, "대답흐지 말으셔도 좃습니다. 대답하시거나 말
> 거나 져는 벌서 處女가 안이야요. a woman이야요! 만일 내가 性淳씨와 婚姻
> 홀 수가 업다 흐면 엇더케 하셔요"144)

> 작년 봄에 性淳이가 어느 동무 집에서 엇어 온 퍼피라는 얼룩 고양이가 있
> 다. 그때에 性淳이가 英語를 배우다가 퍼피(강아지)라는 말을 고양이 식기라
> 고 잘못 記憶흐여서 이렇게 일홈을 지었던 것을 至今까지 그냥 부르는 것이
> 다.145)

위의 인용에서 드러나는 것처럼, 성순은 'woman'의 의미를 잘못 알고 있다. '소녀'와 '여자'의 차이는 '아이'와 '어른'의 의미를 뜻하는 단순 명사인데, 성순은 이를 정조의 문제로 이해한다. woman은 정조를 잃은 여자로, girl은 처녀성을 지키고 있는 소녀로 파악하는 것이다. woman과 girl을 지극히 조선적인 방식으로, 그리고 자의적인 수준에서 이해하고 있는 것이다. 정조의 절대성을 지나치게 상상하는 지극히 구래적인 방식을 가지고 단어의 의미를 파악하는 것이기도 하다. 이는 결혼과 정조를 동시에 사고하는 당대의 이데올로기를 가지고 영어 단어를 오역하는 것인데, 성순은 정신적인 사랑까지도 '정조'와 연결시킴으로써 자신

---

144) 『매일신보』, 1918.2.14.
145) 『매일신보』, 1917.12.11.

이 정조를 잃은 'woman'이라고 잘못 생각한다.

이러한 장면은 그 이전 장면과 연결되면서 성순이가 영어를 이해하는 방식에 문제가 있을 수 있다고 가정하게 한다. 앞의 인용에서 성순은 '퍼피'를 고양이 새끼라고 이해해서, 자기 집에 있는 고양이를 '퍼피'라고 부른다. 영어에 대한 설익은 이해가 드러난 예이다. 조선의 '강아지'를 '퍼피'라고 부르는 것에 대해 성순이 자신은 "잘못 기억"했다고 말하고 있지만 이는 '실수'가 아니라 영어에 대한 이해 부족에서 말미암은 것이다. 그런데 작가는 이러한 미숙한 이해가 죽음의 간접적 원인이 된다고 가정하는 듯하다. 성순은 자신이 'woman'이기 때문에 다른 남자의 아내가 될 수 없다고 생각한다. 성순이 생각하기에 'woman'이란 정조를 잃은 '夫人'이기 때문이다. '여자'-'소녀'의 번역을 한 남자의 여자냐 아니냐 하는 문제로 파악한 것이다.

성순이는 'woman'의 의미를 오해했다. 영어 단어의 오역은 일차적으로 개인 착오이지만 시대적인 한계이기도 하다. 소녀-여자의 문제가 지극히 전근대적인 방식으로 이해되는 것, 기표는 유입되었지만 기표를 둘러싼 근대적 의미까지 수용되지는 못한 것이다. 또한 성순도 그 근대적 의미를 수용할 만큼 능력이 안 되었던 것이다. 이러한 장면에서 알 수 있는 것은 성순이가 서구적인 근대를 '오역'했을지도 모른다고 하는 작가의 가정이 있지나 않은가 하는 것이다. 이는 단순한 삽화가 아니라 작가가 인물을 구성하는 이데올로기와 관련되는 문제이다. 성재는 성순에게 여자도 공부하여야 한다고, 여자도 인간이라고 가르쳐 준다. 성재가 제시하는 여자교육은 "내뜻"에서 벗어나지 않는 것이라야 한다. 그런데 성순은 오빠의 실험이 좌절되는 순간, 또 다른 현실을 직면하면서 개인적 욕망에 눈뜨게 된다. 이 욕망은 부적절한 욕망이며 '오역'이다. 성순은 이 오역의 대가로 죽음에 이르게 된다. 성재의 실험실에서 가지고 온 약으로 부적절한 욕망을 처리하게 되는 것이다.

그러나 분명한 것은 성순이의 죽음을 둘러싼 맥락에 여자의 사적욕망을 어떻게 바라볼 것인가. 혹은 성재의 통제 바깥에서 발생하고 있는 사적욕망을 어떻게 바라 볼 것인가[146] 하는 문제가 깊숙이 관련되어 있다는 것이다. 그리고 이에 대해 성순이가 '잘못 해석'했다는 판정을 내리고 있다는 사실이다. 성순이의 죽음은 우발적인 사건처럼 보이지 않는다. 성순이의 욕망은 잘못된 것은 아니지만, 적절한 것은 아니었다는 판단 속에서 이러한 결과가 배태되고 있다. 성순이는 여성의 욕망이라는 것을 개척한 '개척자'일 수는 있을지언정, 조선의 현실에서는 때 이른 것이다. 그래서 성순이의 죽음에 성재의 윤리성이라든지 하는 문제는 결부되지 않게 된다. 실제로 성순이의 죽음에 가장 직접적인 이유를 들자면 성재의 단호한 태도를 들 수 있는데도 불구하고 이 소설은 성순의 개인적인 문제로만 국한시킨다.

그러므로 이 작품을 평가할 때, 작가의 성차별적 태도[147]로 문제를 정리하는 방식은 온당하지 않다. 성차별에 초점을 두는 것이 아니라, 개인의 내면이 어떻게 '내뜻'에 도달해야 되는지를 묻고 있는 것이다. 결과적으로 '성차별적' 요소가 있을 수는 있으나, 춘원의 초점은 성차별에 있는 게 아니라 '여성'이라는 타자를 어떻게 국가만들기의 도구로 삼을 것인가 하는 문제에 있다. 성순은 이 과정에서 소거된다. 성순의 내면은 이미 '내뜻'과 동일시되어야 하는 내면이기 때문에 개인의 욕망을 해석하는 창구로 쓰이는 것은 부적절하다. 이처럼 이 작품에는 욕망이 어떻게 번역되는가 혹은 어떻게 매개되는가 하는 문제가 자세히 드

---

146) 성재는 성순이의 마음을 '다' 안다고 가정한다. 그렇게 말하는 이유는 성순이의 일기를 '다' 엿보았기 때문이다. 그러나 이에 대해 성재는 미안해하거나 겸연쩍어하지 않는다. 개인의 사생활을 보호해주어야 한다는 생각이 없기 때문이다. 성재는 가장으로서, 그리고 성순이 내면의 중심으로서 성순이의 일기를 보고 그의 내면을 계도하려고까지 한다.

147) 송명희, 「이광수 『개척자』와 나혜석 「경희」에 대한 비교 연구」, 『비교문학』 20호, 1995.

러나 있다.148)

이것과 대비되는 작품으로 나혜석의 「경희」149)를 들 수 있다. 이 작품은 『개척자』와 같은 시기에 나온 작품으로 그동안 여성 의식의 변화와 관련해 많이 논의되었다. 그러나 여성의 성장과 관련해서 지나치게 높이 평가된 감이 없지 않은 듯하다. 『개척자』에 비해 좀더 열린 결말 구조를 드러내고 있는 것은 사실이나, 그렇다고 이 당시 여성의 의식변화를 일러 새로운 여성적 주체성의 획득이라는 평가까지 내리기는 어려워 보인다. 새로운 여성을 구성하는 내용이 무엇인지 가늠할 필요가 있을 듯하다.

> "져와 갓히 이러케 가기 어려은 시집을 엇지면 그러케들 만히 갓고 져와 갓히 이러케 어렵게 자식의 교육을 이리 저리 궁구ᄒᆞᄂᆞᆫ 거슬 저러케 쉽게 잘들 살아가누" 生覺을 ᄒᆞ즉 져는 아모것도 아니다. 그 夫人들은 자기보다 몃 十倍 낫다. 엇더케 저러게들 쉽게 비나들을 쏙지게 되엿다? 엇지면 저러케 자식들을 만히 나하 가지고 구슌히들 잘 사누 참 장ᄒᆞ다.」 경희는 성각ᄒᆞᆯ사록 그녀들이 장ᄒᆞ다. 그러고 져는 이러케도 시집가기가 어려운 거시 도모지 異常스럽다. "그 婦人너들이 壯ᄒᆞᆫ가? 이 婦人너들이 사롬일가 내가 사롬일가?" 이 矛盾이 경희의 집혼 잠을 ᄭᅢ우는 큰 번민일다. "그러면 엇지 ᄒᆞ여야 장홈 사

---

148) 1920년대 한 잡지에서 개척자에 대해 이야기하는데, 왜 이 작품의 제명이 '개척자'인지 모르겠다고 말한다. 작가의 이중적인 태도가 드러난, 제명을 낯설게 받아들이고 있는 것이다. "『개척자』 이 영화는 이광수씨의 『무정』 다음에 '매일신보'에 발표된 작품을 남궁운, 이정숙 主演과 이경손씨 감독으로 영화화된 것이다. 이 영화는 원작이 자유연애 지상주의로 말매암아 일개 신녀성(그 當時)이 독약을 먹고서 죽는 것이다. 그것을 엇재서 개척자라고 제명하엿슬가? 만약 개척자라고 한다면 인습적 도덕에서 버서나서 허다 못해 (조금 다르긴 하나) 「입센의 노로」가 가진 만큼의 용기로써 소리치지 못하고 아모도 업는 山속에 드러가 아모도 몰래 自殺하게 하엿슬가? 여기에서 그 소설에 주인공인 그 녀자보다도 그 작자의 무기력함을 보는 수 잇다. 그것은 개척자도 아니다. 희생자도 아니다. 그저 자유연애지상주의에 맹목적으로 순사함에 ᄭᅳ처 버렷다."(노방초, 「국외자로서 본 오늘날까지의 조선영화」, 『별건곤』, 1927.12, 102면)

149) 「경희」는 『女子界』 2호(1918.3)에 실려있으나, 이 글에서는 원문 그대로 수록하고 있는 『정월 라혜석 전집』(나혜석기념사업회 간행, 국학자료원, 2001)을 부분적으로 참고하였다. 인용된 면수는 이 책에 의한다.

롬이 되나" ㅎ는 거시 경희의 머리가 무거워지는 고통일다. (120면)

여자로서 겪은 삶에 대한 경희의 모색과 번민은 여성의 성장을 이야기하는 데 중요한 징후이다. 결혼 적령기에 들어선 여성이, 여성의 삶에 대해 낯설게 느끼고 고민하고 번민하는 것은 '결혼'을 개인의 문제로 이해하고 있다는 징후이기에 의미심장하다. 이 점에서 볼 때, '경희'가 드러내는 이채로움은 분명하다. 다만, 그 각성의 수준과 그 내용을 좀더 세밀하게 생각해 볼 필요가 있다. 이 문제와 관련하여 작품 초반에 드러난 경희의 내적 독백에 주목하고자 한다.

> 경희는 이 마님 입에서 "어서 시집을 가거라. 공부는 히셔 무엇하니" 꼭 이 말이 나올 줄 알앗다. 속으로 "올치 그럴 줄 알앗지"ㅎ엿다. 그러고 어제 오셧든 이노님 입에서 나오든 말이며 경희를 보실 써 마다 걱정ㅎ시는 큰 어머님 말슴과 모다 일치 되는 것을 알앗다. 쏘 작년 여름에 듯든 말을 금년 여름에도 듯게 되엿다. 경희의 입살은 간질간질ㅎ엿다. "먹고 입고만 ㅎ는 거시 사람이 아니라 비호고 알아야 사롬이야요 당신덕처럼 영감 아들 간에 첩이 넷이나 잇는 것도 비호지 못한 까닭이고 그것으로 속을 썩이는 당신도 알지 못ㅎ 죄이야요 그러니까 녀편네가 시집가셔 시앗을 보지 안토록 가라쳐야만 홉니다." ㅎ고 십헛셧다. (98~99면)

작품 초반에 드러난 이 독백에서 배워야 사람이 될 수 있다고 말한다. 첩이 넷이나 딸려 있는 생활은 "알지" 못해서 생긴 "죄"로 "시앗을 보지 않"기 위해서는 배워야 한다고 생각한다. 이 생각에서 초점이 되고 있는 것은 풍속개량과 관련한 여성해방의 사상이다. 여성도 배워야 한다는 관념은 근대 국가건설과정에서 여성해방의 이념으로 내세워진 것이다. 경희의 번민은 당대의 '청년녀자'의 패러다임과 상동적인 데가 있다. 다른 '부인'들과 나를 구별하는 수준이 구여자와 신여자를 구분하는 것에서 벗어나지 않는 것이다. 이러한 패러다임만으로는 여성의 사적 영역이나 내밀한 욕망까지 고려하기 어려운 듯하다. 사실 이 정도의 사고방식이라면 실제의 역할에서는 거의 다르지 않게 된다. 가정을 개량150)하는 정도에서 여성의 일을 고무하는 것으로 사고될 수 있기 때문이다. 그래서 자녀 양육을 담당하는 데서 교육을 할 만큼 어머니로서 깨어 있는지, 집안의 안주인 역할을 할 때 안주인 노릇을 할 만큼 역량이 있는지, 단순히 여종처럼 시키는 일을 아무 생각없이 잘 못하는 게 아니라 근대적인 비전을 가지고 움직일 수 있는지 하는 것을 묻는 것 정도의 변화만을 기대할 수도 있기 때문이다.

예컨대, 경희가 '각성'되어 있다는 사실을 알 수 있는 것은 여학생인데도 집안일을 아주 잘한다는 데에 있다.151) 예를 들어 바느질을 하는 것도 그냥 여염집 부인네들처럼 잘하는 게 아니라 "日女"에게서 배워서 여느 조선부인네들과는 다른 방식으로 잘한다. 그래서 경희는 "양복" 속적삼을 잘 만들 수 있을 정도가 되었다고 자부한다. 그런데 이러한 각성의 정도는 당대 담론에서 촉구했던 '청년-녀자'의 패러다임을 벗어나지 않는 것이다.

물론 경희가 집안일을 할 때 단순히 가정 개량의 수준으로만 집안일을 하는 것은 아니다. 예를 들어 집안일을 하면서 '재미'있다고도 말

---

150) 중국에서 여자교육의 커리큘럼은 가족에서 전통적 역할을 하는 데에 그 방점이 찍혀 있다. 1905년 청왕조에 의해 그 가이드라인이 설정되었으며, "가정교육의 방법"으로 목록화되었다(Wendy Larson, 앞의 책, 55면).

151) 사실, 경희의 각성된 면모는 『무정』의 병욱에게서도 유사하게 보여진다. '그러면서도 병욱은 분주히 돌아가며 형수를 도와 집안일을 보살핀다. 하루는 크게 주름잡은 조모의 낡은 치마를 입고, 팔을 부르걷고, 호미를 들고 땀을 죽죽 흘리며 마당 구석과 담 밑과 울 안의 잡초를 다 매고 이웃에 가서 화초를 얻어다가 옮겼다. 흙 묻은 손으로 땀을 씻어서 얼굴에는 누런 흙물이 여기저기 묻었다. 한 호미로 굳은 땅을 팔 적에 부친이 들어오다가 물끄러미 보고 섰더니 빙그레 웃으면서 "병욱이는 농사하는 집에 시집을 보내야겠군" 하였다. 또 모친은 "얘 그만 두어라 더운데 널더러 김매라더냐" 하면서 웃었다. 병욱도, "이제 봅쇼 온 집안이 꽃밭이 될 테니" 하고 웃었다. 그러나 부친이나 모친이 병욱 꽃 심는 것을 그렇게 중요하게 알지 않는 모양인 것을 보고 곁에 섰는 영채를 돌아보며 …… 꽃이 고운 줄도 모르고 꾀꼬리 소리가 고운 줄도 모르고 사는 인종은 불쌍하지요? 하고 찬성을 구하는 듯이 영채를 본다.' (92회)

한다. 집안일을 하면서 주체적으로 하기 때문에 재미를 찾는 것이다. 그런데 이 '재미'는 사실 집안일을 집안일'로 생각하지 않기 때문이기도 하다.

> 경희는 불을 씨우고 시월이는 풀을 젓는다. 위에서는 '푸푸' '부굴부굴' 하는 소리, 아러에서는 밀집의 탁탁 튀는 소리, 마치 경희가 東京 音樂 學校 演奏會席 에서 듯던 管絃樂奏 소리 갓기도 하다. 또 아궁이 져 속에서 밀집 뭇헤 불이 딩기며 漸漸 불빗이 强하호고 번지는 同時에 차차 아궁이선지 갓가와지자 또 漸漸 불꽂이 弱헤져 가는 것은 마치 피아노 져 뭇헤서 이 뭇선지 칠 쌔에 붕붕하단 것이 점점 씽씽호도록 되는 곱律과 갓히 보인다. 熱心으로 젓고 안진 시월이는 이러호 滋味스러운 거슬 몰누겟고나 호고 제 싱각을 호다가 져는 조곰이라도 이 妙한 美感을 늣길 쥴 아는 거시 얼마콤 幸福하다고도 싱각호엿다. (108면)

경희에게 집안일은 집안일 그 자체가 아니다. 집안일에서 '미감'을 느끼며 근대적인 코드로 해석한다. 그래서 불을 땔 때에도 관현악 연주와 피아노 소리를 떠올린다. 경희에게 관현악 소리를 들을 수 있는 현실과 조선 부엌의 아궁이가 드러내는 현실 간의 차이는 인식되지 않는다. 오히려 개인적인 노력으로 이 둘 간의 차이를 좁힐 수 있다고 생각한다. 이러한 면모는 여성이 처한 현실을 현실 그대로 받아들이지 않고, 다른 것의 비유로 생각하는 것에서도 찾아 볼 수 있다.

그러나 결혼 문제를 앞두고 부모와 대립하면서 현실적 사고를 할 수 있는 계기가 마련되면서 경희의 사고는 좀더 현실적으로 변화된다. 이 갈등의 내용은 아버님의 말씀을 좇아 어머니나 다른 부인들처럼 살아야 하는가 아니면 그것을 거부하여야 하는가이다. 그렇게 고민하는 과정에서 자신의 모습을 거울에 비추어 본다.

> 이러케 경희는 눈에 보이는 디로 그 名稱을 불너본다. 엽헤 노힌 머리창도

짠져본다. 그우에 기여서 언진 면주 이불도 씨다듬어 본다. "그러면 내 명칭은 무어신가? 사롬이지! 꼭 사롬일다." 경희는 벽에 걸닌 체경에 제 몸을 비최여 본다. 입도 버려보고 눈도 꿈직여 본다. 팔도 드러보고 다리도 니여노아 본다. 分明히 사롬 모양일다. 그러고 두러누은 탐실기와 굼벵이 찍으러 다니는 닭 과 또 까마귀와 저를 비교히본다. 저것들은 금수 즉 하등동물이라고 동물학에 셔 비홧다. 그러나 저와갓치 옷을 입고 말을 ᄒ고 거러 다니고 손으로 일ᄒ는 거슨 만물의 영장인 사롬이라고 비홧다. 그러면 져도 이런 귀흔 사롬이로다. (…중략…) 경희도 사롬일다. 그 다음에는 여자다 그러면 여자라는 것보다 먼 져 사롬일다. 또 조선 사회의 여자보다 먼져 우주 안 전인류의 여성이다. 李鐵原 金夫人의 ᄯ알보다 먼져 하나님의 ᄯ알일다. 如何튼 두말할 것업시 사롬의 形狀일다. (120~121면)

이 거울은 동물학 시간에 얘기되는, 인간이 만물의 영장이라고 가르치는 거울이다. 이 거울은 자신을 여성으로 드러내는 거울이 아니라 "동물이 아닌 인간"으로 얘기해주는 거울이다. 그 때문에 이 거울을 통해 경희가 깨닫고 있는 것은 자신이 "동물이 아닌 인간"이라는 사실이다. 이 수준의 각성은 당시 조선녀자의 해방을 외치며 부르짖던 것과 다를 바 없다. '구여자처럼 살지 말고, 인간이 되어야 한다는 것'과 같은 유사한 논리이다.

자기가 자국의 국민된 것을 지하여라 국가는 대생명이니라. 이에 대하여 소 생명은 개인이니라 대생명이업스면 소생명은 생키 난하니라 우주 만물은 항 상 생존을 경쟁한다. 약자는 멸하고 (…중략…) 자기가 조선여자인 줄을 지하 시오 여보 반도 여자들이여 여러분은 수백년 동안에 동물원의 원숭이가 원감 에서 생활하는 것과갓치 비참한 생활을 해오다가 금일에야 겨우 해방되려 하 며 여러분은 이 수백년 동안에 물건과 갓흔 취급을 바다오다가 금일에야 비 로소 인격자로 대우를 밧게 되지 안엇슴니까[152]

152) 김안식, 「자기를 지하라」, 『女子界』 4호, 1920, 7면.

위의 인용에서 드러나는 것처럼, "수백 년 동안 동물원의 원숭이가 원감해서 생활하는 것과 갓치 비참한" 생활을 했으나 금일에 와서야 인격자로 대우를 받게 되었다는 것, 그러나 중요하게 인식해야 하는 것이 바로 "조선녀자"라는 사실이고, 자기가 국민의 일원이라는 사실을 자각[153]하는 일이라고 말한다. '청년'의 마음과 일심인 상태로 민족을 위해 마음을 바치는 것이 중요하다고 말해지는 것, 이것은 '청년녀자'의 비전이 "리상적 가뎡을 만들며 후일 ᄌ녀를 올케 길너 쟝ᄎᆞ 그들노 ᄒᆞ여금 몸을 나라에 바치게 ᄒᆞ고 마음은 민족을 위하야" 쓸 수 있는 변화까지만 허용하는 것이다. 그러므로 「경희」에서 여성 의식의 변모라고 할만한 변화가 분명히 드러나고 있지만, 이 변화는 '청년녀자'가 내포하는 가능성 그 이상은 아니다. 「경희」에서 드러나는 이런 맹아적 수준만으로 여성 의식의 변화를 지나치게 확대 해석하는 것은 조심스러운 게 사실이다.

이는 경희조차 여성의 현실을 그대로 보지 못하는 사정과 연결된다. 경희는 아궁이에 불을 때는 현실과 관현악단의 현실을 유비적으로 구성하면서, 이 현실을 현실 그대로 보지 않는다. 경희는 조선의 여성 현실을 선험적으로 구성한다. 그런데 마지막 장면에서 경희가 취하는 행동은 이채롭다. 거울을 보면서 몸 구석구석을 만지고 확인하며 자신의 신체를 확인한다. 그리고 자기 몸의 기관 하나하나를 만져보고, 움직여본다. 경희가 이렇게 자신의 개별적 신체를 대면하는 것은 '성재'의 방식과 분명 차이가 니는 부분이다. ᄀ런데 경희는 이것들을 '동물학'에서 배운 내용으로 대체하면서 몸의 느낌과 경험들을 해석하지 않는다. 해석하고 번역하는 것은 도달해야 될 지점이 명확한 '관현악'의 현실이다. 이런 측면에서 경희의 거울은 여전히 '여성'의 현실을 비추기 어려운

---

153) 청년 남녀들이 얼마나 자기 몸 자기 부모를 버리고 몸을 밧쳐 일하고 희생적 정신으로 한사코 분투한 것을 생각하십시오 어느 나라고 어느 민족이고 이것이 업시는 중흥과 창건이 되여슬 리가 업습니다(현덕신, 『女子界』 3호, 1918, 5면).

매개이다.

1910년대 『개척자』와 「경희」가 여성의 의식변화와 관련해서 중요한 변화를 담고 있는 것은 분명하다. 하지만 그 가능성이 당대의 '청년-여자' 담론 안으로 흡수하고 있는 것도 분명하다. 1910년대 '청년-여자'의 기호는 국가의 정체성을 수립하는 청년의 짝패이자 근대 국가의 상징이다. 「경희」조차 이러한 사회 담론에 균열을 내지는 못한 듯하다. 다만 여자 교육의 계기가 여성의 사적 욕망을 자극하고 인권에 대한 요구를 고무하는 선까지 나아가고 있는 징후는 보이고 있다. 성순이의 일기쓰기와 자기 결단의 과정, 경희의 자기 신체를 호명하는 과정은 1920년대 여성의 의식 변화를 논하는 과정에서 중요한 매개가 된다.

그런데도 1910년대 여성의 의식 변화가 청년의 '뜻' 안으로 수렴되고 환원되는 현실 또한 분명하다. 여성이 비록 아동은 아니지만, 청년이 소년을 성숙해 가는 도정에 던져 놓는 것과 여성에게 '여자 교육'을 강조하는 것과 다를 바 없는 수준으로 제시된다. 교육을 통해 성장하라는 것, 그러나 청년 안으로 수렴되고 환원되는 선까지만이다. '청년'이 아동의 내면을 관리하려는 의도가 드러나는 것처럼, 여성의 내면 또한 통제의 대상이 된다. 만약 '청년' 안으로 환원되지 않는 이질성이 여성을 통해 드러나면, 파국적인 결말을 맺게 될 것이다. '청년'은 아동과 여성이라는 타자의 형상과 변별된다. 여자들은 '청년여자'로, 아이들은 청년의 비유나 청년이 되기 위한 '소년'으로 의미화되면서 이들은 모두 '청년'이라는 근대적 개인들과 동일시될 수 있는 존재들이 된다. 즉 청년은 동일시를 통해 이들을 일원화하고 교육이라는 매개를 통해 이들의 내면을 조정하거나 관리하려고 한다. 그러나 이 '청년'의 비전으로 모아지지 않는 것은 폭력적인 결말을 통해 삭제되거나 그 의미를 살릴 수 없게 된다.

## 4. 자명한 윤리와 계몽주의적 개인

개인이, 자신으로부터 세계를 멀찌감치 떼어놓으면서 개인 / 세계라는 이원화된 잣대를 들이대고, '날카로운' 내면과 '천연의' 세계를 구성하게 되면서 날카로운 내면이 매개하는 현실을 가정하게 된다. 또 이 개인은 대표적 '개인'을 설정함으로써 세계의 물질성을 휘발시키며 하나의 본질로 환원시킨다. 이것은 '동정'의 정치학에서 단적으로 나타난다. 이 개인의 내면은 '대표성'을 띠는 공공의 현실을 잘 반영할 수 있는, '공뇌(公腦)'154)이다. 그러므로 이 개인은 세계와 분리되면서 자율적으로 존재하지만, 이 자율적 내면이 실은 규율화된 내면일 가능성 또한 배제할 수 없는 것이다.

이러한 개인은 연령주의155)와 성별주의 등으로 규율화되었다. 청년의 표상으로 부각된 이들은 원근법적 시선을 수용해서 '소년'을 자기 기원의 원점에 세우고, 성별 체계를 통해 차이를 무화시키며 동일시의 시스템을 작동시킨다. 연령주의란 '나이에 따라' 개인을 나누는 것이고, 성별주의란 성차에 따라 개인을 나누는 것이다. 신분이나 계급에 따른 분리가 아니라, 연령과 성별이라는 새로운 잣대가 근대 세계 속 개인을 나누는 잣대가 된다. 이 잣대를 통해 개인들은 개별적인 차이와 특징들이 무화된, 제도의 일부이자 단위로 편입된다. 그리고 '청년'은 이 균질적인 인간들을 통어하는 원근법적 시선이자, 미래를 선취한 역사적 주체로 부상하게 된다.

이 대표적 개인인 '청년'은 '앎'의 기호를 소유한 자로서 세계를 알고

---

154) 1920년대 민족주의가 다시 제창되고 있는 『개벽』에서 이돈화는 여러 가지 사상을 조화시킬 수 있는 '공뇌'를 말한다(이돈화, 「조선 신문화건설에 대한 도안」, 『개벽』 4호, 1920.9, 16면).

155) 연령주의는 이후 세대론과 연결되면서 나이에 따른 가치체계를 발생시키게 된다.

자 하며 이 앎의 도정에서 현실과 삶을 긍정할 수 있는 개인이다. 심지어 미래조차 이 앎의 기호를 통해, 선취할 수 있다고 믿는다. 이 같은 인식적 특성은 낱낱의 현실을 '문자' 기호로 해독하려고 하는 데에서도 드러난다. 그의 역사적 시선 안에는 이미 근대적 지식의 체계가, 혹은 서구적인 지식들이 온존하고 있다. 앎의 기호를 소유한 자들이기에, 선험적으로 세계를 이해하고 미래를 낙관한다.

특히 세계와 분리된 이 개인들이 세계를 이해하는 방식 중의 하나가 '동정'이다.156) '동정'이란 '나의 몸과 마음을 그 사람의 처지와 경우에 두어 그 사람의 심사와 행위를 생각하여 주니 실로 인류의 영귀한 특질 중에 가장 영귀한' 것으로,157) 보편적인 이념이자 윤리이다. 그러나 『무정』이나 『개척자』에서 보다시피, '그 사람의 처지와 경우에 두어' 해석하지 않는다. 해석과 번역의 기준은 '내뜻'에서 도출된다. '동정'에 대해 춘원은 '정신이 고상한' 이가 더 많이 동정할 수 있다고 말한다. 그래서 동정의 유무에 따라 대인과 소인조차 가를 수 있다고 덧붙인다.158) 이에 따르자면 '정신이 고상한' 지적 능력과 타자의 처지를 미루어 짐작할 수 있는 감성적 능력은 비례하는 것으로서, '동정'에서 초점화되고 있는 것은 지식의 총량이다.

그러므로 이 '동정'은 선천적으로 감득하는 신체적 감각이나 본능이 아니라 후천적으로 계발되는 '윤리'이며, 이는 근대 초기 네이션159)을

---

156) 동정과 계몽의 관계에 대해 언급하고 있는 손유경은 '동정이라는 감수성은, 개성에 눈뜬 개인의 사적 욕망과 이해를 충실히 대변하는 통로라기보다는, 각자가 사회의 진보와 발전을 위해 작은 영웅처럼 행동하게끔 만드는 중요한 덕목으로 간주되고 있다' (손유경, 「한국 근대소설에 나타난 동정의 윤리와 미학에 관한 연구」, 서울대 박사논문, 2006, 51~52면).

157) 손유경은 공감, 연민, 동정의 의미에 큰 차이가 없거나 변별하기 어렵다고 밝히면서 다만, '자기자신을 타자에 놓아두려는' 동정이 도덕적, 윤리적인 감수성이지만 동시에 미학적 상상력이 개입되는 것이라고 지적한다(손유경, 앞의 책, 13~15면).

158) 춘원, 「동정」, 『청춘』 3호, 1914.12, 57면.

159) 가라타니 고진은 민족과 네이션을 구분한다. 민족이 '공동체의 연대'에 머물러 있다면, 네이션은 '우정'이라는 '감정'을 통해 보편적 이념으로 상상된다고 지적한다(가라

상상하는 가운데에서 태동한다. 공동체를 향한 연대를 넘어서, 개인의 상상이 그 매개로 필요해진 것이다. '정'으로 표현되는 이 '동정'은 신체적인 감각 이전에 놓인 인식적인 각성이며, 민족(국가)를 형성하는 데 필요한 개인 윤리이다. 다만, 이 인식적 각성이 개인 윤리로 전이되는 과정에서 '정'이 필요해진다. 그러므로 이 동정은 각각의 개인을 보편 이념 아래 자발적, 자율적으로 부응하게 하는 심리적 기제가 된다. 개인들이 민족의 보편 이념 아래 발견되는 것이다. 그러므로 '동정'에서 초점화되고 있는 것은 개인이 아니라 도달해야 할 목적으로서 '민족'이며 이를 위해 개인들의 내면이 기능적으로 포착된다. 여기에서 개인의 내면은 개별성이나 개성이 움트는 자리가 아니라, '민족'을 번역해낼 수 있는 투명한 '매개'이다.

그러므로 '소년'도, '여성'도 '청년'의 '내면'과 다를 바 없으며, 만약 다르다면 과감히 배제되어 불행한 결말을 낳게 될 것이다. '청년'은 '민족'을 대표하면서 앎의 기호를 소유한 자이자, 개인윤리를 통해 '동정'할 수 있는 대표적 개인이다. '대표적 개인'이 그러한 것처럼, '동정' 또한 감정과 계몽이 결합하는 매개이다. 요컨대, 여기에서 인간의 개별성은 배제되고, 심지어 개별적인 감정 또한 외면되거나 억압된다. '동정'이 '계몽'인 것처럼, 이것은 근대적 개인을 '민족' 아래 결집시키는 절대 윤리로 자리한다.

'개인'이 그러한 것처럼 '민족'도 실은 '조선'의 현실이 아니라 세계 제국의 관점에서 고안된 제국의 일부로 나다닌다. 있어야 할 질서, 계몽의 빛으로 조각된 '민족'이란, 날것으로 있는 실재 그 자체가 아니라 상상화된 재현이기 때문이다. 또한 서술자가 눈에 보이지 않는 3인칭 서술자라고 하더라도 그 위치가 조선에서 비롯되는 게 아니라 관념화되고 화석화된 외부적 이념에서 시작된 '재현', 그 이상도 그 이하도 아닐

---

타니 고진, 앞의 책, 135면). 그러나 조선의 경우 '민족'과 '네이션'은 역사적 단계나 질적 차이로 존재하는 것이 아니라 '국가'안에 공존하는 두 가지 형태로 존재한다.

가능성 또한 녹록하다. 실제로 경험되고, 개별화되는 조선은 가능하지 않으며, '조선'을 알 수 있는 것도 '민족'의 상상적 재현 안에서 고구된다. '개인'이 그러한 것처럼, '민족'이란 이처럼 허구적으로 구축된다. 다만, 민족이나 개인 모두 리얼하게 그려져야 하며, '내면'의 작동을 통해 있음직하게 그려져야 한다. 개인의 내면은 개별의 차이가 생산되는 장소가 아니라, 외부에서 제시된 계몽이 작동하는 투명한 공간이기 때문이다.

# 감정의 신체, '私'적 개인

## 1. '감정'이라는 개인의 신체

개인의 사적 감정160)이 억압되지 않은 채 사회적인 징후로 드러나면서 '한'이나 '슬픔', '비애' 등의 정조가 공적담론에 부각된다. 민족주의적 계몽을 얘기하던 춘원이나 현상윤, 양건식조차 이 감정들을 해석하는 데 골몰한다. 개인과 개인 사이에 놓인 격절감이나, 세계 속에 소외되어 있는 개인의 느낌들에 집중하는 것이다. 비분강개와 같은 집단적 감정도 아니고, 『무정』에서 논의된 바 있는 '동정'의 윤리도 아니다. 계몽을 얘기하는 작가들이 사적 감정의 기호를 과거에 붙박인 '퇴보'의 기호나 '신경쇠약'으로 단언하면서 그 감정들을 '버리라'고 말하면서,

---

160) 근대 자유주의 사회의 공/사 구분에서, '사적인 것'은 '공적인 것이 아닌' 의미로 한정되어 왔다. 공적인 것으로 환원하기 어려운, 개인의 감정, 육체 등이 그러하며 이 것들은 공/사의 차이 속에 하등한 것으로 위계화되었다.

'민족주의적 계몽' 안으로 환원되지 않은 사적 감정을 '민족전체의 문화적 사명'[161]쯤으로 전유하고자 하나 '당신의 자아를 해방하고 우주의 대자아에 접속'[162]하기는 힘들어 보인다. 이 장에서 개인들은 '사'적 감정을 통해 개인성 / 개체화를 발산한다. 개인−국가를 유기체로 사고하는 것도 아니고, 그렇다고 동일시의 관계로 환원하지도 않는다. 이들이 개인성을 드러내는 방식은 개인의 신체에 기반해서 '차이'의 감각, 이질성의 징후를 드러내는 것이다. '버려라'는 호명에도 억압되지 않는 것들, '소화불량'이지만 그 불량의 상태를 지속하는 것 등 이러한 감정을 과감히 개인성의 일부로 끌어들인다.

그리고 개인과 세계를 매개해야 한다는 사실을 좀더 극한까지 밀어붙여서 '예술'의 새로운 세계에 집중한다. 이는 춘원이 주목했던 투명한 언어가 축조하는 세계와는 다른 것이다. 횡보는 개인의 개성이 곧 '예술'로 표현될 수 있다고 말하면서, 개인의 특이한 개성을 발휘할 수 있는 '세계'를 일러 예술이라 칭한다. "藝術美는, 作者의 個性, 다시 말하면, 作者의 獨異的 生命을 通하야 透視한 創造的 直觀의 世界요, 그것을 投影한 것이 藝術的 表現"[163]인데, 그가 여기에서 말하고 있는 바 개인과 세계를 매개하는 것은 '作者의 獨異的 生命'이다. '독이적 생명'이란, 개인의 '차이'에 기반해서 개인과 세계의 관계를 재현하려는 것이다. '동정'에서 강조되었던 '내것'에 동일시되는 방식과는 그 양상을 달리하는 것이다. 그것이 비록 懊惱로 드러날지라도 '懊惱는 자기를 주장하려고'[164] 하는 개인성의 몸짓이다.[165]

---

161) 편집진, 「민족 홍체의 분기점」, 『개벽』 20호, 1922.2.
162) 김기전, 「활동으로부터 초월에」, 『개벽』 20호, 1922.2.
163) 염상섭, 「개성과 예술」, 『개벽』 22호, 1922.4, 8면.
164) 안서, 「근대문예」, 『개벽』 18호, 1922, 128면.
165) 또한 이러한 양상은 민족을 사고하는 것에서도 유사하게 나타난다. 각국의 정체성이 무엇이고 무엇이어야 하는지 하는 바람과 함께 등장하는 '문화주의'가 그것이다. 이는 하나의 척도로 위계화될 수 있는 문명의 개념과 질을 달리하는 것이다. '문명'의 세계가 문명의 있고 없음의 척도로 위계화될 수 있다면, '문화'란 각 나라마다 개별성

횡보는 「개성과 예술」에서 '개인'의 개성만 얘기하는 것이 아니라 '민족'의 '민족성' 또한 고유한 특이성이 있고 이것을 발견해야 한다고 말한다. 그에게 민족의 개성이란 "4千餘年의 歷史的 背景, 風土, 境遇로부터 傳統하야 오며 發展하야 나가는 朝鮮民族에게 特有한 民族性"이다. 여기에서 보이는바 '민족'은, 세계 보편의 기준인 '진화'에 대한 강박에서부터 벗어166)나 4천여 년 동안 지속된 '특유한' 전통에 기반한 민족이다. 개인이나 민족이나, 그 자체의 특이성에 주목한다.

이것이 가능한 것은 초월적인 민족주의에서 어느 정도 자유로울 수 있는 인식 태도에서 비롯된다. 이들은 개별적이고 개체적인 것을 억압하는, '공적인 것'에 대한 집요한 강박에서 벗어나 그것을 부정하는 '폐허'의 공간을 부르짖는다. 이들에게 폐허는, 또 다른 창조를 가능하게 하는 새로운 터전이다. 물론 이 폐허의 의미가 파괴―건설의 이분법으로167)으로 말하기도 하지만, 이 '폐허'의 의미 안에 진보―퇴보의 계열을 벗어날 수 있는 새로운 의미 또한 보이는 게 사실이다.

이 '폐허' 위에서, 개인은 사적 '감정'이 구성하는 개인성을 드러낸다. '내부생활의 정조를 윤택케 하자는'168) '독이적 생명'169)과 '개성의 寂寞鄕'170)을 강조하며 저마다 개별성을 구성해간다. 이것은 자기 신체에 대한 관심에서 시작한다. 자기 신체에서 출현하는 낯선 감정, 혹

이 보장될 수 있는 '고유한' 무엇으로 설명될 수 있다. 이를 통해 '조선'의 민족성이 무엇인지에 대한 관심이 문화화주의로 나타난다.

166) 홍병선, 「진보냐 퇴보냐」, 『청년』 창간호, 1921.3, 6~8면. 홍병선은 이 글에서 '진보냐 퇴보냐'의 물음을 던시녀 '오식 진보'뿐이라고 답한다. '현금又치 됴코 아름다운 생활이 어듸잇세요 나는 과거에 가셔 살기 실소이다'(7면)라고 말하는 것에서도 드러나는 것처럼, 진보는 미래를 담지한 현재이고, '퇴보'는 과거로 퇴행하는 것이다. 이 근대적 시간관에 따르자면, '오직 진보' 밖에 나올 수 없다. 그런데 당시 '퇴보' 논의가 나올 수 있는 것은 홍병선이 쓰는 것처럼 개인의 주관에 빠져 오직 세계를 비관적으로 보기 때문이다.

167) 오상순, 「시대고와 그 희생」, 『폐허』 1호, 1920.7.
168) 효종, 「예술계의 회고 일년간」, 『개벽』 18호, 1922.
169) 횡보, 앞의 글.
170) 안서, 「근대문예」, 『개벽』 19호, 1922.

은 민족적 계몽에 환원되지 않는 이질적인 징후에 대한 것이다. 지금도 그러하지만, 자신이 병에 걸렸다고 고백하는 것은 실제 그가 병에 걸렸는지 그렇지 않은지 하는 과학적 '사실'에 비중을 두는 것이 아니라 개인과 세계 사이에 원만하지 않은, 부적응의 상태를 고백하는 것이며, 자기 신체 안에 억압된 다른 충동들이 비집고 나오는 몸의 언어에 귀 기울이는 것이다. 그러므로 '질병'의 상태는 몸이 말하고자 하는 또 다른 욕망들의 발산이며, 또 다른 몸으로 나아가고자 하는 신체의 언어이다. 즉 이들에게 질병의 수사는 '부정'과 '차이'를 드러내는 신체의 반란이다.

여기서 잠깐 당시 사회를 통제했던 '질병의 정치학'을 살펴볼 필요가 있다. 근대 초기부터 불어닥친 위생담론에서 '질병'은 민족의 야만성을 진단하는 은유로 사용된다. 더럽고 오염된 '우물'과 '길'은 백성들을 질병에 걸리게 하는 세균의 온상이자 전염의 원천으로, 이 사고의 근저에 '세계 / 개인'의 이분법적 사고가 놓여있다. 이를 통해 세계가 '감염'과 전염의 이름으로 상상된다. '위생학'의 시선으로 포착한 '건강한' 개인은 세계와 개인의 분리를 제도로서 확립한다. 그러므로 개인이 갖춰야 할 덕목 가운데 하나는 야만의 세계를 거리화할 수 있는 능력이다. 이는 조선인의 신체에 각인된 '습관'과 '경험'을 '야만'의 이름으로 벗어던지고, 서구적인 시선으로 조선인의 습속을 바꾸는 일이었다.

근대적 신체로 거듭나기 위해, 광장과 학교가 '집단화된 신체'를 만드는 데 열중하며 '저만치 놓인' '조선'의 습속에서 벗어나라고 명령하고 있을 때, 즉 위생 순검까지 두며 질병의 상태에서 벗어나라고 강경하게 몰아갈 때, 아이러니컬하게도 몇몇 '개인'은 자신들이 '질병'상태에 놓여 있다고 고백한다. 이는 상징적 질서의 명령에 부합하지 못하는, 개인의 선언이다. 당시 위생 논리가 근대적 개인을 호명하는 폭압적인 수사였는데도, 오히려 이들은 '질병'을 개인의 기호로 삼는다. 위생 / 질병의 패러다임 안에서 개인성을 도모하는 것이다.

이 장에서는 '감염'/'질병'의 패러다임을 볼 것이다. 개인과 세계가 광장에 집합하거나, 학교에서 결속하는 것이 아니라 사적 공간인 '방'과 '거리'가 대립되어 나타나는 소설 등이 그것이다. 이들은 스스로 병에 걸렸다고 고백하면서, 외출하는 것을 삼가고 사적인 공간에 은둔한다. 이 과정에서 세계와 개인의 '분리'는 결과적으로 나타나며, 사적인 개인의 내면은 전경화된다. 이 '내면'의 핵심은 사적 감정이며 우울로 표현되는 고독, 불안, 퇴폐 등이다. 이들은 한결같이 다른 사람을 '동정'하지 못하거나, '공공의 목적'조차 상실한 듯 갈등하고 번민한다. 이 세계에서 소외되어 있다고 느끼기도 하고, 이 세계가 개인을 핍박한다고 말하기도 하면서 세계와 조화로울 수 없는 상태를 고발한다. 그런데 동시에 '민족'의 상태도 이 질병의 상태로부터 자유롭지 않다. '민족'의 실재인, '조선'은 비루하고 비천할 뿐만 아니라 무력하기조차 하다. '계몽'의 빛에서 비켜 있는 듯, 낙관할 수 있는 민족의 상태나 동정할 수 있는 개인의 내면도 모두 빛이 바래고 있다. '민족'과 실제 '조선'의 사이에는 분명한 차이가 있을 뿐만 아니라 '계몽'의 내용이 번역되거나 수용되지 못한 채 '부적응' 상태를 드러낸다. 여기에서 '감염'이란 세계와 개인 간에 놓인 불화의 상태를 표현하는 것이자, 심리적·육체적 격차를 드러내는 것이다.[171]

---

171) 이재선은 이를 '질병의 정치학'으로 설명하면서 '침범의 은유'가 그 안에 깔려 있다고 말한다. '침범의 은유란 세균의 발견 이후 질병은 침략자의 외부에서부터 신체에 침입하거나 침투한다는 군사적 은유를 가능하게 한 것이다. 이는 오늘날의 식민주의나 제국주의의 관점에서는 침략의 정치적 은유로서 성격을 지닌다. 이른바 질병의 정치학은 외부의 전염성 박테리아가 몸 안에 침투함으로써 몸을 망친다는 과학적인 침범의 공포와 함께 외세가 침범한다는 민족주의적인 공포가 서로 반항'하는 현상이다(이재선, 『현대소설의 서사주제학』, 문학과지성사, 37면).

## 2. 감정과잉과 질병의 서사화

1910년 단편들에서 병을 앓는 주인공이 자주 발견된다. 이광수의 「어린 벗에게」와 「윤광호」, 「방황」이 그러하며 현상윤의 「핍박」이나 양건식의 「슬픈 모순」이 그 예이다. 이 소설들은 자신이 아프다고 말하면서 '독이한' '내면'을 드러낸다. 그러면서 자신과 세계의 관계가 원만하지 않다고 말한다. 이를 통해, 결과적으로 민족이나 외부 세계와 일정 정도 분리될 수 있는 '개인'을 가정하게 된다. 일례로, 병상에 누워 있으면서 아름다운 풍경을 관찰하는 동안 아름다운 풍경과 '나' 자신을 대조시켜 볼 수 있는 것처럼, 질병은 세계와 개인의 불균형과 차이를 드러낸다.

> 이즘은 病인가 보다 그러나 무엇으로든지 病일 理由는 업다. 新鮮한 空氣가 맥힘 업시 들어오고 玲瓏한 光線이 가림업시 빗치고 새는 울고 꼿은 웃고 샘은 맑고 山은 아름다운데―조곰도 病일 까닭은 업다. 그러나 病은 病이로다. 나제는 먹는 밥이 달지 안이하고 밤에는 잠이 편치 못하며 얼골은 파래고 살은 싹기며 (…중략…) 그러나 아모리 생각하야도 病일 理由는 업다, 부모도 평강이 게시고 (…중략…) 도모지 病일 事實은 업다. (…중략…) 그러나 무슨 病인지는 나도 스스로 알 수가 업다. 오직 이 便 저 便에서 쏘아오는 視線이 나로 하야금 못살게 군다. (…중략…) "엑 이 놈아! 용렬한 놈아……"172) (86면)

예를 들어 위에 인용된 「핍박」에서는, "新鮮한 空氣가 맥힘 업시 들어오고 玲瓏한 光線이 가림업시 빗치고 새는 울고 꼿은 웃고 샘은 맑고 山은 아름다운데", "무슨 病인지는 나도 스스로 알 수가 업다"고 말한다. 또한 "무엇으로든지 病일 이유는 업다"고까지 얘기한다. 신선한 공기에 영리한 광선에 새는 울고 샘은 맑은데 어찌 병에 걸릴 이유가 있겠느냐며 "조곰도 병일 까닭"이 없다고 한다. 그러나 이 고백은 일면

---

172) 『靑春』 8호, 1917.6, 86~90면.

아이러니컬하다. 산이 아름답고, 새가 지저귀고 공기가 좋다는 사실과 '나'가 병에 걸린 것과 엄밀하게 말해 상관없는 문제이기 때문이다. 그러나 이 같은 인식이 이 인물에게는 전제되지 않는다. 아름다운 자연과 내 몸이 별개라는 사실을 가정하지 않은 듯, 아름다운 풍경과 자신을 일체화시키며 '병'에 걸린 사실을 불편해 한다. 병인지 병이 아닌지 하는 것보다 주목해야 할 것은 이 불편함의 정체이다. 화자가 건네는 질문인 "병인지, 아닌지"에 답하는 것은 별로 중요하지 않다. 오히려 병인지 아닌지 걱정하고 불안해 하는 개인의 내면이 더 중요해 보인다. 자신의 몸과 마음으로 느껴지는 불편함의 정체를 병[173]으로 얘기하는 데에서 자신이 인식하지 못하던 마음 속의 정념이 드러나는 것이 주목할 만한 것이며, 그렇게 토로하면서 비치는 '내면'이 의미심장한 것이다. 이 내면이란 바로 불편함의 원인이자 결과일 수 있기 때문이다.

춘원의 단편소설들에서는 아픈 인물들이 많이 등장한다. 「어린 벗에게」,[174] 「윤광호」, 「방황」[175] 등의 예가 모두 그러하다. 춘원의 10년대 단편소설들은 아픈 인물들이 많이 등장하고, 이 인물들이 한결같이 고백하는 것은 '사랑'이다.

나는 感氣로 三日前부터 누엇다. 그러나 只今은 熱도 식고 頭痛도 나지

---

173) "전근대적인 이상에 따르자면, 감정 표현을 자제하는 성격이 균형잡힌 성격이었다. 마찬가지로, 균형잡힌 행동이란 자신의 행동을 얼마나 절제할 수 있느냐에 따라 규정됐다. 그래서 칸트는 지나친 흥분상태를 비유적으로 지칭할 때 암이라는 은유를 사용했다 …… 그러니 무절제한 감정이 낭성적인 것으로 받아들여지자, 이런 감정은 더 이상 끔찍한 질병과 유사한 것으로 다뤄지지 않았다. 오히려 질병은 이런 지나친 감정을 옮겨주는 도구로 여겨졌다. 결핵이 강렬한 욕망을 일목요연하게 보여주는 질병이 된 것이다 …… 자신이 드러내기를 원치 않는 그 무엇을 노출시켜 주는 질병으로 말이다. 그 결과 이제는 절도있는 정념과 지나친 정념을 대조하기보다 감춰진 정념과 밖으로 드러나게 된 정념을 대조하게 됐다. 질병은 분명히 환자 자신도 인식하지 못하고 있던 욕망을 드러내 보여준다(수잔 손탁, 이재원 역, 『은유로서의 질병』, 이후, 2002, 71면).
174) 「어린 벗에게」는 『靑春』(1917) 9~11호(7월, 9월, 11월)에 3회에 걸쳐 분재되었다. 이 글에서는 이것을 텍스트로 삼았다.
175) 『靑春』 12호, 1918.

아니한다. (…중략…) "니불이 엷지오 치우실 듯 하구려" 하고 壁欌에 너흐랴 든 自己의 이불을 덥허주려 하는 것을 나는 "아니오" 하고 拒絶하엿다. 내 니불은 엷기는 엷어도 決코 칩지는 아니하얏다. 내 몸은 至極히 따뜻하얏다. 그러나 내 生命은 毋論 추웠다. 마치 只今이 大寒철인 것과 가티 내 生命은 치웟다. (…중략…) "다만 나와 가튼 人類 中에 한 사람이 내가 病으로 飮食을 廢한 것을 불상히 녀겨 보낸 것으로 알자" 하고 반갑게 깁브게 그 牛乳 두 병을 마셧다. 그러고 이것이 어머니의 품에 안겨 그 젓을 빠는 것과 가티 생각되어 人情에 따뜻함이 잇는 것을 감격하엿다. 이러한 생각을 하면서 나는 눈을 쓰고 한 팔로 K君의 허리를 안았다. K君은 내 니마를 집헛던 손을 쎄면서 걱정스러운 눈으로 (…중략…) 이만하면 나는 세상에서 매오 隆崇한 待遇와 사랑을 밧는 것이다. 世上에는 나만큼도 사랑을 밧지 못하는 사람이 얼마나 만흐랴 나는 果然 福이 많은 사람이로다.

—「방황」, 74~78면

    사랑하는 벗이여 (…중략…) 이째에 나는 더욱 懇切히 그대를 생각하엿나이다. 그째에 내가 病으로 잇슬 제 그대가 밤낫 내 머리맛헤 안져서 或 손으로 머리도 집허주고 多情한 말로 慰勞도 하여주고—그 中에도 언제 내 病이 몹시 中하던 날 나는 二三時間 동안이나 精神을 잃엇다가 겨우 쌔어날 제 그대가 무릅 위에 내 머리를 노코 눈물을 흘리던 생각이 더 懇切하게 나나이다. (…중략…) 只今 나는 異域 逆旅에 외로이 病들어 누운 몸이라 懇切히 그대를 생각함이 또한 當然할 것이로소이다. (…중략…) 오직 사랑을 앗김이로소이다. 내가 남을 사랑하는 데서 오는 快樂과 남이 나를 사랑하여 주는 데서 오는 快樂을 앗김이로소이다.[176]

—「어린 벗에게」, 96~99면

「어린 벗에게」에서 '나'는 아프다는 이유로 "더욱 간절히 그대를 생각"한다. 그래서 병들었을 때 자신을 간호하여 주던 "그대"의 모습을 생생히 떠올리지만, 이 생각 끝에 "병들어 누운 몸이라 간절히 그대를 생각함이 또한 당연할 것"이 아니냐 하는 반문을 하며 나름 구차하게

---

176) 『靑春』 9호, 1917.

변명한다. 그러나 사적인 감정과 애정을 그대로 드러내지 않고 변명하는 것은 자연스럽지 않다. 이러한 측면이 「방황」에서도 나타난다. '나'는 병상에서 약한 마음을 드러내면서 다른 사람들의 호의를 서술한다. 그러면서 '따듯한 마음에 감격'했다고 한다. 다른 사람들의 친절에 감격하는데 이에 따르는 서술이 자신도 "이만하면 매우 융숭한 대우와 사랑"을 받는 것이라고 자임하는 것이다. 사람들의 호의에 지나치게 감격스러워하고, 호의를 받은 후 '이만하면'이라고 단서를 달면서 자신이 받은 사랑과 다른 사람들이 받는 사랑을 견주는 것을 볼 때 이들의 병이 '사랑'의 열망과 "따뜻한 마음에 감격"한 것에 대한 결핍과 무관하지 않을 것이라고 예측해보게 한다. 자신도 남들처럼 "융숭한 대우와 사랑"을 받고 있다고 과잉되게 반응하는 것 자체가 오히려 '나'의 질병이 무엇인지를 말해주는 기표가 던진다는 사실이 그것이다. "애정"에 대한 과잉된 포즈가 오히려 '나'가 아픈 원인을 말해주는 것이다. 이것을 통해 질병이 "적막"과 추위"를 해결해 줄 "애정" 표현의 통로임을 상상하는 것은 어렵지 않다.

> 나는 朝鮮을 唯一한 愛人으로 삼아 一生을 바치기로 하고 作定하기에 니르지 못하엿다. '寂寞도 해라' '칩기도 해라' 할 적마다 '朝鮮이 내 애인'이라고 생각하려고 애도 썻다. 그러나 나의 朝鮮에 대한 사랑은 灼熱하지도 아니하고 朝鮮도 나의 사랑에 對答하는 듯 하지 아니하엿다. (⋯중략⋯) 싸늘한 生活! 올치 그것은 싸늘한 生活이로다. 그러나 世上의 義務의 壓迫과 羈絆 없는 싸늘하고 외로운 生活! 올타 나는 그를 取한다.
> ―「방황」, 80~82면

이 인물은 적막과 추위가 애정에서 나온다고 알고 있다. 그래서 이를 "애인"이라고 한정시키며 개인적인 사랑과 애정이 부족함을 고백한다. 그런데 이들이 병상에서 자신의 열망을 드러내자마자 이것을 "애국심"으로 전이시키면서 애정을 "의무"로 대체한다. "애인", "사랑"이라는 사적인 열망과 이에 따르는 사적 열망을 공적인 문제로 치환시키는 것, 이를 통해 개인적인 열망을 억누르는 인물의 태도를 드러낸다. 개인적인 열망이 무엇인지 알고 있는데도 오히려 "조선이 내 애인"이라고 얘기한다. 그러면서 "싸늘한 생활"과 "외로운 생활"을 자처한다. 즉 사적인 열망이나 정념을 공적인 열망으로 대체하는 것이다. 춘원의 소설에서 질병은 민족국가와 무관한 사적인 열망이 있음을 알리는 기호이다. 또한 개인적 욕망이 있지만, 채 억압되지 않은 열망이 있음을 알리는 증상이다. 그러나 사적인 열망과 정념은 표현되자마자 다시 공적인 "애국심"으로 치환된다. "아직 국가가 있기 때문에" 동포를 살려야 한다는 대의를 가지고 개인적인 열망을 해결하는 것이다.[177]

춘원의 단편소설에서 드러난 질병이 근대적 개인의 억압되지 않은 사적 열망이라면, 현상윤과 양건식의 단편소설에서 드러나는 질병은 그 원인이 다른 데 있는 것처럼 보인다. 일단 「핍박」과 「슬픈 모순」의 경우 그 문면을 먼저 보자.

> "○○야 너 내가 참말이다. 그만치 공부를 하얏스면 판임관이 나는 하기가 아조 쉽겟고나.거 제일이더라 (…중략…) 좌중이 씻은 듯이 고요하고 밤은 캄캄하게 어두엇다. 나는 웬셈인지 이 말에 몸이 내려 눌닌다. 숨이 답답하야지고 가슴이 욱어드는 듯하다. 외돌이 아비는 웃는다. 좌중이 모다 웃는다. 뒷산에 검하게 서있는 나무도 웃고 공주에 금강석가루 모양으로 쌀닌 별도 나를 웃고 복남이네 집 대문 기둥도 나를 웃는 듯하다. 고개는 더욱 숙여지고 손맥은 더욱 노인다. 하도 할일업시 되아서 집으로 돌아와 자리에 썩구러진다. 나는 말압 세거리 길에 서있다.
>
> ―「핍박」, 89면

「핍박」에서 "나는 이편저편에서 보내오는" 다른 사람들의 "시선" 때

---

177) 춘원은 偶感三篇(『창조』 8월호, 1921.5)에서 "우는 소리를 긋처라! 신경쇠약을 버려라. 소화불량을 쎄어라"고 쓰면서 개인이 '우는 소리'를 '신경쇠약'으로 단정한다.

문에 괴로워한다. 그들의 시선 속에서 "미욱한 놈아" "용렬한 놈아"라는
비난을 읽어내기 때문이다. 그들이 나를 미워하고 비방한다고 얘기하는
이유는 그들과 내가 사는 방식이 다르고, 그들의 사고 방식과 나의 사고
방식이 동일시되거나 조화롭게 타협될 수 없다고 판단하기 때문이다.
위에 인용된 것을 참조할 때, '나'는 자신이 '공부한' 것에 대해 자신이
없는 듯 보이고 자신이 앞세우던 가치들이 다른 사람들에게 적용이 안
된다는 것을 알면서 "말압 세거리"에서 어디로 가야 할지 모르며 갈등
한다. 그러면서 사람들의 시선을 미움이나 비방으로 느끼며 "병"에 걸렸
을 지도 모른다고 얘기한다. '내면'이 억눌린 채로, "핍박"을 받는 채로
드러나는 것이다. 이 같은 특성은 다른 단편소설에서도 마찬가지다.

> 시벽 다 밝을 臨時에 어수선 散亂호 꿈을 꾸고 因해 째여 자리 속에서 뒤
> 치석거리다가 이러나면서브터 머리가 들 슈업시 묵어워 무엇이 위에서 나리
> 누르는 것 갓히셔 心氣가 숫치 못혼 나는 아모것도 흥기가 슬혀 書齋(卽 寝
> 房)에 쑥 들어안즌 최로 멀거니 書案을 對흐고 안젓다. (…중략…) 나는 조곰
> 未安한 성각이 눈다. 또 書案을 依支하고 안져서 이 番에는 아모 까닭도 업
> 시 空然히 성각해 본다 한즉 第一 먼저로 성각이 이러느는 것은 집안 食口와
> 나와 趣味가 아조 달은 것이다. 이는 춤 滋味업는 일이다. 그 다음에 일어나
> 는 것은 社會에 對호 弱한 나의 不平의 소리, 그리고 現在의 生活의 無意味
> 혼 것, 이러혼 것이 실마리롤 일흔 실과 갓치 서르 엉키러져서 가슴을 치받치
> 고 뭉게뭉게 일어눈다. 이러니 ㅁ음이 다만 겹겹症이 나셔 들어안졋슬 수 업
> 다. (…중략…) 나와 갓흔 閑暇호 스룸은 한 스룸도 업구나는 싱각한 즉 現實
> 界에서 瞥眼間 千丈萬丈 깁흔 곳으로 써러진 듯흐야 야릇이 孤獨의 寂寞을
> 痛切흐게 늣기겟다. (…후략…) (71~72면)

위의 인용은 「슬픈모순」[178]의 서두인데, 주인공은 머리가 무겁고 심

---

178) 「슯흔 모순」은 『반도시론』 10호(1918, 71~76면)에 실려 있다. 이 글에서는 이것을
    참조하였으나, 작품명을 인용할 때에는 편의상 「슬픈 모순」이라고 했고 원문과 달리
    띄어쓰기를 했음을 밝혀둔다.

기가 깨끗하지 못하다고 말하면서 "겁겁증"을 토로한다. 답답한 내면을 "겁겁증"의 병적증후로 드러냄으로써, 개인의 내면에 해결하지 못한 욕망과 정념이 있음을 드러낸다. 그 이유를 보면, "집안 식구와 나와 취미가 아주 다르다"는 것과 "사회에 대한 약한 나의 불평"으로 꼽을 수 있다. 그런데 첫째 이유가 이채롭다. '나'의 취미를 들어 취미가 달라서 재미없다고 얘기하는 것인데, 여기에서 초점화되고 있는 것은 '재미없다'의 기호가 말하는 '다르다'는 '느낌'에 관한 것이다. '나'는 이 다르다는 느낌 때문에 고통스러워한다.

개인이 분리되고 사회화되는 과정에서 고독감을 느낄 수도 있고 적막감을 느낄 수도 있다. 세계와 나가 분리되면서 다른 사람들과 '나'의 생각이 같지 않다고 느낄 수도 있다. 그래서 "나와 같은" 사람이 하나도 없다는 사실의 발견에 '통절'할 수도 있을 수 있다. 이 때문에 슬프다고 할 수 있지만 이를 '겁겁증'으로 드러내며 병적 증후로까지 발전시키는 것은 흔하지 않은 일이다. 「슬픈 모순」에는 공적영역과 사적영역의 분리 과정으로 부각시키면서 '생활의 압박'을 전경화시킨다.

혼 놈의 놈의 쌈은 짜린다. 쌈 어더마진 者가 朦朧혼 醉眼을 들어 혼番 그 巡査를 홈으다 보며 "나리님! 저히들이 무엇을 잘 못 흐얏세요? 저히는 내외 술집에 가서 술 못사먹습닛가?" 그 巡査補가 다시 쌤을 혼 번 붓치며 "이놈아 누가 못 간닷늬? 이놈들아 아무조록 버러셔 屛門君 노릇을 말고 남과 갓치 衣冠을 반반히 흐고 나셔면 妓生집을 못 갈가 (…중략…) 하고는 이 番에는 발로 찬다 (…중략…) 나는 픽 웃고 싱각하얏다. 朝鮮 사람의 향상심과 자각 없는 거슨 말홀 필요도 없거니와 屛門君 對 巡査補가 自覺이 없고 向上心이 업셔 그 地位에 滿足흠은 다 一般이다. 그 시이에 別노히 큰 差等을 發見흐기 어렵다. 다만 官服을 입고 칼을 치워 ㅅ닭에 巡査補는 막버리君을 懲戒하는 權利와 資格이 있다. 矛盾도 이씀되면 甚하다 (…중략…) 그러느 나도 生活의 壓迫으로 나의 其實性과 矛盾이 만혼 것은 事實이다. 스스로 生活의 曠野에 서셔 본즉 내가 ㅅㅅㅅ지 꾸둔 꿈은 時時刻刻으로 씨어져 감을 볼 수 잇다. 그저 다만 理想만 그리든 숫버이 마음은 冷冷한 現實의 障壁에 다다처 부서져 悲慘한 殘骸만 남앗다. 속일 줄 모르며 阿諛할 줄 모르고 조곰도 나룰 屈ᄒ야 본 일 업든 ᄆᆞ음은 흔 以前 꿈에 지늣지 못ᄒ얏다. 只今 여긔 가는 나의 模樣을 보건대 無情ᄒ게 어느덧 虛僞의 옷을 두르고 方便의 烙印이 박혀 잇슴을보겟나이다. 이러흔 生活은 슯흐고도 더러온 것이다. (73~74면)

「슬픈 모순」에서 재현되는 사건 중 하나는 순사가 막벌이꾼을 마구 때리는 것이다. 순사는 하이카라 술집에서 행패를 부린 막벌이꾼의 뺨을 때리고 발로 차면서 설교를 늘어놓는다. 막벌이꾼의 행패와 관련한 설교가 아니라 윗사람이 아랫사람을 두고 하는 말과 유사한 내용의 설교이다. 물리적 폭력과 함께 권위적으로 설교할 수 있는 이유에 대해 '나'는 "官服을 입고 칼을 치워 싼닭"이라고 생각하면서 "모순"이 심하다고 말한다.

'나'가 "생활의 광야"에서 보니, "진실"은 "모순"이 많고 "지금ᄭᆞ지 쑤둔 꿈"은 시시각각 깨지고 있다. "랭랭한 현실의 장벽"에서 "屈ᄒ야 본 일 없든 ᄆᆞ음"은 "꿈에 지나지 못"하였다는 사실을 인식하게 되는 것이다. 그렇다고 지금 처해 있는 생활을 그대로 받아들이는 것은 "슬플" 뿐만 아니라 "더러운 것"이다. 단지 냉정한 현실이기 때문이 아니라 그 생활이 '비윤리적'이라고 판단할 만한 이유가 있기 때문이다. 이러한 윤리적 판단의 중심에 순사가 가진 "징계하는 권리와 자격"이 있다는 것은 추측하기 어렵지 않다. '나'가 보기에 순사나 막벌이꾼이나 "자각업는 것"은 미친가지지만, 현실은 그렇지 않다. 순사는 막벌이꾼을 징계하는 권리와 자격'이 있다. 그러면서 "사회" 탓을 한다. 그러나 모순의 진원지가 사회가 아니라 바로 자신임을 곧이어 고백한다.

'나'가 사람과 세상을 판단하는 기준은 "자각"의 유무와 "향상심"의 정도인데, 이 기준이 더 이상 통하지 않는다고 얘기하면서 "나의 유일무이한 진실성이 이와 같이 점점 꺾여 가고 모순이 됨을 충심으로 슬퍼

하는 터이다"라고 말한다. 자신이 가진 타당하고 '진실'된 가치관이 통하지 않는다고 판단하기에 슬픈 것, 이는 「핍박」도 마찬가지이다.

> "야 이놈아 우리는 우리 니마에 흐는 쌈을 먹는다소니 조곰이나 未安이나 苦痛이 잇슬소냐……어리고 철업는 놈아 무엇이 엇재— 權利니 義務니 論理니 道德이니 平等이니 自由이니 무엇이 엇재 나는 다 모른다."
>
> ―「핍박」, 90면

「핍박」의 주인공도 "권리니 의무니 도덕이니 평등이니 자유니" 하는 가치가 무화되는 세태를 두려워한다. 자유와 평등, 권리와 의무의 가치는 바로 「슬픈 모순」에서 이야기하고 있는 "자각"과 "향상심"을 통해 궁구될 수 있는 것이다. 또 이러한 가치들에 의하여 "약자에 대한 강자의 압박"을 외면하고 "순사"가 누리는 부적절한 지위를 개선할 수 있다고 자부하는 것이었고, 이를 통해 "권리니 의무니 도덕이니 평등이니" 하는 가치들이 실현되는 민족국가를 꿈꾸었던 것이다. 그런데 이런 가치들이 "철없는" 것으로 드러나면서 핍박을 얘기하는 것이다.

이들에게 질병은 민족과 '개인'의 분리에 따른 부적응이다. 또한 자신이 믿던 윤리와 도덕과 자유의 가치들과 자각이 "철없는" 것으로 비난받는 것에 따르는 부적응이다. 그러므로 이들의 내면은 질병을 통해 전경화되기는 하지만, '질병'의 형식이 그러한 것처럼 부정적인 형태로 드러난다. 그런데도 이들에게 이런 종류의 "핍박"과 "압박"이 "막연하지만" 약자에 대한 강자의 압박이라고 느끼면서 오히려 "지금꼬지 쑤둔 꿈"을 지속시키고자 한다는 것이다. 그 때문에 민족의 가치는 개인의 내면 안으로 공고하게 자리잡는다. 그러면서 일방적인 동일시의 기제로 작동하는 게 아니라 개인에게 "진실"의 가치로 자리잡는다. 이것은 1910년대 민족국가를 둘러싼 문제가 개인의 내면에 안전하게 자리잡게 되는 과정이다. 비록 "現實의 障壁에 다다쳐 부서져" '리상만'으로 남았지만, 개인이 지금까지 추구하던 가치를 개인적인 진실로 다시 봉합한다. 즉 1910년대 질병을 소재로 한 소설들이 개인적인 위기를 다시 공적인 가치로 전환시킴으로써 위기를 해결하는 것이다.[179] 그런데도 분명한 것은 '차이의 감각'을 통해 개인과 세계 사이의 분리를 말하고 있다는 것, 이것이 비록 구태의연한 방식이나 혹은 또 다른 절대적 기호를 통해 봉합되더라도 여전히 이 같은 징후가 녹록하게 드러난다는 사실은 주목을 요하는 부분이다.

요컨대, 이 장에서는 '질병'의 상태로 말미암아 세계와 개인 간에 불협화음이 발생하면서 이들은 그동안 드러내지 않던 감정을 쏟아놓는다. 개인과 세계 사이에 놓인 격절감이 부적절하다고 여기는 사적 감정의 표현을 통해 드러나는 것이다. 감정과잉이 그것인데, 여기에서 '과잉'이란 감정 표현의 정도를 말하는 지표이기도 하지만, 실상 '불필요'하거나 '부적절한 감정'이 속출하고 있다는 진단을 담고 있다. 이 감정은 민족주의적 계몽 안으로 환원되지 않는, 잉여의 기표이다. 앎의 개인은 이 '잉여'의 지표를 삭제하거나 사소한 것으로 치부하며 관리했다. 『개척자』에서 보듯, 개인 간의 내면의 차이를 하나의 기원으로 환원해서 '동정'으로 이해하거나 혹 그렇게 환원되지 못할 경우, 『개척자』의 '성순'이 그러하듯 상징적 죽음이 나타나게 되었다. 이들은 고통(질병)을 원인으로 돌리고, 감정을 그 결과로 놓지만, 원인과 결과는 전도된 듯 보인다. 사적 감정이 먼저이고, 고통은 그것의 알리바이며 표면적 증상이다. 그러나 원인과 결과의 전도를 통해 사적 감정이 억압될 여지를 만든다.

179) '질병'에 대한 그럴듯한 비유가 있어 이를 인용해 본다. "어린애 병은 누에의 잠자는 것 가트니 잠자는 족족 발육의 한 계단을 오르는도다. 젊은이 병은 청결법 여행과 가트니 북덕이 담은 몸은 이 째문에 청결한 맛이 나며 일층 발발하게 되는도다 (…중략…) 병이란 말을 듣고 놀라기만 할 것도 아니오 겁부터 생길 것 아니오 애만 쓸 것 아니로다. 묵은 북덕이를 쓰러내고 새 활기를 얻으려는 생리상 개혁운동 (…후략…)"(「아관」, 『靑春』 13호, 6면) 이 글에 따르자면 어린애나 젊은이나 '병'은 '발육의 한 계단'이나 '개혁운동'으로 모두 '발전'의 관점에서 서술된다. 이 '발전'이 말하는 것이 실은 이 당시 진행된 위생 논리와 크게 다르지 않은 듯 보인다.

이러한 감정과잉의 텍스트는 사적 개인을 도모하기 위한 수행적 텍스트가 된다. 계몽적 태도를 저만치 던져 놓고, 아픈 이유를 모르겠다고 고백하는 이러한 작품 속에서 질병의 원인을 밝히는 것은 오히려 부차적으로 보인다. 이들은 이렇게 지속적으로 말하며, 사적 내면을 발동시키고 있는 것이다. 다음 장에서는 부적절하다고 여겼던 사적 감정들이 '과잉'의 상태로 계속 발화되는 것을 볼 수 있다. 민족주의적 계몽으로 소거되었다고 믿었던 사적 감정이 억압에 실패한 것처럼 지속적으로 표현되는 것이다. 그래서 이들의 질병은 오히려 부차적으로 보인다. 이들은 개인적인 열정을 조절하는 데 실패하면서 이 고통이 사후적으로 표현되고 있기 때문이다. 사적 '내면'이 개체화·고립화되면서 내면의 우월성은 더 개별적인 방식으로 강화된다. 그러면서 개인과 세계 간의 '거리'가 미학적 거리로 전이되는데, 이 미학적 거리가 오히려 자족적인 형태로 전유되면서 폐쇄적인 커뮤니티로, 배타적인 나르시시즘으로 개체화되는 양상이 드러난다.


## 3. 경험된 현실과 진정성의 세계


이 장에서 '개인성'의 가치는 개인과 세계를 연결하고 있던 동일시의 관계가 차단되면서 발생한다. 이렇게 관계의 양상이 고립, 소외, 배제로 반복되면서 개인/세계의 관계는 세계 속에 고립된 개인을 특권화하는 방향으로 흘러간다. 또한 '개인'이 자족적으로 고립된 개인을 향유하면서 '진정성'의 가치가 개인을 설명하는 가치로 드러나게 된다. 개인이 추구하는 진실한 가치, 개인의 신체에서 발원하는 본질적 가치에 대한 믿음이 한 축에 자리하는 것이다. 자기가 창조한 세계가 가짜이든 진짜

이든 그곳에서 '참'의 의미가 생산된다고 보는 것은 이 같은 개인의 핵심에 진정성이 놓여있기 때문이다.

> 아아, 날이 저문다. 서편(西便) 하늘에, 외로운 강물 우에, 스러져 가는 분홍 빗놀 . 아아 해가 저믈면 해가 저믈면, 날마다 살구나무 그늘에 혼자 우는 밤이 또 오건마는, 오늘은 사월이라 파일날 큰길을 물밀어가는 사람 소리만 듯기만 하여도 흥성시러운 거슬 웨 나만 혼자 가슴에 눈물을 참을 수 업는고? (…중략…) 행여나 불상히 녀겨 줄 이나 이슬가…… 할 적에 통, 탕, 불티를 날니면서 튀여나는 매화포, 펄덕 정신(精神)을 차리니 우구구 떠드는 구경꾼의 소리가 저를 비웃는 듯, 꾸짖는 듯. 아아 좀 더 강렬(强烈)한 열정에 살고 십다. 저긔 저 횃불처럼 엉긔는 연기, 숨맥히는 불꽃의 고통 속에서라도 더욱 뜨거운 삶을 살고 십다고 뜯밖게 가슴 두근거리는 거슨 나의 마음. (…후략…)180)

최초의 자유시로 평가되는 주요한의 「불노리」에서, 개인의 내면은 세계의 현실을 담아내기 위한 개조의 장소나 개인과 세계가 서로 부대하며 연동하는 장소가 아니다. 흥성스러운 세계와는 달리 '내면'은 고독하며, 고독하다는 자질을 통해 개인 / 세계 간의 빗금이 완고하게 그어진다. 자명한 현실이 아니라, 이미지로서의 현실이다. 여기에서 '세계'는 개인에게 '인상적으로' 포착된다. 「불노리」에서 드러난 현실은 누구에게나 보편적으로 제시된 시공간이 아니라 '한 개인'에게 '감각된' 현실이다. 불놀이가 진행되는 대동강 주변의 분위기는 하나의 시각적 이미지로 재현될 뿐, 리얼하게 재현되지 않는다. 현실을 리얼하게 그려내거나, 현실을 투명하게 그려내려는 의지가 보이지 않는 것이다. 화자에게 날이 저무는 것과 동시에 포착되는 것은 '외로운 강물'이며, 이것은 '혼자 우는 밤'181)으로 연결된다. 이 시적화자에게 세계는 이미 개인의 감

---

180) 주요한, 「불노리」, 『창조』 1호, 1919, 1면.
181) 전영택, 『창조』 창간호, 59면. 창조 창간호에 같이 실린 전영택의 천치 천재와 관련해 전영택은 "'너는 엇재 죽음만 쓰느냐'고 하실이 이슬 듯하외다. 무슨 비관적 사

각을 통해서만 수용되기 때문에 인과적인 연쇄는 중요하지 않다. 어느 순간 '매화포' 소리와 '비웃는 듯, 꾸짖는 듯'한 구경꾼의 시선은 인과적으로 주어진 것처럼 보이지만 실은 매화포 소리와 구경꾼의 시선이 이 시적화자에게 동시적으로 주어진 것이다. 시적화자에게 큰 소리와 꾸짖는 듯한 시선은 동일한 코드로 해석된다. 시적화자의 '강렬한 느낌'이 이 세계 안에 놓여진 현실을 같은 방식으로 해석하기 때문이다. 만약 이 화자가 '세계' 안에 놓인 고유한 질서를 인식했다면, 매화포 소리와 구경꾼의 시선이 어떤 맥락에서 어떻게 나타나고 있는 것인지 그 고유한 의미를 찾아내려고 할 것이다. 그러나 화자에게 축포로 터지는 매화포와, 즐거움과 쾌락에 젖은 채 홍성거리는 구경꾼의 시선이 오직 하나의 코드로 해석되는 이유는 시적화자에게 감각된 '현실'이 유일한 '현실'이기 때문이다.[182]

이 시에서 초점화되고 있는 것은 구경꾼의 현실이 아니라 '비웃는 듯, 꾸짖는 듯'이라는 표현에서 드러나고 있는 것처럼 어느 것으로도 환원되지 않는 특이성으로 드러나는 개인의 '내면'이다. 자신의 감정을 분출하며, 강렬한 마음에 살고 싶은 마음을 표현하는 것, 이것이 이 시의 주제이다. "두근거리는 거슨 나의 마음"에서 '나의 마음'은 어느 것으로도 동일시되지 않는 개인성의 돌출적 표현이다.

이러한 개인에 대한 천착은 '동인지' 문학을 통해 드러나고 있다. 『창조』·『폐허』·『백조』·『장미촌』 등의 동인지의 서문들에는 이 같은 점이 부각돼 있다.

---

상을 가진거슨 아니외다. 다만 인생 그거슬 그대로 표현해 보노라고 하엿습니다. 그리고 내 머리에 백혓든 인상을 써본 것이외다" 하면서 자기 머리에 박혔던 인상을 '그대로 표현해 보고자'했다는 언급을 하고 있다.

182) 이는 『창조』 전반의 평가와 무관하다. 『창조』의 면면을 살펴보면, '동인지' 「불노리」처럼 해석될 여지가 있는 시가 있기도 하고, 김환의 「미술론」에서처럼 "고상한 취미"를 진작시키기 위한 "일종의 세계어"로 이해하고 있는 경우도 있다.

이 悽慘하나 거룩한 「聖殿」에 드러온 靑年의 무리는, 自己들이, 이 정○한 沈默과 煩悶한 「리씀」을, 破壞하는侵入者가안일가두려워하는동시에, 自己에게는, 이 材木의 知己之友가 되고, 주츄돌의主人이되야, 이 황폐한 墟址에 (예술의)○○○○○○責任이잇다고自負합니다.183)

近代人에게 個人主義 色彩가 濃厚함은 事實이나, 決코 利己主義와 混同할 바가 아니라, 이 亦 權威否認, 偶像打破의 自己覺醒에 出發點이 잇는 것이다. 在來의 思想으로는, 個體는 그 全體에 對하야 隷屬한 一部分에 不過하다고 생각하얏스나, 個人主義思想으로는 그 位置과 價值를 顚倒하야, 個體의 尊嚴을 主張함으로써 무엇보다 먼저 自己에게 忠實하라, 그리함이 자기의 含有한 全體에 對하야 忠實한 所以라는 것이 이 主義의 主張이다.184)

염상섭은 "자기"라는 표현을 써가면서 개인성을 지켜낼 수 있는 독자적인 장소로 '황폐한 폐허'를 얘기한다. '주츄돌의 주인'으로 살 수 있다는 의미에서 '聖殿'인 '폐허'는, 근대의 '진화론'이 발견한 세상과는 대별되는 '퇴폐'와 '폐허'의 장소이지만, 이 황폐한 공간이 바로 '자기'를 보존할 수 있기 때문에 '성전'이 될 수 있다. 이 공간에서 개인들은 자신들의 감정에 몰입하거나 충만한 상태로 '예술'에 임하게 된다. 이러한 염상섭의 선언은 1922년에 발표한 「개성과 예술」에서도 드러난다.185) 제목에서도 나타난바, 횡보에게서 '개성'과 '예술'은 나란히 올

---

183) 염상섭, 「폐허에 서서」, 『폐허』, 1920.7, 2면.
184) 염상섭, 「개성과 예술」, 『개벽』 22호, 1922.4, 3~4면.
185) 춘원의 「민족개조론」과 횡보의 「개성과 예술」은 아이러니컬하게도 『開闢』에 연이어 실린다. 그리고 두 편 모두 '환멸'에 대해 얘기한다. 논의되는 각도가 다르지만 춘원의 것은 변절로 횡보의 것은 '근대적 문학론'의 맹아로 평가되는 것은 아이러니컬하다. 두 글 모두 저마다 하는 방식으로 '환멸'을 얘기하는데, 그동안 두 글에 대한 평가가 작가에 대한 평가와 연계되면서 지나치게 대립적으로 구성된 감이 없지 않다. 이 두 편 모두 '환멸'의 각도가 다를 뿐 '환멸'의 비전을 공유하고 있다. 춘원의 「민족개조론」에서 발견되는바, 르봉의 『군중심리론』에 일정 영향을 받으며 이를 조선의 민족성으로 그대로 전유하고 있는 태도가 보인다. 르봉의 논의에서 '군중'의 심리가 비천하고 나태하며 일관성이 없다는 견해가 춘원에게 오면 조선의 민족성 논의로 고착되는 것을 볼 수 있다. 물론 다른 논의가 결합되면서 이 같은 결과가 나온 것이지만,

수 있는 개념이다. '개성'과 '예술'은 등가의 지위를 점하며 자족적으로 군림할 수 있다. 이는 1910년 춘원이 '문학'을 묻는 방식과 분명 차이를 보이는 부분이다. '개인'은 전체의 1/n도 아니며 전체의 일부로 환원될 수도 없다. 이 차이의 감각은 예술의 전제와 상통한다. 전체주의적 가치로 환원될 수 없는, 개인의 개별적인 가치인 진정성의 세계이다. 횡보에게 '개인주의'란 개인을 둘러싸고 있던 각종 권위들이 일시에 타파되거나 해체된 '자기 각성'의 상태이며 이것이 그에게 '개성'이다. 그에게 '예술'은 개인의 개성을 자유롭게 표현할 수 있는 '차이'의 감각을 통해 생성된 또 다른 '세계'이다.

> 孤獨은내靈의月世界,
> 나는그우에沙漠에깃드러잇다,
> 孤獨은나의熱情의佛師,
> 나는그우에한적은薔薇村을세우려한다.
> 그리하여나는스사로그村의王이되려한다. ……186)

1921년에 창간된 『장미촌』에서, 황석우는 '장미촌'을 '나의 정열'을 담을 수 있는 공간으로 얘기한다.187) 이 공간은 개인이 세계와 절연한 채 머무를 수 있는 '월세계'이자 '고독'의 공간이다. 이 속에서 개인은

'성숙'하지 못하는 '비관'이 민족에 대한 환멸로 표현되고 있다. 횡보 또한 '환멸'을 얘기하는데, 이 '환멸'은 개인과 세계의 '관계'가 드러난 표현이다. 이는 '폐허'를 성전으로 말하며 '개성'과 '예술'의 자리를 마련하려는 태도와 관련된다(박사논문에 실린 각주를 조금 수정한다. 춘원의 '환멸'이 '그의 전적에서 비롯된 감정적 기호'라고 칭한 부분은 '민족개조론'을 소략화할 수 있어 생략했으며, 횡보의 '환멸' 또한 소극적으로 평가할 우려가 있는 부분을 생략하고 수정한다). 그러나 춘원의 「민족개조론」과 횡보의 「개성과 예술」이 당대의 공통된 에피스테메에서 나온 논의라는 점은 여전히 유효하다.

186) 황석우, 「薔薇村의 饗宴－序曲」, 『薔薇村』 창간호, 1921.5, 2면.

187) 여기에서 '장미촌'의 제목은 당시 세계 문단을 풍미했던 상징주의와 낭만주의의 한 영향이다. 일례로, 조선문단을 풍미했던 『죽음의 승리』의 작가 단눈치오가 그의 초기 3부작을 일컬어 '장미의 로망스'로 일컫는다. 여기에서 '장미'란 죽음마저 초월하는(죽음으로 완성될 수도 있는) 열정적 사랑의 다른 이름이다.

'장미촌'을 세우려 하나, 실은 고독의 결과로서 또 다른 세계의 '왕'의 자리는 저절로 주어진다. '왕이 되려 한다'고 의지적으로 선포하나, 실은 고독을 '정열의 불사'로 얘기하게 되면 모든 개인들은 결과적으로 '왕'이 된다. 이때 왕은 '하인'을 대립항으로 갖지 않는 개인성의 기호이다. 그러므로 이 시기 많은 작품에서 특정한 '공간'이 호명되는 것은 자연스러운 일이다. '침실', '나라' 등 작가들이 상상하는 세계가 공간적 상상력을 통해 또 다른 문학적 '현실'을 만들어내고 있는 것이다. 이 공간이 도피처라든가 유토피아라는 것도 중요하지만 이 공간적 상상력이 실제 현실과 다른 세계를 구성해간다는 점이 더 중요하다.

> '아, 현재의 삭막하고 단조한 생활에서 좀더 색채있고 농후한 정조에 들어가 아름다운 시국을 만들 수가 있다고 하면 얼마나 행복할고. 옳아, 이 전설에 써 있는 바와 같이 옛적 사람들의 생활은 깨끗한 인정미에서 누구나 다 사랑의 감주를 맛보며 재미있게 살았건만, 아! 현대사람은 왜 이리 나부터 세기병에 신음하는고. 이는 확실히 인생의 타락이다. 이 고통과 타락에서 건져낼 대예술가가 없는가?
>
> ─ 임노월, 「위선자」, 『매일신보』, 1920.3.2

심지어 '세계'의 '영향'에 자극받지 않으며, 그 의미조차 흐리마리하게 하는 소설을 보게 된다. 1920년 『매일신보』에 발표된 임노월의 「춘희」가 그것이다. 임노월은 그간 알려진 것처럼, 예술지상주의를 내세우며 1920년대 활동했던 작가이다. 그는 「신개인주의」 등의 작품을 쓰며, 새로운 개인의 형상을 창안한다. 일단, 이 작품의 줄거리를 보자. 춘희는 당시 경성에 유행병처럼 도는 '감모'에 걸려 중태에 빠져 결국 죽게된다. 죽음의 원인과 결과만 놓고 보면, 한 개인을 죽음으로 몰아넣은 유행성 질병이 원인이다. 그런데 이 작품에서는 '매일 여러 십 명이 죽게 되는' 이 '영향'이 진짜 원인처럼 여겨지지 않는다. 조선의 위생 문제를 탓할 수도 있고, 건강하지 않은 '국민'의 상태를 문제 삼을 수 있으나 이 작품에서는 그렇게 세계 일반의 문제에 관심을 두지 않는다.

> 경성에서는 유행성 감모에 리(罹)하여 매일 여러 십 명이 죽게 되었다. 이
> 일이 각 신문에 자자하게 났다. 춘희는 신문을 쥐고 자세히 내리 읽었다. 과연
> 감모의 폭위는 맹렬하다. 그리고 삼면 부에는 살인사건이나 강간이니 사기니
> 하는 일이 써있다. 춘희는 이러한 모든 일을 처음 보는 것 같이 놀라며 불사
> 의하게 알았다. 이러한 일이 나 사는 사회에 매일 있었나 하고 그 전날 신문
> 을 조사하여 보았다. 역시 살인이니 사기니 자살이니 하는 사건이 있다. 춘희
> 도 물론 이러한 모든 험악하고 부패한 세상에서 살아왔지마는 이러한 모든
> 일을 알기는 오늘이 처음이다. "아! 내가 여지껏 이러한 세계에 살아왔던가?"
> 하고 자기라도 이상하게 생각하였다. 그리고 현실은 참 무섭다고 하였다. 감
> 모의 폭위는 점점 더 심하게 되었다. 마침내 춘희도 감모에 걸렸다. 본래부터
> 섬약한 춘희는 중태에 빠졌다. 부득이 춘희도 한강 피병원에 가기로 되었다.
> ─『매일신보』, 1920.1.29

이 인용만 보자면, 춘희는 "매일 여러 십 명"이 죽는다는 "유행성 감
모"에 걸려 병원에 입원한다. 춘희를 둘러싼 세계는 인명을 빼앗아가는,
"살인사건이니 강간이니 사기니" 하는 사건이 신문 지면을 꽉 채우는
"험악하고 부패한 세상"이다. 그런데 이러한 세상을 '발견'하고서도 '험
악하고 부패한 세상'으로 요약해버리고 이것 자체를 문제시하지 않는
다. 그 뿐만 아니라 심지어 이 부패한 세상의 영향이 그대로 자신에게
영향을 미쳤는데도, 더욱이 이로 인해 죽음에 이르게 되는데도 서술자
나 춘희 모두 여기에 초점을 맞추지 않는다. 그래서 "아귀의 밥"이 될
그런 '현실'에 초점을 두는 게 아닌, 춘희의 '내면'에 좀더 초점을 맞춘
다. 병선과 지극한 사랑에 집착하는 춘희에게 '부패한 현실'보다 더 실
제적인 현실은 '유부남 병선과 맺고 있는 사랑'이라는 현실이다. 춘희에
게 "죽음이라는 물건"보다 더 두려운 것은 "사랑하는 병선이와 영원히
이별"해야 하는 현실이다. 춘희에게 영향력을 미치는 현실은 부패한 사

회정치적 현실이 아니라 개인의 감정이 움트는 내면의 현실이다.

그런데 이 사랑의 현실이 실은 '문학작품'이 가리키는 현실에서 비롯된 듯하다. 춘희는 각종 이야기를 들으면서 예술이 무엇이고 예술의 기능이 무엇인지 묻는다. 그리고 이 이야기의 '단꿈'에 빠져 그 현실을 연기한다. 특정 예술 텍스트를 그대로 모방하는 것이 아니라, 예술 작품이 말하는 그 진정성의 세계에 도착된다. 영원성에 대한 갈증과 진정성에 대한 신념이 매일 반복되는 3면의 사회기사를 뛰어넘어 본질적인 현실로 '춘희'에게 다가든 것이다. '예술'의 세계는 자잘한 일상을 넘고, 강팍한 역사를 넘어 영원한 지향과 본질에 대한 기대를 가능하게 하는 세계로 이해되며, 무력한 개인에게 초월적 지위를 넘겨주는 강력한 무기로 등장한다. 이러한 믿음은 임노월의 다른 작품에서 '예술경'으로 변주되어 나타난다.

> 읽고 보고 안 것을 가지고 어떠한 수단 방법으로 충실히 감미의 유락을 형용하며 영혼의 비밀을 표현하며 비애의 색채를 상징할지 몰라 번민한다. 그러나 요행히 나는 이것을 고심 중에 발견하였다. 그는 즉 예술경이다. 아! 예술을 가지고는 어떠한 세세한 비밀이든지 영원무한이든지 다 표현할 수가 있어 …… 그리고 아무리 암흑한 동중이라도 이 예술경이 비치기만 하면 곧 광명해질 터이지. 여기에 우리는 능히 암흑한 데서 무슨 의미있고 가치 있는 것을 찾을 수가 있어!
>
> —「예술가의 둔세」, 『매일신보』, 1920.3.13

이 언급에 따르자면 신문기사에 나오는 현실은 표면의 현실이고, 예술경으로 담아내는 현실이야말로 '영혼의 비밀'을 표현할 수 있다. 세세한 비밀에서부터 "영원무한"에 다할 수 있는 예술에 대한 믿음이 강력하게 피력돼 있다. 이를 통해 '재현'과 '현실'사이에 위계 관계가 다시 쓰여지게 된다. 이들에게 중요한 현실이란 예술경의 세계이자 재현의 세계이다. 그래서 춘희가 그렇게 문학의 현실에 경도될 수 있는 것이고,

죽음에 이르는 동안 이 세계에 빠져 있는 춘희의 모습이 희화화되지 않는 것이다. 춘희는 연애에 빠진 신여성이 아니라, '영혼의 비밀'을 간취한 자이기 때문이다. 이렇게, '내면'의 현실이 민족의 현실보다 우위에 놓일 수 있었던 것은 내면의 '깊이'를 진정한 가치로 평가하는 시선이 생겼기 때문이다.[188] 내면은 말 그대로 외면보다 본질적 지위에 놓인, '심층'의 시선 속에서 생겨났다. 그래서 '내면'은 자잘한 외면의 현실 이전에 놓인 휘발되지 않는 또 하나의 현실로 자리잡게 된다. 그러므로 이들이 부여잡은 '예술경'이란 내면이 포착한 현실이며[189] '참인생의 모양에 갓가운 인생을 창조'[190]하는 세계이다.

이처럼 '내면'이 심층에 놓인 본질이라고 해석되는 순간, 문학은 '진정성'[191] 논의가 가능해지게 되었다. 진정성은 개인의 개별적인 가치를 '참'의 기호로 재평가하는 잣대이다. 개인의 진정성은 '교환'되지 않아도 무방하며, 오직 개인의 내면에 충실하다는 조건 하에서 빛을 발한다.

첫째로 진실성을 띠지 않으면 안 된다. 뻔히 가공적 이야기라는 것이 드러나는 내용의 이야기는 이지적인 근대인의 관심을 끌 수 없다. 여기에서 리얼리즘이 출발한 것이다. 이 리얼리즘의 발달이야말로 근대 소설의 생명이며 가장 큰 요소라 아니할 수 없다. 리얼리즘이라 하면 흔히 있는 것을 그대로 묘

---

188) 깊이에 대한 시선은 '내면'과 동시에 발견되기 때문에 "계몽적 개인"에게서도 발견된다. 다시 말해 이 계몽의 개인이 '속사람'의 해방을 이야기하는데도 이 관념이 특정 지식─권력에서 출현하고 있기 때문에 '내면'은 각성과 장소나 '동정'이 일어나는 매개로서 의미를 가진다.
189) 이수영은 1920년대 소설의 핵심이 '진실성'을 통한 '인간학'이라고 설명한다. 그는 "1920년대 소설이 형성한 바대로, 동시에 그것이 허황한 이야기가 아니라 진실한 이야기라는 것, 진실성이 담긴 허구라는 점이 가장 본질적인 항목이었던 것으로 생각된다. 진실이 아니라면 소설이 표현하고자 하는 것 자체도 아무런 의미도 갖지 못하게 되기 때문이다."(「1920년대 초기 소설의 병리성과 고백적 서술 연구」, 서울대 박사논문, 2007, 166면)
190) 김동인, 「자기의 창조한 세계」, 『창조』 7호, 1920.7.
191) '예술에 대한 근대적 개념과 진정성에 대한 관심은 같은 시기에 성장했고 매우 밀접한 관련이 있는 것으로 생각된다.'(찰스 귀논, 앞의 책, 99면)

사하는 것이라 오해하는 이가 있지만 결코 그렇지 않다. 리얼리즘의 사명은 이 복잡하고 통일되지 않고 모순 많은 인생 생활을 단순화하고 통일화하는 데 있다. 찌꺼기를 모두 뽑아버리고 골자만을 남겨 가지고 그것을 정당화시켜서 표현하는 데 있다.[192]

김동인은 '문학의 가치'로 '진실성'을 얘기한다. 진실성 혹은 진정성이란 개인의 욕망을 참 / 거짓의 이분법으로 평가하는 것이다. 내면에서 발원하게 되면 '진정성'이 있는 것이고 그렇지 않으면 그 반대의 경우에 속한다. '진정성'의 가치는 '개인'의 내면에 관련한 물음이며, 욕망의 내용이 아니라 욕망이 산출되는 장소에 관련한 물음이다. 근대문학이 '진정성'의 가치로 평가되게 되면, 보편적인 잣대보다는 한 개인의 심층에서 발원하는 내용이 더 핵심적인 잣대로 떠오르게 된다. 예를 들어 소설의 내용이 강렬한 열정으로 파국으로 치닫는 결과에 이른다고 하더라도, 그 내용 안에 한 개인의 진정성이 포함되고 있으면 이는 긍정적으로 평가될 수 있다.

그러나 이러한 진정성의 문학이 오히려 배타적인 형태로 전유될 여지 또한 분명하다. 이것의 예로 「배따라기」[193]를 들 수 있다. 김동인의 「배따라기」는 1921년 『창조』 9호에 실린 소설이다. 그동안 이 소설은 '오해가 빚은 파멸과 방랑의 이야기'[194]나 '형제 간의 우애와 형수와 시재 간의 우애'[195]로 얘기되어 왔다. 그러나 이 소설을 '그'의 오해가 낳은 비극으로 정리하는 것에는 일면 무리가 있다. 더욱이 오해에서 빚어진 비극을 예술작품의 토내로 얘기하는 것은 더 문제가 있어 보인다. 이 점은 소설 액자 안의 서두를 찬찬히 읽어보면 확인할 수 있다. 다음

192) 김동인, 「근대소설의 승리」, 『김동인전집』, 삼중당, 1976, 16면.
193) 「배따라기」의 작품 분석은 『근대문학연구』에 실린 졸고 「1920년대 여성의 육체에 남성의 시선과 환상」(2004, 상반기) 가운데 일부이다.
194) 김홍규, 「황폐한 삶과 영웅주의」, 『김동인』(이재선 편), 서강대 출판부, 1998, 157면.
195) 신동욱, 「김동인 문학의 하강적 미의식」, 위의 책, 31면.

은 '나'가 아내를 회상하는 첫 대목이다.

그는, 써오르는 샛밝안 햇비츨 아프로 바드면서 자긔 마을을 나섯다. 그는,
안해를 (이리캐 말흥기는 우습지만)고와햇다. 그의 안해는, 촌에는 드믈도록
연연흥고도 엡브게 생겟다.(그는 나의게 이러케 말흥엿다) "성네(평양) 덴주ㅅ
골(갈보촌)196)을 가두 그만흔 거 쉽디 안카시요" 그러니까 촌에서는, 그러고
그 당시에는, 놈197)의게 우습게 보이도록 그 부처의 새는 조왓다. 늙으니들은
게집의게 혹흥지 말나고 흔히 그의게 권고흥엿다. 부처의 새는 조앗지만─아니
오히려 조음으로 그는 안해의게 시긔를 만히 흥엿다. 그러고 그의 안해는 싀
긔를 바들 일을 만히 하엿다. 품행이 낫브다는 것이 아니라, 그의 안해는 대단
히 쾌활흔 성질로서 아모의게나 말 잘흥고 애교를 잘 부렷다.

그 동리에서는 무슨 명절이나 되면, 집이 그듕 정함을 핑게삼아 젊은이들은
모도 그의 집에 모히고 흥엿다. 그 젊은이들은 모도 그의 안해의게 '아즈마니'라
고 부르고 그의 안해는 '아즈바니 아즈바니'하며 그들과 지거리고 즐기며, 그 웃
기 잘흥는 입에는 늘 우슴을 흘리고 이섯다. 이럴 째마다 그는 한편 구석에서
눈을 힐근거리며 잇다가 젊은이들이 도라간 뒤에는 불문곡직흥고 안해의게
덤뷔어들어198) 발길로 차고 째리며 이전에 사다 주엇던 것을 모도 거두어올
리다. (7면)199)

아내에 대한 정보는 모두 '그'의 입을 통해 흘러나온다. 다시 말해,
이 모두가 '그'의 관점과 기억에 의한 것이다.200) 그런데 그가 아내에

---

196) 이 글에서 인용하고 있는 텍스트는 『創造』지만, 부분적으로 『발가락이 닮았다』(1946)
    에 실린 「배따라기」를 수록하고 있는 동아출판사에서 나온 『김동인, 전영택 4』(1995)를
    참고하였음을 밝혀 둔다. '덴주ㅅ골'을 '갈보촌'이라고 덧붙이는 설명은 『創造』지 이후
    에 수정된 듯 보인다.
197) 『김동인, 전영택 4』(동아일보사, 1995)에는 이 표현이 '남'으로 고쳐져 있다.
198) '젊은이들이 도라간 뒤에는 불문곡직흥고 안해의게 덤뷔어들어'라는 표현은 『創造』
    지에만 드러나는 표현이다. 1946년 『발가락이 닮았다』 본에서는 생략되었다. '나'의
    무분별한 '시기심'에 의한 행동이 생략된 것이다.
199) 이 글에서 인용하고 있는 면 수는 『創造』지에 의한다.
200) 물론 이야기의 정보는 '그'에 의한 것이지만, 내부이야기의 화자가 '그'가 아닌 '나'
    임을 고려한다면 내부이야기에 화자가 깊숙히 공모하고 있음을 추측하는 것은 어렵지
    않다.

대해 처음으로 떠올리는 것 중, 서술자가 확실하게 기억하는 것으로 '갈보촌에서도 쉽지 않은' 어떠한 자질이 있다. 이것을 문면에 나와있는 대로 얼굴이 드물게 예쁘다는 것으로만 해석할 수는 없을 듯하다. '갈보촌에서도 쉽지 않은' 무엇 때문에 '내외의 새는' 우습게 보이도록 좋았을 뿐만 아니라, 그런 이유로 '품행이 나쁘다는 것이 아니라'는 토를 달면서도 아내의 외양이 아닌 애교, 다시 말해 아내의 내적 자질을 문제삼아 품행을 탓한다. 그가 보기에 아내는 '늘 웃음을 흘리고' 다닐 만큼 교태가 많았고 그것을 문제로 여긴다. 그는 아내의 성적 욕망을 감지하고 이것을 문제삼는 것이다. '촌에는 드문'이라고 고백하고 있는데, 사실 '드문' 것이라는 말의 이면에 아내의 튀는 성욕망에 대한 발견이 있다.

그런데 이러한 발견이 문제의 씨가 된다. 아내에게서 성적 욕망을 발견한 후 그는 아내를 향해 성적 환상을 투사한다. 아내가 시아우와 '붙'을 지도 모른다고 상상하는 것이다. 하루는 자기가 먹던 떡을 아우에게 '못주리라' 했지만, 아내는 시아우가 오자 떡을 주어버린다. 그는 아내를 보며 '못주리라' 암호하였으나 '아내가 보았는지 못 보았는지' 시아우에게 떡을 준 것이다. 그는 아내를 보며 주지 말 것을 '암호'하였다고 하지만, '못주리라'라는 말 속에는 아내를 놓고 시험하는 남편이 의심이 들어있다. 그런데 '안주리라'도 아니고 '못주리라'이다. 즉 아내가 주고 싶어도 다른 이유 때문에 줄 수 없을 것이라는 뜻이다. 이는 아내를 의심하면서도 다른 한편으로 믿는 구석이 있는 것이다. 이렇게 그는 아내를 놓고 아내의 마음을 저울질하면서 아내를 의심하고 아내에 대해 불안해한다. 그러나 아내는 '아우에게 주어 버'린다. 이 날 그는 시아우에게 떡을 주었다는 이유로 아내를 구타한다. 표면적인 사건은 시아우에게 먹다 남은 떡을 주었다는 것이지만, 문제는 그가 그런 행위에 다른 의미를 부여하면서 아내를 시험했다는 데 있다. 이는 아내가 시아우에게 '내 것'을 주었다는 상징적인 의미가 내재해 있는 것으로서, 이를 통해 그는 아내가 자신의 믿음을 배반했다고 생각하게 된다.

그런데 이런 남편의 불안이 해소되는 것 역시 간단하다. 남편은 아내가 '이 집에선 못 나가'라고 하자 '아내의 마음이 푹 들이 박혔다'라고 말한다. 아내가 남편에게 분명히 속해 있다고 느끼게 되는 순간 '나'의 불안은 해소되는 것이다. 사실 그가 불안해하는 것은 아내의 성욕망이 남편인 자신의 권위나 가족의 틀 안에 온전히 담겨지지 않을지도 모른다는 사실이다. 다시 말해 그가 아내의 성욕망을 발견한 후에는 아내가 나에게 속한 분신이나 소유물이 아니라 독립된 정체성을 가진 개인임을 은연중에 깨달았다는 얘기이다. 그러나 이 사실만으로도 남편의 불안을 모두 설명할 수는 없을 듯하다.

> 성이 나서 우들우들 써르면서 안해의 돌아옴을 기다리고 잇섯다. 그러나 그
> 의 안해의 참 깃븐 듯이 웃는 소리가 그의 아우의 집에서 밤새도록 울리워왓다.
> 그는 움직도 안흐고 고 자리에 안저서 밤을 새운 뒤에 새벽 동터 올 때 안해
> 와 아우를 죽이려고 부엌에 가서 식칼을 가지고 드러와서 문을 벌걱 여럿다.
> 그의 안해로서 만약 근심스러운 얼골을 흐고 그 문밧게 우두커니 서서 문을 듸
> 리다 보고 잇지 않았다면 그는 안해와 아우를 죽이고야 마러스리라 (9면)

> "이년 싀아우와 그르는 년이 어듸이서" 그는 안해를 썩구러지고 함부로 내
> 리찌엇다. "정말 쥐가…… 아이 죽겟다" "이년 너두 쥐 죽어라" 그의 팔다리
> 는 함부로 안해의 몸 위에 오르내럿다. "아이 죽겄다. 정말 아까 적으니가 왓
> 게 썩 먹으라구 내 놋더니" "듣기 싫다 시아우와 붙은 년[201]이 무슨 잔소릴
> ……" (10면)

남편은 아내를 향해 성적 환상을 계속적으로 투사한다. 남편은 아내의 웃음소리를 환청으로 들은 나머지, 식칼을 들고 아우의 집 방문을

---

201) 이 표현이 『창조』지에는 지워져 있다. 본고에서는 『발가락이 닮았다』(1946)에 실린 「배따라기」를 수록하고 있는 동아출판사에서 나온 『김동인, 전영택 4』(1995)를 참고하였음을 밝혀둔다.

여는 엽기적 행동까지 서슴지 않는다. 더욱이 '거울'까지 사 가지고 온 날 '아내도 머리채가 모두 뒤로 늘어지고 치마가 배꼽아래 늘어지도록' 된 모습만 보고 "시아우와 붙"었다고 단정한다. 그가 사 온 "거울", 즉 그가 가진 거울은 "코도 크게 보이고 입이 작게도 보이는" 그야말로 왜곡된 모습을 비추는 거울이다. 그는 그렇게 아내의 왜곡된 모습을 비추는 거울을 가지고 아내를 판단한다. 그 거울 속의 아내는 윤리도 도덕도 없이 시아우와 붙을 수 있는 여자이다. 이 거울을 깨뜨리는 것은 현실 속의 쥐새끼 한 마리이다. 아내가 결백하다는 증거인 쥐새끼는 그의 어두운 방을 흔들며 그의 환상을 깨뜨린다. 이 사건을 통해 남편은 아내의 현실을 분명하게 인식한다. 그는 자신의 욕망만으로 아내를 해석하고 아내의 욕망을 재단하려 했다. 그릇된 환상으로 아내에게 폭력을 행사하였으며, 나중에는 현실조차 제대로 인식하지 못한 채 아내를 죽음으로 몰고 간다. 이렇게까지 현실이 파국으로 치닫게 된 배경에는 그가 본 것을 유일한 현실로 구성하는 그의 나르시시즘적 현실 인식이다.

그런데 서술자는 그의 나르시시즘적 현실 인식을 '진정한 무엇'으로 전도시킨다. 서술자는 그를 회상하면서 노래의 절절함과 아름다움으로 그를 재구해낸다. 노래 속의 현실은 날아가고 남자의 노랫가락만으로 과거의 현실을 복원해내는 것이다.

> 배에선 '배짜락기'만 슬프게 나라오는 것을 들을 때엔 눈물 만흔 나는 째째로 눈물을 흘렷다. 이로 보아서 어썬 원의 아내가 자기이 모든 영화를 낡은 신과 갓치 내어 던지고 빗사람과 덩처없는 물길을 써낫다 함도 밋지 못홀 말이랄 수가 없다. 영유서 도라온 뒤에도 그 배짜락이는 내 마음에 깁히 색이어서 니즈려야 니즐 수가 업섯고 언제 한번 다시 영유를 가서 그노래를 한 번 더 드러보고 다시 한번 보고 십픈 생각이 늘 써나지를 아넛다. (4면)

"어썬 원의 아내가 자긔의 모든 영화를 낡은 신갓치 내어 던지고 빗사람과" 떠났다는 말은 서술자가 배따라기 노래를 들으며 항간에 떠도는 얘기를 주워삼은 것으로서 액자 안의 '그'를 만나기 전에 한 말이므로 액자 안의 이야기와 상관 없을 수 있다. 그러나 여기서 서술자는 왜 "믿지 못할 말이랄 수 없다"는 완곡한 표현으로 어떤 아내가 뱃사람과 떠나는 일이 능히 있을 수 있다고 뜬금없이 얘기한다. 더욱이 액자 안의 이야기가 어떤 아내와 뱃사람이 된 아우의 관계를 모티프로 하고 있는 상황에서, 이런 얘기를 꺼내는 것은 쉽게 납득할 수 없는 일이다.

그러나 서술자의 곡해와 이로 인한 현실 증발은 여기에서 멈추지 않는다. '그'의 이야기를 십구 년 전의 일로 서술하면서 그가 경험한 일을 강산이 두 번이나 변했을 만한 시간의 지층으로 몰아간다. 이로 인해 '그'의 사건을 당대 현실과 무관한 문제로 재구하게 된다. 그러나 이것은 의도적 장치인 듯 보인다. 왜냐하면 그가 쥐를 발견한 그때 그의 머릿속에 떠오르는 활동사진 같은 영상은 1910년대 이후의 산물이기 때문이다.

> "역시 쥐댓나" 그는 조고만 소리로 부르지젓다. 그리고 그만 그 자리에 맥업시 덜석 주저안젓다. 아짜 그가 보지 못호 째의 광경이 활동샤진가치 그의 머리에 지나갓다. 아우가 집에를 왓다 아우의게 친절호 안해는 썩 먹으라고 아우의게 썩상을 내어 놋는다. 그째에 어듸선가 쥐가 한 마리 쮜어나온다. 둘이서는 쥐를 잡노라고 도라간다. 한참 성화시키던 쥐는 어느 구석에 숨어버린다. 그들은 쥐를 찻노라고 두룩거린다. 그 째에 그가 집에 드러선것이다. (11면)

그는 "활동사진가치" 아내와 동생의 일을 떠올린다. 아우가 집에 오고 아내가 떡상을 내놓고 그때 쥐가 한 마리 나오는 식으로 인물이 있고 줄거리가 있는 활동사진이다. 그런데 활동사진이 우리나라에 들어와서 그 특성이 사고 작용에 각인될 만큼 영향력이 확립될 수 있는 시간을 고려하면,[202] 20년 전의 일을 '활동사진'처럼 기억하고 표현하는 것

---

202) 우리나라에 활동사진이 처음으로 들어온 시기는 1987년 설, 1903년 설, 1904년 설, 1905년 설 등이 있으나 이 시기의 활동사진에는 '이렇다할 내용도 없었거니와 그저

은 이치에 맞지 않다. 이것만 고려한다면 그와 아내의 사건은 철저히 당대적인 사건이다.

그렇다면, 이렇게 당대적인 사회적 맥락을 지우려는 것은 무슨 이유일까. 오히려 이 이야기 안에 당대 현실의 민감한 사안이 반영되어 있기 때문은 아닐까. 여하튼, 이 소설에서 '예술'은 현실을 왜곡할 수 있는 폐쇄적인 액자와 유비관계에 놓인다. 낭만적인 예술이 오히려 현실을 몰역사적인 형태로 재현할 수 있음을 알리는 예이다. 이 소설에서 남편이 부인에게 사다준 '거울'은 왜곡된 나르시시즘적 거울이다. 자기 욕망이 무엇인지 되묻고, 그 현실을 다시 반영한 거울이다. 예술지상주의의 문학에서 개인의 진정성이 나갈 수 있는 방향의 한 측면을 보여주는 예라 할 것이다.


## 4. 절대적 기호로서 내면, 개인을 위한 개인


근대문학사에서 1920년대는 동인지 문학 시대로 평가된다. 『창조』, 『백조』, 『폐허』 등이 출현하며 미적 근대성에 대해 자문하던 시기이다. 여기에서 동인지 문학이라 하면 '자율성의 정복'이라는 미명하에 자족적인 형태로 미적 가치관을 수립하고 '예술 장'이라는 특화된 공간을

잠깐 그림을 보여주는 듯한 풍경 내지 관광적인 것일 뿐'(유현목, 『한국영화발달사』, 한진출판사, 1980, 40면)으로 본격적 의미의 활동사진이라고 볼 수는 없다. 다시 말해 「배따라기」의 주인공이 떠올린 줄거리가 있는 이야기를 이 시기의 소산으로 보기 어렵다는 얘기이다. 인물이 있고 줄거리가 있는 것은 '연쇄극' 이후로 1915년 이후의 일이 된다. 이효인은 『한국역사영화강의 1』에서 1910년부터 1919년 기간 동안 영화의 길이와 내용이 이전보다 풍부해지고 있어 이 시기를 본격적 의미의 활동사진 기로 얘기한다(이론과실천, 1992, 16~26면). 또한 1919년에 이르러서야 우리 나라 최초의 영화가 만들어지고 활성화되므로 1910년대 후반으로 보는 것이 타당할 듯싶다.

구성하는 시대를 달리 일컫는 것이다.203) 이러한 예술지상주의의 문학
들은 '차이의 감각'을 통해 개인의 가치를 수면 위로 부각시키며 '자율
성'의 가치가 무엇인지 아로새긴다. 개개인들은 하나의 '내면'으로 통합
되지 않으며, 각각의 내면들이 '차이'가 있다고 부르짖는다. 그러나 이
들이 전제하는 '차이의 감각'은 개인의 내면을 절대적 기호로 전제하는
것이기 때문에, 실상 각각의 내면들은 하나의 진정한 실체로 다루어지
게 된다. 그래서 이 동인지들은 '동일시'의 구조로 일색화되지 않지만,
실체화된 내면들이 배타성을 띠게 된다.

춘원이 내면과 표면의 구분을 통해 '속사람'을 '발작적으로'204) 부르
짖었다면, 이들은 여기에 머무르지 않고 이 속사람이 '참'인지 아닌지를
물을 수 있는 시선을 가지게 되었다. 더욱이 이 '내면'은 그 어떤 내면
과도 호환되지 않는 내면이며, '민족'의 가치로 갈망할 수 없는 가치의
세계이다. 이들은 세계의 질서와 무관하게 '내면'만으로도 자율적으로
기능할 수 있는 '문학'을 선언한다. 이들이 개인의 신체에서 발원하는
개인적 감정을 포착하고, 외부 세계와 단절을 선언하며 '개인적인 것이
무엇인지 분명하게 알린다는 점에서 그 성과는 녹록지 않다. 전체주의
적 가치로 환원되지 않는 개인의 자리를 발견한 것 또한 근대문학을 태
동시킨 전제임이 틀림없다.

그러나 이러한 예술지상주의의 문학은 병적 개인주의의 소산으로 치
부되면서 '불량'205) 문학이라는 핀잔이나 '자연주의'에서 '사람성자연
주의'206)로 바뀌어야 된다는 비판에 직면하게 된다. 또 이들의 생활이
개체적 생활이라고 매도되면서 종족적 생활을207) 그 대안으로 제시하
기도 한다. '個性의 偉力은 社會性에서 生'208)한다면서 개성의 기원이

203) 김춘식, 『미적 근대성과 동인지 문단』, 소명출판, 2003, 31면.
204) 염상섭, 「묘지」, 『신생활』 8호.
205) 이익상, 「예술적 양심이 결여한 우리 문단」, 『개벽』 11호, 1921.5, 112면.
206) 「대변지후」, 『개벽』 40호, 1923.10, 6면.
207) T S, 「미혼한 처녀에게」, 『신여성』 3권 2호, 1925, 26면.

어디에 놓이는지 얘기하는 담론의 거센 공격에 직면하는 것이다. 그래서 "그 개성의 발달을 여론적으로 향상케 하랴면 민족적 도덕성을 근본적으로 개조치 아니하면 불가타 하나니"209)라는 비판을 하면서 '참'의 의미가 '시대의 진실한 감정 표현'210)이어야 한다거나, '생의 각성'이 "우리는 近年以來에 처음으로 生에 對한 尨大한 自覺"211)이 이루어지고 있다고 하면서 '생에 대한 각성'에 사회적인 성격을 부여하기 위한 담론이 만만치 않게 전개된다.212)

이처럼 '개성'을 '조선인의 개성'213)으로 논하려는 담론의 맹격이 공격적으로 진행될 수 있었던 것은, 이들이 개인성을 성취하는 방식이 '고립'과 '단절'의 형태로 전개되었기 때문이다. 또한 내면 / 외면의 관계가 자족적 공간으로 남을 우려 또한 만만치 않으며, '차이'의 감각 또한 자기반복적으로 내면의 절대성만 강조하는 것으로 남을 수 있어 '차이'의 감각조차 무색해지는 게 사실이다. 즉 차이의 감각으로 간취한 '내면'이 실체화되면서 '차이'는 '부정'을 면치 못하게 되었으며, 개인 / 세계의 분리가 어떤 식의 소통을 할 것인지, 그리고 개인의 진정성이 외부와 어떻게 관계를 맺을 것인지 하는 문제가 여전히 과제로 남게 되었다. 요컨대, 1920년대 동인지 문학이 독립적인 커뮤니티를 통해 '예술'의 미학적 거리를 간취하나, 개인과 세계가 어떤 방식으로 교섭할 수 있을 것인가 하

---

208) 이돈화, 「空論의 人으로 超越하야 理想의 人, 主義의 人이 되라」, 『개벽』 23호, 1922.5, 4면.

209) 이돈화, 「輿論의 道」, 『개벽』 21호, 1922.3, 13면.

210) 이익상, 「예술적 양심이 결여한 우리 문단」, 『개벽』, 1921.5, 102면.

211) 편집진, 「문화운동의 昔今」, 『개벽』 21호, 1922.3, 12면.

212) 최주한은 이 같은 '인격적 개인'을 '새로운 유형의 근대적 개인상'으로 말한다. 그런데 여기에서 새롭다는 평가는 재론의 여지가 있다. 인격주의는 1910년대에도 말해지고 있는바 민족주의적 개인의 다른 이름이다. '인격적 개인'은 민족주의에 환원되지 않는 개인을 민족주의적 비전으로 전유한 개인이다(최주한, 「개조론과 근대적 개인」, 『어문연구』, 2005, 307~326면).

213) 이돈화, 「공론의 인으로 초월하야, 이상의 인, 주의의 인이 되라」, 『개벽』 23호, 1922, 4면.

는 문제제기 앞에서, 개인의 '내면'만을 유일한 참조점으로 삼아 '진정성'을 유일한 잣대로 전유하고 있기 때문에 이들의 개인성은 자족적이거나 배타적인 형태로 개체화될 여지를 가지게 되었다.

# 제4장

## 감각의 제국과 혼성적 개인

### 1. '주의'의 시대, '별건곤'의 극장

1900년대 '광장'과 1910년 '내면'을 뒤로 하고, 개인의 기호로서 '취향'[214]이 부각된다. 그 이전부터 취미에 대한 논의가 있어 왔고, 또 다른 일편에서 고상한 취미를 증진하자는 '미적 감정'[215] 논의가 여전히 진행되고 있지만, 이 장에서 논의할 '취향'은 대중문화에 기반해 있는 취향이다. 이는 '표준을 삼지 아니하며'[216] 진정성의 가치소자 폐기한

---

214) 취미는 자본주의적 사적 영역의 정착에 따른 개인의 감성적 인식을 의미화한다. 취미에 대해 진노유키는(神野由紀, 『趣味の誕生』, 勁草書房, 1994) 도시의 '소비형 생활'에 따르는 개인의 미의식으로 정의한다. 또한 이 '취미'는 대중소비 사회 속의 개인주의적 미의식인 동시에 사적영역에 기반한 '여가' '오락' '휴가' 등의 개념과도 연결된다. 공적영역이 '생산'의 장이라면, 사적영역은 유희와 오락 등으로 '소비'하는 영역이며 재충전을 통해 개인적 가치를 풍요롭게 하는 장으로 상상된다.
215) 현철, 「밀리온 형제 해삼위 공연단을 환영함」, 『개벽』 23호, 1922, 18면.
216) 안서, 「근대문예」, 『개벽』 18호, 1922, 122면.

채, '개인' 마음에 일임해'217) 두는 것이다. 즉 이것은 개인을 본질적으로, 필연적으로 매개하지 않는다. 오히려 우연적 계기에 의해 선택적으로 취할 수 있다. 취미잡지인 『별건곤』에서 '학생잡지요, 신사잡지요, 부녀잡지요, 상인잡지요, 직공잡지요'218)라고 말하는 것처럼, 한 개인은 여러 이름으로 호명될 수 있는 특정 표상이 탈각된 개인이다. '개인'은 유일무이의 존재를 표상하거나, 민족의 한 분자로 균질화된 1/n의 개체가 아니라, 취향의 조합으로 구성된 결과이다.

이에 따라 한 개인은 심리적·계급적·민족적 '기원' 중 하나의 정체성만으로 자신을 정체화하지 않는다.219) 조선인인 동시에 '내지'의 유학생이며, 노동자인 동시에 지식 소비자다. 개인들은 각기 다른 것을 수행하기도 하고, 동시에 두 가지의 얼굴로 구성될 수도 있다. 초월적인 심급이 사라진 시대에, 개인들이 진정한 본질로서 무엇을 가정하는 것은 어려워졌다. 조선의 지식과 문화 생산에 주도적 역할을 했던 '민족'주의 또한, 사회주의처럼 하나의 이데올로기(주의)로 변해가는 시점에 놓여 있다.220) '주의의 인이 되라'221)고 하거나 '主義나 流'222)라는 지적이 나올 수 있는 것은 '민족' 보편의 지식이나 절대적 윤리의 자리가 불가능해진 사회의 일면을 보여준다. 그렇기 때문에 개인들은 더욱더 자신의 정체성이 무엇인지 알기 위해 부단히 노력한다. 계급적으로, 성

---

217) 벽타, 「반취미증 만성의 조선인」, 『별건곤』, 1926.11, 61면.
218) 「사고」, 『별건곤』, 1927.7.
219) 실은 이 같은 점 때문에 좀더 분명하게 민족주의 이데올로기를 강화하려는 움직임이 드러난다. 이돈화나 이광수 같은 경우 개성을 민족의 문제로 한정하려는 움직임이 분명하게 나타난다(이돈화, 「조선의 민족성을 논하노라」, 『開闢』5호; 춘원, 「민족개조론」, 『開闢』). 이돈화의 경우 조선의 민족성이 '조선'을 거치면서 비루하게 변하였다고 언급하고 있는데 이 언급에 따르자면 조선의 순결한 민족성이라는 본래적인 것이 있고 이것이 시간을 거쳐 외부에서 들어온 것에 의해 악화 쇠퇴하게 되었다고 지적한다.
220) 이돈화는 1922년 『개벽』 23호에서, '主義의 인이 되라'라는 말한다. 그는 여기에서 '空論'에 반대되는 '주의'로서 '민족주의'를 주장한다(「空論의 인으로 초월하야 이상의 인, 주의의 인이 되라」, 5면).
221) 위의 글, 4면.
222) 이익상, 앞의 글.

적으로, 혹은 민족적으로 자신의 정체성이 무엇인지 알기 위해 노력한다. 조선의 지식인이라는 문사의 지위는 탈각되고 노동자나 룸펜, 또는 각종 직업여성이라는 새로운 지위와 명칭이 주어진다. 현진건의 「타락자」에서는 '문사'라는 모호한 지위 대신 '아버지'의 정체성을 제 본연의 것으로 수용하고, 한설야의 「과도기」에서는 번민 끝에 노동자의 삶을 새롭게 받아들인다.[223] 개개인들은 '문사'나 '청년' 등의 보편적이고 특권화된 표상 대신, 사상으로, 직업으로, 성별로 분화된 이름을 선택하면서 각각의 개인들을 상대화시킬 여지를 남긴다.

그뿐만 아니라 개인과 세계의 관계도 내부와 외부로 구분되지 않는다. 개인은 세계를 재현하는 동시에 세계의 일부로 재현된다. 또 이들은 구경거리의 세계 속에서 구경꾼이자 구경거리의 일부로 재현된다. 이를 통해 내면 / 외면의 구분은 파기되고, 맥락에 따라 구분되는 내면과 외면을 설정하게 된다. 하나의 내면이 고정된 것으로 드러나는 게 아니라 다양하게 변주되어 나타난다. "대중 취미의 이상세계"[224]라는 표현에서 보듯, '취미'와 '대중'은 쉽게 결합하며, 개인들의 차이는 '대중'[225]이라는 일거의 무리 안에서 볼거리의 일부로 환원된다. 일관성 없는 무리의 '군중'에 대한 발견은, 1922년 춘원[226]을 통해 귀스타브 르봉의 『군중의

---

223) 이 작품 속에서 개인들의 직업변화는 단순한 '직업'의 변화가 아니라 개인의 정체성에 관한 문제로 드러난다. 일부분에서 이 변화가 '전향'의 의미까지 담아내고 있다.

224) 「사고」, 『별건곤』, 1926.11, 117면.

225) 『별건곤』이 내세우는 '취미'는 절대적인 이념이 후경화된 '계몽이 탈각'되는 세계에서 대중들의 교양과 오락을 담보하는 것으로 제시된다. '취미'가 특정 잡지의 목적이 되고 있다는 것은 익명화된 대중과 개인주의적 가치가 이미 전 사회에 만연해 있음을 알리는 것이다. 『별건곤』 창간호에는 "무산계급의 취미 증진"을 위해서 "취미독물"을 발간한다는 글이 실려 있는데 이 글에서 "무산계급"이란 '대중'의 다른 말로서, 대중의 등장을 계급적 시각으로 포착한 표현이다. '대중'이라는 낯선 개념을 당시의 수용 맥락에 맞게 번역한 표현이라고 할 수 있다.

226) 魯啞, 「國民生活에 대한 思想의 세력-르 본 博士 著 『民族 心理學』의 일절」, 『開闢』 22호, 1922.4, 27~36면. 그런데 춘원의 이 번역에서 특이한 점은 '군중'을 '민족'을 번역하고 있는 점이다. 일본에서는 이 책이 『군중심리』로 1910년에 번역되고 있으며, 또 5년 후인 1915년에는 『民族心理 及 群衆心理』(르봉, 大日本文明協會 譯, 文明書

심리』227) 번역을 통해 선보이기도 한다. 르봉의 '군중'은 근대 도시를 배경으로 떠도는 일관성 없는 무리로 상정된다. 르봉은 이를 즉흥적으로 발산하는 비열한 무리 정도로 설명하는데, 당시에 민족이나 국가라는 개인의 집합체와 다른, 이러한 군중에 대한 관심이 대두하는 풍경의 한 면이다.

군중·대중의 문제는 새로운 배치 속에 놓인 개인들에 관한 문제이다. 이 배치의 근간은 도시의 거리이다. '人을 (…중략…) 街路上店頭에 나열하니 타종상품과 何가 異할가'228)라고 말하는 것처럼, 인간은 '타종상품'처럼 진열될 수도, 재현될 수도 있다. 개인들은 도시의 거리 속에서 상품의 코드로 번역될 만큼 물신화될 여지를 남기는 것이다. 그래서 「가상소견(街上所見)」이나 「경성 각 상점 간판 품평회」229)라는 글에서 나타나듯, 길거리나 '간판'이 새로운 '거리의 텍스트'로 새롭게 부상하며, 이 거리의 텍스트를 판단하는 것은 '취향'이다. 김복진이 좋다고 평가하는 것에 대해 안석주는 형식과 색채가 너무 진부하다고 하고, 또 다른 간판에 대해서도 각자 다른 견해를 제시한다. 김복진과 안석주 개인의 견해차가 분명히 드러나는데도, 이것이 '대립'되지 않은 채 자연스럽게 차이의 감각으로 수용된다. 또 이 '차이'가 실체화되지도 않는다. 개인의 진정성을 얘기할 때, 개별의 '차이'가 실체화될 여지를 남기고

---

院, 1915)라는 책이 따로 발간되면서 '민족'과 '군중'을 구별하고 있다. 그런데도 춘원이 이 『군중 심리』를 『민족의 심리』로 번역하고 있는 점은 주목을 요하는 부분이다.

227) 귀스따브 르봉, 민문홍·강영숙 역, 『군중의 심리』, 학문과사상사, 1981, 55면.
르봉의 이 책은 "아마도 사회심리학 분야에서 이제까지 쓰여진 책 중 가장 영향력 있는 책"(3면)이라고 할 정도로 지대한 영향을 끼치고 있다고 한다. 이 책은 1910년 일본에서도 번역되었는데, 이 논의에서 '군중'은 자본주의나 현대사회의 직접적인 특징으로 말하고 있지는 않지만 그런데도 관료화 과정에나 취미의 평준화나 자기소외 등의 문제를 간과하지 않는다는 점에서 일정한 관련성을 생각해 볼 수 있다. 그뿐만 아니라, 내셔널리즘의 비전이 아닌 다른 시각으로 개인들의 '집합'적 특성을 고찰하고 있다는 점도 눈여겨 볼 부분이다.

228) 문태선, 「학생논단」, 『개벽』 22호, 1922.4, 93면.
229) 김복진·안석주 기자, 「경성 각 상점 간판 품평회」, 『별건곤』, 1927.11, 114면.

있다면, 여기에서는 그나마 그런 가정도 힘들어졌다. 개인들은 저마다 지닌 가치관과 미학적 견해를 가지고 새롭게 부상한 '거리의 텍스트'를 평가하나, 이 평가 안에 개인의 본질적인 국면이 가정되지는 않는다. '주체적 수용'이나 '조선풍'을 얘기하며 적절한 가치에 대해 논하려고 하나, 이것이 절대적인 가치로 수용되지는 않는다.

이처럼 '개인'들은 '민족', '계몽', '예술'이라는 초월적 기호에 사로잡혀 있지 않으며, 이들의 시선을 붙잡고 있는 것은 각종 볼거리의 세계이다. '별의별 것'들이 잡종적으로 뒤섞여 있으며, 이것들은 이 볼거리의 세계 속에서 균질화되었다. 이렇게 세계와 민족 안에 포진해 있던 잡종적인 것들이 수면 위로 올라오게 만든 것은, '자본주의'의 위력이다. '작품이 책상머리에서 떠날 때부터 상품화한 것만이 안이고 오늘 가티 온갖 것이 자본주의 제도에 있는'[230] 이 안에서 개인들은 '대중'의 분절회된 '개체'로 살아간다. 그래서 대중문화가 생산해내는 상품의 일부를 '소비'하면서 자기 정체성을 얻을 수 있다. '취향'을 일러 자본가적 개성주의[231]로 언급하는 것처럼, '취향'은 소비 자본주의 속에서 발현되는 개인성의 발현으로 이해된다. 그뿐만 아니라 이 같은 도시거리의 개인들은 시간과 속도가 만들어낸 감각들을 개발하며 개인의 감정과 길항한다.[232]

---

230) 『개벽』에서 이량은 염상섭의 "염상섭 군은 가면잡지 3월호에 이러한 말을 썼다. '작품이 책상머리에서 떠러저 나가면 상품이라는 말은 나의 늘 하는 말이라고'"라는 말을 인용하면서 온갖 것이 모두 자본주의 제도에 의한 것이라 할지라도 문학의 계급화를 도모해야 한다고 주장한다. 이량은 1920년대 초반의 예술에 대해 예술경은 상아탑을 높다라게 싸아올려서 우상화시킨 것'이라는 말하며 이같이 주장한다(이량, 「문예시장론에 대한 편언」, 『개벽』 69호, 1926.5, 115면).

231) 이견원, 「10년후의 조선 여성계」, 『별건곤』, 1927.4, 19면.

232) 「義憤公憤心膽俱爽 痛快!! 가장 痛快하엿든 일」, 『별건곤』, 1927.8, 38면.

## 2. 증상으로서 내면과 관음증적 개인

소비자본주의 시대에 대개의 것들은 거리 위에 상품으로 전시되거나 재현된다. 모든 것들이 표면에 드러난 만큼, '내면'을 가정하는 것은 어려워 보인다. 개인의 심리조차 과학적인 도구들로 해석되고, 사적공간의 이야기조차 신문기사의 가십거리로 공론화된다. 거리 위에 '별의별 것들'이 쏟아져 나오는 시기이기에, '내면'을 가정하는 것 또한 어려워 보인다. 내면/외면의 구분조차 사라지면서 '내면'의 진정성이 설득력 있는 재현의 기제로 고려되지 않는다. 모든 것들이 다 표면에 드러난 만큼 무엇이 진실이고 무엇이 가짜인지에 대한 구별이 어려워졌다. 그러나 개인의 내면이 거리 위의 텍스트처럼 쉽게 포착되거나 발견되기도 한다. 이는 '내면'에 대한 상상 속에서 이루어진다. '내면'이 외따로 있을 거라는 의심과 상상이 그것이다. 이것이 '비밀'에 대한 관심으로 표현된다. 모든 것들이 표면에 드러난 만큼, '내면'은 '증상'을 통해 겨우 '의심'될 수 있을 뿐이다.

이는 '민족'의 경우에도 마찬가지다. 근대문학사에서 '식민지 조선'이라는 수사는 자연스러운 어법이지만, 이 언어형식 안에서 '민족'은 '식민지'의 현실로만 단순화된다. '조선'을 단일 민족으로 보려는 것, 그리고 개인을 조선인으로만 보려는 것은 실상 민족주의적 시선을 통해 조선과 개인을 전유한 효과이다. 1920년대 '개인'은 조선인으로만 정체화되기 어렵다. 조선인이자, 일본인이며 지식인이자 노동자로 복합적으로 구성된다. 이 안에서 '개인'은 분열증적 주체로, 혼성적 개인으로 현실의 다양한 측면을 제 신체의 일부로 수용한다. 개인과 세계라는 어법이 부적절할 정도로, 개인은 세계의 일부로 재현되고 세계는 각종 개인들을 잡종적으로 흡수한 볼거리의 세계로 나타난다. 이것의 대표적인 예로 개벽사에서 발간한 잡지 『별건곤』을 들 수 있다. 『별건곤』의 출현은

1920년대 현실을 복합적으로 사고할 수 있는 또 하나의 사례이다.

1926년 개벽사에서 발간된 『별건곤』은 조선이 궁핍한 식민지이기도 하지만, 동시에 세계 자본주의 물결에 열려 있는 식민-자본주의 공간이기도 했다는 사실을 드러내는 예이다. 『별건곤』은, 민족의 개벽을 꿈꾸면서 세계의 질서를 정치적 상상력으로 재편한 『개벽』의 상상력 이면에, 식민의 정치적 현실을 가리고 '별의별 것들'을 전시하는 자본의 위용이, 1920년대 동시에 자리하고 있음을 증거한다. '별의별 것들'로 요약되는 『별건곤』은 식민지 현실이라는 균질화된 표면을 뒤집고 나난 잡종적인 것들의 발견이기도 하고, 도시 거리에 나타난 휘황찬란한 자본의 힘을 드러내는 표현이기도 하다. 이를 통해 '민족'의 이름으로 배제되었던 다수의 군상들이 '거리'의 이미지 속에서 포착된다.

『별건곤』이 지시하는 식민지 현실은 궁핍하기는 하나, 매혹적이기도 하고 기이하며 갈피를 잡을 수 없는 것이다. 『별건곤』의 텍스트에서 보이는 조선은 각양각색의 이야기가 종횡무진하는 세계이며, 조선의 정체성 또한 '식민지' 수사로 고정되지 않는다. 그러므로 이 세계 속의 '개인'은 정치적인 개인으로만 한정하기 어렵고, 투명한 내면을 통해 세계의 실상을 특정윤리로 담아내기도 어려우며, 동시에 개인의 비극적인 감정을 드러낸다기보다 오히려 여러 감각을 일깨운다고 보는 게 적당하다.

그래서 『별건곤』에서 주요하게 부각되는 단어가 '취미(취향)'이다. 이 시기에 와서 사용되는 '취향'은 소비사회의 '개성'이나 어떤 취미와 특기가 있느냐 하는 것이 나는 누구이며 무엇인지에 대한 질문이 행해진다. '나'를 설명할 수 있는 것은 자신의 진정성을 담아내는 '내면'이 아니라 '취향'에 따라 개인의 정체성이 설명될 수 있는 것이다. 이렇게 개인이 취향을 통해 이해되는 것은 '개인'이 '선택'을 통해 구성될 수 있음을 말하는 것이다. 그러나 이 '선택'은 자발적이고 자유로운 개인들의 행위라기보다 계급적 사회적 위치에서 주어지는 상징자본의 일환이며,

그런 점에서 강제된 선택이다. 각종 물음으로 표현되고 있는 앙케이트나 조사도 사물의 본질에 다가가기 위한 형식의 변화가 아니라, '재미'와 '오락'을 위해 고안된 '소비'의 일환이다.

> 본지의 비밀조사반 기자가 항상 출동준비를 하고 독자 諸氏의 명령을 기다리고 잇습니다. 아모 곳 아모 집에 독갑이 작란이 잇스니 조사하라던지 아모 곳 아모 집에 괴이한 마굴이 잇스니 그 내면을 조사하라던지 어느 곳에 괴상한 인물이 잇거나 의심나는 사건이 잇스니 조사하라고 넌즛이 '別乾坤調査部'로 통지해 주시면 즉각 출동 비밀조사하야 誌面으로 보고 하겟습니다. 誌上에는 비밀을 직히드라도 본사까지는 그 장소 번지 인물이면 성명 연령을 명기하시고 投稿하시는 이의 주소도 알려 주서야 조사상 연결 할 수 잇겟습니다.
>
> ─「비밀명령 환영」, 1928.12

『별건곤』에서는 아예 "비밀조사반"까지 편성해서 보도하겠다고 발표한다. 여기에서 '비밀'이란 숨겨진 이야기를 말하는 것이다. '비밀'이야기를 다루겠다는 것은 공론화되지 않은 이야기이지만 공론화하겠다는 것이다. 개인에 대한 이야기가 범람하면서, 이들은 무수한 이야기의 비밀 대상으로 거듭난다. 비밀이야기에 대한 천착은 사적이고 개인적인 이야기를 공론화의 관심 대상으로 전유하고 있음을 알리는 예이다. 『별건곤』에서는 비밀조사반 편성뿐만 아니라 「대경성 백주 암행기」[233] 등도 동시에 감행한다. 그 밖에도 「싹정이로 변신잡입하야 포사군의 소굴에 일야동숙」,[234] 「변장출동─임시 ○○ 되여본 記」[235] 등도 같은 예에 속한다. 또한 「암행어사 박문수」에서는 박문수가 조선 근대의 명탐정으로 등장하는데, 그 내용인즉슨 음란한 부인의 행실을 고쳐주는 이야기 등 선정적인 내용으로 일관한다.

233) 「기자총출동 대경성 백주 암행기」, 『별건곤』, 1927.2, 26면
234) 「싹정이로 변신잡입하야 포사군의 소굴에 일야동숙」, 『별건곤』, 1927.7, 75면.
235) 「변장출동─임시 ○○ 되여본 記」, 『별건곤』, 1927.11, 14면.

이처럼 개인적이고, 사적인 이야기가 '비밀' 코드로 전유되면서 은밀하고 괴이한 이야기로 재현되고 있다. 그래서 개인들은 특정 취향으로 구성되는 취향의 개인인 동시에, 괴이한 비밀의 주인공으로 변신한다. 이야기의 내용이 '괴이'해서가 아니라, 이 형식 속에서 '개인차'가 '괴이함'으로 남게 되는 것이다. 비밀 이야기가 표면의 진실로 보도되었을 때, 이 비밀이 사실인지 거짓인지 하는 판단은 중요하지 않다. 오히려 이 괴이함이 낳는 재미와 오락에 무게가 실린다. 비밀—폭로의 연쇄 속에서 진실의 가치는 휘발된다. 오히려 '진실'이나 '진정성'의 가치보다 비밀—폭로를 가능하게 하는 말하기 행위가 초점화된다.

일례로 나도향의 「뽕」이나 현진건의 「B사감과 러브레터」(이하 러브레터)에서도 비밀 폭로에 사로잡힌 인물·서술자를 만나게 된다. 이 두 작품에서 남성인물(서술자)은 여성의 '비밀'을 캐내려고 한다. 「뽕」에서 삼돌이는 은밀한 비밀을 거머쥐었다고 착각하며 미행하고, 『러브레터』에서는 알권리를 준다는 미명하에 여학생 기숙사에서 일어나는 일들을 폭로한다. 이 소설들에서 비밀 폭로를 통해 분명하게 드러나는 결과는 '진실'이 아니라 관음증적 시선을 통해 얻어진 '쾌락'이다.

> 삼돌이란 놈은 멀리서 정경만 살피다가 안협집을 뽕지기가 데리고 가는 것을 보더니 두 눈에서 쌍심지가 돋았다. "얘 이놈이 호랑이 삼돌이를 모르는 모양이다. 그러나 대관절 어떻게 할 셈이냐. 이 놈 안협집만 건드려 보아라. 정강마루를 두 토막에다 내놀테니 오늘밤에는 내것이던 걸 그랬지 어디 좀 가까이 좀 가 볼까" 이제는 단판씨름이라 주먹이 시비판단을 하는 때이다. 다시 철망을 넘어서 들어갔다. 들어가서는 이곳저곳 귀를 기울이며 이 구석 저 구석으로 돌아다녀 보았다. 저쪽에서 인기척이 웅얼웅얼하더니 아무 말이 없다. 한 두서너 시간 그 넓은 뽕밭을 헤매고 또 거기 닿은 과목밭 채마전 나중에는 그 옆 원두막까지 가 보았다. 놈이 뽕나무밭 가운데 부풀 덤불을 보지 못한 까닭이다 (…중략…) 그날 새벽에 안협집은 무사히 왔다. 머리에 지푸라기가 묻고 몸매무새가 말이 아니다. "에그 어떻게 왔어! 응?" 주인은 눈에 눈

물이 괴어서 어루만진다. "무얼 어떻게 와요? 밤새도록 놉하고 승강이를 하다가 그대로 왔지" "그대로 놓아 주던가" "놓아주지 않고 붙잡아 두면 어찌헐 테야" (274면)236)

「뽕」에서 삼돌이는 안협집의 불륜행위를 찾기 위해 고군분투한다. 즉 안협집의 비밀을 폭로하기 위해 미행하고 수색한다. 그러나 결국 찾아내지 못하고 추정만 할 수 있을 뿐이다. 그런데 삼돌이는 이 추정을 기정사실화하고 안협집을 '야한 여자'로 소문낸다. 안협집에게 뽕밭이 구차한 일상을 견디기 위한 경제적 공간이라면, 삼돌이에게 이 현장은 성적욕망이 흘러넘치는 '야한 공간'이다. 삼돌이가 안협집의 몸을 두고 야한 몸으로 비밀이 숨겨진 몸으로 의미화하는 순간, 뽕밭은 성적욕망이 넘실거리는 공간으로 둔갑한다.

C학교에서 교원 겸 기숙사 사감을 하는 B여사라면 딱장대요 독신주의자요 찰진 야소군으로 유명하다. 사십에 가까운 노처녀인 그는 죽은깨 투성이 얼굴이 처녀다운 맛이란 약에 쓰려도 찾을 수 없을 뿐인가. 시들고 거칠고 마르고 누렇게 뜬 품이 곰팡슬은 굴비를 생각나게 한다. 여러 겹 주름이 잡힌 휠렁 벗겨진 이마라든지 숱이 적어서 법대로 쪽지거나 틀어올리지 못하고 엉성하게 그냥 벗어넘긴 머리꼬리가 뒷통수에 염소똥만하게 붙은 것이라든지 벌써 늙어가는 자취를 감출 길이 없었다. 뾰쪽한 입을 앙다물고 돋보기 너머로 쌀쌀한 눈이 노릴 때엔 기숙생들이 오싹하고 몸서리를 치리만큼 그는 엄격하고 매서웠다. (196면)

"저 말씀이야요? 나를 그렇게 사랑하셔요? 당신의 목숨같이 나를 사랑하셔요 나를, 이 나를" 하고 몸을 치수리는데 그 음성은 분명 울음의 가락을 띠었다.
"에그머니, 저게 웬일이야 "
첫째 소녀가 소곤거렸다.

236) 「뽕」은 1925년 「개벽」 64호에 실렸으나, 본고에서는 편의상 나도향 전집(『나도향전집 上』, 집문당, 1988)을 텍스트로 삼았다. 표시된 페이지는 이 전집에 의한다.

"아아 미쳤나 보아 밤중에 혼자 일어나서 왜 저리고 있을꾸"

둘째 처녀가 맞방망이를 친다.

에그 불쌍해 하고 셋째 처녀는 손으로 고인 때 모르는 눈물을 씻었다. (201
~202면)

이는 현진건의 「러브레터」에서도 마찬가지 방식으로 반복된다. 여학
생 기숙사를 비밀이야기로 서사화하는 순간, 여학생 기숙사는 섹슈얼한
공간으로 변신한다. 이것이 말해주는 것은 '사실'이나 '진실'이 아니라
'쾌락'이다. 이 소설에서 B사감이 어떤 행위를 했는지에 대한 판단은 한
장면의 목격이 전부인데, 이 장면에 대한 여학생들의 판단이 너무 작위
적이어서 이 장면 또한 하나의 진실로 몰아가기는 어렵다. 여기에서 B
사감의 '진실'은 중요하지 않다. '비밀'이 교환·소비되는 연쇄 안에서
'비밀'은 관음증적 시선이 포착한 욕망의 기표일 뿐이다. 관음증적 쾌락
의 시선이 말해 주는 것은 안협집이나 B사감의 진실이 아니다. '구경꾼'
또는 관음증적 개인의 등장을 역으로 말해줄 뿐이다. '비밀'은 감시의
욕망과 평행하게 진행되는[237] 관음증적 개인의 등장을 말해 주는 기호
이다.

모든 것들이 심지어 '개인'조차 '타종상품처럼' 전시되며 거리텍스트
의 일부로 재현되는 이 같은 상황에서 '비밀'이 판치는 것은 아이러니
컬하다. 대개의 것들이 표면에 모두 제시되었는데도, 전시된 것 이외에
또 다른 무엇이 있을 것이라고 상상하는 것이다. 이는 다시 말해 모두
다 표면으로 드러나고 있기 때문에, 역으로 '내면'의 자리를 상상하는
것으로 나타나는 것이다. 그런데 '내면'은 징후로만 나타날 뿐이지 분명
히 증거를 찾기 어려운 게 사실이다. 그런데도 진실을 찾기 위한 노력
은 계속된다. '비밀'은 모든 것들이 '표면'으로 제시되는 소비자본주의
시대 속에서 상상될 뿐이다.

---

237) 바네사 R. 슈와르츠, 앞의 책, 39면.

## 3. 잡종성의 발견과 기원의 소멸

구경거리와 구경꾼의 등장은 한 개인뿐만 아니라 '민족' 또한 이 전시 체계 안으로 끌어들인다. 또한 세계의 문물이 문명의 이름으로 전파되는 것뿐만 아니라, 이를 '선택'의 상황으로 수용한다. 이 장에서는 이 선택적 상황을 작품의 인물구성으로까지 전유하고 있는 염상섭의 작품을 볼 것이다. 이십 년대 중반을 전후해서 볼 수 있는 횡보의 작품으로는 『만세전』・『사랑과 죄』・『이심』 등이 있다. 염상섭이 보여주는 개인과 세계에서 특징적인 것은 '선택적' 상황을 작품의 플롯이자 주요 기반으로 사용하는 것이다.[238]

염상섭의 소설은 이러한 딜레마를 보여준다. 『만세전』에서부터 시작된 염상섭의 소설에서 두드러지는 것은 식민지 현실 속에서 아버지 형상을 출현시키고 있다는 점이다. 이광수 소설의 경우 주인공은 고아를

---

238) 염상섭 문학을 이중성 또는 이항 대립으로 분석한 연구서로 「한국 근대소설과 자기 반성의 정신」(정호웅)과 『염상섭 장편소설 연구』(김경수)가 있다. 일단 정호웅은 삼대를 분석하며 "주인공 조덕기는 이른바 심퍼사이저로서 민족주의와 사회주의, 또는 자본주의와 사회주의 사이에 서 있다는 이념적 이중성을 전적으로 벗어나지 못한다. 돈으로 양반 족보에 이름을 올리고 그것으로써 양반 행세를 하고자 하는 조부의 허위적인 신분주의에 대한 조덕기의 태도 또한 이중적이다. 그것이 시대착오적인 허위의식이라는 사실을 알고 있기에 적극적으로 받아들이지는 못하지만, 동시에 봉건적 신분질서와 그것이 만들어낸 신분주의가 여전히 온존하고 있음을 잘 알고 있기에 철저히 부정하지 않는 것이다. 염상섭 문학 속 인물들의 핵심 특성은 이 같은 이중성이다"(정호웅, 「한국 근대소설과 자기 반성의 정신」, 『염상섭 문학의 재조명』(문학사와비평연구회 편), 1998, 새미, 191~192면)라고 설명하고 있으며, 김경수는 "「두파산」, 「두살림」, 「두 양주」와 같은 제목에서도 드러나듯이, 횡보는 주로 동시대의 현실을 서로 대비되는 계층 인물들의 삶의 양태를 통해 그려 보이고 있고, 이런 양상은 장편의 경우에도 예외가 아니다. 그런 만큼 이 또한 횡보 특유의 이야기 구성방식이 될 만하다"(김경수, 『염상섭 장편소설 연구』, 일조각, 1999, 19면)라고 지적하고 있다. 이 두 편의 연구서 모두 염상섭 문학이 가지고 있는 이중성, 또는 이항대립의 측면을 인물의 성격이나, 플롯구성의 문제로 지적하고 있다. 이에 대해 정호웅은 한 세계의 전체성을 담고 있다고 평가하고, 김경수는 연애소설적 구성으로 설명될 수 있는 소설형식의 특이성으로 평가한다.

자처하고 있으며, 양건식과 현상윤의 소설에서도 아버지는 이미 명을 달리했거나 포착되지 않는다. 또한 김명순의 소설에서도 아버지의 존재는 지금 자신의 삶과 무관하게 그려질 뿐이다. 김동인의 소설이나 김동인의 소설도 마찬가지다. 이 소설 속에서 아버지는 전경화되지 않거나, 아니면 중요하게 다루지 않는다. 이에 비해 염상섭은 아버지의 존재를 분명하게 전경화시킨다. 『만세전』에서부터 『사랑과 죄』, 『삼대』, 『취우』에 이르기까지 주인공들은 아버지의 삶을 밀도있게 그려낸다. 심지어 『삼대』에서는 이 아버지의 형상이 충돌하고 대립하며 '대격전'을 치른다.

개인의 정체성에 직접적인 영향력을 행사하는 아버지의 등장은, 그러나 더한 혼란을 주는 듯싶다. 아버지가 등장한다고 해서 개인의 정체성이 단일하게 주어지지 않는다. 오히려 수년으로 떠오른 아버지가 '하나'의 기원으로 등장하지 않기 때문이다. 『만세전』이나 『삼대』에서 '나'가 놓인 상황은 자명한 '기원'이 아니라 기원의 자리이기를 포기하는 양가적 상황이다. '기원'은 단일한 것으로서 하나의 계열로 드러나야 하지만 횡보의 작품에서는 이 문제가 단순하지 않다. 그의 작품에서 '아버지' 인물은 종종 그러하다. 아버지가 두 명이라는 사실은 '고아'나, '사생아'라는 사실 못지않게 갈등상황이다. 춘원이 '청년'을 호명하며, 역사적 기원이자 개인의 계보를 원근법적 관점으로 구성하고 있다면 횡보는 이 자체에 대해 회의적이다.

심지어 횡보는 아버지가 두 명이라는 사실을 텍스트의 수면으로까지 끌어올린다. 아들의 자리에 놓인 '나'는 어느 아버지도 선택하지 못한 채 두 아버지를 동시에 기원의 자리에 놓는다. 『만세전』(상징적 의미에서)도 그러하고, 『삼대』도 그러하다. 아들은 두 아버지를 중개하거나 그 사이에 끼어 있다. 이런 측면에서 『삼대』의 주인공을 '중도적'이라고 설명하는 것은 부적절하다. 오히려 아무 것도 선택할 수 없는 상황에 놓여 있는 듯 보인다. 즉 이 상황 속에서 개인이 무엇을 '선택'한다고 하더라도, 이 선택이 개인의 성격과 직접적으로 연결되어 있지 않은 듯하다. 개인의 성격은 복합적 상황 전체 속에서 산출되는 전체의 것이기 때문이다.

이것의 예가 『만세전』에서 징후적으로 드러난다. 이 작품에서 '조선'과 '내지'는 어디가 목적지이고 어디가 출발지인지 불분명하다. 어디가 기원이고 어디가 목적인지 분명하지 않다. 이러한 측면은 주인공의 '선택'을 좀더 모호하게 만드는 배경이 된다. 이인화는 여행 중에 '조선'을 시각적 이미지로 재구하면서 사물의 표면을 훑듯, '조선'을 구경한다. 종국적인 '선택'의 양 항목은 '조선'에 남을 것이냐 일본으로 다시 갈 것이냐 하는 것인데, 주인공은 이 질문에 대한 답변을 미룬 채 정자와 을라에 대한 선택으로 이 갈등을 대체한다. 실상 이인화가 반복하고 있는 것은 '선택'을 해야 하는 강요된 상황과 이 '선택'에 주저하거나 미루는 이인화의 머뭇거림으로 나타난다. 그런데 이 상황이란 결국 자신의 본질적 정체성이 아로새겨진 아버지와 아내가 있는 고향이다. 이는 '선택'할 수 있는 상황이 아니라 선택할 수 없는 상황이다. 이인화가 못내 꺼리는 것은 자신을 강제적으로 소환시키는 물음과 통보에 주저하는 것, 이 주저함 속에 이인화의 정체성이 놓여 있다. 이인화는 이미 조선과 일본이라는 양 항목을 손에 쥔 자이지만 그렇기 때문에 선택을 지연시킨다. 『만세전』이 한국문학사에서 남기고 있는 것은 조선과 일본을 양 손에 쥐고 '갈등'하는 이 기원을 상실한 개인이다.

『만세전』은 이러한 상황에 놓인 '개인'의 특성을 징후적으로 드러낸다. 이 소설이 비록 이인화의 '내면'에 초점을 맞추고 있는데도, 그리고 횡보조차도 「개성과 예술」을 통해 '자기'의 중요성을 역설하고 있는데도, 이인화의 '선택'이 실은 그 어떤 '진실(답)'도 담아내지 않으면서 끝난다는 사실에 주목해야 할 듯하다. 『진주는 주엇스냐』는 정직한 양심을 가진 효범이가 자신의 결백을 주장하며 마침내 자살하고 마는 이야기이다. 궁극적인 가치는 선취되고 있으나, 그뿐이다. 그간 이 소설을 두고, 효범이의 의협심에 초점을 둔 "의협소설"이라는 평가가 있어왔으나, 실은 효범이의 의협심이 통용될 수 없는 결국 승리하지 못하는 결말을 외면한 평가로 보인다. 효범이의 죽음이 비극적이기는 하나, 이 비극성을 자초하는 순결한 내면은 통용되지 않는다. 효범이는 죽는 마지막 그 순간까지도 자신을 해부해서 '진실'을 밝혀 달라고 부탁하지만 이것은 효범이 같은 숫배기들의 순결성일 뿐이다. 죽음까지 불사하며, 자신의 진정한 내면을 들이대고 있는데도 이미 세계는 '진정성'이 통용되기 어려운 세상이다. 효범이의 '의협심'이 실은 '숫백이' '어린애'의 치기에 가까운 진실성임이 드러나고 있는 것이다.

> ...... 윈세음인지 전문 삼분지이는 일본말로 지치발지치발 그리엿고 나머지는 조선문으로 함부로 가리가인 남자의 편지엿다. 닙끚에 매즌 이슬의 낫낫이 한아라도 구슬이 아니엇섯든들 느리에 이처럼 슬푼 일이 쏘 어데 잇겟슴닛가? 그것은 님의 보드라운 소매를 부질업시 적실까 하얌입니다. 만나 뵈올적마다 째째로 새롭고 길길히 깁허가는 우리의 긔억의 낫낫이 한아라도 진주가 아니 되오면 그처럼 가엽슬 일이 쏘 어데잇겟슴니까 그것은 진주가 우리의 일생을 쑤미고자 봉박는 대신에 애쑤전도 아기의 발톱만 상헐까 두려워 그리함입니다. (8회)

위의 인용은 효범이가 리근영의 부탁으로 쓴 편지이다. 초반에 등장하는 이 편지 속에 『진주는 주엇스나』의 제목의 비밀을 풀 열쇠가 제시되고 있다. "우리 긔억의 낫낫이 한아도 진주가 아니 되오면 그처럼 가엽슬 일이 쏘 어데잇겟슴니까"라는 언급이 그것인데, 이는 어떤 일들이 하나의 결정체가 되지 못하면 오히려 "가엽슨 일"이 될 것이라고, 그래서 "아기의 발톱"만 상하게 할 수도 있다는 지적이다. 다시 말해, 일이 제대로 되지 못하면 어린애만 다칠 수 있다는 언급이다. "닙끚에 매즌 이슬의 낫낫이 한아라도 구슬"이 되는 것은 이상이며 꿈이다. 편지의 전체적인 내용이 젊은이의 감상인 것처럼, 이슬이 구슬이 되는 것, "기억이 진주가 되는 것"은 가능하지 않은 꿈이다. 이로 보아 『진주는 주 엇스나』가 '청년'의 낭만적 이상이 꿈일 수밖에 없음을 드러내는 서사 가 되지 않을까 추측해 보게 한다.

> 요놈의 자식 나를 감면가치 속이고 내 손으로 쓴 편지를 계집에게 자랑을
> 해 그러나 그것이 내 손으로 다시 들어왔다는 것은 암만해도 귀신의 짓이다.
> 오늘은 어쩌튼지간에 내게 경을 좀처 보아라 하며 유쾌한 듯이 드러누은 채
> (…후략…) (20회)

효범은 리근영과 진 변호사의 밀담을 엿들으면서, 자신이 그들보다 자신이 더 많은 정보를 가지고 있다고 생각한다. "리가(이근영)"가 자신 을 속이고 인숙이를 만나려 하지만, 자신은 "리가"가 알고 있는 것보다 더 많이 알고 있다는 착각한다. 그리고 효범이는 인숙이에게 배달된 편 지를 가지고 추측하면서 리근영이가 가지고 있는 패를 읽는다. 그러면 서 모의를 꾸미면서 리근영과 진 변호사의 거래를 방해하려고 하면서 학 교 가장행렬 때 입는 옷을 빌려 입기도 하고 인력거꾼 행세도 하면서, 그럴 듯하게 탐정 노릇을 한다. 효범이가 가지고 있는 패는 리근영이가 꾸민 편지를 자신이 가지고 있다고 생각하는 것, 그래서 사건의 전말을 자신이 다 알고 있다고 착각하는 것이다. 적어도 효범이는 자신이 속이 는 자를 속이는 한 수 위의 사람이라고 생각한다.

그런데 이러한 측면은 낭만적 탐정소설에서나 봄직한 내용이다. 범 인을 미행하고, 미행을 통해 사건의 전말을 알아내고, 이를 통해 범인을 소탕하는 이야기, 이런 류의 탐정소설은 20년대 소년소설에서나 볼 법 한 이야기이다. 낭만적 상상력에 바탕을 둔 이런 이야기는 판타지일 뿐 현실 논리가 되지 못한다. 효범이는 현실과 이상 간의 격차를 낭만적 상상력으로 메우려 하지만 이는 가당치 않다. 효범이의 의협심으로 시 작된 사건은 어린애 장난으로 귀결되고 만다. 즉 효범이의 "장난"은 진

형석에게 모두 발각된다.

> 그는 지금 마굴로 끌려 드러가는 어린 녀성 하나를 구하야 보겟다는 의협심
> 이 머리에 가득하야 별안간 긔운이 붓적 솟는 듯 십헛다. (11회)

> 누가 언제 그 계집을 사랑하얏나 앙가품이고 뭐고 하게! 앙가품이란 말은
> 제풀에 제가 지고 드러가는 연문의 ㅅ소리적어도 인도 문제다! 인도를 위하는
> 것이다 (…중략…) 효범이는 자긔의 공상이 점점 가경에 드러가서 감긔 긔운
> 이 잇는 것도 니저버리고 연해 고래를 비트러가며 연구를 계속한다. (15회)

효범이의 능력이 이성적인 판단과 인식능력이라면, 진 변호사가 가
지고 있는 능력은 "어린애"가 갖지 못한 현실적인 수완이다. 효범이가
"의협심"과 "인도적인" 정의를 바탕으로 "공상"과 "연극"를 통해 세상
을 이해한다면, 진형석은 효범이의 학비와 "비싼 밥"을 대주는, 그래서
"너의 집안을 먹여 살리는 사람"일 뿐만 아니라, 효범이의 모의에 직간
접적으로 가담한 인력거꾼과 지성룡이의 실제 주인으로 인력거꾼을 취
조할 수 있는 현실적 능력을 가진 인물이다.

> "응 학교에를 갓다!" 하며 험상스러운 눈을 부릅뜨고 처남을 노려보다가
> "그럼 영춘이의 아비(인력거꾼 옷) 갓다가 무얼햇니?" 하고 소리를 벼락가치
> 질은다. 그 바람에 누이의 눈이 쏭그래서 서창을 열고 들어왓다 '흥 망한 놈
> 이 벌써 해바첫구나. 그러나 지주사는 어더케 되엇누?'하며 효범이는 이왕이
> 면 시원스럽게 토설을 하고 좌우간 결단을 내일까 하나가 아범에게 말한대로
> 운동회에 쓰랴고 가저갓다가 아니쓰고 도로 주엇다고 하였다. "네 방압헤 노
> 혓든 집신두?" 진변호사는 비웃는 수작으로 처남을 흘겨본다. (48회)

진형석은 진작부터 "효범이의 작란"인 줄 알았으나, 일이 잘 처리되
고 리근영이의 돈이 수중에 들어오면 그냥 눈감고 넘겨 버리려고 했다
고 한다. 그러나 일이 잘 되지 않자 효범이를 문초하고 꾸짖는다. 진 변

호사에게 이번 일이 원만히 해결되어야 "풀삭 짜부러질지" 모르는 살림을 되살릴 수 있기 때문이다. 그에게 리근영이의 돈은 그대로 살림이 무너지느냐 마느냐 하는 문제이기에 그냥 좌시할 수 없다. 그래서 인력거꾼을 엄중히 취조하고 이를 통해 사건의 내막을 알아낸다. 이로 인해 효범이의 현실적 기반이 없는 "모의"가 "취조"와 "문초"를 통해 다 밝혀지면서, 효범은 오히려 진형석에게 "네 분수를 생각"하라면서 크게 혼나기만 한다.

효범이가 모의한 사건은 일단락되었지만, 이야기는 여기서 끝나지 않는다. 효범이가 자신의 올바름을 끝까지 주장하면서, 순결함/타락함의 대립항을 만들기 때문이다. 그래서 이야기는 쉽게 종결되지 않으며 누가 옳은가 등의 문제가 더 강하게 부각된다. 그래서 효범이가 매형의 꾸지람에도 "썩은 정신"으로 공부할 수 없다고 가출하고, 이를 시작으로 몇몇 인물들이 효범이의 이 행동을 "순결한 인격"이 가지는 긍정적 가치로 옹호하면서 효범이의 행동이 "어린애"의 장난이 아니라 마땅히 추구해야 하는 가치로 드러난다. 효범이를 끝까지 도우려고 하는 지성룡이 그러하고, "순결"에 대한 "숭배적 감정"으로 동반 자살을 결심하는 문자가 또한 그러하며, 진실을 파헤치려는 신영복 기자의 행동 또한 그러하다.

> "……그 책임을 얼마나 김효범이에게 던가할지라도 이는 어느 째든지 이 사람이 핵변하고야 말 것이외다. 오늘날 청년처노코 김효범이와 가치 정의와 인도에 대하야 예민한 감수성을 가진 청년이 업슬 것이요 이 사람도 아까 잠간 만나서 그의 열렬한 사상과 순결한 인격에 감격함을 마지 안엇소이다. (…중략…) 현실에 동화되는 자는 인류의 영원한 적이요 우주 생명의 반역자임을 우리는 명심합시다. 이와갓치 말한다고 나를 주의자라 일컫지 말라. 나는 주의자임으로 이러한 말을 하는 것이 아닌 것을 명언하야 둡니다" (62~63회)

대외적인 언론 보도에서 김효범을 "오각연애"의 주범으로 몰아가자

신영복 기자는 사건의 진실이 왜곡 보도되는 데에 항의한다. 그러자 신문사 편집장은 신영복 기자의 이야기를 무시하고 "진씨(진형석)의 말을 들은 대로 써오라"고 주문한다. 편집장의 이러한 태도에 대해 신영복 기자는 개인적인 노력을 기울여 보면서 사실을 그대로 열렬히 설명하며, 무엇이 옳고 그른지 그리고 양심이 무엇인지 이야기한다. "현실에 동화" 되어서 "인류의 적"으로 남으면 안 된다고, 자신이 "주의자"이기 때문에 그러는 게 아니라 "가치와 정의"의 측면에서 부르짖는 것이라고 주장한다. 그래서 김효범이 "어린애" 같은 면이 분명히 있지만 동시에 순결하고 정직한 청년이라고 말함으로써 김효범의 긍정적 자질을 강조한다. 소설 초반에 효범이의 치기 어린 "어린애" 같은 행동이 초점화되었다면, 소설 후반으로 갈수록 효범이의 순결한 인격은 의미 있게 형상화된다. 그리고 그의 강직하고 진실을 추구하는 태노는 그가 죽는 순간까지도 유지된다.

> 그 이튿날 신문은 거의 전면에 리근영이의 결혼식의 풍파 광경과 효범이의 정사 미수사건으로 채엿스나 아모도 분명한 판단을 할 수가 업섯다. 쏘 인천서에 붓들인 신영복이와 지성룡이는 그날밤으로 나왓다고 보도되엇다. (86회)

위의 인용은 『진주는 주엇스나』의 마지막 서술이다. '리근영'의 결혼식에서 일어났던 일을 서술하는데 신문에서 이 사건을 바라보는 관점과 다를 바 없이 "풍파광경"으로 요약된다. 그리고 효범과 문자의 사건이 '정사미수' 사건으로 전달된다. "아모노 분명한 판단을 할 수 업섯다"라는 서술을 통해 '분명한' 판단을 할 수 없게 된 세태를 꼬집기는 하나 그렇다고 자신이 유지하는 객관적 거리를 잃지는 않는다. 그래서 소설 마지막까지 서술자가 인물의 긍정적 가치에 연루되지 않으면서 신문과 유사하게 일정한 거리를 유지한 채 사건의 전말을 서술한다. 서술자의 마지막 진술은 신문의 기사와 그리 다르지 않은 수준이다. 다만 더럽혀지지 않은 순결한 이상을 이상인 채로 드러내는 것이 다를 뿐이다.

이 소설에서 김효범은 순결한 인격을 가졌지만 현실적으로 무력하다. 그는 "너무 숫백이"인데, 이것은 그가 '진실'이 진실 그대로 드러날 수 있다고 가정하기 때문이다.

> 죽거들랑 우리들을 총독부병원에 가서 해부를 해부시오 이것이 어린 생각이요 미덥지 못한 것을 믿는 것갓지만 해부를 하면 혹시××신문에 난 김흔 관계라는 넉자가 얼마나 우리들을 못살게 굴엇든가를 세상놈들은 알리다. (85회)

효범이는 죽는 그 순간까지 은폐된 진실을 만방에 고하려고 한다. 신문에서 호도했던 사실과 분명히 다른, 또 다른 진실을 알리기 위해 죽음을 불사하는 것이다. 그렇게 표면에 드러난 사실이 진실이 아니라는 것을 말하기 위해 목숨을 담보하면서까지 주장하는 것이다. 효범은 자신이 본 것과 아는 것을 세상의 전부라고 생각하면서, "해부"를 통해 이면의 진실을 알리고자 한다. 진형석의 경우 진실을 은폐하거나 가릴 수 있다고 생각한다면, 효범이는 이면의 진실만을 주장하는 '숫백이' 같은 방식으로 행동한다. 그런데 서술자는 진형석과 김효범의 논리를 양의적으로 드러내면서 이면의 진실은 진실인 채로, 표면의 현실은 현실인 채로 드러낸다. 효범이가 주장하는 이면의 논리도 진형석이 드러내는 표면의 논리도 모두 드러내면서 판단하지 않는 것이다. 결국, 순결한 가치에 대한 추종은 현실논리에 의해 선택되지 못한다.

『삼대』도 마찬가지다. 『삼대』의 해석을 두고, 덕기를 중도적 인물로 평가하는 경우가 많은데, 덕기의 면면을 보자면 덕기는 '중도적'인 것이 아니라 실은 아무것도 선택하지 않고 있거나 선택하기 어려운 상황에 놓여있는 인물이다. '중도적'이라는 함의가 '어느 한 편으로 치우치지 않는' 것이라면 덕기는 '어느 한편에 치우지지 않는' 것이 아니라 치우지지 못하는 상황에 있거나 치우지지 않는 것이다. 그는 오감 중에서

'시각'만이 살아있는 감각 기관으로 움직인다. 수동적인 관찰을 통해서 선택을 미루거나 회피한 채 양가적 상황에 적응하는 것이다. 그런데 횡보는 이 같은 분열증적, 혼성적 상황을 여성들에게 투사한다. 개인의 양가적 딜레마를 대립적인 여성들에게 투사해서, 문제의 중심을 '나'에게서 '여성'으로 돌린다. 이는 『사랑과 죄』에서도 드러난바, 개인의 죄의식을 '사랑'과 유비적으로 구성함으로써 해결하려고 하는 것이다. 이 작품에서 그리고 있는 '사랑'은 한 개인의 열정적인 사랑이나 낭만적 상상이 아니라 양가적 '관계'의 은유이다.

그런데 이 같은 방식이 통속으로 경사될 위험이 있어 보인다. 식민지 상황에서 발원하는 잡종성의 문제와 개인의 분열증적 상황을 여성 표상을 끌어들여 해결함으로써 작품에 따라서는 이 같은 상황이 '여성' 선택의 문제로만 이해될 우려가 있는 것이다. 이 경우 횡보에게서 선취된 잡종성에 대한 횡보의 시선이 민족 구원의 서사로 모면될 가능성도 분명하게 드러나게 된다.239) 횡보의 『사랑과 죄』240)에서 이 같은 가능성이 가시화된다. 개인적인 사랑을 개인적인 문제로 한정하지 않는, 작가의 비전이 드러나고 있다.241) 일단 작품으로 들어가보자.

---

239) 식민지 잡종성 문제를 직시하고 있는 논의로 김경수와 이혜령의 논의를 들 수 있다. 그런데 이혜령은 남성화된 방식으로 이 문제를 풀었다고 쓰고 있는데 이 논의가 가지는 긍정성에도 횡보 문학이 가지고 있는 진취성과 여성 인물화 문제가 협소화될 우려가 있는 듯 보인다.

240) 『사랑과 죄』는 『동아일보』(1927.8.5~1928.5.4)에 연재되었다. 본고에서는 『염상섭전집』(민음사, 1987)에 실린 『사랑과 죄』를 대상으로 하였다. 인용된 면수는 이 책에 의한다.

241) 정호웅은 민음사판 '염상섭 전집'의 『사랑과 죄』 비평에서 "죄란 세계의 타락을 초래한 궁극적 원인인 일제의 침략과 수탈, 타락한 세계 질서에 함몰되어 타락한 가치를 좇는 인물들의 의식과 행위를, 그리고 인간다운 삶을 억압하고 저해하는 봉건적 제도, 관습, 사고방식과 이 같은 봉건적 질곡에 폐쇄된 인물들의 의식과 행위를 뜻하며 사랑이란 죄를 구성하는 이러한 것들에 맞서 반제 민족운동과 반봉건 근대지향이라는 당대 현실의 두 올바른 방향성을 따라가는 인물들의 의식과 행위 일체를 의미한다"고 분석한다. 『사랑과 죄』를 이데올로기적인 측면에서 접근하고 있는 이 지적에서 아쉬운 것은 텍스트의 표층적 차원에서 이루어지고 있는 인물들의 행위(사랑)에 대한 고려가 빠져 있어서 이것이 어떻게 '반봉건 근대지향'이라는 이데올로기와 접합될 수 있는

장근 보름만에 햇발다운 햇발을 보게 된 것은 겨우 어제 오늘 이틀 뿐이다. 그러나 더위는 한칭 더 뭉싯뭉싯 씨는 듯하다. 남대문 동편 벽에서부터 향하야 마조 건너다 보고 시원스럽게 치처 쑤러 올라간 조선 신궁의 신작로는 다 지다가 내어버려 둔 조악돌판이 북쪽으로 (…중략…). 한울 밋까지 치처 올러간 듯한 신궁 압회 축대 우에서나 남대문 문루 우에서 나려다보면 헐일 업는 개아미 색기들이 달달복는 가마솟 바닥에서 아물아물 하는 것 가틀 것이다. 그러나 이 개아미 색기들은 질서도 훈련도 업시 오즉 피곤만이 그들의 볏헤 익은 얼굴의 느즈러저 잇슬 다름이다

"장안에 놉기론—북악산의 아방궁 남산의 조선신궁! 에헤에헤—넓은 길엔 자동차요 좁은 길엔 외씨 같은 발씨로 아장아장 …… 엘넬네 상사듸아. 에—에헤두 조쿠나 기생아씨님네 길 또……" (11면)

『사랑과 죄』의 서두는 『탁류』의 서두 만큼이나 당대 현실의 축도를 드러내는 상징242)으로 드러난다. 무슨 일을 하는지도 모르는 채, "개아미새끼"처럼 일본의 아방궁을 짓는 조선의 민중들과 그 길에서 자기 몸을 상품으로 일본 자본과 거래하는 기생들은 타자화된 조선의 현실을 압축적으로 보여주는 상징이다. "조선적인 것"은 자취를 감추고, 중층적인 현실은 분명하게 그 본질을 드러내지 못한다. 조선의 무지한 민중들은 조선총독부를 제 손으로 건설하고 있으며, "기생아씨"로 상징된 성화(性化)된 여성은 그 길 위에 "아장아장" 무지한 아이처럼 "에넬네 상사듸야" 하듯이 걸어간다. 서술자는 조감적인 시점을 통해 무지한 민중과 몸파는 여성을 전경화시킨다. 제 손과 제 발이 무엇을 하는지도 모르는 채, 피곤하고 나른한 생활에 그저 "느즈러저" 있는 무지한 민중과 여성을 서술한다. 무지하지도 않고 아이 같지도 않으며, 성적인 욕망을 통해 조선총독부와 거래하지도 않는 자만이 당대의 풍경 안에서 재구되지 않는다.

---

지 설득력이 떨어진다는 점이다.
242) 김경수, 앞의 책, 49면.

현실이 이렇게 중층화되어 있는 만큼 개인의 상도 단일하게 드러나지 않는다. 예를 들어 귀족 집안에서 태어나 미술공부를 하며 세상을 이해하는 이해춘이나 변호사로 활동하며 민족운동의 주요한 역할과 기능을 담당하는 김호연, 조선인 아버지와 일본 어머니 밑에서 자라나 우울한 시대의 상징으로 재현되는 류진, 이 주요 남성인물들은 저 나름의 건강성과 장단점으로 다양성을 드러낸다. 실제적인 현실 활동의 주역이 호연이라면, 서사에서 중립적인 관점으로 다양한 인물을 매개하는 인물은 이해춘이다. 류진의 경우에는 시대적 한계를 극복하면서 우울한 시대의 상징을 드러내는 상징적 인물로 드러난다. 이들은 모두 사랑에 연루되어 있으며 사랑의 방식을 통해 정체성의 면모가 드러나고 있다. 어떻게 사랑을 하느냐에 따라 개인의 정체성이 드러난다고 해도 과언이 아니다. '개인'의 상은 다양하게 그려질 수 있지만, 적어도 이 '개인'들의 사랑의 방식에 대해서는 일관된 입장이 드러난다. 사상은 개인적일 수 있지만 사랑은 개인적일 수 없다는 것, 사랑을 사적인 문제로 보지 않고 공적인 문제로 보는 것이다.

사랑이 공적인 문제일 수 있는 것은 종족보존의 관념으로 사랑의 문제를 사고하기 때문이다. 개인의 사랑이 혈연과 혈통의 문제로 확대될 수 있다는 것은 이 소설의 주요한 논점이다. 류진이라는 인물은 이 예를 상징적으로 보여주는 인물이다. 류진은 원래 류택수의 맏아들이나 생모가 일본여자이고 생모의 민적이 '문뎨'[243]가 되고 있기 때문에 자신을 '서자'로 생각하며 자신의 출생에 대해 비판하는 인물이다. 류택수와 일본여자의 사랑이 그 개인들에게 아무 문제가 없을지라도, 자식을 낳게 되고 가계의 족보를 형성해 나가는 과정에서 문제가 발생한다.

사실 내 피가 오 분은 감투로 되고 오 분은 게다 짝으로 되엇다는 뎜으로

---

243) "류진이의 생모가 일녀라는 것과 그 일녀가 본실댁이 죽은 뒤에 큰마님 소리를 듯다가 민적을 긔어코 너허 주지 안키 째문에 다시 나가서 산다는 이야기엇다." (98면)

보면 아닌게 아니라 현대의 조선의 상징으로 태어낫다고 할 걸세. 우리 아버님의 설명을 들으면 류진이란 이름은 일본말로 야나기 스스무라고 닑도록 애를 써 지엇다네 허허허 …… 이름만 보아도 현대의 조선사람 답지 안흔가!244)
(268면)

위의 인용은 류진이가 자신의 처지를 자조하며 얘기하고 있는 부분이다. 류진이는 자신의 이름이 '조선답다'고 얘기한다. 일본식 언어체계로 쉽게 호환가능한, 다시 말해 조선의 이름이지만 언제든지 일본의 질서 안에서 자연스럽게 전환될 수 있는 이름이 가지는 운명이 조선인의 운명과 다를 바 없다고 얘기하는 것이다. 이 자조는 그 어떤 정체성도 아니라는 절망적 표현이지만 동시에 이중적이고 혼종적인 정체성의 한 측면을 드러내는 것이기도 하다.

류진이가 전하는 '조선다운' 것은 두 계보를 혼합하여 적자로 인정받을 수 없는 '서자'의 운명이며, 이것은 서술자가 작품 서두에서 냉소적으로 서술하고 있는 '개아미새끼' 같은 민중이나 몸파는 여성의 정체성과 다를 바 없는 것이다. 류진이라는 인물을 통해 드러나는 것은 자신이 누구이고 무엇인지 그 정체성의 일단을 지우는 무국적자의 소외된 형상이기 때문이다. 이는 조선의 앞날이 어떠해야 되는지 제시하는 섬뜩한 상징이 되기도 한다.

> 심초씨는 젊은 조선 청년을 보면,
> "당신네들은 '정말 조선'이 어쩌한 것을 아시오. 지금 조선은 〈틔기〉입넨다. 진짜 조선은 거의 다 헐려 나가고 지금 남은 것은 조선인지 일본인지 서양인지 싸닭 모를 반신불수가 되엇소 인제는 조선에 더 살 흥미조차 일헛소" (309면)

이 같은 면을 또 다르게 보여주는 이로 일본인 심초 씨를 들 수 있다.

---

244) 민음사에서 간행한 『염상섭전집』 2권에 실린 것을 텍스트로 삼았다.

그는 "반도의 풍물과 우로에 저저 난" 사람이며, 금강산에 구경 온 것이 인연이 되어서 조선 팔도 명산 대천을 안 다닌 데가 없고, 해춘이가 양화를 그리는 데 영향을 주기도 하는 인물이다. 때로 여름과 겨울에 조선옷을 입을 정도로 "조선 풍습과 문화가 취미에 맛"는 사람이다. 그런데 그런 그가 "조선 청년"이 "튀기"라고 말한다. 서양의 문물을 그저 수용한 정도가 아니라 어디까지가 "진짜" 조선인인지 알 수 없는 "반신불수"라고 말하는 것이다.[245]

『사랑과 죄』에서 '조선'은 '튀기' 상태로 재현된다. 단일 민족(의) 신화는 간 데 없고, '민족'의 경계마저 '반신불수'나 잡종적인 것으로 드러난다. 『만세전』이 어떤 선택도 하지 않은 채 그런 상황을 고스란히 드러내고 있다면, 『사랑과 죄』에서는 이미 선택의 항목이 사라져 있다. 더 나아가 이 같은 상황에서 다른 식의 선택항목을 만든다. 주인공의 복합한 딜레마 상황을 여성인물 구성을 통해 다른 식으로 제시하는 것이다. 그래서 순결한 여성 / 순결하지 않은 여성의 대립항으로 이를 전치시킨다. 그리고 남성인물을 조선적 계보의 한 축으로 설정하면서 어떤 여성을 선택할 것인가 하는 문제로 투사한다.

일례로, 『사랑과 죄』에서는 조선귀족의 혈통을 지닌 리해춘을 그 중심에 놓는다. 리해춘은 '조선'의 순수혈통에 자리하는 인물이다. 리해춘이 긍정적인 자질로 인정받을 수 있는 것은 그가 조선의 계보를 계승하는 자리에 놓여 있다는 것이다. 그래서 그가 어떤 사람을 선택하는지, 그리고 어떠한 방식으로 사람을 고르는지 하는 것이 중요하다. 리해춘은 마리아와 순영이라는 여성에게 관심을 가진다. 마리아는 유학갔다 온 신여성으로 서울에서도 쉽게 찾아 볼 수 없는 단발랑이다. 자기 욕구에 충실하며 '피아노'를 얻기 위해 류택수와 성적 관계를 가지는 타락한 모던걸로 재현된다. 이에 반해, 순영이는 '평민'의 딸이지만, 한희

---

245) 견해가 비록 심초씨와 같은 비중 있는 인물을 통해 제시되었다고 할지라도 이 시선이 서사에 그대로 투영되지는 않는다.

라는 청년여자 운동가에게 사상적으로 배움이 있었고 세브란스 병원에서 간호부 일을 하는 건실한 처녀이다. 특히 순영이는 어린애같은 순결한 영혼이 있는 여성으로 묘사된다.

피ㅅ긔가 빠진 이마와 보얀 손등이며 잔털이 보일 만치 맑고 흰 팔쭉에는 이슬가튼 쌈이 슴여 나와서 고랑을 지을 듯하다. (43면)

마리아의 눈에는 순영이가 아즉 학교에 다니는 어린 아희갓치 보엿든 것이다. (28면)

네짜짓 어린애가 무얼 안다고 말참견이야 하는 눈치로 (34면)

이 녀자의 숭고한 영혼이 보는 자에게 위대한 힘으로 수결이라는 감화를 무의식간에 주게 하는 것이다. (359면)

마리아는 순영이를 '어린 아희'로 보지만, 리해춘은 순영이를 어린아이처럼 더럽혀지지 않은 순결한 영혼의 소유자로 본다. '보얀 손등' '잔털이 보일' 듯한 흰 팔뚝은, 여성을 묘사할 때도 쓰지만 티없는 아이들을 묘사할 때도 쓰이는 표현이다. 순영이는 보는 각도에 따라 달라질 수 있기도 하지만 적어도 해춘이에게는 어린아이처럼 때묻지 않은 순결한 이미지로 재현된다.

더욱이 순영이는 아편쟁이 노파의 딸이지만, 한희라는 청년녀자의 보호 아래 있는 처녀로 전유된다. 이를 통해 사적 욕망이 들끓는 마리아와 비교됨으로써[246] 순영이의 긍정적 자질이 배가된다. 이러한 긍정적 자질 때문에 리해춘은 순영이의 편지를 받고 나서, 순영이에 대해

---

246) 한희라는 인물은 한 번도 등장하지는 않지만, 순영이의 어머니로 여겨질 만큼 중요한 비중을 차지한다. 순영에게는 생모도 있고 계모도 있지만, 그들은 어머니 역할을 제대로 하지 못한다. 그런 반면, 한희라는 청년-녀자는 순영이의 대리모라 할 만큼 순영이에게 직간접적인 영향을 행사하며 상징적인 어머니 역할을 한다.

의혹을 가졌던 서모의 딸이라거나 하는 등의 문제를 접게 된다.

> 위험과 불안을 늣긴다는 것은 쏘 무슨 의미일구? …… 내게 갓가히 오는 것
> 이 그다지도 위험할까 그러케 불안을 늣길까? 내가 귀족이라고 해서 그러는
> 것일까? …… 내가 만일 다시 결혼을 한다면 평민의 피 상놈의 피를 쓰러 드릴
> 것이다. 귀족의 피 량반의 피에는 인제는 쯤 증이 어지간히 낫다. 량반의 피ㅅ
> 속에서는 건저 내일 것이 아모 것도 업다. 귀족의 핏줄기를 알들히 남겨둔댓
> 자 밥비러 먹을 자식을 한아고 둘이고 남겨 너코 가는 것 밧게 사회에 아모
> 유조될 것은 업슬 것이다 …… 다 쓰러져 가는 기둥뿌리라도 붓들고 느러질
> 힘이 남아잇는 곳은 그래도 상놈의―평민의 핏 줄기 속 쑨이다! …… 내가 귀
> 족이라고? (74면)

작품 초반에서부터 아편쟁이 노파가 등장함으로써 리혜춘은 순영이
가 서모의 딸일까 생모의 딸일까 하는 (계보의) 문제에 관심을 둔다. 순
영이로부터 오빠가 있다는 말을 듣고서도 "동복 이복을 알 수 업을 게
지"하는 계보적인 관심을 가지고 순영이를 판단하는 게 사실이다. 이러
한 관심은 순영이를 정체화하는 데 중요한 물음이다. 이 잣대를 통해
순영이 또한 순결성을 잃고 부정적 기호로 재현될 여지가 있기 때문이
다. 그러나 해춘의 이 같은 의심은 다른 방식으로 전치된다. 해춘은 "김
호연의 말"을 통해 순영이가 가련한 처녀로서 비루한 부모에게 팔려서
간호부 일을 하게 되었다는 것과 이를 불쌍히 여긴 한희라는 청년녀자
가 순영이의 대리모 역할을 한다는 것을 알게 됨으로써, 순영의 '래럭'
을 계보적 뀐짐에서 해석하지 않고, 순결한 처녀의 구원 서사로 이해하
게 되는 것이다. 더욱이, 순영을 담보로 제 이익을 챙기려는 어머니와
오빠가 사악한 인물로 재현되면서 순영이의 순결한 '영혼'은 더 빛을
발하게 된다. 그래서 호연이가 한희 대신 순영이를 보살피는 것처럼, 해
춘이도 순영이를 도와주어야 한다고 생각한다.

자손을 남부럽지 않게 …… 우리는 누구보다 그들에게 공경하는 지성이 잇서야 할 것이지요 그들의 얼골에 천 줄기 만 줄기 아로색인 주름쌀을 보고 무지 그것 같다고 우슬 사람이 그 누구닛가? (34면)

위의 인용은 해춘의 사고를 보여주는 대목이다. 해춘은 순영을 떠올리면서 상놈의 피—평민의 피가 다 쓰러져 가는 조선을 일으켜 세울 수 있을 거라고 생각한다. 조선 민족이 귀족과 양반을 통해 복원될 수 있을 거라고 상상하지 못하는 것이다. 새로운 '조선'을 상상하는 데서, '양반(귀족)'이 아닌 다른 외부적 기호를 기대하는 것이다. 그러므로 '평민의 피'로 알려진 '순영'은 잠재적으로 의미 있는 기호가 된다. 해춘은 순영을 종국에 양반/평민의 계보로 전유해서 평민의 피를 잇는 것으로, 부모/자녀의 대립항을 통해 부모로부터 버려진 자식(아이)으로 이해하면서 어린애 같은 순결한 순영을 돌봐야겠다고 마음먹기 때문이다.

이렇게 해춘이가 순영을 순결의 기호로 이해하게 되면서 순영에 대한 기대가 남달라진다. 이 기대 속에서 순영은 새로운 조선을 상상하는 기표로 거듭나게 된다. 그 시작은 "시국 사건"을 통해서다. 순영이 시국 사건에 연루되면서, 해춘이 순영이를 '구원'하는 일에 명분이 생긴다. 해춘이 순영이를 돕는 일을 "역적 모의"로 이해하면서 해춘이는 순영을 구원하는 일에 적극적으로 움직인다. 이처럼 『사랑과 죄』에서 순영이는 단순한 그림 모델에서 '순결한' '어린 아이'로 전환된다. 그 후 시국사건에 연루되면서 민족적 아우라까지 띠게 되었고, 이를 통해 순영이는 '순결'과 '민족'의 기호를 결합한 기호로 거듭나게 된다. 이것은 주인공 해춘이 갈망하는 기호이다. 조선 귀족인 해춘이에게 가장 중요한 것은 순수혈통인지 아닌지 하는 문제이기 때문에, 순영이가 순결과 민족이라는 코드로 재의미화되는 과정은 중요하다. 이 과정을 거친 후에야 순영이와 해춘의 결합은 가능해지기 때문이다.

『사랑과 죄』에서 개인의 혼성성은 순결한 여성인물을 통해 구원될 수 있는 문제로 전치된다. 그래서 마리아 때문에 "반신불수"가 된 망쳐진 그림이 있는가 동시에 원본으로서 '감춰진' 그림이 다른 한 컷에 있다.247) 이것은 훼손되지 않은 '순결'의 의미이자, 민족의 미래를 상상할 수 있는 기호이다. 이 그림이 완성되는 순간, 있어야 할 민족의 기표는 분명한 형상으로 드러나게 된다. 순결한 민족의 기표로서 순영의 모습, 순영이를 통해 있어야 할 민족의 질서가 무엇인지 분명하게 드러나게 되는 것이다.

요컨대, 『사랑과 죄』는 '민족'과 '순결'의 기표를 순영이에게 투사하여, '조선'이 처한 혼성적인 동시에 잡종적인 상황을 해결한다. 그러나 이처럼 '순결한' 것에 대한 미망을 통해 잡종적인 상황을 갈무리하는 방식은 안일한 처리로 보인다. 민족은 구원될 수 있는 기표로 거듭나지만, 이 순결성이 현실에서 작동하기 어렵기 때문이다. 세계의 화해로운 결말을 성급하게 이끌어내는 것이 잡종적인 상황을 해결한 열쇠는 아닐 것이며, 더욱이 여성 표상을 이를 봉합하려는 것도 마땅치 않은 방식일 것이다.


## 4. 헤테로토피아와 취향의 개인


'별건곤'은 '별의별 것들'이 공존하는 잡종성의 유토피아, 헤테로토피아(Heterotopia)다. 이 세계는—순결성을 정상성으로 하지 않는—이질적인 것들 사이의 경쟁과 쟁투가 가능해진 세계다. 여기에서 '순결성'을 기대하는 것은 또 다른 식의 환상이나 '통속' 문법을 바라는 것이다.

---

247) 또 다른 '그림'의 존재는 결말부에 '반전'으로 제시된다.

'순결한 것'에 대한 강박이 제도적, 심리적 기원으로서 순진무구한 것을 창안하고 있으나, 이 또한 미망일 뿐 현실 논리가 될 수 없음은『진주는 주엇스나』를 통해 분명히 볼 수 있다.248) 이를 통해 잡종적이고, 혼성적인 상황에서 개인이 어떤 방식으로 개인성을 획득할 수 있을지 하는 문제가 여전히 남게 된다. 잡종성이 득세하는 세계에서 '순결성'을 고집하는 것은 퇴행이거나 통속이거나 둘 중에 하나다. 이 두 가지 방식에서 개인은 부적응의 기호가 되거나 아니면 상상의 기호가 되고, 이 과정에서 개인의 '개체화'가 부추겨진다. 이 세계에서 벗어나거나 상상적인 방식으로 이 세계에 안주하는 방식을 일러주기 때문이다. 그런데 사실 이 두 가지 방식 모두 순결성에 주목하는 것은 매일반인 듯하다. 개인의 진정성에 기대거나, 다른 인물의 진정성에 기대거나 하는 차이이다. 그러나 순결의 기표를 추앙하는 것이 이 국면을 타개하는 방책이 될 수 있을지 좀더 생각해 보아야 할 것이다.

이 장에서 주목하고 있는 것은 민족주의가 특정 이데올로기나 '이즘'으로 변해버린 '민족상대주의'249)의 시대에 개인성이 어떻게 주어지는지 하는 것이다. 이 문제를 살펴보면서 '취향'에 주목하였다. '취향'은 우연하게 주어지는 개인성의 기호이다. 이를 통해, 절대화된 내면이 아닌 상대적으로 주어지는 기호로 내면이 부상된다. 이 취향의 시대 속에서 '내면'과 '외부'가 '별의별 것들' 속에서 뒤섞이며 잡종적 상황을 발생시키고 있기 때문에 이 같은 가정은 쉽지 않다. 이러한 상황에서 '내면'은 '증상'을 통해서만 상상될 뿐이다. 분명한 것은 이 취향이 '정체성의 중층적 동요'250) 안에 산출될 수 있는 가능성을 내장하고 있기 때문에 잡종적인 현실을 다양한 방식으로 결집시키는 네트워크의 가능성

---

248) 프로이트의 지적이 아니더라도 어린이는 욕망이 없거나 특정 욕망에서 자유로운 안전지대가 아니라, 미래의 정체성을 앞두고 치열한 욕망의 경쟁이 이루어지는 곳이다.
249) 이돈화, 「인류상대주의와 조선인」, 『개벽』 25호, 1922.7, 2면.
250) 강상중, 『세계화의 원근법－새로운 공공 공간을 찾아서』, 이산, 2004, 27~28면.

또한 점쳐 봄 직하다는 것이다.

실제로 이 대중문화 안에서 '개인'은 소비자본주의 네트워크 안에서 발견되는 관계의 접속 양상의 일부일 뿐이다. 이러한 발현 양상 중 '취향'은 대중소비문화의 편재 안에서 개인의 일부로 구성되는 개인성의 표현이다. 그런데 이 '취향'의 구조는 개인적 선택의 결과로 주어지지만, 실은 사회 계급적으로 구축된 '구조적 무의식'이 만들어낸 문화적 표현이기도 하다. 비록 개인의 선택을 통해 취향이 작동하지만 '선택' 행위가 이루어지는 주요 매개가 '소비'라는 것은 좀 생각해 볼 문제이다. 자본주의 시장이 만들어낸 식민지 무의식 중 하나가 바로 '소비' 행위를 '선택'으로 바꾸어 놓는 것이다.

이러한 측면은 1920년대 『별건곤』과 『삼천리』에서 민족의 기호가 상상되는 방식에서 보여진다. 『별건곤』이 잡종적 현실을 매개하고 있다면, 『삼천리』는 '민족'의 현실을 세계사적 시선으로 드러낸다. 그래서 『별건곤』 이후 중요하게 다루는 것은 세계를 균질적인 공간으로 만드는 '자본주의'의 위력이다. 세계 곳곳은 제국/식민의 논리와 동시에 '시장'이라는 경제 논리가 지배하는 공간이다. 식민지 조선은 다시 한번 '식민'인 동시에 '자본'의 힘을 통해 자기 가면을 준비한다. 자본주의는 '별의별 것들'을 균질화시키는 것과 동시에 선택적인 항목으로 이를 위계화한다. '경제적으로 무한히 해방된 인간은 개인의 활동을 구속치 못하는 사회로 나아간 것'[251]이라는 진단이 의미 있게 제시되는 것이다. 또한 『삼천리』에서 부각되는 것은 세계적 역학이며 세계사적 시선의 편재이다. 이에 따라 민족의 개념 또한 국가의 경계를 통해 주어지는 것뿐만 아니라 세계 곳곳에 살고 있는 '한민족'에 초점이 맞춰진다. 『별건곤』을 경유하며, 『삼천리』에 이르는 동안 '민족'은 한반도라는 '영토'[252]에서 벗어나 세계적인 역학과 연동하는 '지역적'인 현실로 상대

251) 이성태, 「현대문화의 방향」, 『신생활』 9호, 6면.
252) "이런 의미에서 근대적 지도는 근대 사회에 고유한 에피스테메에 속하며 근대 세계

화된다. '조선'은 식민지이지만, 중국, 아일랜드, 베트남과 유사한 상황에 놓인 국가이며, 일본 또한 조선을 억압하는 제국이지만 미국, 영국, 독일 등 국제연맹 안에 놓인 또 하나의 작은 나라로 상상된다.

민족국가의 기표가 박탈되면서, 또한 가능해진 기획은 주권자와 협약을 맺지 않는 개체들의 네트워크[253]이다. '군중의 시대', '다중'이 등장하는 시대에서 '군중'들은 일관성도 없고 정체성도 없는 무리이다. 그러나 이 군중들을 하나의 단일한 무리로 보지 않고 '개인성'을 내장한 '다중'으로 보게 되면 이들의 네크워크는 또 다른 개인성의 징후로 볼 여지가 있다. 개인의 순결성을 대안으로 삼는 대신 다중의 개인성을 생각해 봄 직한 것이다. 그러나 횡보는 여기에서 머뭇거린다. 여전히 개인성을 한 인간의 문제로 상상하는 것이다.

---

의 사회적 실천을 연결하여 근대적 세계가 하나의 실정성을 가진 세계로서 제작되고 다양한 실천을 통하여 그것이 재생산되는 것을 지탱하고 있다." 보편적인 세계 이해의 양식으로 출현한 '지도'는 세계를 리얼리즘의 시선으로 재구한다. 더욱이 근대 조선의 경우 지도는 세계적인 감각과 동시에 국토, 민족에 대한 관념을 실증적으로 전달하며 '국민을 하나로 묶는 강력한 미디어'로 등장한다(와카바야시 미키오, 정선태 역, 『지도의 상상력』, 산처럼, 2002, 277면).

253) 파올로 비르노, 박성수 역, 「다중과 개체화의 원리」, 『문화과학』 통권 29호, 2002, 147면.

# 제4부
# 근대 밖을 상상하는 개인

근대 사회에서 '개인'은 인간의 얼굴로 전유되었지만, '개인'의 용법이 사용된 맥락은 '인간'에 한정되지 않는다. 인간 뿐만 아니라 '민족'에 대한 상상 속에서도 '개인'이 번역의 매개로 활용되고 있으며 다양한 맥락에서 '개체성'이 근대 세계를 상상하는 버팀목이 되고 있다. 그런데 '개체성'의 의미가 '개인'으로 한정되게 되면서, 그 의미가 인간의 특정한 자질로 고착되는 것을 볼 수 있다. '개인'의 일반적인 정의는, 계급이나 신분과 같은 외적 질서를 통하지 않더라도 그 자체만으로도 권리와 의무를 행사할 수 있는 자족적 개체로 한정된다. 그러나 지금까지의 논의를 통해 보건대, 근대 질서 속에 '개인'은 늘 민족이나 국가와 긴밀히 연결되어 논의될 뿐만 아니라 심지어 국가나 민족의 일분자로 얘기되는 등 개인의 의미가 자족적인 인간의 의미를 벗어나서 생성되고 있다.

이 징후에 대해, 개인이 국가나 사회에 포섭되어 그렇다는 해석은 일면적으로 유효하나 동시에 전제할 것은 개인 / 사회(국가)을 분리시켜 사고할 수 없는 것은 아닌가 하는 회의를 해 봄직하다. '개인'이 자유롭다는 것은 세계로부터 분리될 수 있기 때문이 아니라, 다시 말해 개인 / 세계에 전제된 '빗금' 때문이 아니라 개인과 세계의 관계 양상이 달라졌기 때문이며 여기에 중요한 변수는 개인과 세계의 관계 안에 '개체성(개인성)'이 아닐까 하는 것이다. 즉 근대에 개인이 자유로울 수 있는 것은 '개인'의 '인식'이나 내면의 '독립'을 통해 작동하는 것이 아니라, 세계로부터 다양한 방식으로 탈착 가능한 '개인성'의 기제가 발생하고 있기 때문이다.

'개인'을 얘기되면서 지속적으로 '민족'이나 '국가'를 배경으로 하는 것은 '개인'이 실은 민족(국가)의 관계 속에서 그 의미가 있다는 말이다. 이는 '개인'이 이러한 맥락에서 의미있는 개체로 자리매김된다는 것이며, '개인'은 세계로부터 독립된 그 무엇이기도 하지만 본질적으로는 관계 양상을 통해 접근해야 함을 역설하는 것이다. 개인이 있다 / 없다는 논의는 '개인' 논의에 크게 도움이 되지 않는 허언일 수 있다. 워낙 '개인'의 관념은 근대의 가치를 설파하기 위해 내세운 이데올로기이기 때문이다. 다만, '개인' 논의가 소외시키고 있는 '관계성'의 측면에서 '개인'의 문제를 다시 재구성할 필요가 있다. 또 더 나아가 개인이 맺는 관계를 살필 경우에도 이를 고정된 실체로 이해하지 않는 태도가 필요하다. 개인이 민족의 일원이라는 사실을 밝히는 것과 동시에 또 다른 커뮤니티의 국면을 일별할 수 있는 자세가 필요하다. '개인'의 대립항, 혹은 '개인'이 구성하는 집단은 다양한 형태의 '사회'이며 '민족'이나 '국가'는 그 중의 하나일 뿐이다.

이 장에서는 '개인'이 성·자본·민족(국가) 등 제도적으로 주어진 관계 대신 이 계열에서 벗어나서 또 다른 관계를 만들어가는 개인성의 양상을 고찰할 것이다. 1절에서는 섹슈얼리티와 관련해서 '낭만적 사랑(연애) 없는 여성'을 다룰 예정이다. 근대의 낭만적 사랑은 이성애적 관계를 전제로, 근대 가족을 구성할 수 있는 생식 중심의 성을 정상으로 한다. 그러나 이 절의 주인공들은 낭만적 사랑을 벗어나 또 다른 식의 소통과 관계를 구성하는 인물들이다. 2절에서는 자본주의적 노동의 의미를 벗어나 있는 인물들이다. 이 인물의 특징은 화폐경제에 밑바탕을 두고 있는 자본주의적 관계 대신 다른 식의 소통을 원하는 인물로 기록된다. 그래서 자본주의적 '노동'이 없는 인물로 해석해보았다. 이밖에도 국가의 경계밖에서 또 다른 대안경제와 대안사회를 꿈꾸는 '지역성'의 문제도 있을 것이나 이는 차후의 문제로 돌리려 한다.

이를 통해 개인성이 인간적 자질로 흡수되는 대신, 다중의 복수성으로 구조화되는 '개인성'을 볼 것이다. 여기에서 개인은 한 인간의 내면적 자질이나 본질적 자질이 아니라, 관계의 네트워크를 통해 드러나는 관계의 일부인 동시에 '개인성'에서 근대 인간의 고정된 얼굴을 박탈한 '비–개인'이기도 하다.

# 제1장

# '연애' 없는 여성, 관계지향적 개인성

## 1. 근대 너머의 여성 '육체'

　　근대 여성 논의에서 가장 첨예한 화두는 육체이다. '근대' '여성'을
논하면서 여권 교육과 같은 근대 제도나 자유연애와 같은 자유주의적
열풍 못지않게 중요한 것은 '여성' 표상에 내재한 '육체'의 국면이다.
장옷이 덧입혀지지 않은 말간 얼굴, 힘찬 움직임을 통해 보여지는 발목,
홍조 띤 모습 등 여성의 육체는 개인과 세계 발생한 새로운 관계의 양
상을 보여준다. 거리 위에 놓인 여성의 육체가 개인과 세계 사이에서
내부와 외부를 절단 / 접속하는 계기로 부상하며 근대의 뼈대를 만들어
가고 있는 것이다. 그렇다면 이 '육체'를 어떻게 볼 것인가, 그리고 이
관계의 장소를 어떻게 위치지을 것인가 하는 문제가 개인(성)을 구성하
는 데 중요한 화두가 될 것이다.

　　여성의 육체가 집안에서 주어진 일과 기능으로 정해져 있거나 남성

과 교합할 수 있는 물질적인 육체로 한정된 시대에는 이 문제가 중요하지 않았다. 그런데 근대화의 물결 속에서 이 '날것으로의 여성 육체'가 '거리' 위에 놓이게 되면서, 이를 어떻게 볼 것인지 하는 문제가 부각되었다.1) '여성이 공부하러 학교에 간다'는 말이 1880년대에만 해도 '말세' 운운을 자아낼 수 있는 말2)이었다면 근대 풍속을 경유하면서 장옷을 쓰지 않은 채 거리를 활보하는 그 힘찬 리듬은 자연스러운 것이 되었다. 또 '재래의 조선의 여성이 죽은 감정의 주인공'3)이었다면, '감정을 살리라'고 외치는 이 개인의 '감정'은 세계를 받아들이는 육체적 코드가 되었다. 근대 여성은 '육체'를 매개로 세계와 개인을 연결하는 개인의 것이다. 최초의 신소설로 얘기되는 『혈의 누』의 첫 장면은 이 같은 물음을 서사적으로 재현해 놓는다.

> 일청전쟁의 총소리는 평양 일경이 떠나가는 듯하더니, 그 총소리가 그치매 사람의 자취는 끊어지고 산과 들에 비린 티끌 뿐이라. 평양성의 모란봉에 떨어지는 저녁볕은 뉘엿뉘엿 넘어가는데, 저 햇빛을 붙들어매지는 못하고 숨이 턱에 닿은 듯이 갈팡질팡하는 한 부인이 나이 삼십이 될락말락하고 얼굴은 분을 따고 넣은 듯이 흰 얼굴이나 인정없이 뜨겁게 내리쪼이는 가을볕에 얼굴이 익어서 선앵두빛이 되고 걸음걸이는 허둥지둥하는데 옷은 흘러내려서 젖가슴이 다 드러나고 치맛자락은 땅에 질질끌려서 걸음을 걷는 대로 치마가 밟히니 그 부인은 아무리 급한 걸음걸이를 하더라고 멀리 가지 못하고 허둥거리기만 한다.
> 남이 그 모양을 볼 지경이면 저렇게 어여쁜 젊은 여편네가 술 먹고 한 길에 나와서 주정한다 할 터이나 그 부인은 술 먹었다 하는 말은 고사하고 미쳤다, 지랄한다 하더라도 그 따위 소리는 귀에 들리지 아니할 만하더라.
> ―이인직, 『혈의 누』, 『만세보』, 1906.7.22.

1) 권보드래는 『연애의 시대』(현실문화연구, 2003)에서 근대 초기 거리 위에서 발견되는 두 여성 표상으로 '신여성'과 '기생'을 든다.
2) 여성사연구모임 길밖세상, 『20세기 여성 사건사』, 여성신문사, 2001, 17면.
3) 권두언, 「감정을 살리라」, 『신여성』 3권 11호, 1925.11, 1면.

일청 전쟁의 총소리가 터지며 평양 일경은 근대 전장으로 탈바꿈된다. 사람 자취는 끊어지고 산과 들에 '티끌' 뿐이 남아있지 않은 평양에서 제일 먼저 포착된 것은 "숨이 턱에 닿을 듯이" 갈팡질팡 헤매는 구여성이다. 이 여성은 "주정한다"고 볼 정도로 미치거나, "지랄한다"는 소리조차 듣지 못하는 지경으로 '젖가슴이 다 드러나'고 '치맛자락이 땅에 질질 끌'릴 정도로 참혹하다. 이로 보아 일청전쟁 총소리가 제일 먼저 해체하고 있는 것이 구여성의 몸인 듯하다. 두 가지 사건이 하나의 연쇄로 연결되면서, 여성의 몸이 근대의 출발점에서부터 해체와 재구성이 필요한 표상으로 부각되고 있음을 알 수 있다. 그러나 『혈의누』에서 여성의 몸을 어떻게 재구성해야 하는지 하는 문제는 분명히 그려지지 않는다. 단지 옥련이에게 '교육'의 방식으로 '일본옷'을 '들씌우고' 있을 뿐이다. 옥련이는 일청전쟁의 전장에서 옥련모와 헤어진 후 순사의 도움으로 일본에 간 뒤, 일본의 양어머니를 만나 일본 옷과 일본말을 배우며 성장한다. 조선 여성이 일본 여성의 '옷'으로 갈아입으면서 여성의 육체를 어떻게 담론화할 것인가 하는 문제가 유예되었다. 근대의 전장 속에서 여성의 육체가 폭력적으로 해체되었지만 문명의 세례 속에서 이 육체의 표면이 잠시 가려지며 유예된 셈이다.

> 형식은 노파가 문 밖에 와 섰던 줄도 모르고 영채를 생각하였다. 청량리에서 보았던 광경을 생각하였다. 김현수가 영창을 떠들고 일어나던 것과 영채의 입술에 피가 흐르던 것과 영채의 옷이 흘러내려 하얀 허리가 한 뼘이나 드러났던 것을 생각하였다. 그리고 우선이가 '벌써 틀렸다' 하던 것을 생각하였다. 영채는 과연 김현수에게 몸을 더럽힘이 되었는가 하고 생각하였다.
> ─이광수, 『무정』, 『이광수전집』 1권, 삼중당, 1966, 114면

그런데 이광수에 와서 이 문제의 해법이 흥미롭게 제시된다. 『무정』에서 영채는 옥련모와 같은 처지에 놓이게 된다. 청량사에서 영채의 육체가 폭력적인 방식으로 해체되는(겁탈) 상황에 봉착한 것이다. 그런데

이 같은 상황에서 형식이 취하는 태도는 문제적이다. 형식은 영채가 겁탈당하는 상황에서 우선의 뒷전에 서면서 영채의 육체를 직접 보지 못한다. 그래서 영채의 겁탈 사건 이후 집에 돌아와 당시의 상황을 떠올리며 영채의 몸이 더럽혀졌을까 아닐까를 곰곰이 생각한다. 형식은 영채의 육체를 직접 대면하지 못했기 때문에 정조를 잃었는지 아닌지 묻는 것이다. 즉 여성의 육체를 못 보았기 때문에 순결 여부만을 확인하려는 것이다. 그런데 이 방식에서 형식이 못 보았다는 사실은 의미있는 알리바이로 작용한다. 형식이 여성의 육체를 대면하지 않았기 때문에, 사실은 그 알리바이 때문에 순결한지 그렇지 않은지 물을 수 있는 것이다. 이 물음을 통해 여성의 몸은 본격적으로 재구성된다. 여성의 육체가 '날것의 육체'에서 '성적인 육체'이자 '윤리적인 육체'로 탈바꿈되는 것이다. 여성의 육체를 대면하지 않은 채 '순결 여부'만을 묻는 것, 즉 여성의 육체가 무엇인지 대면하지 않은 채 섹슈얼한 몸이자 윤리적인 육체로만 묻고 있는 것이다. 이 물음은 아무것도 말하지 않았지만 실은 근대여성이 무엇이어야 하는지 묻고 있는 이데올로기적 물음이다.4)

이를 통해 근대 여성은 순결 여부를 통해서 정당성을 부여받게 된다. 신여성의 '풍기문란'을 논할 경우에도 모던걸의 '단발' 문제를 말할 경우에도 문제의 중심에 여성의 육체를 어떻게 단속, 관리할 것인가 하는 문제가 놓여 있으며, '신여성'을 코드화해서 형상화할 경우에도 성적 쾌락을 문제삼으며 오염되기 쉬운 '육체'로서 신여성을 논한다. 단발이 가한가 부한가 하는 문제를 놓고 의견을 물을 때 한 편에서는 '시비거리도 안된다'5)고 말하기도 하지만, 실상 『신여성』·『별건곤』 등에서 지속적으로 단발 문제를 '시비거리'로 삼는 이유는 단발을 '개량'의 일환일

---

4) 낸시 암스트롱은 『파멜라』를 분석하면서 남녀관계에 놓인 신분적 위계관계가 성적 계약으로 이행되는 과정에서 여성이 '피와 살로 되어 있는 사람'이 아니라 '말과 감정의 확산'으로 이루어진 여성으로 발견한다. 그러면서 여성의 정체성이 '성적 순결'의 문제로 전치된다고 지적한다(낸시 암스트롱, 앞의 책, 116면).
5) 김미리사, 「단발은 머리 해방을 얻는 것입니다」, 『신여성』 3권 8월호, 42면.

뿐만 아니라 육체의 문제로 보기 때문이다.

그런데 여성의 육체가 윤리적인 육체로 재구성되었다는 사실과 동시에 주목해야 할 것은 여성의 '날것으로 된 육체'가 외면되었다는 사실이다. 여성의 육체가 성적인 육체이자 윤리적인 육체로 재구성되는 과정에서 여성의 몸이 드러낼 수 있는 관계의 지평은 오히려 외면되었다. 오직 여성의 몸은 성적인 육체로만 표상될 뿐이다. 1920년대 소설의 경우 이 같은 경향은 분명하게 보여진다. 「약한자의 슬픔」, 「배따라기」, 「감자」, 「B사감과 러브레터」, 『재생』 등 1910년대에도 그랬지만 1920년대 들어 여성의 육체는 '섹슈얼리티'를 상징적으로 보여주는 대표적 표상이 된다. 특히 남성작가의 경우에 이 같은 경향은 더욱 노골적으로 드러나면서 '의처증적 시선'이나 '관음증적 시선'까지 내장한 채로 질투의 시선을 여과없이 드러낸다. 그리고 이러한 시선으로 여성의 성적 욕망을 가정하고 기정사실화한다.

1920년대 논의에서 풍기문란이라는 사회도덕적 잣대를 통해 걸러지는 것이 바로 '음부탕녀'[6]의 얘기인 것처럼 여성문제의 핵심에는 '섹슈얼리티'로 코드화된 육체의 문제가 놓여 있다.[7] 이런 시선을 통해 보여지는 여성은 순결하거나 혹은 더럽거나 하는 식[8]이다. 혹 이 같은 진단이 가치중립적인 '과학적' 견지에서 말할 때에도 마찬가지다. 생리적인, 해부학적 기질을 통해 밝혀지는 내용이 비록 과학적 내용일지라도 여전히 그 내용이 가치중립적으로 볼 수만은 없는 것이 그것이다. 이러한 시선을 통해 여성의 몸은 오히려 외면되었다고 할 수 있다. 그러므로 여성의 '육체'에 대해서 좀더 얘기할 필요가 있다. 여성의 몸이 '섹슈얼

---

6) 특집 주제가 '풍기문란'인데도 풍기문란의 초점이 '남녀학생'에서 '음부탕녀'의 문제로 구체화되는 양상을 엿볼 수 있다(김기전, 「누가 음부탕녀가 아니엇느냐―젊은 남녀의 교제를 선도하는 길」, 『신여성』 3권 8월호, 44면).

7) 근대문학을 섹슈얼리티의 잣대로 분석하는 심진경은 근대가 '성적인 메타포'를 통해 규정된다고 지적한다(『한국문학과 섹슈얼리티』, 소명출판, 2006, 51면).

8) 수유+너머 근대매체연구팀, 앞의 책.

리티'로만 도착되었을 뿐 그 이외의 것은 억압된 것이다.

'육체'는 고정된 무엇이 아니라 힘과 충돌, 관계의 접속 양상이 나타나는 장소이다. 여성의 육체 안에서 보아야 하는 것은 어떤 관계들이 충돌하고 결합하는지 그리고 어떠한 힘이 억압되는지, 또는 어떤 감각들이 우세하게 나타나고 또 어떤 감각들이 후퇴하며 그 힘을 잃어가는지가 나타나는 영역이다. 그런데도 여성의 육체는 근대 시기 남성에 비해 열등한 영역으로 폄하되면서 그 영역 전체가 무시되거나 외면되었고, 오직 섹슈얼리티로만 표상되었다. 여성 / 남성, 육체 / 이성의 이분법이 강력하게 작동하는 순간 여성의 육체는 섹슈얼한 상품으로 재구성되고, 남성의 육체는 이것을 배제한 고결한 것으로 재구성되었다. 그러면서 여성의 육체는 남성과 접속하는 섹슈얼한 장소로만 한정될 뿐 그 이외의 감정이나 감각, 또는 결합으로 상정되지 않고 있다. 비록 어머니의 몸에 대해서 특권적인 권리를 인정하기는 하나 실상 그것 또한 남성의 가부장제가 새겨지는 또 하나의 장소일 뿐이다.

육체는 개인의 다양한 감정과 습관이, 습성과 움직임들이 새겨지는 무의식의 장소이다. 이 육체를 남성과 결합하는 매개로만 상정하는 것은 여성의 육체를 일편향적으로 바라보는 것이다. 여성의 육체 안에는 성의 교섭뿐만 아니라, 다양한 관계의 접속과 감정의 축적이 기록되고 있다. 여성이 육체적 존재로 호명되면서 근대 사회에서 소수자의 위치나 주변부 존재로 규정되었지만, 이 근대 질서 밖으로 유영할 수 있는 가능성 또한 여기에 담겨 있다. 이 글에서는 여성의 육체 안에서 일어나는 또 하나의 사건으로 여성들 간의 관계와, 이 관계가 만들어내는 또 다른 개인성에 주목해 보려고 한다. 이것이 문화적 공동성에 기반한 '개인성'이자 '차이'를 생산하는 '개인성'이 아닐까 하는 가정이 그것이다.9)

---

9) 이와 유사한 연구로, 신여성의 어머니 문제를 살핀 또 다른 연구가 있다.

## 2. '동성애' 관계와 동성 간의 '관계'

식민지 기간 동안 신문지상을 떠들썩하게 한 스캔들 중의 하나로 1931년 '동성연애 철도 자살' 사건을 들 수 있다. 이 사건의 주인공은 동덕여고 홍옥임과 김용주로, 이 둘은 학창시절부터 절친한 친구관계였다고 전해진다. 그런데 이들은 한날 한시에 철도에서 동반자살한다. 이 죽음에 대해 당시 매체들은 '동성애적' 관계 운운하며 이 죽음을 스캔들화한다. 이들이 왜 죽었는지, 그리고 이 둘이 왜 같이 죽었는지 하는 문제는 논외로 하고 표면적인 현상만으로 이들의 죽음을 공론화한다. 그런데 이 공론화 과정에서 당대 담론들이 이들의 죽음을 해석하는 방식은 이채를 띤다.

> 실연을 당해 비관자살하는 것과 엄격한 가정에서 연애관계에 무리한 간섭으로 가튼 환경에 잇는 동무와 ○○○○○○ 이야기하고 그곳에서 서로 정이 들어 결국 두 사람의 나갈 점은 넓게 보이지 안코 좁게 보여서 정사까지 하게 되는 것이다. 간혹 세상에는 변태성을 가진 여자의 동성연애가 업는 것은 아니나 이것은 예외로 하고저 한다. (…중략…) 우리들은 괴로움이 올 째마다 스스로를 이기면서 조선사회의 일천만 녀성의 행복과 복리를 위해서 찾으며 맹진할 것을 결단하라! 이것이 사람된 본분이며 조선 신녀성의 의무다.
> ―「동성애와 자살」, 『중앙일보』, 1931.12.30.

당시 신문에서는 동반자살의 원인으로 '부모의 강제결혼', '동경으로 유학 간 남편의 무관심', '유산자의 데카당스' 등을 제시하며 이들에게 좀더 강인해지라고 말한다. 위의 인용에서처럼, 죽음의 원인으로 괴로움을 이겨내지 못한 나약한 정신이 얘기되면서, '동반자살'에 초점을 두는 대신 여성의 정신문제로 몰아간다. 그러면서 이 신여성들에게, 협소한 개인 문제에 갇히지 말고 민족을 위한 의무에 좀더 충실하라고 말한다.

이 기사에서 눈여겨 볼 것은 '동반' 자살에 비중을 두지 않고, '자살'에 비중을 두는 방식이다. 이 같은 초점화 방식으로 인해 여성들의 죽음은 개별화되고, 이들의 관계는 소외된다. 그리고 동시에 여성 각자가 '민족'의 집합으로 수렴되게 된다. 동반자살이 가지는 함의나 비중을 논하지 않고 '동성 연애'라는 일반적인 스캔들로 처리되는 것은 이 여성들의 동반자살에 따르는 함의를 충분히 읽어내지 않고 외면하기 때문이다. '정사'가 유행병처럼 돌았던 시기라 할지라도 '죽음'을 민족적 손실이나 미성숙에만 초점을 맞추는 것은 이 죽음이 말하고 있는 '관계'의 측면을 의도적이든 의도적이지 않든 외면하는 것이다.

〈철로의 이슬이 된 저로 하여 당신의 무릅에 울게 하여주세요. 아하, 이도 바랄 수 업슬레라. 외로히 물너설뿐〉 지난 4월 8일 경인선 오류동 철도자살한 리화전문학교 문학과 학생 홍옥임 양이 죽기 전 몃칠 전에 그의 한때의 애인이든 P씨에게 보낸 글월의 일절이 이것이다. P씨는 시내모고등보통학교 5학년에 재학하는 키는 조고마하고 살빗 가무스롬하지만은 홍옥임양 자신이 친구에게 하든 그 말투를 빌건대 '어쩌면 그러케 친절하고 handsome하냐 하든 분이엇다. 그러나 두 분의 압혜는 '낙원'은 문을 구지 닷고 여러 주지 안엇든가. 아름다운 용모, 나 젊은 청춘, 호화로운 명문의 집 따님이라는 지위까지도 모다 보잘 적 업는 물건이 되어 그는 꼿꼿내 사랑을 일은 외기럭이 되엇다. …… 철도 길뚝에 흘니어진 두 젊은이의 피, 그는 락원을 찾다가 찻지 못하고 바람에 사라진 두떨기의 꼿이라 할까…… 더욱 홍양의 절친한 학원 모양의 말을 드르면 '나는 비록 실연은 하엿지만 육신상으로는 아조 처녀란다. 너만은 그것을 밋어주겟지 응!' 하더란 점으로 보아 그는 루벤스의 그림에 나오는 '영원한 처녀'의 나오는 일표본이랄까

— 「실락원」, 『삼천리』, 1931.5. 38면

심지어 죽음의 원인을 사후적으로 해석하는 과정에서 관계성의 흔적조차 지우며 오히려 남성 문제를 그 원인에 놓는다. 위 인용에서 보자

면, 동반자살의 원인이 한 여성의 실연에 있다고 지적되면서, 이 여성이 죽기 직전에 썼다는 편지가 예로 제시된다. 이 증거에서, 홍옥임은 '핸섬'한 남성의 사랑을 얻지 못해서 죽은 것으로 판명난다. 이 같은 해석은 여성들 간의 관계를 배제하고 여성과 남성의 관계를 본질적 원인으로 상상하는 사고에서 배태된 결과이다. 또 다른 한편으로 이 죽음에 낯선 관계가 놓여 있기 때문이다.

그런데 이 기사는 이 같은 해석에만 머무르지 않으며, 자살한 여성의 육체가 '처녀'였다고 덧붙인다. 죽은 여자가 처녀인지 아닌지를 밝힌 것은 단순한 성적 호기심을 넘어서는 문제로서 이성애적 강박이 이 글에 전제되어 있음을 알게 하는 부분이다. '육신상으로는 아조 처녀'라는 지적은 관능적인 성적 호기심일 뿐 아니라 끝까지 이 여성의 진심이 동반자살한 여성이 아니라 또 다른 남성에게 향해 있음을 알리는 방증이다.

> 보시면 놀라실 일이나 남의 압헤서 우슴의말도 잘하지 않을 듯하게 꼭하고 얌전한 이로도 『과부의 갓혼 사정』이라할가요. 자긔네들 사이에 주고 밧는 편지는 의외에 맹렬하게 로골한 토설을 하는 것이 다른 이들의 짐작도 못하는 일입니다. 이제 그 중에 넘어 로골한 구절을 쎄이고 멋가지를 들어 소개하겟습니다.
>
> 1.
> 사랑하는 S야. 심란한 비가 밤이 들도록 오는구나. 먹는 둥 마는 둥 저녁밥을 맛치고 내 방에 도라와 혼자 안젓스니 아츰부터 울울한 심사가 (…중략…) 나는 형님만, 지금대로 어느 쌔 싸지던지 독신을 직혀주신다면 나도 영원히 영원히 독신을 직히겟서요. 형님 나는 인제부터는 형님 한 분 밧게 밋고 살 것이 업는 몸입니다.[10]

위의 인용에서도 서술자는 여성들 간의 관계에 대해 시종일관 '놀라움'을 금하지 못하는 태도를 역력히 드러내고 있다. '여탐정'으로 밝힌

---

10) 노탐정, 「결혼 안는 노처녀들의 생활」, 『신여성』 3권, 7월호, 26~28면.

이 필자는 결혼 안 한 노처녀의 '놀라실 일'을 밝힌다는 입장에서 노처녀의 편지를 인용하고 있다. 그러면서 이 편지에 '다른 이들이 짐작도 못 하는 일'이 있다고 말하면서 여성들 간의 편지를 관음증적 시선으로 본다. 이렇게 장황하게 놀랄 만한 편지로 소개된 서신의 내용은 결혼 안한 여성들 간의 감정적 연대를 드러내는 표현이다. 서술자가 너스레를 떨면서 '놀랄 만한 그런 종류의 사건이나 상황은 지금의 관점으로 보면 없다. 편지의 주된 내용은 여성들의 우울한 심사를 나누는 그런 편지이기 때문이다.

다만, 이 편지에서 놀랄 만한 징후를 찾자면 '형님 한 분 밧게 밋고 살 것이 업는 몸'으로 표현되는 이들의 '관계'이다.[11] 현모양처 등으로 표현되는 당대의 바람직한 여성의 규범에서 여성들 간의 이러한 감정적 밀착은 '놀랄 만한' 일탈이며 부적절한 관계이다. 단순한 놀람의 형식으로 표현된 글이지만, 이 글에서 여성들 간의 '관계'를 낯설게 거리화하며 관조하는 태도를 엿볼 수 있다. 남성들 간의 관계는 '우정'이라는 이름으로 국가적 대의를 위해 존재할 수 있으나 사적 존재로서 여성들 간의 관계는 '국가'나 '남성'으로 매개되지 않는 한 명명하기 어려운 관계이다. 여성들 간의 밀착된 관계가 도달할 수 있는 '사회'가 부재하기 때문이다.

> 사회나 가정을 물론하고 구에서 신으로 건너가는 이때에 무수한 희비극이 우리 사회의 이면에 잠겨있을 터인데 이렇게 아무소리가 들리는 것이 없을 수 없습니다. 시부모의 학대, 남자의 전횡, 완고한 구식가정, 여자교육과 여자의 인격 무시, 여자의 진로 어느 것이 우리가 부르짖으려는 재료가 아니고 어느 일이 우리가 개척하여야 할 도정이 아니겠습니까. 여자의 글은 무엇이나

---

11) '사랑하는 S'라는 호명이 눈에 띠나, 1910년대부터 여성들 간에 우정의 표시로 '사랑하는'의 수사를 범용하고 있기 때문에 이 용어가 여성들 간의 관계를 규정하고 있다고 보기는 어렵다. "경희는 동창회를 다 마치고 피차 사랑함으로써 지내는 숙자와 더불어"(백대진, 「노처녀」, 『반도시론』 3호, 1917.6) 그러나 '사랑'이라는 용어가 남녀 간의 감정을 특권화하는 용어로 국한되는 징후도 분명하게 자리하고 있다.

환영하여 받습니다. 많이 보내주십시오.[12]

이런 맥락에서 『신여성』 등 여성 매체가 점하는 지위에 대해 생각해 볼 필요가 있다. 여성 매체는 여성들만의 '사회'를 상상적으로 가능하게 하는 공간인데, 예를 들어 백합화라고 자신의 필명을 밝힌 한 필자는 『신여자』 2호에 글 두 편을 싣는데, 이 글 두 편이 서로 다른 지향으로 나타나면서 여성매체의 가능성을 분명히 드러내고 있다. 한 편은 「애의 추회」[13]이고 다른 한편은 「독신처녀의 생활」이다. 「애의 추회」를 보면 자신이 사랑하던 남자 P에 대한 연모의 정이 잘 드러나 있다. 그러나 이 연모의 정은 과거의 편린으로 "학생시대의 에피소드"이자 "단꿈"일 뿐이다. 실연의 아픔을 그리고 있다는 점에서 '애화'지만, 지금 그 감정은 남아있지 않다. 실상 지금의 감정은 '덧없음'이다. 그래서 같은 필자의 다른 글에서는 오히려 「독신처녀의 생활」을 계속하리라는 견해도 분명하게 하고 있다. 여성들에게 낭만적인 이성애적 사랑이 주요한 심리적 지향이지만, 이 같은 심리적 경향이 여성적인 심리의 전부라고 해석할 수는 없는 것이다. 만약, 여성들의 심리를 낭만적 사랑으로만 몰고 갈 경우 이 '애화'는 통속적 코드로 화석화될 것이다.

『신여자』・『신여성』 잡지에는 여성들의 이성애적 관계만이 아니라 동성들 간의 관계가 나아갈 수 있는 커뮤니티 또한 발견되고 있다. 『신여자』의 편집인이기도 했던 김일엽이 'K 언니에게'라는 호명을 통해 자기 내면을 드러내 보이기도 하고, '졸업하신 형님들에게'[14]라는 글에서나 '기고는 여자에 한하여'[15]라는 조건과 호명 방식을 통해서도 이 같은 지향을 녹록지 않게 드러내고 있다. 이러한 여성들 간의 관계가 비록 '심후한 동정에 힘'[16]입는 감정적 동일시의 관계에 의해 유지된다고

---

12) 「편집여언」, 『신여자』 2호.
13) 『신여자』 2호.
14) 신진심, 「졸업하신 형님들에게」, 『신여자』 3호.
15) 「기고환영」, 『신여자』 4호.

할지라도 이 관계가 여성의 개인성을 강화하는 방향으로 이어지고 있다는 사실은 부인하기 어렵다. 물론 이 관계가 '조선 여자 전체의 것'[17]에서 표현되는 것처럼 내셔널리즘의 맥락 안으로 손쉽게 갈망될 여지가 있지만 그런데도 '조선'과 '여성'이 쉽게 단일한 것으로 수렴되지는 않는다.

이러한 맥락에서 여성들 간의 관계를 여성의 개인성으로 전유하는 소설이 있어 주목해 보았다. 제1세대 여성작가로 평가되는 김일엽의 「순애의 죽음」이 그것이다.[18] 이 소설에서 주인공 순애는 책을 많이 읽는 문학소녀로 "숫되고" "고상한 인격"을 가진 '풍부한 감상'의 소유자다. 그런데 어느 날 순애가 당대의 유명한 청년학생과 사랑하게 되면서 죽음에 이르게 된다. 이 소설은 순애의 유서를 보게 된 친구의 서술로 쓰여진다. 서술자 '나'는 남다르게 뛰어났던 순애가 자살하게 된 사실을 속상해하며 그간 순애가 어떻게 죽게 되었는지를 요약하는데, 이 과정에서 죽음의 원인이 실은 순애의 낭만적 사랑에 기반한 감상적인 내면에 있을 수도 있다고 가정하는 듯하다. 서술자의 관점에서 순애는 문예를 좋아하고, "정서가 발달"했으며 이런 모습을 보면서 "아모 생각업시 생그레 웃는 순애가 퍽 불상"하게 보였다고 말한다. 그래서 "비극이 밋치진 아니할가 하는 넘려"까지 하게 되었다고 말한다. 정서가 발달한 것과 아무 생각 없이 생그레 웃는 모습을 연결시켜서 순애가 불행하게 될 거라고 예감하는 것은 '소녀' 표상과 관련된다.[19] 지금도 그러하지

---

16) 「편집을 마치고」, 『신여자』.
17) 「투고환영」, 『신여자』 2호.
18) 이 부분의 글은 「근대적 주체와 타자의 형성 과정에 대한 연구」(박숙자, 『어문학』 97집, 2007, 267~290면)의 마지막 장에 실려 있다.
19) '소녀취미'와 관련해 '정숙한 눈에 화장과 같은 군더더기도 없이, 사람의 환심을 끄는 것도 없이, 일상의 홀로서기, 홀로걷기 등 고요하고 쓸쓸한 모습'이나 '애초부터 찬란히 빛나는 미소녀로서 차갑고 단단하게 갇혀있는 보석상자와 같이 자신을 지키는 고독한 소녀'로 서술한다. 이는 사실 청순하면서도 얌전한 근대 소녀의 이미지이다(本田和子, 『女學生의 系譜』, 靑土社, 1990, 193~195면).

만, 창백한 얼굴을 한 청순한 소녀의 비극성은 소녀 이야기의 전형이다.

> 더구나 본래 다정하게 된 순애가 문예를 조화하야 다른 동모들은 일흠조차
> 모르는 문예서적을 공부시간 외에 애써 닑으며 자기도 시도 지어보고 감상문
> 가튼 것을 만드는 것을 보면 순애의 정서가 얼마나 발달될 것을 알 수가 잇섯나
> 이다. 그래서 나는 순애에게 언젠 한번은 이러한 비극이 밋치진 아니할가 하는
> 념려로 순애를 처다볼 째는 아모 생각업시 생그레 웃는 순애가 퍽불상하여 보엿
> 나이다.[20]

그러나 이 경우에도 소녀의 비극성은 오히려 낭만적으로 포장된다.
혹, 소녀의 '희생'으로 보려는 경우에도 소녀의 비극은 오히려 소녀의
순결성을 역으로 지시하는 기호가 된다. 현진건의 「희생화」, 방정환의
「사랑의 무덤」 등 모두 구세대 부모와 갈등을 제대로 풀지 못해 죽음에
이르게 되는 소녀들은 강압적인 부모가 대립되면서 죽음이 더 안타깝
게 그려지게 된다.

이에 반해 「순애의 죽음」에서 서술자는 죽음의 원인을 낭만적 사랑
타령으로 소녀를 유인하는 청년 학생과 그 청년을 자신의 이상적 거울
로 삼아 정신과 육체를 잃어버린 소녀의 내면으로 지정함으로써 소녀
의 감상성을 여자의 문제로 보지 않고 낭만적 사랑이 가지고 있는 허구
성으로 해석한다. 남녀 모두 근대적인 소녀 표상에 공모되거나 포섭된
예라고 볼 수 있다. 서술자는 남녀 평등을 부르짖으며 사랑의 위대성을
달콤하게 이야기하는 청년이나 낭만적 사랑의 절대성을 승인하는 소녀
모두를 거리화하며 죽음의 이유를 추출한다.

> 나에게도 가슴맨 쪽에 숨어잇는 것은 보여주지안는것 갓헛나이다. 그래서 단
> 시간의 일이지만 자살하기까지 니르도록 사랑하는 사이가 되엿든 K의 일도
> 내게 알니지 안은 것이엿나이다. 그래서 순애가 죽은 후에 일기책을 뒤저보고

---

20) 김일엽, 「순애의 죽음」, 『동아일보』, 1926.2.2.

야 비로소 그 내용을 안 것이엿나이다.[21]

우선, 문학소녀인 '순애'는 낭만적 사랑을 연기하며[22] 친한 친구와
한 마디도 얘기하지 못한 채, 오로지 청년의 시선만을 의식하며 그 기
대에 부응하기 위해 노력한다. 평소에 글 잘 쓰던 순애가 청년이 실망
할까 봐 글 한 줄 못쓰고 끙끙대는 모습은 자신의 개인성과 무관하게
청년의 시선을 통해 자신을 타자화하는 모습이다. 더욱이 이 과정에서
드러나는 순애의 고결한 내면은 외부와 일체 소통하지 않기 때문에 죽
음에 이르게 되었다고 할 수 있을 정도이다.[23] 소녀들의 분홍빛 공상을
구성하는 학교(기숙사)[24]가 격리와 배제를 통해 그 고결성(순결성)을 생산
했다면, 소녀 또한 동일한 방식으로 낭만적 사랑을 유지한다. 격리와 배
제를 통해 여성의 성욕망을 관리하는 방식이 순애에게서 내면화되어

---

21) 김일엽, 「순애의 죽음」, 『동아일보』, 1926.2.3.
22) 김옥란은 로맨스 소설을 탐독하는 소녀 표상에 의문을 제기한다. "1934년 10월 『신
   가정』(독서특집)을 보면 여학생들의 독서경향은 그와는 다소 차이가 나는 것으로 보아
   진다. 독서특집에서 여학생들이 읽은 것으로는 베벨부인론, 노산시조집, 이광수의 『흙』
   등이다."(「근대 여성 주체로서의 여학생과 독서 체험」, 『상허학보』 제13집, 2004.8, 264
   면) 그러나 이것만 가지고 여학생들의 독서경향을 일반화시킬 수는 없을 듯하다. 일반
   적으로 권장되는 필독도서나 추천도서와 달리 여학생들이 읽은 소설들에서 로맨스를
   추출해내는 것은 어렵지 않아 보인다. 앞서 보았던 임노월의 「춘희」의 경우도 그러한
   예이다.
23) 가와무라 구니미츠는 일본 근대 소녀의 경우 '로망스, 라이프, 하트' 등 외래어를 써
   가며 자신을 고백함으로써 자신의 정체성을 확보하게 되는데, 이 언어 사용에서 주체
   화를 찾아보기는 어렵다고 말한다. 당시 소녀 문화 안에는 근대적인 외양을 흡수해서
   이것을 상투적인 형용사로 수식하려는 포즈가 짙게 깔려있다고 전한다. 川村邦光(가
   와무라 구니미츠), 『オトメの 祈り―近代女性イメージの 誕生』, 紀伊國玉書店, 1993,
   1~53면.
24) 현진건의 「B사감과 러브레터」만 보더라도, 여학생 기숙사는 각종 로맨스가 상상되
   는 섹슈얼한 공간으로 상상된다. 이는 실제 기숙사(학교)와 표상된 기숙사(학교)의 차
   이이다. 여학교와 기숙사를 관통하는 상징적인 법은 여학생들의 성욕망을 규제하는
   공간이지만, 당대의 남성문화는 이 억압된 욕망을 남성적인 판타지로 재구성한다. 학
   교를 둘러싸고 진행된 상상은 학교의 규범과 무관하게 로맨스를 상상할 만큼 성화된
   것이기 때문이다. 격리와 배제를 통해 여성의 성욕망을 관리하려 하지만, 결국 억압된
   욕망이 판타지로 구성된다.

반복된 것이다. 그러나 이 같은 방식이 죽음을 초래하는 간접적 원인이라는 것은 아이러니컬하다.

그런데 서술자는 소녀의 감상성의 문제를 다른 방식으로 재구성하며 여성의 '또 다른 감상'을 드러낸다. 예를 들어 순애가 자신의 진실을 '일기'의 형식으로 폐쇄적 방식으로 서술하는 데 반해, 서술자가 "S언니"를 호명하며 순애의 진실을 여성적인 소통 안에 놓는 방식이다. 순애를 둘러싸고 진행된 사건을 폭로나 경탄이라는 방식으로 스캔들화하는 것이 아니라 "S언니"를 부르며 여성적인 자매애적 관계 안에서 여성의 진실을 재구성하는 것이다. 순애의 죽음이 신문기사나 남성적인 성규범 안에서 의미화되었다면, 청년학생에게 유린당한 불쌍한 소녀쯤으로 해석되거나 센티멘탈한 소녀의 웃지 못할 비극쯤으로 보도되었을 것이다. 여기에서 소녀는 순진한 어린 '양'이나, 분홍빛 공상의 결과에서 크게 벗어나지 않는다. 그런데 서술자는 이 사실을 일방적으로 바라보는 대신, 여성적인 맥락(서술자가 S언니에게 보내는 서신) 안에서 재구함으로써 객관화된 시선으로 서술한다.

즉 낭만적 사랑이 구성되는 이야기 속에서 배제와 유일무이함이 '진실'을 생산하는 방식이었다면 이 작품에서는 다른 방식으로 이야기를 구성한다. 서술자는 감상적인 여성의 내면 이외에, 관계지향적으로 구성되는 여성의 또 다른 내면을 제시한다. 이것이 표면적으로는 친구에 대한 여성 특유의 '감상'으로 보일 수도 있지만, 적어도 이 '감상'이 작동하는 방식은 여성이 처한 현실을 상호소통적으로 구성하는 방식이나.25) 「순애의 죽음」을 통해, 여성적인 '감상'이 로맨틱한 사랑에 도착된 것만이 아니라 여성들의 감정적 유대관계 안에서 구성된다는 사실

---

25) 이것과는 좀 다른 의미에서, 안미영은 근대문학 작품에 나타난 여학생들의 재현양상을 연구하며, "실제 여학생들의 교육은 사회 전반에 걸쳐 전문인력이 되기보다는 지적 허영을 충족하는" 수준의 교육이었는데, 결과적으로 교육을 통해 여성의 자율성과 내면 확장을 기도할 수 있었다고 말한다(안미영, 「여학생과 문명에의 의지-이상(李箱) 소설을 중심으로」, 『한국현대문학연구』 제8집, 2000.12, 159~187면).

이 발견된다. 이러한 여성들의 감정적 유대는 그 지평을 넓혀가면서 여성 표상에 투사된 남성의 판타지를 해체하며 또 다른 상상적 공동체를 구성할 수 있는 매개가 된다.[26]

여성들 간의 죽음으로 표상된, 여성들 간의 관계는 쉽게 해석되지 않는 '낯선 영역'이 그 안에 놓여 있다. 그래서 이 죽음을 놓고 당대 매체들이 해석하는 방식은 에로틱한 시선을 투사하거나 아니면 또 다른 이성애적 관계를 상상하면서 이들의 죽음을 개별적인 죽음으로 해석하는 것 등이다. 이러한 해석에서 배제된 것은 여성들의 관계라는 '낯선 관계'의 영역이다. 이 관계가 해석되지 않으면서 여성들의 죽음을 나약한 정신으로, 개별적인 행동으로 비난받는다. 그러나 앞서 보았던 것처럼, 여성들의 죽음에는 '동성애'든 그렇지 않든 여성들 간의 '관계'가 놓여 있다. 이 관계가 '민족'적인 것으로 수렴되지 않더라도, 이 죽음에는 또 다른 관계의 지평이 새롭게 열리고 있다. 이 관계의 중심에 '낭만적 사랑'을 정상성으로 하는 이성애적 상상 대신, 여성들 간의 수평적 연대를 도모하는 관계지향적 감정적 유대가 놓여 있다는 것, 그리고 이 관계가 근대 여성을 형성하는 또 다른 사회였다는 사실을 감안해야 할 것이다.

---

26) 이 같은 가능성은 1925년 창간된 『신여성』을 통해 어느 정도 현실화되었다. 이 같은 주장을 내놓는 엄미옥은 여성들의 언어가 가지는 이중적인 측면을 해석하며, '천박하고 경박하게' 근대에 영합해 간 측면도 있지만, 그런데도 "새로운 언어표현 속에서 자신들의 세대 감각과 정체성을 찾고 기존의 가부장적 질서에서 비밀스러운 일탈"을 꾀한 측면도 무시할 수 없다고 지적한다(엄미옥, 「한국 근대 여학생 담론과 그 소설적 재현 연구」, 서강대 박사논문, 2006, 101면).

## 3. 여성들의 육체, 또 다른 관계의 개인성

'여성'이 근대를 관통하는 동안 여성 '육체'에 내장되어 있는 다양한 경험들, 감정들, 움직임들을 잃고서, 대신 섹슈얼한 신체만을 손에 쥐게 되었다. 혁명적인 남녀동등권으로 환기된 근대 여성은 자유를 얻었지만 어디까지나 낭만적 사랑의 화신인 '신여성'이며 가부장제 하의 여성일 뿐이지 그 밖의 여성은 상상하기 어렵거나 아니면 비천한 여성으로 해석되었다. 그리고 여성이 낭만적인 사랑의 주인공으로, 스위트 홈의 안주인으로 변신하면서 여성은 근대 남성이 승인하는 질서 범위 안에 안전하게 놓이게 되었다. 즉 '낭만적 사랑'을 통해 여성은 근대적 개인의 지위를 얻는 것은 분명해 보이며, 이 지위가 이성애적 가속(민족)으로 편입하는 데 편리한 지표가 되는 것도 엄연한 사실인 듯하다. 실상 근대 여성의 '육체'는 다양한 힘과 경험이 축적되고 소통되는 장소이다. 이 육체가 근대질서 안에서 '성적인 육체'이자 '윤리적인 육체'로 코드화되고 있지만, 이 육체에 새겨지고 있는 또 다른 경험과 관계성은 다시 해석해야만 하는 텍스트다.

여성은 이성애적 관계 안에서만 안전하게 그 이름을 얻지만, 이 이름들이 여성의 개인성으로 드러나기란 여의치 않다. 여성의 개인성은 오히려 또 다른 여성을 호명하면서 강화된다. '언니'라는 호명을 통해 도달하게 되는 것은 이성애적 관계가 외면했던 여성들의 또 다른 커뮤니티이자, 우정이라는 이름의 연대감이다. 이성애적 사랑이 '남성'이라는 시선을 통해 여성의 내면을 타자화하고 있다면, 여성들 간의 관계에서는 오히려 '여성'이라는 거울을 통해 자기응시의 발판을 마련하게 된다.

식민지 조선 안에서 여러 커뮤니티가 발생한다. 계급과 취향과 성별의 이름으로 각종 사회가 만들어지는 것이 그것이다. 이것들은 '민족'이나 '조선'의 이름으로 단일화할 수 없는 식민지 안에서 나타나는 또 다른 공공성이다.[27] 식민지 사회 안에 커뮤니티의 이름을 단일화하고자 하는 욕망은 실상 제국의 폭압적 정치술일 뿐만 아니라, 광장의 정치성이나 계몽의 이름으로 동일한 욕망의 집단을 생산하고자 하는 개체화의 욕망이다. 특히 '민족'이라는 단일한 기원의 신화 안에서 '여성'들의 관계는 성적인 상상력으로 도착되거나, 내셔널리즘의 시각으로 구원되거나 이 두 가지 길뿐이다. 그밖의 다른 관계 속의 '개인성'은 섹슈얼하거나 내셔널리즘의 시선으로 환원된다. 이는 내셔널리즘의 도착이다. 이 잣대 안에서 근대 여성들은 좋거나 나쁘거나 하는 식의 규정을 받는다.

근대 여성은 '개인성'의 다른 이름이다. '여성'이란 남성의 시선과 욕망과 정신으로 학습되거나 포섭될 수 없는 이질적인 영역의 다른 이름이다. 여성은 남성의 반대가 아니라 '남성이 아닌' 것들의 또 다른 이름이다. 다만 이 여성을 여성으로 움직이게 하는 엔진이 '육체'라는 힘의 충돌과 결집, 관계가 교호하는 장소라는 것이다. 이를 통해 여성은 근대를 경유하며, '여성'이라는 이름을 얻게 되었다. 그리고 일부분이지만 이 여성들이 여성들과 맺는 관계 안에 이 같은 '개인성'이 새롭게 구성될 수 있는 여건이 마련되고 있다. 여성과 여성 간의 자매애적 관계, 딸과 어머니의 모녀지간, 이 관계들은 근대사회가 외면하거나 배제했던 관계이다. 형제애적 관계가 민족의 코드로 전유하기 쉬운 관계라면, 자매애적 관계는 '중개'가 필요한 관계이다. 또 부-자지간이 '가문'을 상상하며, 민족국가의 질서를 상상할 수 있는 상징적 비유가 된다면, 모-녀지간은 모-자지간으로 전이되어야 좀더 적극적인 의미가 생산될 수 있는 관계로 전유된다.

이 장에서는 식민지 여성들 간의 밀착된 관계를 볼 수 있는 '동성'간의 관계가 '동성애'라는 섹슈얼한 코드로 재구성되고 있는 것을 확인할

---

27) 강상중, 앞의 책, 36~41면. 강상중은 "다원적이고 서로 겹치며 경합하는 공공공간"을 강조한다.

수 있었다. 그러나 여성들 간의 관계에서 빚어지는 '관계'는 쉽게 그 이름을 얻기 힘들어 보인다. 1세대 여성작가들이 어머니에 대해 쓰고 있는 작품들 안에서 이 같은 징후가 녹녹치 않게 드러난다. 그동안 1세대 여성작가들이 어머니에 대해 쓴 작품들을 해석할 경우 너무 손쉽게 '난, 어머니와 다른 삶을 살 테야' 하는 구호로 평가해 왔다. 그리고 이 모녀 관계를 신여성과 구여성의 대립으로 평가했다. 그러나 이 신여성들은 구여성인 어머니를 '구여성'으로 몰아붙이지 않는다. 오히려, 어머니와 떼려야 뗄 수 없다는 사실로 인해 '애증'의 염을 느끼고, 오히려 신여성과 구여성 간의 공분모로 자리하는 '여성'을 확인한다.[28]

구여성과 신여성의 호명방식은 여성들 간의 '차이'를 '차별'로 장식하기 위한 남성적 수사이다. 구여성과 신여성은 서로 다른 존재이지만, 화해할 수 없는 대립적인 존재들이 아니다. 이들은 모녀지간이자, 또 다른 식으로 얽혀 있는 관계의 영역이다. 여성과 여성들의 관계에서 '국민'의 이름으로 포섭되지 않는 영역에 대한, 다시말해 '전체주의 기획'에 파열음을 내는 또 다른 커뮤니티를 좀더 적극적으로 해석해야 할 것이다.

---

28) 졸고, 「신여성의 무의식의 닻」, 『여성과 사회』 15호, 2004, 92면.

# 제2장
## '노동' 없는 어른, 유희하는 개인

'노동'은 자본주의 사회 안에서 개인과 세계가 맺는 특정 방식을 매개한다. 개인은 '노동'을 통해 자본주의 세계와 접속하며, 동시에 자본주의적 육체를 경험하게 된다. 몸의 움직임이나 감정의 흐름을 효율성과 편의성으로 규율하며, 화폐의 정도로 개인의 가치를 판단한다. 노동 속에서, 개인의 가치관이나 느낌 등은 사족이며 특정 이데올로기도 노동과 연동하는 선에서 화해롭게 결합된다. 식민지 시기 개인들은 '자본주의적 노동'을 통해 재구성된다. 1930년대까지도 조선 인구의 80퍼센트가 농민이었는데도 이들의 관계를 규정하는 것은 자본주의적 노동이다. 차지차가법의 등장이나, 조합제도 등 농민들은 생산수단에서 점점 소외되면서, 식민지 시기보다 더 열악한 상황에 놓이게 된다. 그뿐만 아니라 1934년 화신백화점이 '체인점 계획'을 발표하면서 조선은 물류 흐름을 전국 단위로 조직하게 되는 것에서도 드러나다시피 조선 전체는 단일한 '교환' 논리에 놓이게 된다.

이러한 양상은 작가나 논설가 등 문사들에게도 마찬가지로 적용된다.

근대 초기 자본주의적 노동과 무관하게 상징적 가치를 추구해 온 문사들은 이 같은 변화에 룸펜으로 전락하고 만다. 이광수의 『무정』, 염상섭의 『삼대』에 그려진 지식인들이 민족적, 개인적 양심만으로도 충분히 그 가치를 인정받을 수 있었다면 현진건의 『타락자』, 박태원의 『소설가 구보씨의 일일』에서는 그렇지 못한 상황에서 갈등하고 배회하는 지식인들의 무력함을 드러내고 있다. 이는 1932년 '조선문필가협회' 발족을 둘러싸고 논의되는 원고료 문제에서도 그대로 나타난다.[29] 조선 지식인들은 돈의 문제와 무관하게 민족적·사회적 문제를 직접 돌파하는 방법으로 글쓰기를 진행하지만, 신문 출판 자본이 시장 논리 속에서 문사들의 글쓰기가 '원고료'로 계산되어야 한다는 주장이 일게 된다. 지식인들의 계급적 기반이나 성향과 무관하게 '문필가'의 권리를 보호해야 한다는 주장이 그것이다. 글쓰기조차 식민지 시장논리와 연동하면서 그 의미를 드러내게 된 것이다. 이는 카프작가들의 전향 이후의 작품에서도 잘 드러난다. 한설야의 「과도기」에서 농민들이 결국 임금노동자가 되는 과정은 더 이상 개인적 선택의 문제로 놓여지지 않는 것을 보여주는 예이다.

이 작품에서도 드러나는바, 글을 쓰든 육체노동을 하든 '노동'할 수 있는 몸이 가치 있는 몸으로 드러난다. 그전까지 글만 쓰던 작가가 튼실한 육체를 통해 노동자로 거듭나는 과정은 노동 시장이 식민지민을 균질적으로 평가하는 틀로 작용하고 있음을 알 수 있게 하는 부분이다. 노동하지 않으면서 그 가치를 주장할 수 있는 것은 가정내 존재인 어머니와 어린이뿐이다. '어머니'는 아이를 키우는 어머니 역할을 통해, 또 가정 살림을 잘 운영하는 '절약'의 방법으로 그 가치를 인정받으며 잠재노동인력으로 가정된다. 그런데도 식민 자본은 '노동'의 가치를 통해 남성·여성·어린이의 몸을 위계적으로 가치평가한다.

---

29) 이원조, 「문필가협회와 갑프에 대한 사견」, 『삼천리』, 1932.12, 84면.

이 고장 백성들은 상투를 자르고 공장으로 몰녀갔다. 그러나 그러케 함부로 써주는 것이 아니다. 맨 힘차고 뼈 굵고 거슬거슬하고 나 젊은 우둥퉁하고 미욱스럽게 생긴 사람만 뽑히었다. 그리고 거기서 까불여난 늙고 약한 사람이 개똥밧 농사나 짓고 은어 부스러이 고기잽이나 하는 수밧게 업섰다…… 창선이는 요행 공장 노동자로 뽑혓다. 상투 짜고 감발 치고 부삽들고 콩크리트 반죽하는 생소한 사람이 되엿다.

—한설야, 『과도기』, 태학사, 1989, 141면

그러므로 식민자본주의 조선에서 노동을 하지 않으면서 자유로울 수 있는 몸은 드물다. 노동을 하거나 노동하는 몸으로 준비하거나, 아니면 노동할 수 없는 무가치한 몸으로 노동을 욕망하는 몸이 되든가 하는 것 뿐이다. 그런데 이상(李箱)의 소설에 나타나는 인물은 노동을 하지 않으면서 노동을 욕망하지도 않으며 심지어, 이를 무력한 것으로 체화하지도 않는다. 때로, 결핍과 무력함을 모르는 '어린이'처럼 보이기도 한다. 하지만, 분명 진취적이고 미래지향적 가치로 재현되는 그런 '어린이'도 아니다. 이상의 「날개」에 나타난 인물은 어린이지만 동시에 어린이가 아닌 그런 인물이다. 어린이의 의무인 '교육' 받아야 하는 의무로에서부터 멀리 떨어진, 마치 『양철북』에 나오는 성장을 거부한 '아이—어른'으로 보이는 인물이다. 즉 이는 이상 소설에 등장하는 인물이 아이도 어른도 아니라는 말이며, 아이도 어른도 아니라는 얘기는 '근대적 개인'의 배치 안에 놓이지 않는다는 말이다. 이 글에서는 이상의 작품이 가지고 있는 이 같은 특이성이, 1930년대 식민지 시기 발휘되고 있는 개인성임을 드러낼 것이다. 이 글에서는 아이도 어른도 아닌, 심지어 노동도 놀이도 아닌 그 경계 밖에 놓인, 개인성의 문제가 그 핵심으로 다루어질 것이다.

# 1. '아이―어른'의 경계를 벗어난 비―개인

근대 식민지 시기 '아동'은 순진무구한 천사이거나 계몽의 대상으로 표상된다. 익히 알려진 것처럼, 근대적 의미의 '어린이'가 탄생된 것은 1920년대의 일이다. 여기에서 발견되고 있는 '어린이'는 순진무구한 아이이자 조선의 가능성이 내장된 '어린이'이다. 차후에 도래할 근대가 순진무구한 어린이의 근대주의의 시대이든가, 아니면 식민지 현실을 초극하는 포스트식민주의이든가 간에 그 목적을 가능하게 하는 동력이 어린이에게 있다고 가정하는 것은 마찬가지다. 어린이는 근대의 꿈을 가능하게 하는 씨앗인 동시에 식민지 현실을 극복할 수 있는 '어린벗'[30]으로 창출되고 있다.

근대 시기에 '어린이'들이 탄생할 수 있었던 맥락에 근대적 개인의 문제가 놓여 있다. 이는 근대가 '어린이'라는 역사의 기원을 왜 창안하게 되었을까 하는 문제와 일맥상통한다. 개인이 자신의 기원을 설정하는 과정에서 '어린이'의 시기도, 그리고 근대 '역사'의 기원을 창안하는 과정에서 '어린이'의 표상도 만들게 된다. 즉 '어린이'라는 타자(풍경)는 원근법적 시선을 가진 근대적 주체가 자기 역사를 재구성하는 과정에서 창안한 인물 표상이다. 이 '아이'들은 미래의 주체들이기에, 보호받고 배려받아야 하는 미숙하거나 어린 존재이지만 동시에 개인의 내면과 무의식이 습합되는 또 다른 주체의 장소리고 볼 만하기에 어린이를 두고 '제2의 국민'[31]이라고 말하게 된다. 즉 '어린이'가 '아이다움'의 징표를 지우고 그 자리에 근대적 개인이 지향하는 것을 모방할 때 제 2의 어른으로, 미래의 주체로 긍정적으로 다루어지게 되는 것이다.

---

30) 『신여자』 창간호에 『어린벗』 광고가 실림. '어린벗'의 의미를 '제2국민'으로 쓰고 있다.
31) 위의 책.

비록, 근대의 '어린이'가 동심천사주의 / 현실의 어린이로 상충된 채 그려지고 있다고 말하지만 이 '아이' 표상 모두 근대적 주체가 발견해 낸 어린이 표상이라는 점을 부인하기는 어렵다. 현실 그대로의 어린이를 그대로 그려낸다는 것은 현실을 '있는 그대로' 그려내는 것만큼 어려운 일이다. 특히, '어린이'의 아이다움에서 가장 큰 특징으로 말하는 아이들의 '놀이성'을 순진무구함이나 / 계몽의 비전과 무관하게 드러내기란 쉽지 않다. 『아동의 탄생』에서 아이들만을 위한 '장난감'과 아동복을 증거로 '아동'의 탄생을 얘기하지만, 이는 엄밀히 말해 보편적 의미로서의 '어린이' 발견이 아니라 역사적 형식으로서의 '근대적 어린이' 탄생이다.

어린이를 설명하는 대표적 성격인 '놀이성'[32]을 얘기할 때도 근대적 성장을 빼놓을 수 없다. 또한 근대적 개인이 억압했던 '감성'들도 근대적 개인의 비전과 무관하게 얘기하기는 어렵다. 그래서 1923년 창간된 『어린이』도 실은 근대적 개인의 미래 비전과 연동한 채 그 의미가 새겨지게 된다. 그래서 아이들을 위한 취미독물 개발을 적극 추진했던 『어린이』지에서 놀이를 '교과서'의 주변부에 놓으며 근대 교육과 연결시키고 있다. 이를 통해, 어른의 노동과 대비되는 어린이의 놀이 또한 교육적 가치로 전유된다. 이때 놀이는 그것이 비록 무의미하거나 쾌락 중심의 놀이라고 하더라도 '교육'에 포섭된다.

이에 비해, 『날개』에 등장하는 움직임은 노동 / 놀이 대립에서 벗어난 인간의 신체적 감각에서 유래하는 유희에 가까운 것이다. 이것의 단초는 『날개』의 첫 구절에서부터 볼 수 있다.

---

32) 필립 아리에스가 놀이의 역사성을 점검하는 가운데, "예전에는 공동체 전체에서 공유되던 놀이들이 아이들이나 하층민 사이에서만 존속하게 되었다. 옛 사회의 오락 가운데 가장 대중적이었던 가장 놀이가 그 중의 하나이다. 16~18세기의 소설 속에는 소년이 소녀로 변장하거나 공주가 양치기 소녀로 변장하는 등 가장 이야기가 많이 등장한다"(필립 아리에스, 앞의 책, 183~184면)고 얘기하면서 '놀이'가 아이들만의 것만으로 한정되었다고 지적한다. 이는 놀이 / 노동, 아이 / 어른의 대립이 낳은 변화일 것이다.

'박제된 천재를 아시오'

—「날개」,『이상문학전집』2, 문학사상사, 1991, 318면

이 구절은 그간 식민지 상황에서 자유롭지 못했던 '천재' 이상의 고백으로 해석되곤 한다. 그런데 이 상황에서 개인의 표면은 '박제'에 있다. '박제'는 신체성의 표시인 동시에 그 신체의 동물성이 거세된 기호이다. 박제는 동물성의 흔적과 상품 기호를 동시에 유표화시키는 표현이다. 그러므로 이 이야기에서 '천재'를 밝혀내기 위한 노력과 동시에 진행되어야 할 것은 신체의 동물성과 자본의 논리가 유표화되는 과정이다.

이는 내부이야기에 이상한 '가역반응'처럼 나타나는 '낯선 아이'의 등장으로 점쳐 볼 수 있다. 외양은 어른이지만, 옷차림이나 하는 모양의 정도로 봐서는 응당 아이라고 보는 게 적당할 듯도 싶은 아이이자 어른인 인물이다. 이 '나'는 하루 종일 집안에서 생활하며, 차려져 있는 밥만 먹고 잠자리에 누워만 있다. 아이도 어른도 아닌 이 인물은 근대의 가치체계로는 구분하기 쉽지 않다. 부인과 같이 사는 것으로 봐서는 어른인데, 그 행동으로 봐서는 단순히 무력한 '어른'으로 보기 어렵다. 지리가미를 가지고 놀면서, 하루 종일 잠자고 유희하는 이 인물에게 무직의 어른이 드러내는 무력함 같은 건 찾아보기 어렵다. 오히려 그 생활만 본다면 잠과 놀이, 식사를 반복하는 동물상태에 놓여 있는 아이로 볼 만하다.

이 인물을 동물성으로 일컫는 것은 그를 가치폄하하는 표현이 아니라, 특정한 가치평가를 떠나 신체적 감각에 충실한 원초적 상태를 일컫기 위해서다. 어른의 몸을 하고 있지만, 아내의 욕망과 구별되지 않는 듯 아내를 엄마처럼 알고 기생하는 그의 상태는 '유아'의 원초적 상태에서 벗어나 있지 않다. 또한 그의 즐거움이 이지적이거나 관습적인 것이 아니라 신체적 '쾌감'에서 비롯되고 있기 때문에 더욱 그러하다.

말하자면 나는 내가 행복되다고도 생각할 필요가 없었고 그렇다고 불행하다고도 생각할 필요가 없었다. 그냥 그날그날을 그저 까닭없이 편둥편둥 게을르고만 있으면 만사는 그만이었던 것이다. 내 몸에 마음에 옷처럼 잘맞는 방 속에서 뒹굴면서 축 처져 있는 것은 행복이니 불행이니 하는 그런 세속적인 계산을 떠난 가장 편리하고 안일한 말하자면 절대적인 상태인 것이다. (…중략…) 나는 쪼꼬만 〈돋보기〉를 꺼내 가지고 아내만이 사용하는 지리가미를 끄실려가면서 불장난을 하고 논다. 평행광선을 굴절시켜서 한 초점에 모아가지고 고 초점이 따끈따끈해지다가 마지막에는 종이를 끄실르기 시작하고 가느다란 연기를 내면서 드디어 구녕을 뚫어놓는 데까지에 이르는 고 얼마 안 되는 동안의 초조한 맛이 죽을 만치 내게는 재미있었다. 이 장난이 싫증이 나면 나는 또 아내의 손잡이 거울을 가지고 여러 가지로 논다. 거울이란 제 얼굴을 비칠 때만 실용품이다. 그 외의 경우에는 도모지 장난감인 것이다. (322면)

어떤 놀이의 목적이 행복이나 불행에 있는 것이 아니라 '초조한 맛'과 같이 신체적인 감각에 충실한 상태, 놀이의 목적도 없으며 놀이의 이유나 도달해야 될 지점조차 분명하지 않은 원초적인 동물로서 '아이'이다. 이 어른-아이는 세속적인 계산이나 배움과는 멀리 떨어져서 돋보기나 거울 등을 제 목적과 무관하게 가지고 놀며 돈까지 변기통에 갖다 버린다는 점에서 근대 인간의 범주로 갈망하기 어렵다.

이러한 인물의 형상은 한국문학사에서 일찍이 찾아보기 어렵다. 룸펜이라면 길거리를 어슬렁거리면서 연민·분노·무력과 같은 감수성을 드러내게 마련인데, '유희하는 어른'의 형상에는 조바심이나 무력함 같은 감정이 빠져 있다. 실은 그런 사회적 감정이 있기는커녕, 오히려 노는 일에 '재미'를 느끼고 아내(어른)의 실용품을 장난감인 양 가지고 논다. '지리가미를 끄실르'면서 '죽을만치 내게는 재미있다'고 얘기하거나, '도모지 장난감'이라고 얘기하며 아내의 손잡이 거울을 가치와 무관하게 가지고 논다. 이 아이 같은 어른에게 어른들의 물건은 신기하기만 한 장난감이다.

이 인물의 외양 또한 아이처럼 마냥 의심쩍은 것이 사실이다. "고무밴드가 끼어 있는 부드러운 사루마다를 입고 아무 소리 없이 잘 놀았다"33)고 하는 것처럼, 이 인물에게는 어른의 사회적 처지와 개인적 취향을 드러내는 변변한 외출복도 없다. 양복 한 벌이 있다고는 하나 그 옷으로 '자리옷'과 '통상복' '나들이복'을 겸한다고 하는 것을 보면, 사적 영역과 공적영역의 구분이 분명하게 드러나지 않는 듯도 싶다. 실은 이 인물이 딱히 어른도, 그렇다고 아이로 볼 수 없는 것과 같이 사적영역과 공적영역의 구별도 딱히 구별하기 어려운 인물인 것이다. '말하자면 나는 내가 행복되다고도 생각할 필요가 없었고 그렇다고 불행하다고도 생각할 필요가 없'는 그런 경계가 불분명한 존재이다.

이처럼 이 인물은 '어린이'에게 마땅한 '성장'을 거부하는 것도, 그렇다고 긍정하는 것도 아닌, 그저 그런 경계나 잣대와 무관한 존재이다.

> 오호라. 아해들은 어떻게 놀아야 좋을지 모르는 모양이다. 그러나 그들은 완전히 거세되어 버린 것이 아니다. 풀을 휘뚜루 뽑아가지고 와서 그걸 만지작거리며 놀아 본다. 영원한 절색─절색은 그들에게 조금도 특이하거나 신통치 않다. 아해는 뭐든 그들을 경탄케 해 줄 특이한 것이 탐나는 것이다…… 그들은 이런 모든 것에 지쳐버렸다. 그들은 흥취를 느낄만한 출구가 없다…… 그렇다 유회 않는 아해란 있을 수 없다. 유회를 주장한다. 유회를 요구한다…… 그리고 어느 품사에도 귀속치 않는 기묘한 아우성을 지르면서 거의 자신들을 동댕이치듯 떠들어댔다. 가엾게도 볼수록 엉터리다. 이것도 유회인가. 이래도 재미있는가…… 아해가 놀지 않는다는 현상은 병이 아니면 사망일 것이다. 아해는 쉴새없이 유회한다. 그래서 놀지 않는다는 것은 전연 불가능한 일이다. 그러니 앞으로 이 아해들은 또 어떻게 놀 것인가. 나는 걱정하였다.
> ─「이 兒孩들에게 장난감을 주라」,『이상문학전집』3, 1991, 118면

이 소설에서 '자아분열'을 끄집어내거나 '자아'라는 개인의 본질적인 장소를 설정하는 것은 근대적 개인을 변치 않는 상수로 놓으려는 강박

---

33) 이상, 「날개」,『이상문학전집』, 문학사상사, 1989, 323면.

에 지나지 않는다. '분열'이란 단일한 무엇이 흩어지고 파편화되었음을 말하는 것인데, 이상문학에 나타나고 있는 인물은 '분열'이 아니라 특정 경계가 의미 없는 존재이다. 경계가 없기 때문에 다양하게 변신하는 것이며, 어른도 아이도 아닌 채로 존재할 수 있는 것이다.

## 2. 13인의 아해들, 복수성의 기호

제13인의 아해가 도로로 질주하오
(길은 막다른 골목이 적당하오)

제1의아해가무섭다고그리오
제2의아해가무섭다고그리오
제3의아해가무섭다고그리오
제4의아해가무섭다고그리오
제5의아해가무섭다고그리오
제6의아해가무섭다고그리오
제7의아해가무섭다고그리오
제8의아해가무섭다고그리오
제9의아해가무섭다고그리오
제10의아해가무섭다고그리오

제11의아해가무섭다고그리오
제12의아해가무섭다고그리오
제13의아해가무섭다고그리오

13인의 아해는 무서운아해와무서워하는아해와그렇게뿐이모엿소

(다른 사정은없는것이차라리나았소)

그중의1인의아해가무서운아해라도좋소
그중의2인의아해가무서운아해라도좋소
그중의2인의아해가무서워하는아해라도좋소
그중의1인의아해가무서워하는아해라도좋소

(길은뚫린골목이라도적당하오)
13인의아해가도로로질주하지아니하여도좋소
　　　　　　　—「오감도」 시제일호, 『조선중앙일보』, 1934.7.24

　위의 시는 『오감도』 시제1호(詩第一號)이다. 제13인의 아해가 무섭다고 하는데, 그 이유가 분명하게 서술되어 있지 않다. '13인'은 다른 연구자들이 지적하고 있는 것처럼, 완결된 숫자가 아니라 짝이 안 맞는 넘침의 숫자이다. 즉 무언가 짝이 안 맞고 일정한 체계에서 벗어나고 있는 숫자이다. 그런데 이는 단지 13이라는 숫자에서 비롯되는 문제가 아닌 듯하다. 13인의 아해가 무섭다고 하면 통념상 그 이유가 무엇일까 상상하게 되는데, 이 시의 시적화자는 '진실'이 생산되는 심층 기제를 무시하면서 이유에 대해 입을 다문다. 시적 화자는 무서움의 원인이 외부에 있거나 또는 숨겨져 있지 않다고 말하는 대신, 13인 중에 무서워하는 아해와 무서운 아해가 같이 있다고 말한다. 즉 무서움의 원인이 13인 중에 있노라고 말하는 것이다. 누군지는 모르나 공포이 원인이 이미 13인 안에 있다는 얘기이다. 그렇다면 13인 중에 누구인가라는 의문이 생길 것이다. 그러나 화자는 그 의문조차 쉽게 해결해주지 않으며 더 공포스러운 상황으로 몰고 간다. 비록 "다른 사정은 없는 편이 차라리 나았"을지도 모르겠노라고 덧붙이면서 불안을 달래주는 척하지만 폭로는 계속된다. 1인의 아해가 무서운 아해일 수도 있고 2인의 아해가 무서운 아해일 수도 있으며 심지어 그 반대 경우도 성립한다는 것이다.

이 말인즉슨 공포의 원인이 특정 누군가가 아니라는 말이다. 공포의 원인은 특정 아해에서 발생하는 문제가 아닌, 즉 공포의 제공자가 따로 있지 않다는 말이다. 누구라도 범인이 될 수 있다는 얘기인 것이다. 13인 모두가 공포의 잠재적 가해자—원인이 되는 것이다. 그렇기 때문에 13인의 아해는 도로로 질주할 필요가 없다. 공포에 질린 얼굴로 가해자를 피해 도망갈 이유가 없는 것이다. 누구를 피해 도망간다고 해도 이미 공포의 원인은 그 자신에게 있기 때문이다. 이 시를 처음 읽어나가면서 기대했던, 공포를 해결하고자 하는 기대는 무너지고 대신 '13인'이라는 기표가 그러하듯 이미 공포는 아해를 둘러싼 외부에서 유래하는 게 아니라 이미 이 아해들 내부에 있는 것으로 판명난다.

심지어, 이 13인의 기표는 13인의 인물을 지시하는 기호가 아니라 복수성의 기표일 수도 있다. 13이든, 6이든 13이 지시하는 잉여의 기호만이 보장된다면, 그 어느 기호여도 사실은 무방하며 길은 이미 뚫린 골목이기 때문에 그 어떤 기호여도 상관없는 것이다. "제1의아해가무섭하다고그리오. 제4의 아해가무섭다고 그리오." 그리고 "그중의 1인의 아해가무서운아해라도좋소. 그중의2인의아해가무서운아해라도좋소"라고 말해도 이 시의 효과는 발휘된다. '13'이나 '4'나 이것들은 하나의 몸체가 변신하는 복수성의 기호일 뿐이다. 공포의 원인은 단일한 한 곳에 있는 것이 아니라 여기저기, 심지어 끊임없이 변신하면서 출몰할 수 있는 것이다.[34]

와글와글 들끓는 여러 '나'와 나는 정면으로 충돌하기 때문에 그들은 제각기 베스트를 다하여 제 자신만을 변호하는 때문에 나는 좀처럼 범인을 찾아내이기는 어렵다는 것이다[35]

---

34) 그런데도 '13'이 상징하는 바가 이미 불길한 것의 상징으로, "열 셋이란 수를 슬혀하고"처럼 드러나고 있기 때문에, '13'의 의미가 효과적으로 나타나게 된다(「운명과 생사관」, 『삼천리』, 1934.9, 129면).
35) 이상, 「종생기」, 『이상문학전집』, 문학사상사, 1989, 376면.

개인의 복수성은 「종생기」에서 더 분명하게 드러난다. '종생기'는 유서의 다른 이름인데, 이미 작성된 유서만 해도 13벌이다. 죽음을 앞두고 남길 수 있는 단 한편의 마지막 유서가 아니라, 몇 차례나 삶과 죽음을 연기할 수 있는 유서이다. 이 같은 인물의 복수성은 「종생기」에서 드러나고 있는 '위조'라고 칭해지는 유희에서 더 분명하게 드러난다. 「종생기」에서 두 남녀는 개인의 진정성을 담아내는 편지쓰기의 형식을 통해 개인의 진심을 전달한다. 여자주인공 '정희'는 '영원히 선생님 한 분만을 사랑하지오'라고 말하면서 선생님의 '전용(專用)'이 되게 해달라고 편지한다. 이러한 진심에 '나'는 진심은 아닌, 진심을 다해 표현한 '미문'일 뿐이라고 생각하지만, 그래도 반신반의하며 약속장소로 간다. "실심한 체" 하며 손짓 발짓으로 자신의 낙담을 연기하면서 정희를 만나러 가는 것이다. 그러나 이 같은 기대는 기대일 뿐 '죄나 거짓뿌렁이'임이 이내 밝혀진다. '정희'는 '나'에게 이런 편지를 쓰는 것과 동시에 다른 남자를 만나러 다른 약속 장소에 간다. '나'는 '공포에 가까운 변신'을 하는 정희의 정체를 다시 확인하면서 "나는 속고 또 속고 또또 속고 또또또 속았다"라고 말한다. 이렇게 속는 순간 '나'는 '노사(老死)'한다.

이렇게 속는 순간, '나'의 죽음은 또 한 번 완성된다. 하나의 진심을 위해 연기하던 '나'가 죽는 것이다. 매번 하나의 진실, 혹은 편지를 위해 달려가던 '나'는 그 편지의 진심을 붙잡으려던 순간 그 편지가 말하는 의미가 거짓이었음을 알면서, 즉 의미(진실)가 사라지는 순간 자신의 죽음을 고하는 것이다. 그렇게 하나의 죽음이 완성되는 순간, 주인공은 절치부심하며 또 한 번의 연기를 가장하고서 하나의 의미를 붙잡기 위해 질주한다. 하지만 또다시 의미가 '거짓부렁이'라는 사실은 더한 진실로 '나' 앞에 나타난다. 종생이 완성되면서 종생기는 시작되고, 종생기가 그렇게 다시 준비되는 동안 종생은 또 한 벌의 종생기를 준비하면서 편지 속의 진심을 향해 달려가기 시작한다. 그에게 종생기 13벌은 과정의 기호이며, 목적의 기호가 아니다.

그런데 이 넘침의 기호가 그에게 '종생기'를 쓰는 동력이자 이유가 되는 듯 보인다. 「종생기」의 '나'는 종생과 동시에 '종생기'를 쓴다. 단 하나의 진실이나 단 하나의 이유, 혹은 원인을 찾아내기 위한 절치부심 하는 것이 아니라 "다시 없는 내 오락"이며, "아이들이 고추먹고 맴맴 담배 먹고 맴맴 하고 노는 그런 암팡진 수단"을 넘어서는 '묘기중의 묘기'인 '유희'로 종생기를 쓴다. 유희에서 비롯되는 쾌감으로 '종생기'가 이미 여러 벌 마련되었다. 이상(李箱)에게 '진심'이나 '의미'는 도달해야 될 목적으로, 결핍된 무엇이 아니라 놀이를 완성하고 글쓰기를 충동질할 수 있는 알리바이이다. "순간 磁器와같은 태양이다시또한개솟아" 오를 수 있는 것처럼, 매번 또 다른 인물의 삶과 글이 질주할 수 있는 근거이다. '태양'이라는 유일한 기표조차, 다른 태양으로 대체가능한 것처럼 그의 소설에서 유일한 기표나 목적론적 의미는 없다.

이상 소설에 등장하는 주인공이 드러내는 '위조'는 자본주의의 '무한 생산'과 닮았지만, 본질적으로 다른, 다형적 가면의 효과이다. 지속적으로 똑같은 모습을 반복하는 것이 아니라 또 다른 방식으로 창안해내는 '위조'의 능력에 주안점이 두어지는 복수성이며 유희로서 진행되는 복수성이다. 이상의 인물들은 유희하는 아이의 생성 능력을 담지하고 있다. 그러하기에 이 인물이 다른 인물과 맺는 관계에는 낭만적 구속이나 배타적 강제같은 것이 가정되지 않는다. 아내와 관계가 '절뚝발이'이기는 하나 계약의 핵심은 호혜이다. 근대 국가의 동력인 가족을 모방하거나 욕망하지도 않고 그렇다고 저항하지도 않는다. '관계'와 '공존'이 그 핵심이다. 근대화된 위계적 배치 속에 놓이지 않기 때문에 가능한 관계성이다.

## 3. 동물성을 복원한 '아해'의 신체, 다형적 개인성

「날개」의 주인공은 어른이지만 동시에 '아이'처럼 보이는 '아해'다. 미래를 담지할, 대표적 표상인 '소년'에서 남성성을 표백하고, 젠더의 경계마저 혼란에 빠트린 즐거움이 없는 무력한 어른인 아해이다. 1920년대 창안되었다고 말해지는 순진무구하거나 계몽적인 근대적 '어린이'나 표준화된 '아이'가 아니라 미래도 즐거움도 모두 거세된 아이답지 않은 '아해'이다. 근대적 사고로 전유된 '어린이'나 '아이'와는 그 외양에서 닮았지만 본질적으로 다른 '아해'이다. 『양철북』의 '아이'가 '아이'라는 기표를 뒤집어 쓴 성장하지 않는 아이이자 어른인 것처럼, 「날개」의 주인공도 아이인 동시에 어른이며, 엄밀히 말하자면 어른도 아이도 아닌, 그렇게 경계가 모호한 인물이다. 그러므로 이상 소설에서의 아이는 근대가 창안하고 있는 '어린이'가 아닌 그 이전의 혹은 미래를 선취할 수 있는 '아해'로 표기되는 게 적당하다. 여기에서 아해를 두고 '비-개인'으로 칭하는 것은, 근대적 개인의 표상에 저항하거나 반대하는 그런 인물상이 아니라 개인과 모순적인 관계에 놓여있는 '개인이 아닌 존재'로 표현되는 형상이다. 이 '아해'는 어른으로서 마땅히 짊어져야 하는, 또는 그것을 통해 제 자신의 가치를 발할 수 있는 '노동'의 세계에서 빠져 있는 인물이다. 이 인물은 '유희'라는 긍정적인 생성의 방식을 통해 끊임없이 제1의 아해와 제2의 아해의 얼굴을 만들고 있다. 이 얼굴은 하나의 얼굴일 수도 있지만, 그렇지 않을 수도 있는 매순간 '종생'하는 얼굴이자 종생을 향해 달려가는 얼굴이다.

'근대적 개인'은 목적도 당위도 아니다. 만약 개인이 그러한 문제로 자명하게 다루어졌다면, 그것은 또 다른 이데올로기가 작동하고 있는 것이다. 자율적이고 독립적인 개인은 근대의 역사적 성격이 드러난 표상이다. 이것이 근대 보편의 이념을 담아 내고 있다고 가정하는 것은 근대적 주체를 서사화는 전략일 뿐이지, 개인을 이해하는 적절한 방법이 아니다. '자율적 개인'은 근대의 초입에서 중세를 벗어나고자 하는 당대의 노력이자 민족의 이미지를 단일하게 통일하는 데 사용된 개념일 뿐이다. 이상의 『12월12일생』에서 서사화된 것처럼, 그에게 아버지는 두 개의 기원으로 분리된, 기원의 권위를 상실한 이름이다. 기원의 정체성을 배제한, 그의 문학은 그러므로 리얼리즘의 관습이나 계약으로 얽어매기 어렵다. 그렇다고 다양한 이름으로 전시된 시장 자본주의도 아니다. 오히려 백화점 식의 시장 자본주의 안에서 그의 동물성은 박제된 채 흔적으로만 남았을 뿐이다.

그의 문학에서 새롭게 발견되는 개인성은, 자본주의적 '노동'에 얽매이지 않은 '유희'하는 인간형으로, 근대세계의 '어린이'도 청년도 아닌 나이나 젠더로 위계화하기 어려운 비−개인이다. 이 개인에게 '거울'은 순정한 내면이나, '정체성'의 일부도 보여지지 않는다. 이상의 '거울'에서 보여지는 것도 육체의 '표면'일 뿐이다. 그에게 거울은 내면을 반영하는 성찰의 도구가 아니다. 나혜석의 「경희」가 거울을 보며 인간이라는 새로운 깨달음을 얻어낼 때, 또 윤동주가 거울을 닦으며 자신의 정체성을 해치는 '녹'을 닦아낼 때 이상이 '거울'에서 발견하는 것은 자신의 표면이다. 거울에 반영된 그 사실의 표면을 발견하고 있을 뿐이다. 그간 리얼리즘의 서사에서 '거울'이 식민지의 본질을 재현하고자 하는 성찰적 도구로 이용되었다면, 이상이 들고 있는 '거울'은 '재현'의 도구가 아니라 '유희'의 도구이다.

'유희하는 인간'이 새로운 '개인성'을 체득할 수 있는 것은 '유희'의 기본적 속성에 동일시의 욕망이 없기 때문이다. 닮고자 하지만, 자신의 신체적 리듬을 억압하지 않기 때문에 닮을 수 없으며, 특정 목적을 위해 자기 자신조차 소외시키는 자본주의적 리듬에서조차 벗어나 있기 때문에 자신을 희생시키지도 않는다. '유희'는 엄밀히 말해, 노동−여가의 대립항에서조차 벗어나 있는, 아니 초월해 있는 상태이다. 앎의 의지가 하나의 진리로 환원되는 인식론적 사유에서 벗어나 있는 것이다.

'유희'하는 아해의 카니발, "날고 싶다. 날아보자꾸나", 이는 '초월'이자 '초극'의 욕망이다. 이 욕망이 꿈틀거리는 시점에서 '날개'는 동물성의 회복이자 새로운 개인성의 상징으로 나타난다. '나'가 아내의 집으로 돌아갈 것인가. 이 질문은 중요하지 않을 것이다. 그가 만약 집에 돌아가더라도 아마 아내와 다른 식의 관계로 '나'를 '종생'할 것이기 때문이다. 아마도 '나'는 부글부글 끓어오르던 찰나, 만물이 생성되는 그 지점에서 또 다른 변신을 감행할 것이다.

# 제5부
# 근대의 새로운 개인들

# 제1장
## '아동'이라는 근대적 개인의 무의식

### 1. 역사적 발견으로서의 '아동'

천진난만한 아동이 근대에 발명되었다는 지적은 이제 식상할 정도로 익숙한 주제가 되었다. 필립 아리에스가 『아동의 탄생』[1]에서 아동을 초역사적 실체가 아니라 근대 시기에 등장한 역사적 표상으로 탐구한 것도 그 한 예이다. 그는 장난감과 아동복을[2] 풍속사의 안에서 재구함으로써 '아동기'가 역사적으로 등상한다는 사실을 밝혀내었다. 이를 통해 아동기 형성이 역사적으로 규명되었다.

그 전까지 '아동'은 '작은 어른'의 의미 정도였다. '미성년'-'성년', 혹은 '작은 어른' 대 '어른' 식으로 아동을 연령이나 성숙 정도에 따라 구

---

1) 필립 아리에스, 문지영 역, 『아동의 탄생』, 새물결, 2003, 33~129면.
2) 한국에서는 1915년에 열린 가정박람회에서 아이의 유회거리(장난감)나 소아실 등이 처음으로 전시된다(「가뎡박람회 구경─명류부인의 관람」, 『매일신보』, 1915.9.15).

분하지 않았으며, 그런 만큼 '아동기'라는 특별한 시기도 설정되지 않았다. 아동은 기껏해야 애완동물처럼 '귀여워하기'의 대상이었다가 곧바로 어른의 세계에 진입하는 존재였다. 하인을 부르는 별칭이었던 'boy'가 아동의 다른 이름이기도 했다는 사실은 이같은 사실을 뒷받침하는 기호적 사례이다.[3] 우리나라에서 근대 이전의 아동은 '아기', '자식', '아들', '딸', '누이', '동생' 등의 관계지시어로 나타날 뿐 독립된 용어로 지시되지는 않았다.[4] '아동기'의 관념이 창안된 이후 '소년', '어린이' 등 아동을 직접적으로 지시하는 기호가 사용되었다. '아동기'가 인생의 특별한 시기로 여겨지면서 그에 부합하는 기호들이 출현하게 된 셈이다. 이를 통해, 아동은 어른이 '못 된' 미성숙한 '작은 어른'이 아니라 어른과 다른 특성으로 설명되었고, 심지어 충만한 자기의식의 고향으로까지 비유되었다. 아동과 어른이 근대 패러다임 안에서 변별적 자질로 구분되면서 아동의 함의가 완전히 변한 것이다.

가라타니 고진은 「아동의 발견」[5]에서 '아동의 발견은 근대적 주체의 내면 발견에서 생겨난 것이며, 아동이 결코 아동문학에 한정되는 문제가 아니'라고 지적한다. 찰스 귀논[6]도 유사하게 지적한다. 그에 따르면 근대적 주체가 진정성의 문제를 고민하기 시작하면서 진정성의 핵심에 '유년'이 있다고 가정한다고 한다. '내면'에 참된 자아를 과거(아동기, 유년기)로부터 구한다는 가정이다. 그런 의미에서 '아동'은 근대적 주체가 구성한 '기원'이다.

이 논자들의 입장차를 감안하더라도, '아동'이 근대적 주체의 내면에서 포착한 표상이라는 사실은 분명해 보인다.[7] 또, 이것이 근대적 주체

---

3) 찰스 귀논, 강혜원 역, 『진정성에 대하여』, 동문선, 2005, 114면. 찰스 귀논은 기든스의 논의에 힘입어 "어린이가 '유년기라는 별개의 영역'에 '감춰져서 길들여진다'는 견해가 근대에 새롭게 창안되었다"라고 지적한다.
4) 최기숙, 『어린이 이야기, 그 거세된 꿈』, 책세상, 2001, 13~20면.
5) 가라타니 고진, 「아동의 발견」, 『일본 근대문학의 기원』, 민음사, 1997, 151~179면.
6) 찰스 귀논, 앞의 책.
7) 이같은 지향은 서양의 낭만주의와 연결된다. '동심'은 로크를 거쳐 루소에 이르는

의 '내면'과 직접적으로 연결되어 있으며, 주체가 지향하거나 억압하는 (무)의식의 내용과 관련된다. '동심'은 아이의 마음 속에 있는 자명한 현실이 아니라 어른들의 욕망이 응축된 판타지, 즉 오염의 흔적이 없는 순결한 상태를 아동의 마음으로 전유하려는 주체의 판타지인 것이다. 그러므로 아동 연구에서 견지해야 할 관점은 동심을 '아이의 마음'으로 본질화하는 게 아니라, 아동을 통해 어른들의 시선을 전제하는 것이다. '동심'의 판타지는 아이들의 몫이 아니라 어른들의 몫이다. 지금에 있어 '동심'을 아이들의 상태로 본질화하는 담론이 번성하게 된 것은 아동이 원래 그러해서라기보다 그런 담론이 지속적으로 생산되는 역사적 배경과 관련된다. 더욱이 아동의 '동심'이 본질적 속성으로 여겨지면서 '동심'이 근대적 주체의 문제와 별개의 것으로 분리되었다. 그래서 동심을 일러 "현실의 어린이를 포함한 인간의 본성"[8]이자 "연령을 표준하여 넓고 넓은 인류가"[9] 가진 보편적 마음으로 얘기하는 일이 자연스러워졌다. '동심'이 탈역사화·본질화되면서, 아동을 생산하는 주체의 재현 문제까지 은폐된 것이다.

'아동기'[10]는 역사적 관점으로 사유해야 한다. '아동의 발명'에서 중요한 것은 '아동'이라는 말과 '발명' 사이에 은폐되어 있는 '근대'의 패러다임이다. 아동의 '발견'이든 '발명'이든, 이는 근대의 표상체계 안에서 논의되어야 한다. 다시 말해, 한국 근대문학사에서 어린이를 연구하

---

동안 인죄없는 백지상태에서 친진난만한 마음으로써 그 함의가 구체화된다. 또 동심은 자기 정체성을 충만하게 유지하고자 하는 의식 과잉의 산물이며, 타락한 세계에 타락하지 않는 방법으로 건재하고자 하는 주체의 대응이기도 하다. 이는 기본적으로 아동기를 자기 정체성의 원형으로 사고하는 의식에서 배태되는 것으로써, 이를 통해 아동은 결핍과 부정의 기호가 아니라 충만한 유토피아를 매개하는 기호로 거듭난다.

8) 황선미, 『동화창작의 즐거움』, 사계절, 2006, 17면.
9) 소파, 「새로 개척되는 동화에 관하여」, 『개벽』 31호, 1923, 22면.
10) 김혜경은 1920년대 '어린이기'의 등장을 미시적 차원에서 고찰한다. 그녀는 또한 근대 가족담론을 중심으로, 자녀 양육에 대한 담론의 변화와 어린이교육의 제도화, 그리고 어린이기의 사회적 구성 등의 문제를 통해 조선의 '어린이기' 발생을 재구한다(김혜경, 「일제하 어린이기의 형성과 가족 변화에 관한 연구」, 이화여대 박사논문, 1998).

는데 전제되어야 하는 관점은 '아동'을 발견하는 근대적 주체의 시선이다. 이 문제가 선행되지 않은 채 진행되는 '아동' 논의는 논점이 빠진 채 행해지는 피상적 논의일 가능성이 농후하다. '아동'이라는 기호가 언제 출현했는지 하는 문제가 중요하기는 하나 더 근본적인 것은 아동과 어른을 구분하면서 발생한 '아동기'이며, '동심'의 문제이다. 어린이라는 말이 '근대적'인 게 아니라 어린이를 둘러싼 근대적 아동의 관념이 가치있는 것이다.

본고는 이러한 문제의식을 가지고 1920년대 '아동'을 근대적 주체와의 길항관계를 통해 규명할 것이다. 이 연구를 통해 아동의 재현 양상이 부분적으로 밝혀지면, 1920년대 아동의 등장이 어떻게 근대문학사의 중요한 표상이자 식민지 무의식의 비유가 되는지 드러나게 될 것이다.


## 2. 자기 초극-'동심'이라는 낭만과 계몽의 판타지


'동심'은 근대 아동의 상징이다. 이것은 한 개인의 선포나 언명을 통해서 가능하지 않은 근대적 표상체계의 결과이다. 아동문학가나 특정 사상가의 지난한 '노력'으로 얻을 수 있는 결과가 아니다. 그럼에도 우리의 경우 '동심'이나 '아동'이 한 개인의 노력과 헌신 속에 일구어진 업적으로 다루어진 감이 없지 않다.[11] 방정환의 업적이나 사상을 폄하하

---

11) 최근 아동문학 논의 중 일부에서 어린이기와 '동심'의 문제를 방정환과 '동심주의'의 문제로 치환하는 듯 보인다. 방정환이 근대적 어린이 문제와 관련해서 중요한 인물이기는 하나, 근대 어린이(기)논의와 대체될 수 있는 인물은 아니며, '동심'의 문제와 '동심주의'도 등가의 개념으로 볼 수 없다. 예를 들어 이기훈은 "'어린이'는 뚜렷한 목적하에 의도적으로 만들어진 말"이라고 주장하면서 방정환으로 대표되는 천도교 소년운동이 그 핵심에 자리한다고 지적한다. 그의 지적이 틀린 말은 아니나 '어린이 형성'과

자는 게 아니라 아동의 핵심 자질인 '동심'을 근대적 주체의 열망 안에서 해석해야 한다는 것이다. 1920년대 공적담론의 핵심 잡지였던 개벽사에서 『어린이』지를 특화시켜 내고 있는 것은 '어린이'에 대한 사회적 이해가 있다는 증거로 볼 만한 일이다. 이는 1920년대 조선의 현실에서 이 잡지를 실제로 소비할 아동이 있느냐 없느냐[12]의 문제라기보다 근대적 아동의 '표상'이 사회적으로 이해되고 있느냐 아니냐의 문제이다.[13]

> 거기에는 어른들과 같은 욕심도 있지 아니하고 욕심스런 계획도 있지 아니합니다. 죄없고 허물없는 평화롭고 자유로운 하늘나라! 그것은 우리의 어린이의 나라입니다. 우리는 어느 때까지던지 이 하늘나라를 더럽히지 말아야 할 것이며 이 세상에 사는 사람이 모두, 이 깨끗한 나라에서 살게 되도록 우리의 나라를 넓혀가야 할 것입니다. 이 두 가지 일을 위하는 생각에서 넘쳐 나오는 모든 깨끗한 것을 거두어 모아 내이는 것이 이 '어린이'입니다.
>
> ─「처음에」, 『어린이』 창간호, 1923.3

위의 인용은 『어린이』 창간호 서문의 일부이다. 이 글에서는 '어린이'를 어떻게 사유해야 하는지 선포한다. 이에 따르면 '어린이'는 '죄없음', '욕심없음', '평화', '순결함'의 표본이며, "어른"과 대척적인 자질로 설명되는 존재이다. 또한 이들의 세계는 '어린이 나라'라고 호명할 수 있을 정도로 독립적인 세계이다. 여기는 타락한 어른들이 갈 수 없는 세계로서 김석송이 「천생의 시인」에서 "생명, 성장의 환상을 실코 다시

---

관련해서 적절한 주장은 아닌 듯하다(이기훈, 「1920년대 어린이 형성과 동화」, 『역사문제연구』 8호, 2002.6, 9~44면).

12) 천정환은 당시의 '어린이' 함의가 분명하지 않다고 말한다. 그는 『어린이』에 실린 어린이 사진을 근거로 이같이 주장한다. 현실의 '어린이'가 누구였는지를 풍속사적 측면에서 재구하는 논의이기 때문에 이런 주장을 펼치는 것인데, 그럼에도 이 시기 어린이 연구에서 잊지 말아야 할 것은 '어린이' 표상이 사회적으로 통용되고 있는 역사적 징후이다(천정환, 『근대의 책읽기』, 푸른역사, 2003, 216면).

13) 조은숙은 「한국 아동문학의 형성과정 연구」(고려대 박사논문, 2005, 56면)에서 아동을 곱고 순수한 존재로 미화하는 새로운 표상방식의 출현에 초점을 맞추며 아동문학의 형성을 밝히고 있다.

못오는 어린이의 나라로"14)라고 이야기되는 '천국'이다. 어른들이 이 나라를 더럽히면 안 되는 절대적 기준이 놓인 세계로서, "하늘나라"라고 부를 수 있을 정도로 평화롭고 고귀한 세계인 것이다. 또, 이 세계 속의 '어린이'는 "죄없고 허물없음"의 상징이다. "하늘나라"의 '천사'로 볼 정도로 순결하고 평화로운 존재이다. 즉 "아동의 마음! 참으로 우리가 사는 세상에서 아동시대의 마음처럼 자유로 날개를 펴는 것도 순결한 것도 없다"15)고 얘기될 정도로 아이의 마음이 순결한 것으로 표상된다. 『어린이』 서문에서 분명하게 드러난 바 어린이가 깨끗하고 순결한 이미지, 즉 타락하기 전의 이미지로 형상화된다.

이처럼, 『어린이』지에서의 아동은 죄없고 결함없는, 타락하기 전의 깨끗한 천사 같은 존재로 드러난다. 또 이들이 거하는 세계가 결핍과 훼손이 없는 타락하기 이전의 세계로 그려진다. 이는 근대적 주체가 무엇을 열망하는지 보여주는 단면이다. 훼손되기 전 상태, 다시 갈 수 없는 생명의 원상으로의 세계이다. 이는 유토피아로 상상했던 세계가 '아동기'로 대체되는 문학사적 광경이다. '어린이'가 유토피아를 끌어내는 매개라는 사실은 근대 '동심'의 문제를 전제하지 않고서는 이해할 수 없다. 그럼에도 '아동기'가 돌아가고 싶지만 돌아갈 수 없는 고향16)으로 얘기된다. 어린이 세계가 저만치 떨어져 있는 세계라는 것인데, 이 논리에 따르자면 어린이 세계는 언제나 다다를 수 없는 세계가 된다. 근대의 성장 신화를 거부하는 퇴행이 아닌 한, 다다를 수 없는 욕망의 근원이다.

이것과 관련하여 『어린이』지 서문의 양가적 표현을 살펴봄 직하다.

새와가티 꼿과가티 앵도가튼 어린 입술로, 텬진란만하게 부르는 노래, 그것은 고대로 자연의 소리이며, 고대로 자연의 소리이며, 고대로 한울의 소리입

---

14) 김석송, 「天生의 詩人」, 『개벽』 34호, 1923.4.
15) 소파, 「새로 개척되는 동화에 관하여, 특히 소년 이외의 일반 큰 이에게」, 『개벽』 31호, 1923.1.
16) 소파, 앞의 글.

니다. 비닭이와 가티 톡기와 가티 부들어운 머리를 바람에 날리면서 쒸노는 모양, 고대로가 자연의 자태이고 고대로가 한울의 그림자입니다. 거기에는 욕심스런 계획도 잇지 아니합니다. 죄업고 허물없는 평화롭고 자유로운 한울나라! 그것은 우리의 어린이나라입니다. 우리는 어느 째까지던지 이 한울나라를 더럽히지 말아야 할 것이며 이 세상사는 사람사람이 모다 이 깨끗한 나라에서 살게 되도록 우리나라를 넓혀가야 할 것입니다.

—편집자, 「처음에」, 『어린이』, 1923.3, 1면

　필자가 '우리'라고 칭하며 얘기하는 '우리'는, 어린이인 경우도 있지만 '어른'인 경우도 있다. 어른의 입장에서 이야기하기도 하고 어린이의 입장에서 말하기도 하는 것이다. 어른의 입장에서 어린이 잡지를 발간하기 때문에 벌어지는 양상이라고 볼 수도 있지만, 이같은 혼란이 다른 문맥에서 반복적으로 나타나고 있어 좀더 주목할 필요가 있을 듯하다. 이 글의 필자는 '어린이'가 "욕심스런 계획"이 없다고 말하면서 글의 말미에서 이 세상 사는 사람이 모두 이 깨끗한 나라에서 살도록 노력하자고 말한다. 이를 달성하기 위한 방법은 "우리의 나라를 넓혀가는" 것이다. '어린이'가 내놓는 계획으로 보기 어려울 정도로 거창하다. 상상력의 중심에 공간(국토)의 확장이 놓여있는 것이다.

　少年여러분! 지금 20歲 以內되시는 여러 아오님들과 누의들이며 장차 아름다운 朝鮮의 땅을 밟고 나오실 여러 아드님들과 따님들! 나는 가장 뜨거운 사랑과 가장 큰 希望과 가장 공손한 존경으로 이 글을 여러분께 들입니다. (…중략…) 내가 책상에 대하야 이 글을 쓰는데 내 눈 압헤는 어여뿌고 긔운찬 여러분의 얼굴이 보입니다. (…중략…) 비록 여러분과 나와 서로 본적은 업다하더라도 피차에 가튼 조상의 피를 바다 가튼 땅 우에 자라고, 가튼 말을 하며, 가튼 팔자를 난후는 우리들이니 자연히 정과 피가 서로 통할 것입니다. 내가 눈물로 쓴 것은 여러분도 눈물로 보실 것이오, 내가 깃븐 희망으로 쓴 것은 여러분도 깃븐 희망으로 보실 것입니다.

—노아자, 「소년에게」, 『개벽』 17호, 1921.11, 25면

이같은 양상은 1920년대 조선에서 '어린이' 표상을 수용하는 절박한 사정과 연관된다. 춘원은 한 번도 본적도 없을 뿐만 아니라 아직 태어나지도 않은 '아동'들과 자신을 같은 조상의 "자손"으로 동일시한다. 조선인들이 '아동'으로 등치되는 부분이다. 근대 주체의 사유 속에서 조선인들이 미성숙한 아동으로 거듭나는 것이다. 더욱이 이돈화[17]는 자신의 논의 안에 아동을 끌어오며 "신성한 아동"까지 얘기한다. 다른 논자도 조선의 '어린이'를 "천사갓흔 깨끗한 가슴에 가장 적합하난 깨끗한 신성한 것"[18]으로 공표한다. 이렇게까지 아동이 '신성'의 기호로 얘기될 수 있는 것은 아동을 다른 맥락에서 상상하기 때문이다.

여러분은 지금 아무 죄없이 깨끗하며 무한 평화롭고 자유로운 하늘나라의 즐거움만 가진 천사이십니다. 나는 여러분을 가장 사랑합니다. 여러분은 장래 우리 인류의 모든 괴로움 많고 흠절 많은 생활을 다시 깨끗하고 평화롭고 즐거움만으로 살게 되도록 개조할 희망과 힘을 갖으신 새인물이십니다. 그러므로 나는 여러분을 지극히 공경합니다.
— 이용순, 「그리고 특별히 소년회 없는 곳 여러분께 드리는 말씀」,
『어린이』1권 8호, 1923.9

오오 어린이는 내 무릅 압헤서 잠잔다. 더 할 수 업는 참됨과 더 할 수 업는 착함과 더할수 업는 아름다움을 갓추어우고, 그 우에 쏘 위대한 창조의 힘까지 갓추어가즌 어린 한우님이 편안하게도 고요한 잠을 잔다. 엽헤서 보는 사람의 마음속까지 생각이 다른 번루한 것에 밋틀름을 주지 안코 고결하게 고결하게 순화 식혀준다. 사랑홉고도 보드러운 위엄을 가지고 곱게 곱게 순화

---

17) 이돈화는 각종 논설에서 아동을 통해 조선의 미래를 얘기한다. '신성한 아동'의 관념도 이런 맥락에서 비롯된다. 아동을 신성시하는 것은 "아동을 해결함이 곳 장래 세계를 해결"(「신조선의 건설과 아동문제」, 『개벽』, 1921.12)하는 문제로 여겼기 때문이다. 그에게 '아동'이란 조선의 실제 아동이기도 하지만 식민지 조선의 장래를 기획할 수 있는 가능성이기도 하다. 이런 측면에서 아동은 계몽의 대상이자 낭만의 극점에 놓인 비유가 된다.
18) 목성, 「동화를 쓰기 전에 어린이 기르는 부형과 교사에게」, 『천도교회월보』126호, 1921.2.

식혀준다. 나는 지금 성당에 드러간 이상의 경건한 마음으로 모든 것을 니저
버리고 사랑스런 한우님-위엄 뿐만의 무서운 한우님이 아니고-의 자는 얼골에
례배하고 잇다

—소파, 「어린이 찬미」, 『신여성』, 1924.6

위의 인용에서도 드러난 바, 이 글의 필자들은 '어린이'에게 존칭을
쓰거나 심지어 "공경한다"고까지 말한다. '어린이'를 보호하거나 배려
하자는 차원을 넘어서, '어린이'에 또다른 기의까지 부착시키고 있다.
이렇게까지 어린이를 숭앙의 대상으로 여기는 것은 이들이 조선의 상
징으로 이해되기 때문이다. '신조선의 준비는 무엇보다도 아동문제를
해결함에 잇슴'[19]에서도 드러나는 것처럼, '어린이'를 숭앙하는 이유는
단순히 '어린이'가 '동심'을 가졌기 때문이 아니라 조선의 상징이기 때
문이다. '신조선'에 걸맞는 '주체'의 기획이 국권피탈의 상황 속에서 '어
린이' 표상을 조선적인 방식으로 전유한 것이다.[20]

이처럼, '어린이'의 표상은 민족주의적 계몽 안에서 재전유된다. 이를
통해 '어린이'는 낭만주의적 상상력으로만 수용되는 것이 아니라, 계몽
주의적 담론 안으로도 깊숙이 들어오게 된다.[21] '천사'의 상징일 뿐만
아니라 계몽과 교육의 대상으로까지 부각시키는 것이다. 또한 '어린이'
가 미래의 기획으로까지 논의된다. '어린이' 표상이 이들에게 '기획'이
라고 할 정도로 '어린이'에 투사된 열망이 크다. 하지만, 퇴행이 아닌 한
다다를 수 없는 아동기를 미래의 기획으로 바꾸는 것은 절박한 당면의
현실 인식이 있다손 치더라도 '현실 초월'의 논리이다. 아동을 향수의
대상으로 얘기하는 것이나 미래의 희망으로 언급하는 것이나 모두 현

---

19) 이돈화, 앞의 글.
20) "손향숙은 영국에서도 아동이 중간계층의 성장신화를 드러낼 수 있는 표상이었다고
    말한다. 영국의 경우 중간계층의 불안정한 이데올로기와 기반을 안정화시키기 위해
    아동의 성장을 주된 테마로 삼았다고 한다."(손향숙, 「영국 아동문학과 어린이개념의
    구성」, 서울대 박사논문, 2004, 1면)
21) 이재철, 『한국 현대아동문학사』, 일지사, 1978, 89~92면.

실 초극의 논리이다.

> 어린애는 보석이다. 그리하야 마침내 어린애는 천사라 하야 떠받친 그러한 묵은 어린애의 개념은 프로소년문학에 대하여는 한 색까만 때가 되었다. 그러나 프로소년문학에서는 그와같이 어린애들을 취급하야 어린애들의 현실과 성인의 현실과를 딴 것으로 해가지고 치켜 올려 세워서 아름다운 관념을 구름 위에다가 얹어 놓았다. (…중략…) 너무도 실생활과 거리가 먼 소리를 들을 뿐아니라 툭하면 한 달에 1원 이내의 돈이 없어서 퇴학당하기 일수요 그럼으로 어린애들의 생활을 꿈같은 현실로 해석하고 천국에다 올려놓고 생각하는 것은 프로문학가와 프로인사들의 추억이나 착각에 지나지 못할 것이다.
> ─ 빈강어부, 「소년문학과 현실성」, 『어린이』, 1932.5

> 보라 앞에는 험악한 산이 있고 주림과 추위에 우는 동무가 있는데, 『어린이』 혼자서 고운 노래와 아름다운 시나 부르며 읊고 앉았을 것인가 그렇게 시대에 눈이 어두운 『어린이』는 아니니 그것이 여기서 어린이를 개혁시킨 원인이 아니고 무엇이랴 (…중략…) 과거의 이데올로기를 깨끗이 청산하야서 차 집어내던졌다는 것을 일언하여 둔다.
> ─ 고문수, 「『어린이』는 과연 가면지일까」, 『어린이』, 1932.5

그래서 이같은 열망이 "꿈"과 판타지였음을 고발하는 논의가 얼마 지나지 않아 담론의 수면으로 떠오른다. 1920년대 후반에 이르러 『어린이』지를 총체적으로 비판하는 데에서 두드러지는데, 이 논의들에 따르면 '어린이'에 투사된 '어린이 기획'은 한 마디로 "꿈같은 현실"이다. "어린애의 현실"과 "성인의 현실"을 '딴것으로' 해가지고 치켜올려서 "어린애의 현실을 꿈같은 현실로" 포장하는 것은 가당치 않다는 지적이다. '어린이'에 투사되어 있는 낭만적인 베일을 공격의 대상으로 삼는 것이다. 이 비판의 핵심은 1920년대 동심에 기반해서 근대적 어린이를 추앙하는 것이 조선의 현실에서 억지스러울 수 있다는 주장이며, 그렇기 때문에 '현실의 어린이'를 그려야 한다는 주장이다.

'동심'을 두고 이루어지는 이같은 비판은 지금도 반복된다. 아동이 동심의 표상으로 그려지는 것에 문제제기하면서 현실의 어린이를 그려내자는 주장이 그것이다. '동심'에 투사된 어른들의 판타지가 어린이의 현실을 외면하게 하고 있다는 이 주장은, 그러나 일면적으로만 타당하다. '동심의 어린이'와 '현실의 어린이'를 대립적으로 재구하는 이 이분화논리 속에 '동심'이 애초부터 어린이의 마음과 무관하게 설정된 어른들의 판타지라는 사실이 전제되어 있지 않기 때문이다. 비록 '동심'이 어른들의 미망이라고 할지라도, 동심 속에는 근대적 주체의 '심리적 현실'이 녹아있다. '동심의 어린이'가 '현실의 어린이'가 아닌 형상인 것은 분명하지만, 이같은 이유로 폄하하는 것은 아동의 표상을 '아동의 현실'로만 협소하게 이해하는 것이다. 가라타니 고진은 "진정한 어린이 따위의 관념은 도착된 사실"[22]이라고 주장한다. 낭만적 비전을 통해 근대적 주체가 동심을 발견하는 것은 기이할 것도 부당할 것도 없다는 지적이다. 이 시점에서 고진의 논의를 끌어오는 것은 '어린이'를 통해 과대한 열망을 투사하는 계몽의 기획을 옹호하려는 게 아니라, '어린이'가 현실 초월의 표상으로 등장하는 사정을 거듭 강조하기 위해서다.

요컨대, 1920년대 문학사에서 주목할 것은 '아동'이 현실 초월의 표상으로 떠오르고 있는 양상이다. 그래서 여러 담론들에서는 '아동'을 경쟁적으로 전유하며 과거의 향수이자 미래의 기획으로 재현한다. 어린이가 미래의 주체인 것은 어찌보면 당연한 일이지만, 어린이를 통해 한 나라의 국운을 걸면서 '조선의 희망'을 운운하는 것은 지나친 면이 있는 게 사실이다. 그럼에도 희망이 가능하지 않은 시대에 '동심'이 '천국'에서 '새나라'로 전이되는 것은 식민지 주체의 간난신고함을 엿볼 수 있는 단면이다.

---

22) 가라타니 고진, 앞의 책, 154면.

## 3. 자기 부정―성장하지 않는 '아이'라는 디스토피아

1920년대 문학작품 안에서 '아동'의 등장은 주목할 만한 문학적 사건이다. 아동이 미미한 배경으로 등장하는 게 아니라, 제 목소리를 얻어 시적화자로 나타나는 것은 분명 새로운 징후임에 틀림없다. 또한, 굳이 어린이가 발화자로 등장하지 않더라도 어린이가 주요인물로 등장하는 사실은 주목할 만한 사건임에 틀림없다. 이러한 작품들에서 어린이는 무력하고 나약한 희생양으로 그려진다.

일단, 여러 소설과 시에서 아이들의 죽음이나 기아 상태를 소재로 비참한 식민지 일상을 드러내는 작품들을 쉽게 찾아 볼 수 있다. 전영택의 「화수분」, 나도향의 「자기를 찾기 전」, 김일엽의 「자각」 등이 그러한 예이다. 그중에서 현진건의 「타락자」는 생명의 위협을 느끼는 태아가, 「운수좋은날」은 빈 젖을 빨며 기아처럼 버려진 아이가 작품의 주제 형상화에 기여하고 있다. 나도향의 「자기를 찾기 전」에서는 아이가 주동적인 인물은 아니지만 작품의 메시지를 구성하는 주요한 장소로 등장한다. 예를 들어, 이 작품에서 여주인공인 수님은 혼전임신을 통해 '모세'를 얻는다. 수님은 결혼을 하지 않고 아이를 낳았기 때문에 주위의 따가운 시선 속에서 아이를 양육하게 된다. 그럼에도 불구하고 수님이는 "사랑의 상징"인 '모세'를 잘 키우기 위해 안간힘을 쓴다. 그러던 중에 모세가 병들게 되는데, 그녀는 어머니의 봉건적인 사고나 큰오빠가 신봉하는 서양의학에 대해 주견있는 의견을 가지지 못함으로써 아이를 끝내 지키지 못한다. 어른들의 아귀다툼과 허위 속에 아이의 생명이 지켜지지 못하게 된다. 이때 아이는 어른들의 허위와 무능력을 고발하는 거울이 된다. 이같은 주제는 김일엽의 「자각」에서도 유사하게 드러난다. 어머니의 미신관념으로 큰 아이에 이어 둘째 아들까지 죽게 된다. 어머니의 무지함이 결국 아이를 죽음으로 몰고 가게 되는 것이다. 아이들의 미래를 지켜주어야 할 어른들은 너무 무지하거나 혹은 무력해서 제 아이들을 지켜내지 못한다. 이때, '아이'는 어른들의 이면을 고발하는 화자의 시선을 담지한 인물이다. 현진건의 「운수조흔날」에서는 아이가 빈 젖을 빨며 우는 장면을 통해 강렬하게 주제를 형상화한다. 아비의 무능하고 참담한 심정을 극대화시켜 놓은 이 장면에서, '아이'는 속악한 현실을 알려주는 지표이다. 이 소설들에서 '아이'는 타락한 세계와 무능한 어른을 보여주는 거울이자, 매개이다.

전영택의 「천치? 천재?」는 이 문제를 극대화시켜 놓는다. 이 작품에서 묻고 있는 것은 '천치'라고 불리는 칠성이가 어떻게 죽게 되었는지, 그리고 이 과정에서 어른들이 이 아이를 어떻게 대우하는지 하는 문제이다. 이 작품에서 '칠성이'는 태어날 때부터 '천치'였다고 말해지는 아이이다. 그래서 칠성이의 어미되는 정씨부인과 그의 삼촌되는 박교감은 칠성이 때문에 노심초사한다. 그러던 중 '나'가 '득영(得英)학교'에 부임하게 되었고 이후 칠성이를 맡아서 교육시키게 되었다. 칠성이는 네모난 곽을 모으거나 만년필을 부수어서 어떻게 먹물이 계속 나오는가 실험하거나, 또 "젓지 안코"가는 배를 만드는 등 "천치"라고 말해지기보다 '천재'라고 말하는 것이 더 적절한 비범한 아이였다.

> 그야말로 옥을 옥판에 굴니는 소래갓더이다. 놀냇습니다. 그 소래의 주인이 칠성인 줄을 엇지 아랏스릿가. 칠성의 목소래가 그러케 조흔줄은 몰낫습니다. 히날빗, 석양벗, 맑근 개골, 늘근 버들나무, 거긔에 소년, 여등 그림이외다. 少年은 天使외다. (…중략…) 내 눈에는 아모리 하여도 칠성이가 천치가치는 보이지 아니하더이다. 나는 속으로 "아 너도 자연의 아희로구나 네가 시인이로구나"하엿습니다.
>
> ―장춘, 「天痴? 天才?」,『창조』2호, 1919, 28면

화자도 칠성이의 이같은 측면을 암암리에 전달하고자 한 의도가 있었던 듯하다. 칠성이의 비범한 면모를 분명하게 전경화하지는 않지만

나름대로 그 천재성을 암시하는 서술을 하고 있기 때문이다. 그러던 중 칠성이가 길거리에서 사체로 발견되는 일이 발생한다. '나'는 칠성이의 죽음의 이유를 찾아나가는 과정에서, 자신이 칠성이가 죽기 전날 어떻게 했는지 떠올리게 된다. '나'의 기억에 의하면 칠성이는 시계가 너무 신기해서 만져보았는데, '나'는 다른 친구의 시계를 부수었다는 이유만을 들어 "너머 분해서 전후를 생각지 아니하고 채찍으로 함부루 째리기를 몹시하엿"다. 칠성이가 죽게 된 이유는, 선생인 '나'의 무지와 폭력성 때문이다. "득영(得英)학교"에서 '천재'가 '천치'로 내몰리며 죽게 되는 상황에서 부각돼 있는 것은 그런 상황에 대한 참담한 현실 인식이다. 이는 춘원의 1910년대의 작품인 「김경」과 그 양상이 자못 다르다. 「김경」에서는 교사의 사명감으로 학생들을 교육하는 모습이 형상화되었다면, 「천재? 천치?」에서는 천재가 천치가 되고 마는 폭력적 현실이 더 부각된다. 춘원이 「천재야 천재야」에서 천재의 중요성을 강조하면서 근대적 주체의 '계몽'을 설파하고 있다면, 「천재? 천치?」에서는 그 중요성에도 불구하고 천치가 되는 '현실'을 아이러니컬하게 조명한다.[23] 아동이 '교육'의 대상일 뿐만 아니라 근대적 주체가 처한 현실을 드러내는 매개로 사용되고 있는 것이다.

이 소설에서 아이는 어른들의 무능과 폭력성까지 되 비추는 거울이다. 순수한 동심의 아동이 그 어떤 매개보다도 더 강력하게 이데올로기를 드러내는 투명한 언어로 나타나는 것이다. 그래서 어른들의 직접적인 발화보다 더 설득력있게 세계가 어떠해야 하는지 설파하게 된다. '어린이'의 죽음에 다른 해석이 개입할 여지는 없다. 그래서 신문기사에서 '아이의 죽음'이 기사화되는 것을 쉽게 찾아 볼 수 있다. 아사나 유

---

23) 전영택은 이 소설을 쓰기 몇 년 전 "웬일인지 천재가 싀려젓다"(「獨語錄」, 『학지광』 10호, 39면)고 말한 적이 있다. 이때 천재란 '狂的'인 행동을 하는 일군의 부류를 지칭하는 말로서, 덕성교육의 중요성을 언급하기 위한 언급이었다. 이 소설의 '천재'와 그 함의가 다르다고 할 수 있다.

괴 혹은 참사의 끔찍함을 드러내는 상징으로 아이가 소재화되는 것이
그 예이다. 이 기사들이 전하는 메시지는 부모의 학대나 무능력이다.
'절대선으로서의 아이'를 지켜내지 못했다는 비판이 그것이다. 10년 전
까지만 해도 흔하지 않았던 이러한 기사가 1920년대 들어 주요 기삿거
리로 부각된다.

> 여긔서는 완력이 잇서야
> 여긔서는 지식이 잇서야
> 여긔서는 권력이 잇서야
> 여긔서는 지위가 잇서야
> 그런대 너는 무엇을 가젓니
> 다만 버슨 몸둥이 하나밧게 …… 너무 약하고
> 너무 무식하고 나무 지위가 업고 너무 권력이 업다. 너와 갓치 어린 자가
> 이런 모험을 감히 (…중략…) 저 사람 만히 다니는 거리에서
> 저럿케 뒤끌는 소리는 사람들이 사르려는 신음성이다. 그럿케 어린네가 저
> 속에 들어가서 입을 것 먹을 것 차즐 수 잇더냐
> ─동원, 「어린아해에게서」, 『신생활』 5호, 1923.3

또한, 어린 아해를 소재로 자문자답하는 이 시에서 눈여겨 볼 것은
자신을 어린 아해로 등치시키는 부분이다. 화자는 자신을 어린 아해로
빗대면서 "완력"도 없고 "지식"도 없고 "권력"도 없다고 말하며 너무
무력하다고 지적한다. 그러나 아이에게 이러저러한 능력이 있냐고 묻는
것은 사실 우문에 가깝다. 어느 누구도 어린아해에게 이런 능력이 있느
냐고 묻지 않는다. 아이에게 "완력"이 있느냐고 묻는 것은 넌센스에 가
까우며 아이에게 "권력"이 있느냐고 묻는 것 또한 부적절하기는 마찬가
지다. '어린 아해'를 수신자로 정해 놓고 이렇게 물어보는 이 시에서 어
쩌면 어린 아해와 발화자가 일치할 지도 모른다고 상상하는 것은 이같
은 이유 때문이다. 이렇게 되면, 이 글은 "완력"도 없고 "지식"도 없고

"권력"도 없는 자신을 자학적으로 질타하는 글이 된다. '어린이'에 부가되어 있는 과잉된 낭만주의적 기의들을 떼어내고 거세된 주체의 비유로 '어린이'를 사용하고 있는 것이다.

여기에서 드러나는 것처럼 1920년대 아이의 등장으로 세계의 추악한 면모는 강렬하게 떠오르게 된다. 동심을 가진 아이가 오히려 그렇지 못한 세계를 비추는 거울이 되는 것이다. 물론 이 속악한 현실은 '거울'을 통해 재구된 주체의 심리적 현실이다. 아이의 등장이 왜 근대적 주체의 내면과 길항하는지를 보여주는 단면이다. 어린이는 근대적 주체의 무력한 내면을 설명해 주는 표상이다. 완력도 없고, 권력도 없으며 다만 버슨 몸뚱이 하나밖에 없는 아이의 존재론적 지위가 그대로 화자와 유비관계에 놓이면서 화자의 무력한 내면을 고스란히 보여주게 된다.

그러나 이또한 자기 내면에 골몰해 있는 주체가 빚어낸 또하나의 양상이다. 성숙과 성장에 대한 갈망이 빚어낸 자기 불안의 단면인 동시에 '거울'을 통해 자기를 검열하는 근대적 주체의 강박인 것이다.[24] 그런데, 이 자기 부정의 논리는 실상 자기 초월의 논리에 짝패이기도 하다. 과잉된 자기의식에 충만한 주체가 결핍을 낭만적으로 봉합할 경우에는 자기 초월의 논리가 우세하게 드러나지만, 그렇지 못할 경우에는 자신을 혐오하며 자기 부정을 일삼게 되는 것이다. 이 자기 부정 속에 빗대어진 '아이'는 주체가 상상하는 자기 모습의 일면인데, 자신의 무력함이 희생양 논리를 통해 재현되면서 자신의 처지를 변명하는 논리로 전유된다. '아이'의 표상이 근대적 주체의 알리바이로 차용되는 한 단면이다.

---

24) 니체는 『짜라투스트라는 이렇게 말했다』(황문수 역, 문예출판사, 2004, 141~145면)에서 근대적 주체가 왜 거울을 필요로 하는가의 문제를 '거울을 가진 어린애'의 비유로 짚어낸다. 이에 따르면 근대적 주체는 성장과 성숙의 강박을 통해 자신을 검열하며 자기 부정한다. 여기에서 '거울'은 현실과 이상의 차이를 통해 자기부정을 야기하는 매개이다.

## 4. 아동이라는 근대의 투명한 무의식

그간 '아동'에 관한 연구들은 아동의 관념이 근대의 발명품이라고 지적해왔다. 이는 '천진난만한 아동'이 근대 패러다임 안에서 고안된 근대적 사유체계임을 밝히는 연구다. 전근대의 아동이 성년／미성년이 구분 아래 아동을 '작은 어른'으로 재현돼 왔다면 근대의 아동은 어른과 변별되면서 인생의 또다른 라이프 스테이지 안에서 의미화되었다. 그런 만큼 아동 연구도 독립적인 분야로 자리잡으면서 여러 후속 논의를 낳았다. 다만 여러 선행 연구에서 한 가지 아쉬운 점이 있다면, 근대적 아동을 하나의 '풍경'이나 '타자'로 조감하는 주체의 시선을 고려하지 않고 있다는 점이다. 아동이 천진난만함의 표상으로 근대의 패러다임 안에 수용된 것은 이와 대립적 자질로 표상된 근대적 주체의 시선이 있기 때문이다. 아동을 천진난만하다고 보는 주체의 원근법적 시선을 고려해야지만 '아동'이 왜 근대적인지, 그리고 어떻게 근대적 산물일 수 있는지를 설명할 수 있을 것이다. 근대적 '어린이'는 개인의 내면이 발견해낸 풍경이다. 그래서 근대적 주체의 내면과 '동심'은 동시에 발견된다.

1920년대 '어린이'는 담론의 중심에 자리하며 각 담론이 경쟁적으로 전유하고자 하는 표상이다. 그 양상이 다를지라도 어린이가 미래를 상상할 수 있는 비유이자 과거의 전사로 드러나기는 마찬가지다. '어린이' 표상을 경쟁적으로 소유하고자 하는 것은, 이것이 근대적 주체의 비견과 맞닿아 있기 때문이다. 근대 시기 '어린이'가 근대적 주체와 변별화된 자질로 형상화되었지만, 주체 외부에 자리 잡지 못한 채 오히려 주체의 동일성을 담지하는 비유나 지향점으로 드러나게 된 사정이다.

이같은 양상은 두 가지로 나타난다. 첫번째는 '동심'을 통해 개인의 향수에 젖어들거나 아동을 유토피아의 비유로 재현하는 것, 두번째는 이같은 동심을 통해 유토피아가 될 수 없는 참혹한 조선의 현실과 어른들의 무력함을 고발하는 것이 그것이다. 전자는 '동심'을 낭만적으로 가공해서 숭고의 대상으로 재현한다. 어린이가 과도하게 의미화되는 측면인데, 이는 당대의 계몽주의적 기획과 분리되지 않는다. '어린이' 표상 안에서 낭만주의와 계몽주의가 만나는 지점이기도 하다. 이 경우 '어린이'는 주체의 동일성을 담보할 수 있는 표상이자, 주체의 자기초월의 매개이다. 이에 반해 후자는 동심이 지켜지지 못하는 현실을 고발하며 무력한 아이를 드러낸다. 근대적 주체는 이 '아이'의 초상을 자신의 처지와 연결시키면서, 미성숙한 자신의 모습을 질타하는 매개로 사용한다. 이때 어린이 표상은 자기 부정의 매개이다. 이 경우 '어린이'는 주체의 '심리적 현실'을 되비추는 기능을 떠맡으면서 주체의 동일성이 담보되기 어려운 현실을 참담하게 그려내게 된다. 전자나 후자나 그 차이에도 불구하고, 모두 '동심'을 유사하게 전유하는 것은 매일반인 듯하다. 자기초월과 자기부정으로서 '어린이'를 전유하고 있지만, 이것은 실상 동일한 구조 위에서 생산된 두 양상이기 때문이다.

　1920년대 '어린이' 표상은 그 어떤 욕망도 새겨져 있지 않은 백지상태인 '순수'의 상징으로 여겨진다. 그래서 식민지 조선 안에 놓인 무의식의 구조가 더 분명하게 나타날 수 있는 장소가 되기도 한다. 이것은 1920년대 '어린이' 표상을 아동문학에서 뿐만이 아니라 근대문학의 중심에서 사고해야 하는 이유이며, '어린이'를 근대적 주체의 문제와 동시에 고려해야 하는 중요한 이유이다.

# 제2장
# 분홍빛 공상의 센티멘탈한 '소녀'

## 1. '소년'도 '여성'도 아닌, '소녀'

어느 시기에나 그렇듯이 당대의 멘탈리티를 담아내는 여러 표상들은 특정 인물기호를 통해 드러난다. 이 시기에도 전근대／근대의 경계 선상에서 다양한 기호들이 충돌하고 공거한다. 또한, 인물에 대한 해석소도 대립하며 근대 '문학' 안에 어떤 인간상을 담을 것인가 하는 문제가 대두한다. 예선부터 사용된 기호도 있고, 이 시기 새롭게 번역된 기호도 있으며 때에 따라서는 기의가 바뀐 기호들도 있다. '소년', '청년', '청년-녀자', '조선-녀자', '어린이', '신여성', '소녀' 등의 기호 등이 그 예이다. '소년'의 경우 근대 이전부터 사용되었지만, 기표만 그러할 뿐 근대들어 기의는 변화되었으며, '청년'이나 '신여성' 기호는 새롭게 유입되었다. 그런데 이 기호들을 구성하는 가치체계는 크게 두 가지다. 첫 번째는 연령에 따른 인물 기호의 구분이며, 두 번째는 성차에 따른 구분이다. 근대 들어 '연령'과 '성별'이 인물기호를 배태하는 의미있는 잣대로 등장한 것이다.

이것들은 근대 제도를 구성하는 가치이다. 개인들을 남/녀로 구분한 뒤, 그들의 성숙도를 '연령'에 따라 구분하거나 '성차'에 따라 나누거나 하는 식인데, 그전에도 '연령'이 인간의 성숙을 드러낼 수 있는 형식이기는 했지만, 모든 개인을 균질화한 뒤 이를 차등화하는 일반적 잣대로 사용되지는 않았다. 이에 비해, 근대에 이르러서는 나이와 성차가 개인들을 분류하는 보편적인 잣대로 기능한다. 이같은 영향력이 인물 기호를 통해서 드러난다.

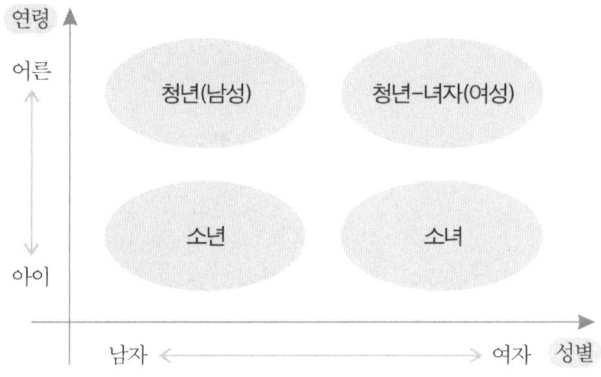

이 도표는 1910년대의 인물 기호를 연령과 성차에 따라 구분해 본 것이다. 1900년대까지만 해도 '청년'과 '소년'은 연령에 따라 구분되는 기호가 아니라 호환가능한 기호였다. 근대 이전의 '소년' 기호에는 노인과 대립되는 '소년', '국민'의 다른 이름으로 표상된 '소년', 그리고 근대적 젊은이를 총칭하는 '소년'이 공거하고 있었으며 일본에서 유입된 '청년'과 변별되지 않은 채 공존하고 있었다. 그런데 1910년대 들어 '소년'과 '청년'이 연령에 따라 서열화되면서 '소년'은 아동의 다른 이름으로, '청년'은 이런 아동을 추억할 수 있는 근대적 개인의 대표적 표상으로 자리잡기 시작한다. 1910년대 소년 / 청년이 아동 / 어른의 또다른 기표로 자리매김되었던 것이다. 한편, 성별화의 맥락에서 '청년'과 같이 연대할 수 있는 '청년-녀자'의 기호도 구성되었다. 청년-녀자는 '청년'의 짝패로서 '청년' / '청년-녀자'는 '남자 : 여자'의 또다른 기호였다고 보아도 무방하다.

이처럼, 연령화·성별화의 척도에 따라 근대적인 '아동' 개념이 발생하면서, 순수하지만 현실원리와 무관한 존재로 '어린이'가 자리매김되고, 남성과 연대할 수 있지만 이질적인 차이를 통해 서열화되는 '여성' 또한 발견된다. 아동과 여성이 연령과 성차에 따라 남성(청년)의 타자로 자리매김된 것이다. '소년'은 청년이 보호해야 하는 '순수'로, 여성은 청년의 순결성을 보증하는 '거울'로 자리잡게 됨으로써 '소년'과 '청년-녀자'의 정체성이 그에 따라 좌우된다.

그런데, 이 맥락에서 '소녀' 기호는 그 변별성이 쉽게 포착되지 않는 기호로 남는다. '소녀'는 소년의 짝패로 자리잡게 된 용어인데, 소년과 달리 그 성격이 모호하다. '소년'의 경우 1910년대를 전후에서 젠더화되었는데[25] 이 과정을 통해 '소년'과 '소녀'가 변별되는 시대가 도래하였다. 그래서 '소년소녀'라는 호칭이 성별화된 용어로 자연스럽게 자리잡게 된다. '소년소녀'에서 '소녀'는 '어린 여자아이' 정도의 의미이다. 그런데, '청년'을 중심에 놓고 볼 때 '소녀'의 변별성은 뚜렷하지 않다. '청년'의 싹패인 '청년-녀자'도 아니고 그렇다고 '소년'도 아닌, 말 그대로 '소년'의 짝패인데 근대 주체인 '청년'과 모순적인 위치에 놓이면서 그 의미가 쉽게 갈무리되지 않는 기호로 남게 된 것이다. 이는 '소녀'가 두 개의 패러다임(연령화·성별화)이 교차하면서 그 의미가 흐리마리해졌기

---

25) 이는 1900년대 '소년'이 근대적인 성별체계 안에서 기호화된 말이 아니었음을 지적하는 것이다. '소년'이 성별주의 안에서 '소녀'와 변별적 대립을 이루면서 '소년' 또한 '소녀'와 함께 성별화되었다고 볼 수 있다.

때문이다. 어른이 아니라는 점에서는 성별화될 이유가 없지만, '소년'과 대립되는 동안 성별화되는 '소녀'는 이중적으로 타자화될 여지가 있는 기호이다.

이 점만 본다면, '소녀'는 주체의 '타자성'이 온전히 보전되는 기호이다. '소녀'가 현재적 맥락에서는 '여자아이'의 정도로 그 함의가 비교적 분명하지만, 그 어떤 기호보다 여성 이미지가 분명하게 드러나는 기호인 동시에 '순진무구'한 아이의 이미지도 동시에 가지고 있는 이중으로 타자화된 기호이다. 또 아이러니컬하게도, 홍조띤 얼굴에 수줍어하는 모습이나 감상적이며 때로 센티멘탈한 모습 등은 '여자 아이'한테만 적용되는 게 아니라 근대 여성의 이미지로 소급할 정도로 강한 이미지를 구성하는 게 사실이다. 나이가 들어서도 여전히 소녀적 감수성을 여성 정체성의 본질로 회상하는 것이거나, 소녀 이미지를 자기 이미지로 구성하려는 것 등 '소녀'가 순수한 시절의 상징이자 여성적인 감성의 표상으로 그 영향력을 발휘한다. '소녀'가 성별적으로나 연령적으로 타자화되었음에도 불구하고, 오히려 아이러니컬하게도 소녀 표상을 둘러싼 이같은 특징을 통해 '소녀' 표상은 그 영향력을 드러내는 것이다.

이러한 맥락에서 본고에서는 연령주의와 성별주의 패러다임 속에서 타자의 위치에 놓인 '소녀'의 의미를 해석하고, 주체의 타자성이 '소녀' 기호를 통해 어떻게 드러나는지 그 생성 과정을 주체−타자의 패러다임 안에서 살펴보고자 한다. 또 이를 통해 근대적 주체가 적극적인 배제나 소외의 방식과는 다른 방식으로 타자성을 생산하는 방식을 타진해 볼 것이다. 이는 '소녀' 기호를 둘러싸고 진행된 타자성의 구성 과정을 역동적으로 살펴보는 방법이다.

## 2. 홍조띤 얼굴의 '소녀', 탈성화된 '소녀'

소녀'라는 표현이 문학사에서 출현하게 된 것은 1917년 김명순의 「의심의 소녀」부터다. 그 전에도 '소녀'라는 기표가 사용되었지만, 근대적인 의미의 '소녀'로 사용되지는 않았다. 그 이전에 공적 담론 상에 출현하고 있는 '소녀' 기호는 '소년'과 대응되는 기호가 아니라 다른 기호들과 변별적 자질을 체득하지 못한 채 불안정하게 유입된 기호였다. '소녀' 기호가 '나이 어른 계집애' 정도의 의미로 사용된 예는 찾아볼 수 있으나, 나이에 따른 구분 이상을 벗어나지는 않는 것이 그 예다. 때문에 그간 문학사에서는 근대적인 여성의 기호로 언급되는 '신여성'이나 '모던걸'에 집중해서 해석해왔다. 그러나 이 기호들이 사용된 맥락을 보면 '신여성'과 '소녀'는 부분적으로 겹칠 수 있는 대상이기는 하지만 다른 대상에 속한다는 것을 알 수 있다. '신여성'이나 '여학생', 또는 '모던걸'은 근대적인 지식을 구가할 수 있는 '근대 주체'의 상으로 다루어지고[26] 있는 반면 '소녀'는 근대 지식의 소유 여부와는 다른 방식으로 표상된다.

---

26) '소녀' 표상에 대한 연구는 전무하다고 할 수 있다. '소녀' 표상이 부분적으로 '여학생'이나 '신여성'과 겹치는 게 사실이나 유사개념으로 볼 수 없는 측면이 있다. 예를 들어, 식민지 시기 신여성의 표상을 연구하고 있는 김수진의 경우 '신여성'은 '여성 지식인'으로 언급된다(김수진, 「신여성 담론 생산의 식민지적 구조와『신여성』」,『경제와 사회』, 한국산업사회학회, 2006.3, 255~282면). 이와 마찬가지로 김경일의 경우에도 '신여성'은 선구적 개인의 다른 이름이 아니라 "하나의 새로운 시대적 현상이나 새로운 사회세력"이라고 문화적 현상으로 얘기한다(김경일, 「1920~30년대 한국의 신여성과 사회주의」,『한국문화』36집, 2005, 122~149면). 또한 권희영도 "중등이상의 근대 교육을 받았던 사람들로 극소수에 불과"(「1920~30년대 신여성과 모더니티의 문제」,『사회와 역사』, 한국사회사학회, 1998.12, 73면)하다고 언급하며 '신여성'의 의미를 '근대교육의 수혜자'로 한정하고 있다. 이에 반해 '소녀' 기호는, 배움의 유무와 상관없이 '여성의 육체에 각인되는 여성성'를 통해 구성된다.

염려를 몹시 혼다 흐고…… 흔 쇼년과 한 미인 ㅈ객이 발견되얏다 흐야 그
뒤에눈[27]

아라사 슈부에서 온 통신중에서 종신 귀흐 것은 쇼녀병「少女兵」의 리야기
라. 겨우 십삼스세된 쇼년이라도 지원만 흐면 ○○츠용흐야 소원대로 전장에
너여 보너눈 모양인디[28]

위 예문 모두 비교적 이른 시기에 '소년소녀'라는 말을 사용하고 있
다. 두 인용문 모두, 제목에서 자연스럽게 '소년소녀' 말을 사용하고 있
는데, '소년소녀'가 대응되는 말로 사용되지 않는다. "쇼년"과 "미인자
객"을 '소년소녀'라고 칭하거나, '소년병'과 '간호사'를 '소년소녀'로 칭
하는 등 대응되기 어려운 대상을 '소년소녀'로 언급하고 있기 때문이다.
이는 '소년소녀'를 성별화된 기표 정도로만 알았을 뿐, 소년소녀를 둘러
싼 가치체계가 무엇인지 몰랐다고 볼 만한 증거이다. 그 전까지 사용된
'男兒'와 '계집' 등의 기표가 '소년소녀'라는 근대적인 성별화 체계 안
에서 불안정하게 대체되어 있는 상태라고 볼 수 있다.
　'소년소녀'라는 기호는 일단 근대적 아동의 개념이 확립되어야만 이
해될 수 있는 기호이다. '소년소녀'는 순진무구한 근대적 '어린이'의 또
다른 이름으로, 이 어린이를 성별화된 가치체계로 다시 호명한 것이다.
그러므로 '소녀'가 소년과 같이 짝패를 이루며 성별화된 말로 사용되고
있지만, 앞에서 언급한 것처럼 성화(性化)된 개념으로 사용되지는 않는
다. 그러므로 소녀를 일러 '한 미인'이라고 언급하는 것은 그리 자연스
러운 표현이 아니다. 미인이라고 성화(性化)된 인물을 두고 '소녀'라고
지목한 것은, 이 말을 이해할 수 있는 가치체계가 확립되지 않음에 따
라 발생한 균열이다. 앞서 보았던 것처럼, '소녀'가 어떤 경우에는 '부
인'[29]의 유사어로 쓰이기도 했고, 또 다른 경우에는 '여자'를 새롭게 지

----

27) 「원의 궁중에 소년소녀자객」, 『매일신보』, 1916.1.13.
28) 「소년소녀 애국적 활동」, 『매일신보』, 1915.3.14.

칭하는 용어이기도 했다. 그러다가 '소년소녀'라는 말이 한 단어처럼 어울려 쓰이게 되면서 '소녀'의 의미가 구체화되었고 근대적 '어린이'의 관념이 정착하게 되면서 비로소 안정된 형태의 조어로 사용된다.

> 보통 소녀라고 하면 여섯 살부터 열여섯살 때까지로 다시 이것을 유아긔의 계속이라고 볼 수 잇는 전긔와 여자로서의 특증을 나타내게 되는 청년긔 즉 준비긔인 후긔와의 두가지로 볼 수 있습니다. 소녀긔는 누구나 다 잘 아는 바와 가티 해방적임으로 맑고 밝기만 하야 털끗만치라도 반항적 긔분이 석기지 안케 자유로 버터 나갈 수 잇는 째입니다.[30]

소녀 '기호'는 '소년소녀'라는 근대적 성별 체계 안에서 확립된 것으로써, 어디까지나 '어른'의 상대적 표상으로 구축된 것이다. '소녀'가 비록 성별화된 기표이기는 해도, 소녀 표상은 '아이'의 범주 안에서 구성된 것이다. 물론 소녀의 두 번째 단계인 '사춘기 소녀'의 경우에도 어른의 상대적 표상 안에서만 그 의미가 형성된다. 그러므로 '소녀'는 아름다울 수는 있지만, 아이처럼 순진무구한 존재인 채로 탈성화된다. 이러한 측면을 「의심의 소녀」에서 찾아볼 수 있다. 1917년 『청춘』 11월호에 현상소설로 게재된 김명순의 등단작이기도 한, 이 작품에서 '소녀'는 이채로운 풍경으로 그려진다. 이 작품에서 '소녀'는 '새로움'의 표상으로 등장한다. 신작로가 놓이면서 생기게 된 시골 동네의 변화 속에서, '소녀'는 요령부득의 낯선 것이다. 이 '소녀'가 쉽게 이해되지 않는 것은 뭔가 익숙한 표상이 아니기 때문이다. 신비로운 존재로 재현된 이 인물의 이름은 구체화가 필요없는 근대적 '소녀'이다. 이 '소녀'는 그 전까지의 풍속으로는 이해하기 어려운 근대적 감각의 기호이다.

> 처음 보는 바이 아이로대 이 날은 더욱이 호기심을 이르켜가며 주목한다.

---

29) 1907년 16세의 잔다르크를 '애국부인'으로 번역해서 『애국부인전』(광학서포) 발행.
30) 「보통학교 졸업기에 가까운 소녀의 심리를 아십니까」, 『동아일보』, 1932.12.2.

그중한아이 "어느매 살든 아해인지 곱기도 하다" 또 한 아이 "늘 보아도 늘 곱다 한번 실컨 보앗스면 조켓다" 또 한아는 하하우스며 "범네야 어듸갓다오니"하고 뭇는다. 범네는 촌부들을 향하여 눈만 우스며 입담은 채 옹의 뒤를 짜른다.31)

이 '소녀'는 '늘 보아도 고운', 실컷 보았으면 좋겠지만 그렇게 하기 어려운 인물이다. 아름다운 미인처럼 성화되어 있지만 탈성화된 시선만으로 전경화되어 있는, 새롭게 구성된 몸인 것이다.32)

金顯順 씨! 각지의 공연무대에 나타나서 수천 청중을 뇌쇄식혓슴이 엇지 비둘기 가치 청초한 양의 자태에만 매엿스랴.33)

위 인용은 이화여전에 재학중인 김현순 학생의 공연 모습을 묘사한 것인데, 그 내용인즉슨 비둘기같이 청초한 양이 수천 청중을 뇌쇄시킬 듯 매혹적인 모습을 드러내고 있다는 것이다. 김현순은 이화여전에 재학중인 학생으로 안기영이 이끄는 민요합창 공연을 했다고 알려지고 있는데, 이같은 상황에서 그녀는 응당 '비둘기같은' 한 마리 어린 양일 것이나 '뇌쇄'적일 정도로 성화된 매력 또한 풍기고 있다는 양가적 진술이다. 한 마리 어린 양인 동시에 그 모습에 뇌쇄적인 매혹까지 풍기고 있는 '소녀'기호는, 이처럼 맥락에 따라 쉽게 성화될 여지가 있는 이중적 기호다.

이같은 양상은 근대 '소녀' 표상의 신체적인 징후로 얘기되는 "홍조" 논의에서도 드러난다. '부끄러운 듯', 알듯말듯하게 웃는 얼굴에 드리워진 홍조, 이것이 기본적으로 함의하는 바는 '부끄러움'이다. 물론, 남녀

---

31) 김명순, 「의심의 소녀」, 『청춘』 11호, 65면.
32) 이희경은 근대 초기 여학생의 사회적 표상을 해석하면서, "잡것과 구별되어야 하는 순수"로 재현되고 있다고 지적한다(「1920년대 "여학생"의 사회적 표상−잡지『신여성』을 중심으로」, 『한국교육연구』, 10권 1호, 2004, 55∼79면)
33) 「五大學府 出의 人材 언.파렛드」, 『삼천리』, 1932.2, 18면.

모두 부끄러움의 표시로 홍조를 띨 수 있고, 실제로 그러하기도 하다. 다만, 이 '홍조띤 뺨'의 징후가 '소녀'다운 것으로 특화되고 있는 것에 주목하고자 한다. 부끄러움이 가득한 '홍조띤' 얼굴은 소녀들의 순결성을 간접적으로 지시하는 것으로 여성적 본질로서의 정숙함을 얼굴에 나타내는 징표[34]라고 일컬어진다. 성별화되어 있지만 주체가 안심하고 포섭할 수 있는 '정숙함'의 기호로 탈성화된 것이다.[35]

최초의 근대소설로 평가받는 『무정』의 경우에서도 이같은 양상을 찾아볼 수 있다. 형식은 선형을 만나기 전에 히사시까미한 여학생을 만날 생각에 "두 뺨이 후근후근", "얼굴을 붉어지며" 기대와 호기심을 잔뜩 갖는다. 형식이 이렇게 얼굴 붉어지는 이유는 뭔가 부끄러운 일이라고 생각되는 일을 상상하기 때문이다. "책상 아래서 무릎과 무릎이 가만히 마주 닿는" 불온한 상상에 자기도 모르게 얼굴 붉어지는 것이다. 그런 그가 선형을 만나서 주목하는 것도 홍조띤 얼굴이다. 형식은 선형의 "가뜩이나 붉은 뺨이 더욱 더 붉어지"는 모습을 포착해하며 흡족해한다. 형식이 선형의 홍조를 하나의 코드로 이해하며 수용한 것이다. 그렇다면, 형식은 영채의 경우에 이 코드를 어떻게 수용하고 있을까.

> 영채의 태도는 과연 아름다웠다. 눈썹을 짓고, 향수내 나는 것이 좀 불쾌하기는 하였으나 그 살빛과 눈찌와 앉은 태도가 아름다웠다. 더구나 그 이야기 할 때에 하얀 이빨이 반짝반짝하는 것과 탄식할 때에 잠깐 몸을 틀며 보일듯 말듯 양미간을 찡그리는 것이 몸견디리만큼 아름다웠다. 아까 형식은 너무 감

---

34) 김진아는 근대 영국소설에 나타난 성차와 계급의 기호로서 여성의 몸을 분석하면서 "정숙함의 징표는 수줍음으로 발갛게 상기되는 얼굴에서 잘 드러난다. 당시 홍조띤 얼굴은 여성적 순결성을 나타내는 표지로서 …… 진정한 여성성의 징표로 수 없이 많은 품행 지침서와 소설들에서 끝없이 찬양되고 있다"라고 전한다. 이 논의에 따르면 당시 여성의 품행 지침을 알리는 많은 '품행지침서'에서 홍조띤 얼굴이 순결함의 표지로 경탄되었다고 한다(김진아, 「근대 영국소설에 나타난 성차와 계급의 기호로서의 중간계급 여성의 몸」, 『영미문학 페미니즘』 제11권 1호, 2003, 51~52면).

35) Iris Marion Young, "Thowing Like a girl", *The thinking muse : feminism and modern French philosophy*, edited by Jeffner Allen, Bloomington : Indiana University Press, 1989, pp.51~70.

격하여 미처 영채의 얼굴과 태도를 자세히 비평할 여유가 없었거니와 지금 가만히 생각하니 영채의 일언일동과 옷고름 맨 모양까지도 못견디게 어여뻐 보인다.36)

형식이 기억하기에 영채는 아름다웠지만, '붉은 뺨'을 보이지는 않는다. 옷고름 맨 모습이며, 양미간을 찡그리는 것 등 영채가 아름다운 것은 사실이지만 홍조는 보이지 않는다. "못 견디게 어여뻐" 보이기도 했지만, 정작 그가 원래 기대했던 "불그레하여진 뺨"이 드러나지는 않는다.

그러고는 자기와 영채가 부부 된 뒤에 할 일이 눈앞에 보인다. 우선 영채와 자기가 좋은 옷을 입고 목사 앞에 서서 맹세를 하렷다. 나는 영채의 손을 꼭 쥐고 곁눈으로 영채의 불그레하여진 뺨을 보리라.37)

형식이 영채에게서 원래 기대한 것은 "불그레하여진 뺨"이다. 형식은 영채를 만나기 전 영채와 두 손을 맞잡고 "목사 앞에 서서" 맹세를 하는 그런 '부부'를 꿈꾼다. 이 상상 속에서 형식은 영채에게서 '불그레하여진 뺨'을 기대한다. 그러나 영채를 직접 만나 본 후 그녀를 사후적으로 기억하는 과정에서 "홍조"를 떠올리지는 못한다. 영채를 아름다운 여인으로 서술하고는 있으나, 영채에게서 '홍조'를 발견하지는 못하는 것이다. 선형의 경우에는 "붉은 뺨이 더욱 더 붉어지"는 그런 반응이 나타났으나, 영채에게서는 아름답기는 하나 "불그레하여진 뺨"이 나타나지 않는다.

'홍조'는 '근대적인' 신체의 징후이자 '근대적인' 남녀의 '연애유희'38)

---

36) 이광수, 『무정』, 삼중당, 1966, 46면.
37) 위의 책, 33면.
38) 미셸 코르뱅은 이를 'Flirt'(연애 유희)로 일컫는다. 19세기부터 20세기 중간까지 자유 연애의 풍속 확산에 따라 남녀 모두 특정한 제스처나 태도 일례로 첫 시선, 침묵, 홍조 등 연애유희가 확산된다. 이는 범박한 형태에서 성적인 것에 관한 '감정교육'의 형태이다(알랭 코르뱅, 전수연 역, 「죄담―알랭 코르뱅 : 사랑의 감정에 대한 역사를 위하여」, 『세계사상』 4호, 1998, 373면).

이다. 이것이 '소녀'의 대표적인 표상으로 자리잡음으로써 근대적인 아비투스[39]로 코드화된다. 그렇기 때문에 선형에게서만 발견되고 영채에게서는 발견되지 않았던 것이다. 형식에게, 선형의 불그레한 뺨은 근대소녀의 표지이다. 여성의 몸이 성별화되었지만 동시에 이를 금욕적인 순결성의 코드로 봉합하는 아슬아슬한 근대성의 양가적 가치인 것이다. 성별화된 몸이기에 불그레한 얼굴 표정을 지을 수 있지만 동시에, 성적인 몸으로 드러날 수 없다는 미덕을 알고 있기에 불그레한 뺨으로밖에 드러날 수 없는 '소녀', 근대 소녀는 성별화된 '아이'의 몸인 것이다. 이는 몸의 규율성으로 나타나고 있는 근대적인 신체적 징후의 일환으로, 의식적으로 행동하는 것과 무관하게 구성되고 있는 몸의 반응이다. 그러므로 그간 『무정』 연구에서 형식의 발화에 의존해 형식이 갈등하고 있다고 해석하고 있지만, '이미' 형식은 몸의 반응을 통해 선형과 근대적인 소통을 하고 있었다고 볼 수 있다. '근대성'은 '계몽'과 아울러 취향과 습관 또는 매너의 방식으로 새로운 육체를 구성하고 있었던 것이다.

이를 통해, 근대적인 '소녀'는 성별화된 몸이지만 이를 '부끄러워'할 수 있는 탈성화된 존재이다. 이같은 탈성화의 기제를 통해 성별화된 소녀의 타자성은 부분적으로 무화된다. 그럼에도 탈성화를 성공시키는 기제가 순결성의 다른 이름인 '아이다움'이기 때문에 소녀는 여전히 위협적이지 않은 타자의 자리에 안착하는 대신 순결성(정숙함)이라는 윤리성에 붙들리게 된다.

---

39) 당대 담론에서도 '홍조'를 근대성의 신체적 징후로 보고 있다. 일례로, "흑인들이 부끄럽다는 감정을 얼굴과 피부우에 나타내 보이지 안는 것은 부끄럽다는 감정이 전연 업기 째문이다. 이러한 내용이 해외 어썬 신문에 보도된 일도 잇섯습니다나는……흑인은 수치심을 늣기는 정도가 희박한 것은 충분히 인정할 수 잇는 사실입니다마는 이상에 설명한 것도 학문적으로도 외시할 수 업는 것입니다"(「수집어할 때는 왜 홍조를 쯰는가, 흑인종은 부끄럴 줄 모르나?」, 『동아일보』, 1932.10.28).

## 3. 사춘기 소녀의 감상성

'소녀'는 지금도 그러하지만 '공상이 많고 감정이 풍부'한 존재로 표상된다. '소녀'가 이렇게 드러나게 된 데에는 '처녀시대'를 논하는 성과학 담론의 영향이 크다. '소녀'가 성별화된 몸으로 변해가면서 불완전한 감정의 충동이 나타나게 된다는 언급 등이 그것이며, 이를 통해 공상에 가까운 감상성이 '소녀적인 것'으로 설명된다.

> 處女時代라는 것은 유년기에서 생식성숙기로 넘어가는 시기입니다. 그 開始는 개인적으로 차이가 잇지만 일반으로 13,4세입니다. 그 시기에 들어갈 때는 여자의 신체와 정신에 현저한 변동이 생깁니다. …… 생식작용과는 직접 관계가 없으나 생물학적 의의가 불분명한 성질 곳 주요한 특징을 約해 말하면 남자는 강건, 활발하고 의지 견고한데 여자는 溫和靜穩한 것이라든지 여자의 정신작용에 고유하다고 할 만한 감동성이 풍부하야 희노애락의 정을 容易하게, 또는 강하게 표현하는 것이라든지 변덕이 많은 것이라든지 암시성이 많은 것 등이겟습니다.[40]

'감상적인 소녀' 담론은 1920년대를 전후한 시기에 성과학 담론과 함께 유입된다. 소녀의 육체가 신체적으로 변화됨에 따라 정신도 그와 함께 변화된다는 지적이다. 이에 따라 "감동성이 풍부하야 희노애락의 정을 용이하게, 또는 강하게 표현하는 것이라든지 변덕이 많게" 된다는 담론이 일반화된다. 이를 통해 '소녀'는 그 어떤 기호보다 육체적·성적(性的)으로 민감한 육체로 언급된다. '홍조' 논의에서도 드러난 바 '성적(性的)'으로 불안정한 상태로 얘기되는 것이다.

여성의 육체가 남성과 생물학적으로 다르고, 이에 따라 남성과 여성의 기질 또한 차이가 날 수 있다는 것은 부인할 수 없다. 하지만, 그 차

---

40) 태허, 「處女時代의 衛生, 健康欄」, 『동광』 22호, 1931, 57면.

이가 여성과 남성을 감성 / 이성의 이분법으로 나누어서, 감성을 부정적인 형태의 '감상성'으로 가치폄하는 것은 또다른 문제이다.[41] 이는 감정과 이성의 차이를 밝히는 논리가 아니라 감성과 이성을 여성 / 남성의 차별성으로 방증하기 위해 나온 논리이다.

> 사춘기 소녀! 붓그러움 감정과 까닭 모를 웃음이 터져나오는 그 때의 소녀들! 윤택나는 눈동자에 그리움 표정이 써오르고 아득한 사모의 정이 가슴에 다름질치는 그 때의 소녀들…… 스윗트·씩스틴! 꿈의 열여섯이다. 공상과 동경에 아로새겨진 센티멘탈! 그것은 잠자든 소녀들의 가슴속을 비로소 헤트려 놋는 것이겠다.[42]

> 일즉이 로멘스의 제작소 유행의 원천지로 유명하든…… 우리 이화학당 …… 그러닛가 분홍색 공상을 백퍼센트 향락할 수 잇는 곳이 우리 이화학당[43]

위의 인용에서 드러나는 것처럼 소녀는 감정이 풍부한 존재로 설명된다. "공상과 동경에 아로새겨진 센티멘탈!" "분홍빛 공상"이라는 논의 속에서, '소녀다운' 것으로 '공상'이 거론된다. 소녀들은 한결같이 머리 속에 로맨틱 사랑만으로 가득하고 연애 문제로만 머리가 복잡하다고 말해지는 것이다. 이런 맥락에서 근대적 소녀의 담론화를 두고 "육체 속에 새기는 내면화 작업을 목표로"[44] 한다는 지적은 쉽게 이해된다. 소녀의 감상성이란 기실 '분홍빛'처럼 예쁜 것일지는 모르지만 '공상이 많은' 무가치한 내면의 디른 이름이거나, 가싸 내면의 또다른 이름인 것이다. 실제로 1920년대 여성의 감상을 두고 비난했던 여러 근거들이

---

41) 콕스는 이성과 감성이 남성 / 여성으로 전유되는 과정을 역사적으로 '실증과학, 자본주의, 기술지배 국가출현'으로 설명하면서 이러한 분리가 성 / 성별 분리체계의 직접적 결과라는 논의를 부인한다(로즈마리 통, 이소영 역, 『페미니즘 사상』, 한신문화사, 1995, 204~207면).
42) 「사춘기 소녀의 심경」, 『신여성』 7권 6호, 1933.6.
43) 「여학교 통신」, 『신여성』 7권 6호, 1933.6.
44) 피에르 부르디외, 김용숙·주경미 역, 『남성지배』, 동문선, 2000, 20~25면.

여성의 소설을 무가치한 것으로 폄하하는 구실이 되었던 것을 감안할 때, 감상적인 소녀가 비록 어린애다운 순진성으로 표현된다고 하더라도 소녀를 폄하하는 평가라고 할 수 있다.

> 여자편에서 간신히 말을 끄집어 내엿습니다. "여보세요. 하늘은 웨 저럿케 새―파랏케 물들엇슬가요?" 상대자의 대답은 몹시도 간단하엿습니다. "새―파 랏케 물들어스닛간 그럿치요" 요행 화제를 꺼내엿스나 1분도 계속되지 못하 고 그들의 이약이는 끈허지고 말엇습니다. 또 다시 여자편에서 "나무에 안즌 새가 웨 저럿케 적을가요" 적은 새니깐 적지요. 이러케 멋 번이나 끄집어낸 화제는 계속되지 못하엿스니 그들은 오래동안 침묵을 직혓슬 뿐이엿습니다[45]
> 그 중에서도 내가 아호를 독견이라고 지었던 시절이 가장 로맨틱하다. 신천에 있는 우리집 북창을 열고 누으면 바람소리가 쏴하고…… 사실 나는 지금도 로맨틱한 시절에 있다. 나도 어른이 되어봐야지 생각하면서도 이놈의 헌 누더기를 좀체 벗기 힘드니 어쩌면 좋으냐[46]

위의 인용은 여성의 낭만성이 희화화되거나 유아적인 속성으로 치부되는 장면이다. 이 인용에서 여성은 낭만적 사랑의 도식에서 자유롭지 못한 채 문학 작품에 나올 법한 로맨틱한 구절을 읊조리고 있으나, 남성은 여성의 상상을 외면한 채 그 낭만적 사랑의 도식에 빠져들지 않는다. 이같은 로맨틱한 상상에 대해, 최독견은 「나의 로맨틱 시대」를 회고하면서 '어른답지 아니한' 상상으로 얘기한다. 또 이를 벗어던져야 할 '헌 누더기'로 말함으로써 로맨틱한 상상을 폄하한다. "공상과 동경이 아로새겨진 센티멘탈!"을 유아적인 것으로 간주하는 당대 남성의 시각이 드러난 예이다.

소녀의 '부끄러운 감정'은 성별화된 몸에 대한 자각이 금욕적인 방식으로 이루어지는 것을 나타낸 것이고, '까닭모를 웃음'은 '이성적인 규

---

45) 「연애정조」, 『삼천리』, 1932.1, 96면.
46) 최독견, 「나의 로맨틱 시대」, 『삼천리』, 1932.4, 84면.

율' 밖에 놓인 타자성의 흔적을 아로새긴 언사에 다름 아니다. 그러므로 센티멘탈한 소녀라는 지적은 소녀의 내면을 무가치하게 판단하고 있는 평가적 언사로 볼 만하다. 그렇지만, 이것 못지 않게 주목할 것은 감상성이 '분홍빛' 로맨티시즘으로 미화되는 것이다.

> 사회적 존재로서의 소녀란 성인과 어린이의 중간에 '청소년'이라는 경계적 범위를 출현시킨 근대가, 더욱이 '남자가 아닌' 불요불급의 부분을 분리, 석출했던 것으로 출현시킨 카테고리였다. 이것들이 잡지라는, 말로 조합된 것에 조용히 뒤에서 조작 당해, 종이 위에 있는 모양을 움켜쥐었을 때, 허구로서의 '소녀'가 탄생한다. '소녀'란 담론의 산물이었다. 투고자들이 일상적 시간이 차단된 상태로 마음 내키는 순간까지 글을 늘어놓았던 것은 이점에 있을 것이다.[47]

이처럼, 소녀는 육체와 정신 모두 타자성이 각인된 존재이지만, 그 타자성의 흔적이 불분명한 존재이다. '홍조띤' 육체도 그러하고, '분홍빛 공상'도 그러하다. 소녀는 성별화된 몸인 동시에 공상이 많은 어린애 같은 내면을 가지고 있지만, 이 두가지 모두 부정되거나 혹은 다른 기호로 포장되어 있어 '결핍된' 기호로 드러나지 않는다. 이는 '소녀' 기호가 가진 특이성이며, 이 특이성을 발생시키고 있는 것은 근대적 주체가 생산하고 있는 허구성이다.

근대 소녀가 센티멘탈하다고 말해지는 순간 소녀의 내면은 무가치해진다. 그런데 이같은 특징이 낭만성으로 선치되면서 소녀다운 특징으로 담론화된다. 이를 통해 센티멘탈한 소녀 표상이 주체─타자의 패러다임 안에 안전하게 편입된다. 그러나 로맨틱한 낭만성으로 허구화된 '소녀다움'의 기제가 자기 자신조차 소외시키는 방식이라는 사실은 주목을 요하는 부분이다.

---

47) 本田和子, 『女學生의 系譜』, 靑土社, 1990.

## 4. '소녀'라는 타자성의 얼굴

근대 들어 모든 가치들은 양화되며 그 가치가 계량화된다. 이에 따라 비가시적인 것은 가시적인 것으로, 질은 양으로 환산된다. 인간의 성장도 표준화 수량화해서 균질적인 잣대로 척도화된다. 성숙의 척도를 '학년'과 등치되는 '연령'을 통해 나타내는 것도 그 한 예이다. 이는 교육령으로 제도화되면서 나이에 따라 순차적으로 '성장'하는 여건으로 현실화된다. 뿐만 아니라, 젠더화가 진행되면서 연령주의와 함께 성별주의가 근대적 개인을 나누는 중요한 척도로 자리매김된다. 이에 따라, 어른/아이가 구분되고 그 과도기에 속하는 사춘기라는 근대적 경계 지점이 발견되면서, 소년/소녀 혹은 핵가족 중심의 평등한 부부상이 자연스러운 것으로 자리잡는다. 이것은 비단 개인을 구분하는 잣대로서만 작용하는 게 아니라 다양한 세대의 계층 문화를 발생시키며, '소년문화', '소녀문화', '청년문화'와 같은 다양한 문화를 생성시킨다.

그런데, '소녀' 표상의 경우 연령을 통해서도, 성차에 의해서도 주체가 되기 어려운 존재이다. 연령에 따르자면, '성별화된 아이'에 속하나 성별에 따르자면 남성성이 배제된 '여성'적인 존재이기 때문이다. '소녀'는 이같은 과정에서 근대적 주체가 타자성을 구성하는 또하나의 방식으로 나타나게 된다. 이에, 본고에서는 '소녀' 기호를 통해 주체-타자의 형성과정을 역동적으로 살펴볼 수 있다는 가정을 하고, 소녀의 타자성이 구성되는 과정을 살펴보았다.

일단, '소녀'는 '육체적인' 존재로 담론화된다. '홍조'띤 얼굴이나 감상성이 그 예이다. 그래서 소녀 기호를 구성하는 특징적인 요소로 성욕망의 탈성화된 방식인 '홍조띤 얼굴'과 소녀의 내면을 무가치한 것으로 포장하는 '감상성'이 부각된다. 근대적인 소녀 기호로 언급되는 "홍조"는 탈성화된 소녀의 윤리적 아비투스이다. 이를 통해 "붉은 뺨"은 소녀들의 성적 상징이자 동시에 금욕적인 순결성의 반응으로 각인된다. 즉, 소녀를 성별화시키는 요소인 육체성을 제거하고, 그 자리에 어린애다움 이라는 순진성을 윤리적인 차원에서 전유함으로써 소녀를 무성적인 육 체로 또는 탈성화된 몸으로 구성한다.

또한, 소녀를 양식화하는 것으로 사춘기 소녀의 '감상성'을 들 수 있 다. 이는 당시 성과학담론의 유입에 따라 전개된 여성/남성 감성/이성 의 구분법에 따른 담론의 영향으로, 이에 따라 소녀는 '감상성'이 강한 존재로 부각된다. 이로 인해, 사춘기 소녀는 '분홍빛 공상'의 문학 소녀 로 재현된다. 그런데 이 분홍빛 상상의 근간에 낭만적 사랑이 놓여 있 다고 말해지며, '홍조' 논의에서 드러난 것처럼 '불안전한' 신체를 뒤덮 을 또다른 허구의 담론이 도입된다.

'소녀'는 여성처럼 남성 주체의 짝패가 될 수도 없고, 그렇다고 남성주 체의 동일성을 담보할 수 있는 젠더화된 소년이 될 수도 없다. '소녀' 표 상은 남성 주체의 판타지이다. 그래서 타자성의 흔적이 '소년'이나 '여 성'처럼 부각되지 않는다. 소녀의 몸은 무엇이 부족하거나 없는 몸이 아 니라, 오히려 남성적인 판타지로 가득한 결핍없는 몸이다. "홍조띤 얼굴" 에서 드러나는 것처럼 순진하면서도 고결한 몸이며, 감상적인 소녀 표상 에서 드러나는 것처럼 낭만적 사랑의 연기자다. 소녀가 육체적인 특성으 로 표상되지만, 그 육체성이 근대 윤리나 사랑의 이름으로 봉합되면서, 소녀 표상에 내재한 강력한 판타지가 역으로 소녀를 기호화한다.

이처럼, 근대 주체는 배제나 포섭으로 타자들을 구성하기도 하지만 소녀의 경우처럼 허구성을 생산하면서 이루어지기도 한다. 즉, 주체의 판타지를 타자의 몸에 허구적으로 각인시킴으로써 오히려 타자성의 흔 적조차 지우며 타자를 구성해 내는 것이다. 그간 근대문학사에서 근대 성 논의는 몇몇 인물 표상에 국한되어서 집중된 바 있으며 그것도 의식 적인 활동에 집중해서 언급되고 있다. 여성인물에 대한 논의에서도 '신 여성'이나 '모던걸' 등 근대 지식의 세례를 받은 몇몇 인물에 집중하고 있다. 그러나 '소녀' 기호에서 드러나고 있는 것처럼, 근대성은 육체에 대한 담론과 규율을 통해 근대 인간의 '육체'에 이미 습합되어 있다. 그러므로 이같은 근대의 습속, 태도, 감정, 취향 등의 문제에 집중한다면 근대 여성 논의가 좀더 심화될 것이다.

# '毛斷', 그러나 '母斷'하지 않은 '신여성'

## 1. 毛斷, 母斷, 모던한 신여성

신여성에 대한 표현 중에 '毛斷 母斷, 모던'[48]이 있다. '모단(毛斷)'은 신여성이 단발의 표상으로 떠오르면서 부각된 상징이고, '모던'은 말 그 대로 근대 여성이라는 의미이며, '모단(母斷)'[49]은 신여성의 어머니 부정

---

48) 이 언급은 성이현의 「이십세기 보던 실」(『낭만적 사랑과 사회』, 문학과지성사, 2003) 에 나온다. 소설에 나와 있는 구절이기는 하나, 신여성을 소재로 하고 있고 그런 만큼 세간에 퍼져있는 신여성에 대한 대중적 인식을 보여준다고 하겠다. 또한, '母斷'과 같은 개념—예를 들어 '어머니와의 동일시 거부' 등—은 이미 사용하고 있기 때문에 신여성을 '母斷'걸이라고 칭하는 것은 의미상 새롭지 않다. 그리고 남성작가의 작품에서 신여성이 '어머니와의 분리'(박숙자, 「근대문학 형성기에 나타난 모성의 성격」, 『한국 문학과 모성성』(서강여성문학연구회 편), 1998)를 통해 드러나고 있는 것은 분명해 보인다.

49) 신여성의 성격을 규명하면서 '모단'이라고 칭하는 것은, 그나마 신여성의 성격 규명에 어머니가 미치는 영향력을 부정적인 방식으로나마 헤아릴 수 있는 방식이나, 그동안 신여성의 성격을 해명하는 글의 대부분은 '자유분방한' 사생활이나 자유연애에 집

을 일컫는 말이다. 그러나 신여성을 '母斷'이라고 명명하는 것을 쉽게 납득할 수 없다. 근대 형성기가 남녀를 불문하고 부모를 부정한 후 근대의 주체가 되는 시기였다고 할지라고 '母斷'에는 신'여성'의 심리적 현실에 대한 고려가 빠져있다. 일례로 1920년대 남성작가들이 어머니를 소환하는 방식과 여성작가들이 어머니를 불러들여 의미화하는 방식에는 차이가 있다. 남성작가들이 어머니라는 기표를 통해 자신의 슬픔을 전경화한다면,50) 여성작가들은 모녀관계에 집중해서 어머니를 의미화한다. 신여성은 역사적 존재일 뿐만 아니라 근대 여성의 기원의 자리에 놓인 '여성'이다. 그러므로 여성 일반에 적용되는 정체성 형성 과정이 얘기되어야 할 것이다.51) 시대의 급박함과 절박함을 얘기하며 성차를 논외로 하거나 예외로 상정하는 것은 문제의 본질을 꿰뚫는 방법이 아니다.

따라서 신여성의 정체성을 논하면서 '어머니와의 동일시 거부'나 '毛斷 母斷 모던' 운운하는 언급은 조심해야 한다. 지금까지 신여성은 구여성과의 대비 속에서 논의해 왔고, 신여성의 특질을 어머니와 다르다는 것에서 찾았지만, 이 논의들에서 누락된 것은 신여성이 어머니와 맺

---

중하는 게 사실이다. 신여성 하면 자유연애를 떠올리고 이를 통해 신여성을 구성하는 방식은 여성의 섹슈얼리티를 비정치적인 방식으로 다루는 한가지 예이다. 근래들어 신여성에 대한 조망이 활발해지는 가운데, 『신여성』(문옥표 외, 청년사, 2003)이라는 책이 발간되었는데 이 책에서도 어머니와의 관계는 배제하고 있어 여전히 신여성에 대한 이해의 방식이 계보화되고 있는 것은 아닌지 하는 우려를 지울 수 없다.

50) 박숙자, 「1920년대 아동의 탄생과 모성의 발견」, 2003년 한국여성연구소 심포지움 발표문.

51) 김복순은 김명순론을 쓰면서 '보통사람들과 차별성이 있'다라는 지적을 한다. '여아들은 어머니와의 유사성을 확인함으로써 성정체성을 성취하는데' 김명순의 경우 그렇지 않았고 '이는 필연적으로 그 이후의 자아형성과정에 문제를 안겨주었을 것'이라고 지적한다(「지배와 해방의 문학」, 『페미니즘과 소설비평-근대』, 한길사, 1995). 그리고 이렇게 차별적인 정체성을 추구하게 된 것은 당시가 '반전통적 여성성을 추구'하는 시대였기 때문이라고 말한다. 그러나, 부모를 버리고 근대적 주체가 되는 것이 사회적 당위로 통하는 시기였다고 해도, 모-녀 간의 끈끈한 사적 유대와 애정까지 폐기처분하는 것은 아니기에, '어머니와의 동일시 거부'가 어떤 층위에서 얘기되는 것인지 조금 조심스럽게 얘기해야 될 것이다.

고 있는 유대감과, 현모양처 담론의 자장 안에서 놓여있다는 상황적 맥락이다. 신여성이 자신의 어머니처럼 살지 않기 위해 어머니를 거부하는 포즈를 분명히 취하고 있기는 하나, 바로 그 어머니가 서있는 자리에 다시 소환된다는 것, 그래서 딸이자 어머니의 자리에 있게 된 신여성에게 어머니는 정체성의 기원으로 부활할 수 있다는 것이다. 즉 신여성이 소환되는 자리는 벗어날래야 벗어날 수 없는 강력한 담론의 힘이 작용하는 장소인 동시에 자신이 억압하고 있었던 어머니와의 친밀감이 부상하는 계기이기도 하다. 그런 만큼 신여성 안에 휘몰아치는 심리적 파장이 자못 적지 않았음을 고려해 볼 수 있다. 전근대를 표상하는 어머니를 거부한 후, 어머니 되기를 욕망해야 하는 상황, 그 상황에 대한 판단도 서기 전에, 수면 위로 떠오르는 자신의 어머니의 형상은 신여성의 정체성을 헤아리는 데 필요한 몇 개의 그림이 될 것이다.

사실 신여성의 초기 작품만 훑어 보더라도, 대개 어머니에 대한 이야기에 집중하고 있다는 것을 알 수 있다. 김명순, 김일엽, 나혜석, 백신애, 강경애의 첫 작품이나 초기 작품은 모두 어머니에 대한 이야기이다. 김명순의 「의심의 소녀」, 김일엽의 「어머니의 무덤」, 나혜석의 「경희」, 백신애 「나의 어머니」, 강경애의 「어머니와 딸」 등은 모두 어머니를 제재로 하고 있다. 제목만 보더라도 어머니가 딸의 정체성에 미치는 영향은 분명해 보이고 어머니를 통해 자신의 얘기를 한다는 것을 짐작할 수 있다. 긍정적이든 부정적이든 어머니가 신여성의 세계 인식과 정체성 형성에 매개가 되고 있는 것이다

사정이 이러함에도, 신여성에게 어머니라는 계기를 고려하지 않는다면, 신여성의 정체성 문제를 남성적인 방식으로 설명하는 우를 범하게 될 것이다. 물론, 근대화의 포문이 열리면서 근대적 주체로 거듭나야 한다는 사회적 명령이 엄중했음은 분명해 보인다. 이것이 또 내면의 의식적 지향과 조우하면서 부모와의 결별을 합리화하는 명분을 주었던 것도 부인할 수 없는 사실인 듯하다. 그럼에도 더 분명한 사실은 엄중한

사회적 명령과 명분이 있음에도 불구하고 여성작가들이 '어머니'로 소환되는 현실과 그 현실 한 가운데에 자신의 어머니가 정체성의 기원으로 떠오르는 상황이다. 이 글에서는 이러한 양상을 1세대 신여성 작가들을 중심으로 살펴볼 것이다.


## 2. 어머니가 되어, 어머니를 찾는 신여성–김일엽


김일엽[52]은 1920년 『신여자』라는 여성 잡지를 창간하면서 창간사 외에 글 두 편을 더 싣는다. 한 편은 단편 소설 「계시」이고 다른 한편은 '수필'[53]이라고 봄직한 글이다. 그런데 이 두 편 모두 어머니를 소재로 하고 있다. 여성 잡지를 창간하면서, 그녀가 집중적으로 얘기하는 것이 어머니라면 이 사실만으로도 충분히 의미가 있을 것이다. 그런데 잡지를 창간하는 시기는 실제로 그녀가 가정의 안주인이 된 시점이기도 하다. 그래서 어머니를 재의미화하는 작업이 가능했고, 필요했을 것으로 추정된다.

우선, 「계시(啓示)」는 병석에 누워 있는 아들과 이를 지켜보는 어머니가 나오는 소설인데, 어머니는 극진한 정성으로 아들을 간호한다. 맏아

---

52) 본명은 김원주이나, 이광수가 '일엽'이라는 필명을 지어준 후 일엽이라는 필명을 사용한다. 그래서 『신여자』 1호에서는 원주라는 본명을 사용하나 2호에서부터는 일엽이라는 필명으로 작품 활동을 한다.

53) 김상배가 편한 김일엽 선집(『김일엽-잿빛 적삼에 사랑을 묻고』, 솔뫼, 1982)에서 「어머니의 무덤」은 소설로 분류되어 있으나, 소설로 보기에는 어려운 몇 가지 점들이 있다. 우선, 작품의 내용이 일엽의 전기적 사실과 일치하고, 또 같은 작가가 한 잡지에 소설 두 편을 실을 리가 만무하며, 더욱이 「계시」는 단편소설이라는 명칭을 붙인 데 반해 「어머니의 무덤」은 그런 명칭을 붙이고 있지 않다는 점 등이다. 그래서 본고에서는 「어머니의 무덤」을 당대 표현을 빌려 '서정문'이라고 하거나 혹은 근대적 분류에 의해 '수필'과 같은 것으로 보려고 한다.

들도 이렇게 앓다가 결국에는 죽었기 때문에 어머니는 더욱 애간장을 태운다. 그러나 맏아들 때처럼 무당이나 간수를 찾지 않겠다고 말한다. 괜히 돈만 잃고 아무 효험없이 맏아들을 잃었다고 믿기 때문이다. 그래서 '애를 태이고 가슴을 썩이면서'도 맏아들 때처럼 무당이나 판수에게 가지 않는다. 대신 전도부인의 말을 좇아 '하느님의 은혜'를 입기 위해 비가 오나 눈이 오나 '예배당'을 다닌다. 그러나 둘째 아들까지 병석에 눕게 된다. '참 믿기만 하면 낫는다고' 신도들은 얘기해주고 가나, 아들은 병색만 더해지더니 급기야 죽음에 이른다. 아들이 죽은 후 어머니는 계시를 받는데, 혼몽 속에서 일위노인이 나타나 말하기를 '정욕과 생사를 위해 기도하지 말라'는 내용이다. 결국 두 아이를 잃는 과정을 통해 어머니의 무지가 깨우쳐진다.

이 소설에 대해 김일엽은 「신여자」 창간호 편집 후기에서 '세상사람들의 무지한 종교관념과 피할 수 없는 죽음이 사정없이 모자관계를 사별케 하'[54]는 작품이라고 언급한다. 작가가 얘기하는 것처럼 이 작품은 아이의 생사문제를 종교를 통해 해결하려는 어리석음을 꼬집는다. 그러나 주목할 것은 이 어리석음의 중심에 '어머니'가 자리하고 있다는 것이다. 맏아들이 아팠을 때 판수와 무당에 속아 재산도 잃고 아들까지 제대로 치료조차 받지 못한 채 죽게 만든 장본인도 어머니이고, 둘째아들이 몸져 누웠을 때 예배당에 다니며 낫기를 바란 것도 어머니이다.

그렇게 어머니가 비가 오나 바람이 부나 예배당에 다니기 때문에 둘째 아들 또한 예배당을 좋아한다. 그러나 어머니의 생각과 아들의 생각에는 차이가 있고, 이 차이가 작품의 비극을 낳는다.

"어머니, 오늘은 주일이구려. 오늘 또 예배당에 가야지. 어머니 예배당은 집이 그렇게 좋은데 우리집은 왜 이렇게 언잖으오" 이런 때에는 김 부인도 너무 기뻐서 "아무렴 가야지. 네가 크게 자라서 공부 잘하면 그렇게 좋은 집에서

---

54) 김일엽, 「신여자 편집 여언」, 『신여자』, 1920.3, 64면.

살게 된단다" 하고, 백설같은 새 옷을 꺼내 입고 예배당에 가는 것이 그들의 3
년 동안 덧없는 즐거움이었다.

(…중략…) "나 낫거든 금 글씨 박이고, 거죽 쓴 까만 성가책 하나 사주오"
(…중략…) "복동이는 좋은 책을 가졌는데, 좀 보여 달라고 하니까 안 뵈 준다
오 나는 나는 성 …… 성 ……"55)

어린 아들 '인원'은 어머니를 좇아 예배당에 다니면서 처음으로 자기
가 욕망하는 것이 무엇인지 알게 된다. 아들 '인원'에게 예배당은 종교
적 성소일뿐 아니라 자신의 모습을 비춰주는 거울이다. 이 거울 속에서
그는 자신에게 부족한 것을 발견하게 된다. 그래서 어머니에게 "우리집
은 왜 이렇게 언잖으오" 하며 "거죽 쓴 까만 성가책" 하나를 가지고 싶
다는 소망을 내비친다. 예배당이 종교적 성소만이 아니기 때문에 인원
은 예배당과 자기 집을 비교하고 자기 집도 예배당처럼 되었으면 좋겠
다는 바람을 가지게 된다. 이런 의미에서 예배당은 '인원'이가 어머니의
품에서 나와 겪은 또하나의 사회로 봄직하다. 그러나 그에게는 이 사회
에 원활히 진입하기 위해 가져야 하는 상징적 기표가 없다. 친구가 예
배당에서 가지고 있던 '금글씨 박힌 성가책'은 그에게 단순한 물건이
아니라 예배당이라는 사회에 성공적으로 진입하기 위해 필요한 '토큰'
이다. 그러나 어머니는 그런 아들의 생각을 읽지 못한다. 아들 인원이
"우리 집이 왜 이렇게 언잖으오"라고 말하는 것은 듣지 못하고, 예배당
에 가고 싶다는 말만 듣는다. 아들이 원하는 것은 예배당이 아니라 예
배당 같은 집이며, 금글씨 박힌 성경책이 아니라 그걸 가질 수 있는 능
력과 자격에 대한 것이다.

그러나 어머니는 아들이 원하는 그 능력과 자격을 예배당에 다니면
커서 얻을 수 있을 거라고 말한다. 어머니가 생각하기에 예배당은 아들
에게 '은혜를 줄 수 있는' 공간이다. 무당이나 판수를 찾지 않았지만, 그

---

55) 김일엽, 「계시」, 『신여자』 1호, 1920.3, 49~53면.

녀가 그들에게 얻고자 한 것과 예배당에서 얻고자 한 것은 다르지 않다. 그녀는 예배당에 다니면 언젠가는 잘 될 거라고 아들에게 말한다. 그러나 어머니의 욕망은 불가능한 욕망이다. 무당이나 판수를 통해 아들을 살릴 수 없는 것과 같은 바람이다. 어머니는 자신의 '무지'로 인해 아들의 욕망을 영원히 지연시킨다.

물론 어머니의 바람은 자식이 잘 되는 것뿐이다. 그래서 "아무렴 가야지. 네가 크게 자라서 공부 잘하면 그렇게 좋은 집에서 살게 된단다"라며 자식이 잘 되기를 바라지만, 욕망의 사다리로 종교를 택함으로써 그 욕망의 충족은 불가능해진다. 그러므로 이 욕망의 끝이 죽음인 것은 당연하다. 이 깨우침은 초월적 질서의 개입을 통해 어머니에게 '계시'된다. 네 자신이 욕망하는 것은 적절하지 않다고, 그래서 아들과 사별할 수밖에 없다고.56)

「계시」는 어머니로 표상되는 전근대적 질서에 대한 거부가 분명하게 그려진 작품이다.57) 그러나 중요한 것은 어머니를 부정하는 맥락에서도 모정이 부정되지는 않는다는 사실이다. 어머니가 보여준 모정이 전경화 되지는 않았지만, 어머니로 대변되는 모정이 되살아난다면 이 이야기도

---

56) 어머니의 부적절한 욕망을 응징한 작품은 『신여자』 2호에도 실려 있다. 「어느 소녀의 죽음」인데 이 작품에서 자식을 첩으로 보내려는 부모의 욕심이 유서를 통해 드러난다. 이 소설을 통해 소녀는 자식의 죽음을 대가로 하는 부모의 부적절한 욕망을 깨우친다.

57) 작품의 마지막 '계시' 때문에 이 작품의 주제를 기독교 정신으로 보려는 논자도 있다. 예를 들어 박효순과 성낙희가 그 예(이상진, 앞의 책, 150면. 재인용)인데 이들은 일엽의 초기 정신세계가 기독교정신에 닿아 있다고 주장하면서 그 예로 「계시」를 들고 있다. 그런데 이상진은 "그 때 나는 아주 무종교 상태에 빠지게 되어"(「신여자의 자각과 욕망」, 『페미니즘과 소설 비평』, 한길사, 1995, 151면) 있다는 일엽의 회고록의 내용을 바탕으로 이 작품이 종교를 언급하는 게 아니라고 주장한다. 그래서 '특정종교를 언급하는 게 아니라 오히려 종교의 힘을 빌려서라도 아이를 낳게 하려는 어머니의 강한 의지'가 표현된 작품이라고 분석한다. 그러나 분명한 것은 어머니의 강한 의지가 드러났음에도 불구하고, 어머니의 잘못된 종교관념이 마지막 '계시'를 통해 깨우쳐 진다는 사실이다. 그리고 이러한 어머니의 어리숙한 면모가 아들의 죽음과 모종의 연관성을 갖는다는 데에 있다.

달라질지 모른다. 『신여자』 창간호에 「계시」와 함께 실려 있는 「어머니의 무덤」이 바로 그 예이다.

　　나의 과거 꽃답고 기꺼움만이 천진난만 하였을 나의 처녀시대?
　　그러나 불행히 불공평한 운명의 손에 번롱을 받아 파란많고 곡절많은 생활에 슬픔과 눈물로 지내든 처녀시대를 면하고 새가정을 지내게 된 지 어느 듯새 겨울을 맞게 되었나이다. 파란많던 처녀시대에 비하여 지금의 새 생활은 실로 안온하고 따뜻한 것이외다. 그러나 꽃웃는 아침, 달 돋는 저녁에 마루 위에 고요히 앉아 불귀의 객되신 양친을 애모하는 회포로 기꺼운 현재를 깨뜨리는 때가 얼마나 많았는지를 알 수 없나이다. (…중략…) 그래도 아버지는 평양성 내 공동묘지에 모시었으니까 물론 교우들의 돌봄이 있을 터이고 더구나 전 조선인의 대표적 독신자로 모든 신자의 선앙과 존경을 받으셨으니까 염려가 적지만은…… 어머니는 외따른 우리 본촌에 벌판을 내려보는 한적한 산위에 외로히 묻히셨나이다.[58]

　　일엽은 분리와 이별의 트라우마를 안고 성장해야 하는, 그렇게 '양친'의 품을 떠나 사회의 일원으로 성장해야 하는 처녀 시대가 꽃답지 않았다고 얘기한다. 오히려 사람들이 가정하듯이 처녀 시절은 기쁨과 즐거움의 시간이 아니라, 오히려 곡절 많은 생활의 슬픔과 눈물로 지낸 시절이었다고 고백하고, 이제는 새가정을 꾸린 후 더욱 안온하고 따뜻하게 살고 있다고 말한다. 그런데 문제는 이렇게 새가정에서 행복감을 누려야 하는 시점에 "객되신" 양친이 현재의 삶에 끼어들면서 "기꺼운 현재를 깨뜨리고" 있다는 점이다.

　　여기에서 일엽은 '양친'이라고 말하고 있지만, 엄격히 말해 양친이 아니라 '어머니'이다. 위의 인용에서 보이는 것처럼, 아버지는 "공동묘지"에 묻히셨고 그래서 교우들의 돌봄이 있고 더욱이 "전조선인의" 독신자로 존경을 받으셨으니까 염려가 적다고 말한다. 아버지는 조선인의

---

58) 김일엽, 「어머니의 무덤」, 『신여자』 창간호, 1920, 23~25면.

선앙 속에 계승되고 있지만 어머니는 볼품없이 버려져있다고 생각하는 것이다. 따라서 일엽의 현재 생활을 깨뜨리며 슬픔을 자아내는 근원은 그동안 거들떠보지 않았던 어머니이다. 이처럼 어머니가 초점임을 고려한다면 이 글은 어머니에 대한 사모곡이자 애도의 글이라고 봐야 한다. 이것은 눈물의 말줄임표와 비탄의 정조로 가득차 있는 슬픔의 텍스트이다.

그런데 이 비탄이 무엇을 말하는지는 조금 더 깊이 생각해 볼 문제이다. 일엽이 비탄을 느끼는 것이 어머니의 묘가 볼품없이 버려졌기 때문인지 아니면 다시는 만나뵐 수 없다는 사별의 고통이 새삼스럽게 다가와서인지 생각해 보아야 한다. 그런데 그보다는 볼품없이 버려진 작은 무덤을 보면서 어머니를 이렇게 초라하게 만든 사람이 다름 아닌 자기 자신이었다는 자책감 때문이 아니었을까 생각해 볼 수 있다. 일엽이 슬픔과 비탄에 빠져드는 것은 자신이 행복한 가정생활을 영위하는 동안 어머니를 방기했다는 죄의식과 부채감 때문이다. 그러므로 그것은 행복한 생활을 영위하기 위해 자신의 어머니를 제물로 내어 준 데 대한 감정적인 고해성사이다. 일엽이 죽은 어머니에게 느끼는 이런 죄책감은 그녀 자신이 어머니의 자리에 서게 되면서 비로소 갖게 되는 감정적 반응이라 할 수 있다. 그녀는 어머니를 거부하며 근대적 주체로 섰지만, 그녀 자신이 어머니의 자리에 올라서면서 한때 어머니와 공유했던 애정과 유대감을 떠올리지 않을 수 없었던 것이다. 그래서 그녀는 '새가정을 꾸린 후' 안온해지면서 양친이 떠올랐다고 말하는 것이 아닐까.

일엽은 가정을 사회의 한 요소로 보려고 하지만[59] 가정이 여성화된 공간이라는 사실도 부정하기 어려웠을 것이다. 이 여성적 공간 안에서 어머니는 자신과 다르지 않기 때문이다. 따라서 그녀 자신이 바로 그 여성적 공간인 가정 속으로 들어가 어머니가 되면서 어머니를 떠올리

---

59) 일엽은 가정이 사회의 요소라고 말하며, 여성이 가정을 지켜야 할 이유에 대해 말한다.

고 재의미화 하는 작업이 절실해진 것이다. 어머니가 된 딸에게 어머니를 기억하는 일은 곧 자기 정체성을 구성하는 근간이기 때문이다. 어머니는 당신이 '낳고 기르고 가르치신' 딸의 정체성 형성의 원인이자 전제이다. 여기에서 전근대로 표상되는 어머니의 모습은 사라지고, 자식에 대한 어머니의 사랑은 유산처럼 남게 된다.

김일엽이 처음으로 글을 쓰면서 나름대로 정리한 것은 '어머니'에 대한 것이다. 그녀는 자식을 억압하는 시대착오적인 낡은 질서의 어머니는 계몽되어야 하지만 모-자 간의 끈끈한 정과 긴밀한 유대감은 계속될 것이라고 말한다. 성별화된 세계에서 여성의 운명이 어머니 운명과 별다르지 않을 수 있기 때문이며, '어머니'와 맺고 있는 '나'의 관계에 대한 문제 때문이다. 이것은 여성의 정체성 형성에 중요한 지점이다. 공동묘지에 묻힌 아버지와 달리 볼품없이 매장된 어머니는 어머니의 자리에 올라선 딸의 미래이기도 하고 미래가 선취된 현재이기도 하다. 그래서 어머니를 내 몸밖으로 밀어낸 사실까지 부인하는 감정적 반응까지 보이는 것이다. 어머니는 어머니의 자리에 선 딸에게, 딸의 무의식을 움직이는 동력이자 근원인 동시에 정체성의 핵심으로 작용하기 시작할 것이다.

## 3. 어머니 품을 그리워하는 타박네의 노래-김명순

김명순의 작품에서 어머니는 부정적으로 그려지거나 삭제된 기호이다.[60] 김명순을 연구한 한 연구자는 '기생의 딸'로 그녀가 겪은 설움으

---

60) 김명순의 첫 작품인 「의심의 소녀」에서 어머니는 이미 현실에 없는, 죽은 어머니이다. 또 『생명의 과실』에 실린 「도라다볼 때」에서도 어머니와 사별한 상태이다. 이렇게

로 어머니와의 동일시의 거부61)가 작품 전면에 나타난다고 지적한다. 사실, 김명순은 '첩의 딸, 기생의 딸이란 말이 듣기 싫어 어머니를 어머니라고 부르기 싫을 정도'였다고 고백한다. 소설에서도 다른 인물들이 여주인공에게 '어머니를 달머서 그럿치 그러기에 혈통이 있다는 것이야'62)하는 말을 들으며 굉장히 '불쾌'해 한다. '기생의 딸'이라는 굴레에서 자유롭지 못했고, 그러한 사회적 시선이 그녀의 정체성을 규정했기 때문에 혈통을 부정하는 것만이 그녀가 평범하게 살 수 있는 길이었던 듯하다.

그러나 지금까지 진행된 김명순 논의와는 달리 김명순은 오히려 어머니를 적극적으로 거부하지 못한다. 「네 자신의 우혜」라는 산문에 "내 죽엄으로 우리 엄마의 죄를 사해줍쇼 하고 자즈러뜨릴 때 너는 그때부터 살기가 싫다고 생각한 것이다"라는 말이 나오는데, 이 말이 언뜻 보면 엄마에 대한 미움으로 해석될 수도 있지만 자신의 죽음으로 엄마의 죄를 사해달라는 것은 어머니를 거부하는 맥락에서 얘기하는 것이 아니라 거부하고 싶지만 거부할 수 없는 애증의 맥락이다. 즉 이 문장만 놓고 볼 때, 김명순은 어머니 때문에 살기가 싫지만, 자신의 죽음을 통해 어머니를 구원하고자 하는 것이다. 이는 '자신과 엄마'가 한 몸인, 서로 떼려야 뗄 수 없는 공존의 관계임을 시사하는 말이다.

김명순이 1917년에 쓴 「의심의 소녀」도 같은 맥락으로 읽을 수 있다. 이 소설에서 의심의 소녀라고 지칭되는 '범네'는 사는 모양새나 행동거지가 남다르고 외부와 교통하지 않아 의심을 산다. 이 동리에 많은 사

---

여주인공들은 어머니가 없는 세계에 내던져진 존재이다. 이는 김명순의 전기적 사실과도 일치하는 부분이다. 그러나 이러한 사실 때문에 '어머니가 삭제'되었다고 말하는 것은 아니다. 김명순은 자신의 자서전에서, 기생인 어머니를 얼마나 부정하고 미워했는지, 어머니의 '나쁜피'의 대물림을 얼마나 증오했는지 하는 얘기를 자주 한다. 즉 어머니를 부인하는 여러 포즈를 취하고 있다.

61) 김복순, 앞의 글.
62) 김명순, 「되돌아볼 때」, 『생명의 과실』, 문학사상사, 1924.

람들은 외조부와 사는 이 여자아이가 집밖 출입도 하지 않고 다른 사람들과 일절 얘기도 하지 않기 때문에 같이 사는 사람은 누구인지, 그리고 어디서 살다가 왔는지, 집안에 들락거리는 어멈이 누구인지 의심한다. 그런데 이러한 의심이 한 순간에 풀린다. 한 신사가 범네의 집을 망원경으로 보고 있는 것을 마을사람들이 발견하면서, 범네가 실은 몇 해전 죽은 조국장의 딸 '가희'라는 사실을 밝혀낸다. 또 조국장의 부인인 가희의 어머니가 조국장의 난봉과 패악에 견디다 못해 자살한 사건도 알려지게 된다. 이 소설에서 가희라는 여자 아이가 '범네'라는 이름으로 호명될 수 있는 것은, 다시 말해 아버지의 호명을 거부하고 외조부가 칭한 '범네'라고 불릴 수 있는 것은 어머니의 죽음 때문이다. 우리 역사에서 한번도 보여지지 않았던 여성의 '범[虎]'성을 이끌어내서 이름으로 명명할 수 있었던 것은 그녀가 아버지의 질서 밖에서 호명되었기 때문이며, 이것이 가능했던 것은 범네가 그녀의 어머니와는 다르게 살았으면 하는 외조부의 소망이 있었기 때문이다. 이는 아버지의 질서를 거부함과 동시에 아버지의 질서에 희생물이 될 수밖에 없었던 어머니(가희 어머니)와도 일정한 거리를 취했기 때문에 가능해진 것이다. 이 맥락에서 범네라는 여성은 표면적으로 어머니와 거리를 취한다고 볼 수 있다. 그러나 중요한 것은 '범네'가 자리하고 있는 그 위치이다. 조국장은 부인의 죽음 이후 부인에 대한 죄책감으로 괴로워하며 딸 가희를 찾아다니고, 외조부 황진사는 가희가 가희엄마처럼 될까 우려하며 유랑한다. 결국 가희 / 범네가 서있는 자리는 어머니가 있던 자리, 즉 그녀의 어머니의 자리이자 외조부의 딸의 자리이다. 그렇기 때문에 어머니를 거부하지만 그녀의 정체성을 규명하는 데 필요한 것은 어머니이다. 이 소설의 마지막은 "불쌍한 어머니의 불쌍한 아해?"이다. 물음표를 통해 범네의 운명이 불쌍한 어머니의 불쌍한 아해가 아닐 수도 있다는 의심을 던지지만, 분명한 것은 '아해'의 자리가 '어머니'와의 연계선상에서 언급되고 있다는 것이다. 가희와 범네 모두 어머니를 소환하고 있기 때문에,

가희 / 범네의 정체성은 어머니라는 기표 위에서 설명된다. 이는 가희가 범네로 호명될지라도, 그 호명이 어머니를 부정하는 선상에서만 이루어지지는 않는다는 것이다. 물론 범네가 어머니의 자리에 있다는 것이 곧 어머님의 운명을 대물림한다는 것은 아니다. 어머니를 부정하긴 하지만 부정될 수 없는 어머니의 흔적은 남아있으며, 그 흔적이 범네의 정체성을 규정하는 원점일 수 있음을 지적하는 것이다.

1924년에 발간된 작품집에는 지워지지 않은 어머니의 흔적이 좀더 분명하게 드러나고 있다. 그 해에 김명순은 결혼을 하지는 않았지만 아이를 임신하는 경험을 했다고 한다.[63] 이런 어머니됨의 체험이 김명순에게 영향을 주어 이전까지 모호하게 남아있던 어머니의 흔적을 좀더 분명하게 표현하도록 했을 가능성이 크다. 『생명의 과실』의 여러 시편들은 이러한 의미에서 주목해 볼 만하다. 다음은 김명순의 1924년 『생명의 과실』이라는 작품집 안에 수록된 시이다.

①
거울압헤 밤마다 밤마다
좌우편에 촉불 밝혀서
한 업는 무료를 닛고 지고
달빗가티 파란 분 발느고서는
어머니의 귀한 픔(품)을 꿈꾸려

귀한 처녀 귀한 처녀 서른 신세되어
밤마다 밤마다 거울의 압헤

—「긔도」

②
애련당 못가에 꿈마다 꿈마다

---

63) 최혜실, 『신여성들은 무엇을 꿈꾸었는가』, 생각의나무, 2000, 354면.

어머니의 품 안에 안키여서
갑지 못한 사랑에 눈물 흘니고
손톱마다 봉선화 드리고서는
어리든 님의 압흘 꿈꾸려

착한 처녀 착한 처녀 호올러 되어서

꿈마다 꿈마다 애련당 못가에

—「꿈」

①의 시에서 시적 화자는 밤마다 거울 앞에 앉는다. 낮이 아닌 밤 시간을 택해서 거울 앞에 앉는 것은 세상의 시선에서 자유로울 수 있는 시간을 선택하는 것이며, "밤마다" 앉는다는 것은 거울을 대면하고 바라는 것이 시급하고 긴절한 것임을 말해준다. 그런데 이렇게 화자가 세상의 시선에서 떨어져 간절히 원하는 것은 다름 아닌 "어머니의 귀한 품"이다. "서른(서러운) 처지가 되어 화자는 밤마다 '어머니의 귀한 품'을 찾고 있는 것이다. 그 소망이 세상의 시선과 대척적인 지점에 놓여 있지만 여전히 지울 수 없는 간절한 것이기에 그녀는 "밤마다" 어머니를 찾는다. 그녀는 지금의 '서러운' 처지와 대별되는 어떤 '귀한' 느낌을 어머니의 품 안에서 찾는다.

②의 시도 다를 바 없다. 거울 대신 꿈에서, 화자는 "꿈마다 꿈마다" "어머니의 품" 안에 안기는 것을 그리워한다. 그래서 "호올로" 된 지금의 처지와는 다른 "착한 처녀"가 되는 꿈을 어머니의 품안에서 찾는다. 서러운 처지나 "호올로" 되는 지금의 상황은 어머니의 품을 빠져나오면서 경험된 것으로 보인다. 그런데, 시적화자는 혼자 남게 되는 이런 분리와 고독의 느낌을 싫어하며, 그렇지 않았던 장소로 어머니의 품을 떠올린다.

화자가 찾는 "귀한" 느낌은 어머니의 "귀한" 품과 다른 것이 아니다.

오히려 양자는 뗄레야 뗄 수 없는 것으로 보인다. 또한 거울을 통해 보이는 자신과 자신이 욕망하고 있는 어머니도 분리되지 않는 듯 보인다. 거울도 꿈속도 모두 어머니와 내가 만나는 공간, 더 정확히 말해 어머니와 내가 하나의 느낌으로 연결된 공간이다.[64]

고요한 옛날의 노래여
꿈가운데 거러오는 발자최가티
들넛다 사라지는
어머니의 노래여, 사랑의 탄식이여

「타방타방네야 너어듸를 울며가니
내 어머니 몸진 곳에 젓먹으러 울며 간다」
이는 내 어머니의 가리키신 노래이나
물결이는 말못미테 이것만 아노라

옛날의 날 사랑하시든 내 어머니를
큰 사랑을 세상에서 일흔 서름이
멜로듸만 황혼을 숨지을 때
쟁미빗으로 열닌 들길에는 바람도 애타라

오래인 노래여 내게 넷말삼을 들니사
어린이의 서름 속에 잇그러 드리소서
불노초로 수노흔 초록옷을 닙히소서

---

64) 김명순의 시에 나타난 어머니가 유토피아 지향을 드러내는 것이라고 말한 논자(박경혜, 「어조의 분열─유폐와 탈주의 욕망 사이」, 『여성문학연구』, 1999)가 있는데, 이는 좀더 생각해 볼 문제이다. 「탄실의 초몽」과 같은 시에서 어머니는 유토피아를 상징하는 것이 아니라, 오히려 김명순의 실제 어머니와 가까운 거리에 놓여있는 듯 보인다. 또한 「생명의 과실」에 실린 여러 편의 시와 수필 그리고 소설이 김명순의 전기적 생애와 밀착되어 있는 점으로 볼 때, 어머니를 유토피아적 향수로 얘기하는 것은 설득력이 떨어지는 지적으로 보인다.

그러면 나는 만년청의 빨간 열매 가트리다

말을 니즌 노래여 어조만 남어서
길다한 곳에 레테강이 흘릅듸가
모든 것을 씻처버리는 정화수가 흘릅듸가
오오 그 물이 내 거울이 되리다
무언가여 다만 음향이여 나를 잇그러
그대의 말삼 사라진 곳에
내어머니 몸진 곳에 산을 넘고 물을 거느라
옛날의 노래여, 사라지는 울님이여

—「옛날의 노래」

　위에 인용된 시도 같은 작품집에 실려있는 시이다. 시적 화자는 어머
니가 부르던 옛 노래를 단편적으로 기억하고 있다. 그녀가 기억하는 노
래의 한 구절은 "내 어머니 몸진 곳에 젖먹으러 울며 간다"는 구절이다.
어머니가 불러 주시던 '타박네야'라는 노래는 대개 이런 가사로 되어
있다. "…… 우리 엄마 무덤가에 젖먹으러 찾아간다. 물이 깊어서 못간
단다. 물 깊으면 헤엄치지 …… 우리 엄마 젖을 다오 …… 우리 엄마 살
아 생전 내게 주던 젖맛일세." 독자들의 귀에도 낯설지 않은 이 노래에
는 엄마 없는 아이가 엄마 젖을 찾아 울며 불며 찾아가는 마음을 담고
있다. 화자가 이 노래를 기억하는 것은 노래의 어떤 부분이 그녀의 기
억에 선명하게 각인되었기 때문일 것이다. 시적 화자는 '타박네야'라는
노래 속의 화자처럼 어린 아이가 되어 어머니의 노래를 그리고 어머니
의 젖을 찾는다. 그녀는 노래의 몇 대목 밖에 기억하지 못한다고 말하
고 있지만, 시의 곳곳에서 타박네야라는 노래의 구절을 찾아낼 수 있는
것으로 보아 화자의 기억 속에 이 노래의 정서나 구절이 분명하게 각인
된 것은 분명하다. 그래서 어머니의 젖을 찾는 노래 속의 아이처럼 화
자는 어머니의 노래를 찾는다. 노래는 어조만이 흔적으로 남아 있지만

이 흔적이 시적 화자를 강력하게 추동한다.

이 시를 통해 시적 화자가 어머니를 그리워한다는 것도 알 수 있지만, 이 같은 사실에 근간이 되어 있는 것은 어머니와 헤어지기 전의 시간들에 대한 그리움이다. 어머니와 일체가 되었던 시간들을 떠올리는 것은 어머니와 분리된 뒤 겪었던 서러움과 외로움 때문이다. 그래서 어머니를 떠올리며 어머니가 불러주신 노래를 지금의 '내'가 다시 부른다. 그런데 위의 시에서 한 가지 주목해야 할 구절이 있다. "불노초로 수노흔 초록옷을 닙히소서 그러면 나는 만년청의 빨간 열매 가트리다"의 구절이다. 옛 노래가 내면에 깊숙이 각인되어 있을 뿐만 아니라, 화자는 또다른 소망을 품는 것처럼 보인다. '불노초'와 '만년청'에서 드러나는 것처럼 옛날의 그 상태가 계속되었으면 하는 불가능한 소망이 그것이다.

> 힘만은 어머니의 품에
> 머리만은 처녀는 우섯다
> 그 인자한 뺨과 눈에
> 적은 입 대이면서
> 그 목을 꼭 그러안어서
> 숨맥히시는 소리를 드르면서
>
> 차디찬 어머니의 품에
> 머리만은 처녀는 울엇다
> 그 冷落한 어머니를 보고 어머니 어머니
> 우왜 도라가섯소 하고 부르지지며
> 누가 믜워서 그리 햇소라고 울면서 (…후략…)
>
> ― 「탄실의 초몽」

자기 이름이 등장하는 시여서 그런지, 이 시에는 작가인 김명순 자신의 느낌이 직설적으로 표현되어 있다. 화자 '탄실'은 시체가 된 어머니를 붙잡고서 "누가 믜워서" "우왜 도라가섯소"라고 울부짖는다. 그녀는 어머니가 왜 죽어야 했는지, 왜 사람들 곁에서 사라져야 했는지, 그렇게 자기와 어머니가 왜 헤어져야 했는지 모르겠다고 한다. 탄실은 어머니의 죽음을 전혀 인정하지 않는다. 어머니의 죽음은 기정사실로 된 것 같지만, 딸은 전혀 이 사실을 받아들이고 있지 않고 있다. 오히려 어머니의 죽음을 기정사실화하는 그 '누구'를 향해 분노의 감정을 숨기지 않는다. 그리고 죽은 어머니의 몸에 입을 갖다 대면서 어머니에 대한 사랑을 여과없이 표현한다. 그녀에게 어머니는 '없는' 존재가 아니다. 오히려 강력한 힘을 가진 '있는' 존재이다. 따라서 공공연히 어머니를 거부하는 그녀의 포즈는 자신의 몸안에 있는 어머니의 존재를 숨기기 위한 알리바이일 수 있다.

김명순이 근대적 주체가 되기 위해 어머니를 박차고 세상에 나갔지만, 사람들은 하나의 독립된 개체로서 그녀가 누구인지 궁금해 하는 대신 그녀가 누구의 딸인지를 먼저 묻는다. 가계가 그려지지 않는 그녀를 이해할 수 없기 때문이다. 그러나 그녀의 어머니가 누구인지 알려져 그녀의 존재가 가족의 굴레 속에 포박되고 나면 그녀는 어머니라는 기표와의 관계 속에서만 의미화된다. 명순은 이 사실을 부정하고 싶지만, 자신이 스스로 어머니가 되는 경험을 하면서 서러움과 외로움을 느끼며 어머니를 다시 불러들인다. 그런데, 여기에서 주목할 것은 명순이 일엽과는 다르게 어머니의 죽음을 인정하지 않았을지도 모른다는 사실이다. 일엽이 어머니를 매장하고 그 무덤가에서 슬퍼한다면, 명순은 어머니의 시체를 붙들고서 왜 죽었는지를 따지기 때문이다. 김명순은 죽은 어머니를 묻지 못하고 어머니와 함께 하고 있는 것이다. 이런 시각에서 본다면 김명순의 무의식 속에서 어머니는 떠나지 않고 있는 것이다.

## 4. 구여성 / 신여성이라는 가부장제의 도식

근대적 주체로 성장한 딸들은 행복하지만은 않다. 평안한 가정 안에 불안의 조짐이 있고, 그 불안이 주체 형성의 원인으로 작용하기도 한다. 분명 신여성에게 표면적으로 '모단(母斷)'이라고 할 만한 것이 있지만, 그것만으로 그녀의 성장을 설명하는 것은 충분치 않다. 만약 딸의 정체성에서 어머니의 흔적을 찾지 않거나 지우려 한다면 그것은 보편을 가장한 남성중심적인 사고 때문이거나 혹은 어머니의 그늘을 잊으려는 욕망 때문이다.

김일엽의 텍스트에서 여전히 앙금처럼 남아있는 것은 어머니를 볼품없이 버려두었다는 자책감이다. 다른 누구도 아닌 자신이 어머니를 버려두었다는 생각 때문에 그녀는 괴로워한다. 이 자책감은 어머니와의 이별에 자신이 공모한 바가 있음을 밝히는 고해성사의 기호이다. 어머니처럼 살지 않기 위해, 세계 안으로 뛰어들기 위해 어머니를 자기 몸 밖으로 밀어낸 것이 다름 아닌 바로 자신임을 말하는 것이다. 일엽은 자신이 어머니가 되면서 볼품없이 버려진 어머니의 무덤을 다시 찾는데, 이는 어머니가 자신의 삶의 기원이라는 무의식적 자각이 일어났기 때문이다. 마침내 그녀는 어머니의 운명이 자신의 운명과 별개가 아니라는 사실을 발견하게 된다. 그녀가 안온한 가정 안에 있으면서 심리적 불편을 느꼈던 것은 볼품없이 전락한 어머니의 무덤이 자신의 현실로 체감되었기 때문이리라. 가정이 곧 사회라고 부르짖으며 가정에 들어가자마자, 일엽은 가정이 사회가 아닐 수도 있다는 사실에 직면한다.

김명순의 텍스트에서 어머니는 이미 삭제되어 있어서 현실적 힘을 발휘할 수는 없으나 딸이 어머니의 자리에 서면서 다시 불러들이는 희미한 흔적의 기호이다. 딸은 어머니의 죽음을 기정사실화하나 자신도 이미 어머니의 자리에 있기 때문에 죽은 어머니의 그늘을 벗어나지 못한다. 이렇게 딸은 어머니의 자리를 계승하는 곳에 서있다. 그녀는 어머니의 죽음을 받아들이지 않으며 어머니의 몸에 밀착되어 있던 그 육체적 경험에 사로잡혀 있다. 그 '귀한' 느낌을 꿈속에서 상연하면서 충만함을 느낀다. 어머니가 거울이던 그 시절을 되풀이하면서 우물가와 거울 주변을 서성인다. 그리고 어머니가 자신에게 불러주던 노래, 어머니의 젖을 찾아 헤매이는 그 노래 가사를 주문처럼 되뇌인다. 김명순은 김일엽과 달리 어머니의 몸이 딸의 몸 밖으로 떠나가지 않은 듯하다. 딸은 수시로 어머니의 사진을 꺼내 보듯 어머니를 소환한다. 따라서 그녀가 어머니와 자신을 동일시하기를 거부한다는 포즈는 알리바이에 불과하다. 그것은 자신의 몸 안에 어머니가 숨어 있다는 사실을 감추기 위한 위장이다. 이런 점에서 김명순은 김일엽과 달리 한 번도 어머니를 떠나보내지 않았을 것이라는 짐작을 해 볼 만하다.

신여성뿐만 아니라 근대 시기의 여성들은 어머니를 지우고 어머니의 몸 밖으로 나오라는 사회적 부름을 받는다. 그래서 그녀들은 어머니처럼 살지 않겠노라고 말하며, 그런 욕망을 자명한 것으로 받아들인다. 그러나 분명한 것은 딸들의 서사에서 어머니의 흔적은 욕망의 기원이자 무의식의 닻으로 가라앉아 있다는 것이다. 모단(母斷)걸이라는 신여성에 대한 오해를 불식시키는 일은 여성의 정체성을 바로 세우는 데 긴급하고 필수불가결한 일이다. 작가에 따라 그 정도와 양상이 다를 뿐이다.

## 참고 문헌

### 자료

『皇城新聞』,『獨立新聞』,『少年』,『少年韓半島』,『靑春』,『靑年』,『創造』,『어린이』, 『新女子』,『女子界』,『學生界』,『新女性』,『三千里』,『學之光』,『別乾坤』,『新生 活』,『開闢』,『大韓每日申報』,『每日申報』,『東亞日報』

### 소설 텍스트

『이광수전집』, 삼중당, 1962.
『염상섭전집』, 민음사, 1987.
『현진건전집』, 문학과비평사, 1988.
『나도향전집』, 집문당, 1988.
『채만식전집』, 창작사, 1987.
『나혜석전집』, 태학사, 2000.
『이상전집』, 문학사상사, 1989.
『한설야 단편선집』, 태학사, 1989.

### 국내 논저

강상중, 『세계화의 원근법─새로운 공공 공간을 찾아서』, 이산, 2004.
강영안, 『타인의 얼굴』, 문학과지성사, 2005.
고미숙, 『비평기계』, 소명출판, 1999.
고병권, 『니체─천 개의 눈, 천 개의 길』, 소명출판, 2001.
곽상순, 「한국 현대소설의 픕진성 연구」, 서강대 박사논문, 2004.
구인모, 「최남선과 국민문학톤의 위상」, 『한국근대문학연구』 6권 2호, 한국근대문학회, 2005.
권명아, 『역사적 파시즘』, 책세상, 2005.
권보드래, 『연애의 시대』, 현실문화연구, 2003.
권보드래, 『한국 근대소설의 기원』, 소명출판, 2000.
권복연, 「근대 아동문학 형성 과정 연구」, 연세대 석사논문, 1999.
권영민, 『한국 현대문학 비평사(자료)』, 단국대 출판부, 1981.
권영민, 『한국 현대문학사』, 민음사, 2002.
권용선, 「1910년대 근대적 글쓰기의 형성과정 연구」, 인하대 박사논문, 2004.

권희돈, 『소설의 빈자리 채워 읽기』, 양문각, 1993.

김　철, 『문학속의 파시즘』, 삼인, 2001.

김경수, 「현대소설의 형성과 겁탈」, 『한국 현대문학의 근대성 탐구』, 새미, 2000.

김경수, 『염상섭 장편소설 연구』, 일조각, 1999.

김대영, 「공론화를 위한 정치평론의 두 전략」, 『한국정치학회보』 38집, 2004.

김동식, 「한국의 근대적 문학 개념 형성과정 연구」, 서울대 박사논문, 1999.

김명인, 「한국 근대문학 개념의 형성과정」, 『한국근대문학연구』 6권 2호, 2005.

김미영, 「1920년대 여성담론 형성에 관한 연구」, 서울대 박사논문, 2003.

김병구, 「1930년대 리얼리즘 장편소설의 식민성 연구」, 서강대 박사논문, 2000.

김복순, 『1910년대 한국문학과 근대성』, 소명출판, 1999.

김붕구, 「신문학 초기의 계몽사상과 근대적 자아」, 『한국인과 문학사상』, 일조각, 1964.

김성연, 「한국 근대문학과 동정의 계보」, 연세대 석사논문, 2002.

김성윤, 『카프시전집』, 시대평론, 1988.

김승희, 「이상시 연구」, 서강대 박사논문, 1991.

김양선, 「식민지적 근대성의 한 양상」, 『서강어문』 12집, 1996.

김양선, 『1930년대 소설과 근대성의 지형학』, 소명출판, 2003.

김연숙, 「채만식 문학의 근대 체험과 주체구성 양상 연구」, 경희대 박사논문, 2002.

김열규·신동욱 편, 『염상섭 연구』, 새문사, 1981.

김영민 외, 『근대계몽기 단형 서사문학 자료전집 』, 소명출판, 2003.

김예림, 『1930년대 후반 근대인식의 틀과 미의식』, 소명출판, 2004.

김용성·김영 외, 『한국문학 연구의 현 단계』, 역락, 2005.

김용직, 「개화기 한국의 근대적 공론장과 공론 형성 연구─독립협회와 독립신문을 중심으로」, 『한국동북아논총』 38집, 한국동북아학회, 2006.

김용직, 『한국 근대 시사』上, 학연사, 1986.

김윤선, 「1920년대 한국 소설에 나타난 성담론 연구」, 고려대 박사논문, 2001.

김윤식, 『염상섭 연구』, 서울대 출판부, 1987.

김윤식, 『임화연구』, 문학사상사, 1989.

김정의, 『한국의 소년운동』, 혜안, 1999.

김종균 편, 『염상섭 소설 연구』, 국학자료원, 1998.

김진균·정근식·강이수, 「한국에서의 '근대적 주체'의 형성」, 『경제와 사회』 겨울호, 1996.

김진균·정근식 편, 『근대주체와 식민지 규율권력』, 문화과학사, 1997.

김진아, 「젠더와 장르─〈분별과 감수성〉에서의 규범적 여성의 의미」, 『비평과 이론』 10권 2호, 2005.12.

김진량, 「근대 잡지 『별건곤』의 취미담론과 글쓰기의 특성」, 『어문학』 88호, 2005.6.

김춘식, 『미적 근대성과 동인지 문단』, 소명출판, 2003.

김학동, 『한국 개화기 시가 연구』, 시문학사, 1981.

김행숙, 「근대시 형성기에 있어서의 '감정'의 의미」, 『어문논집』, 2001.

김현주, 「공감적 국민=민족만들기」, 『작가세계』, 2003.

김혜경, 「일제하 어린이기의 형성과 가족변화에 관한 연구」, 이화여대 박사논문, 1998.

김홍중, 「한국 모더니티의 기원적 풍경」, 『사회와 이론』 7집, 한국이론사회학회, 2005.

김화선, 「한국 근대 아동문학의 형성과정 연구」, 충남대 박사논문, 2002.

김흥규, 「1920년대 초기시의 낭만적 상상력과 그 역사적 상상력」, 『문학과 역사적 인간』, 창작과비평사, 1980.

다니엘 벨, 김건욱 역, 『자본주의의 문화적 모순』, 문학세계, 1990.

문경연, 「1920~30년대 대중문화와 『신여성』」, 『여성문학연구』 12호, 2004.

문학사와 비평연구회 편, 『염상섭 문학의 재조명』, 『문학사와 비평』 5집, 새미, 1998.

문학사와 비평연구회 편, 『한국문학과 계몽담론』, 『문학사와 비평』 6집, 새미, 1999.

민족문학사연구소, 『근대계몽기의 학술 문예 사상』, 소명출판, 2000.

박 훈, 「근대 일본의 '어린이'관의 형성」, 『동아연구』 49집, 2005.8.

박선미, 『근대 여성, 제국을 거쳐 조선으로 회유하다』, 창비, 2007.

박숙경, 「한국 근대 창작동화 형성과정 연구」, 인하대 석사논문, 1999.

박정선, 「『少年』誌 시와 새로움의 의식」, 고려대 석사논문, 1999.

박지영, 「방정환의 '천사동심주의'의 본질」, 『대동문화연구』 51집, 2005.9.

박철희, 『한국시사연구』, 일조각, 1980.

박헌호, 「식민지 조선에서 작가가 된다는 것」, 『상허학보』 17집, 2006.

박형지·설혜심, 『제국주의와 남성성』, 아카넷, 2004.

방민호, 『채만식과 조선적 근대문학의 구상』, 소명출판, 2001.

백 철, 『국문학전사』, 신구문화사, 1959.

백영서, 『동아시아의 귀환―중국의 근대성을 묻는다』, 창작과비평사, 2000.

백영서, 『중국 현대문학운화 연구』, 일조각, 1994.

백 철, 『한국신문학발달사』, 박영사, 1975.

서영채, 『사랑의 문법』, 민음사, 2004.

서지영, 「근대시의 서정성과 여성성」, 『한국근대문학연구』 13호, 한국근대문학회, 2006 상반기.

성현자, 「신소설에 미친 만청소설의 영향」, 이화여대 박사논문, 1985.

소래섭, 『에로 그로 넌센스―근대적 자극의 탄생』, 살림, 2005.

소영현, 「청년과 근대」, 『한국근대문학연구』 6권 1호, 한국근대문학회, 2005.

손유경, 「한국 근대소설에 나타난 동정의 윤리와 미학에 관한 연구」, 서울대 박사논문, 2006.

손향숙, 「영국 아동문학과 어린이 개념의 구성」, 서울대 박사논문, 2004.

송기섭, 「도덕감정의 심연과 근대적 주체」, 『어문연구』 32, 1999.

송명진, 「개화기 서사 형성 연구」, 서강대 박사논문, 2006.

수유+너머 근대매체연구팀, 『신여성』, 한겨레신문사, 2005.

신수정, 「한국 근대소설의 형성과 여성의 재현 양상 연구」, 서울대 박사논문, 2004.

신용하, 『독립협회 연구』, 일조각, 1990.

신지영, 「연설, 토론이라는 제도의 유입과 감각의 변화」, 『한국근대문학연구』 11호, 2005.

심진경, 「1930년대 후반 장편소설의 여성 섹슈얼리티 연구」, 서강대 박사논문, 2001.

안미영, 「여학생과 문명에의 의지-이상(李箱) 소설을 중심으로」, 『한국현대문학연구』 8집, 2000.

안의순, 「조선에서의 민주주의 수용론의 추이-최한기에서 독립협회까지」, 『사회과학연구』 9집, 2000.

안혜련, 「1920년대 한국 여성소설에 나타난 이중적 타자성」, 『현대문학이론연구』, 2003.

양진오, 「개화기 소설 형성 연구」, 서강대 박사논문, 1996.

엄미옥, 「한국 근대 여학생 담론과 그 소설적 재현 연구」, 서강대 박사논문, 2006.

에이드리언 포티, 허보윤 역, 『욕망의 사물, 디자인의 사회사』, 일빛, 2004.

여건종, 「공공영역의 수사학」, 『안과밖』 2호, 영미문학연구회, 1997.

여성사 연구모임 길밖세상, 『20세기 여성 사건사』, 여성신문사, 2001.

오윤호, 「한국 근대소설의 식민지 경험과 서사전략 연구」, 서강대 박사논문, 2002.

우림걸, 『한국개화기 문학과 양계초』, 박이정, 2002.

원종찬, 『아동문학과 비평정신』, 창작과비평사, 2001.

윤영천, 『서정적 진실의 시의 힘』, 창비, 2002.

은난순, 「근대화 시기 주거공간을 통해 본 아동관과 아동공간의 고찰」, 한국가정관리학회, 2005.

이 훈, 「『만세전』의 근대성에 대한 연구」, 『한국언어문학』 45집, 한국언어문학회, 2000.12.

이경돈, 「별건곤과 근대 취미독물」, 『대동문화연구』 46집, 2004.

이경훈, 『오빠의 탄생』, 문학과지성사, 2003.

이기훈, 「일제하 청년 담론 연구」, 서울대 박사논문, 2005.

이기훈, 「1920년대 어린이 형성과 동화」, 『역사문제연구』 8호, 2002, 6.

이동희·노상래 편, 『박영희 전집』, 영남대 출판부, 1997.

이명호, 「히스테리적 육체, 몸으로 글쓰기」, 『여성과 사회』 15호, 2004.

이보영, 『난세의 문학』, 예지각, 1991.

이선영, 「소춘 김기전의 소년 해방사상과 실천 연구」, 이화여대 석사논문, 2002.

이수영, 「1920년대 초기소설의 병리성과 고백적 서술 연구」, 서울대 박사논문, 2007.

이숭원, 「초기 자유시 형성의 몇 가지 층위」, 『한국 현대시사의 쟁점』, 시와시학사, 1991.

이승원, 「소리가 만들어낸 근대의 풍경」, 살림, 2005.

이재선, 『현대소설의 서사주제학』, 문학과지성사, 2007.

이재선, 『개화기 문학론』, 형설출판사, 1978.

이재용, 「이광수 작품에 나타난 감정의 위상 정립 연구」, 군산대 석사논문, 2000.

이재철, 「한국 현대 아동문학사 연구」, 단국대 박사논문, 1978.

이정옥, 「연설의 서사화 전략과 계몽과 설득의 효과」, 『대중서사연구』 17호, 2007.

이지명, 『넘쳐나는 민족, 사라지는 주체』, 책세상, 2004.

이향만, 「천주교 수용과 여성의 근대의식」, 『동아시아와 근대, 여성의 발견』, 청어람미디어, 2004.

이현식, 「문학의 자율성, 주체의 발견, 근대라는 미망」, 『문학과 사회』 가을호, 1998.

이현재, 「정체성 개념 분석」, 『철학연구』 71호, 철학연구회, 2005.

이현진, 「근대 취미와 한국 근대 소설 관련 양상 연구」, 경기대 박사논문, 2005.

이혜령, 「인종과 젠더, 그리고 민족동일성의 역학」, 『현대소설연구』 18, 2003.

이희경, 「1920년대 '여학생'의 사회적 표상」, 『한국교육연구』 10권 1호, 2004.

이화여대 한국문화연구원 편, 『근대계몽기 지식 개념의 수용과 그 변용』, 소명출판, 2004.

이황직, 『독립협회, 토론 공화국을 꿈꾸다』, 프로네시스, 2007.

임동권, 『한국민요연구』, 삼우출판사, 1978.

임지현, 『오만과 편견』, 휴머니스트, 2003.

장명학, 「독립신문과 근대적 정치권력의 등장」, 『역사와사회』 33, 국제문화학회, 2004.

장성만, 「개항기의 한국 사회와 근대성의 형성」, 『모더니티란 무엇인가』, 민음사, 1994.

장소진, 『한국 현대소설과 플롯』, 한국학술정보, 2007.

전미경, 『근대계몽기 가족론과 국민 생산 프로젝트』, 소명출판, 2005.

전은정, 「일제하 신여성 담론에 대한 분석」, 서강대 석사논문, 1999.

정선태, 『심연을 탐사하는 고래의 눈』, 소명출판, 2003.

정용화, 「근대적 개인의 형성과 민족」, 『한국정치학회보』 40집, 한국정치학회, 2006.

정우택, 「한국 근대시 형성 과정에서 개인의 위상과 의미」, 『국제어문』, 국제어문학회, 2003.

정현백, 『민족과 페미니즘』, 당대, 2003.

정호웅, 「한국 근대소설과 자기 반성의 정신」, 『염상섭 문학의 재조명』(문학사와 비

　　평연구회 편), 1998, 새미.

조동일, 『한국문학통사』, 지식산업사, 1998.

조승래, 「18세기 영국의 애국주의 담론과 국민적 정체성의 형성」, 『서양에서의 민족
　　과 민족주의』(한국서양사학회 편), 까치, 1999.

조연현, 『한국현대문학사』, 현대문학사, 1956.

조은・윤택림, 「일제하 신여성과 가부장제-근대성과 여성성에 대한 식민담론」, 『광
　　복 50주년기념 논문집 8-여성』, 광복50주년기념사업위원회, 1995.

조은숙, 「근대계몽담론과 소년의 표상」, 『어문논집』 46, 2002.

조현순, 「주디스 버틀러의 환상적 젠더 정체성과 안젤라 카터의 『서커스의 밤』 연
　　구」, 경희대 박사논문, 2001.

조형근, 「어린이기-순수한 자기를 꿈꾸는 우리들의 초자아」, 『문화과학』 21호,
　　2000, 3.

차석기, 『한국민족주의 교육의 생성과 전개』, 태학사, 1999.

천정환, 『근대의 책읽기』, 푸른역사, 2003.

최성민, 「서사텍스트와 매체 관계 연구」, 서강대 박사논문, 2006.

최시한, 『가정소설 연구』, 민음사, 1993.

최원식, 『한국 계몽주의 문학사론』, 소명출판, 2002.

최종렬, 『타자들-근대서구 주체성 개념에 대한 정신분석학적 탐구』, 백의, 1999.

최주한, 「개조론과 근대적 개인」, 『어문연구』 124호, 2005.

한국여성연구소, 『여성의 몸』, 창비, 2005.

한만수, 「1930년대 '향토'의 발견과 검열 우회」, 『한국문학이론과 비평』 30집, 2006.

한형구, 「『만세전』-한국 근대소설의 진정한 출발, 그 근대성의 기념비적 성격」, 『문
　　학정신』, 1990.9.

허혜정, 「1920년대 낭만주의 시에 나타난 아이의 근대적 의미 연구」, 『한국근대문학
　　연구』, 2003.

홍순애, 「近代啓蒙期 演說의 미디어 體驗과 受容」, 『어문연구』 135, 한국어문교육
　　연구회, 2007.

홍종화, 「의사소통과 논증」, 『프랑스학연구』, 프랑스학회, 2006.8.

황종연, 「문학이라는 역어」, 『한국어문학 연구』 32집, 한국어문학연구학회, 1997.

황종연, 「낭만적 주체성의 소설」, 『김동인문학의 재조명』, 문학사와비평학회, 새미,
　　2001.

황호덕, 『근대 네이션과 그 표상들』, 소명출판, 2005.


## 외국 논저

Andermahr, Sonya et al, *Glossary of Feminist Theory*, N.Y. : Arnold, 1997.

Armstrong, Nancy, *Desire and domestic fiction : a political history of the novel*, New York : Oxford University Press, 1987.

Bhabha, Homi, K, *Nation and Narration*, N.Y. : Routledge, 1993.

Casarino, Cesare, *Modernity at Sea*, Minneapolis : Minnesota Univ, 2002.

David J, Denby, *Sentimental Narrative and The Social Order in France*, cambridge univ, 1994.

Deidre Lynch and William B, Warner, "The Transport of the Novel", *Cultural institutions of the Novel*, Durham : Duke Univ, Press, 1996.

Dolezelova-velingerova, Milena(ed), *The Chinese Novel at the turn of the Century*, Toronto Univ Press, 1980.

Jenkin, Brian and Sofos, Spyros A, *Nation and Identity in Contemporary Europe*, London : Routledge, 1996.

Keene, Donald, *Dawn to the West*, N.Y. : Holt, Rinehart and Winston, 1984.

Larson, Wendy, *Woman and Writing in Modern China*, Calif : Stanford Univ press, 1998.

Liu, Lydia He, *Translingual Practice-literature, National Culture, and Translated Modernity China 1900～1937*, Calif : Stanford Univ Press, 1995.

Lowe, Lisa, "Decolonization, Displacement, Disidentification", *Cultural institutions of the Novel ed, Lynch, Deidre*, Durham : Duke Univ Press, 1996.

Taylor, Charles, *Sources of the self*, Cambridge, Mass : Harvard Univ, 1989.

Todd, Janet, *Sensibility : an introduction*, Methuen, 1986.

Williams, Raymond, "Individual and society", *The Long Revolution*, London : Chatto Windus, 1961.

Williams, Raymond, *Keywords*, New York : Oxford Univ, 1976.

C. B. 맥퍼슨, 이유동 역, 『소유적 개인주의의 정치이론』, 인간사랑, 1991.

G. 레이코프 · M. 존슨, 임지룡 외역, 『몸의 철학 : 신체화된 마음의 서구 사상에 대한 도전』, 박이정, 2002.

M. 칼리니스쿠, 이영욱 외역, 『모더니티의 다섯 얼굴』, 시각과언어, 1993.

가라타니 고진, 송태욱 역, 『일본정신의 기원』, 이매진, 2003.

기리티니 고진, 조영일 역, 『근대문학의 종언』, 도서출판b, 2006.

고자카이 도시아키, 방광석 역, 『민족은 없다』, 뿌리와이파리, 2003.

귀스따브 르봉, 민문홍 · 강영숙 역, 『군중의 심리』, 학문과사상사, 1981.

길버트 무어, 이경원 역, 『탈식민주의! 저항에서 유희로』, culture book, 2001.

니시카와 나가오, 『국경을 넘는 방법』, 일조각, 2006.

니시카와 나가오, 윤대석 역, 『국민이라는 괴물』, 소명출판, 2002.

다이애너 머츠, 양승찬 역, 『미디어 정치 효과』, 한나래, 2000.

더글라스 로빈슨, 정혜욱 역, 『번역과 제국』, 동문선, 2002.

레이 초우, 장수현 · 김우영 역, 『디아스포라의 지식인』, 이산, 2005.

리디아 리우, 민정기 역, 『언어횡단적 실천』, 소명출판, 2005.
리타 펠스키, 김영찬·심진경 역, 『근대성과 페미니즘』, 거름, 1998.
리하르트 반 뒬멘, 최윤영 역, 『개인의 발견』, 현실문화연구, 2005.
마루야마 마사오·가토 슈이치, 임성모 역, 『번역과 일본의 근대』, 이산, 2000.
木村直惠, 『〈青年〉の 誕生』, 東京 : 新曜社, 1998.
미셸 들롱·알렝 코르뱅 대담, 전수역 역, 「사랑의 감정에 대한 역사를 위하여」, 『세
　　계사상』 4호, 동문선, 1998.
미셸 푸코, 이규현 외역, 『성의 역사』, 나남, 1990.
미셸 푸코, 이희원 역, 『자기의 테크놀로지』, 동문선, 1997.
미셸푸코, 오생근 역, 『감시와 처벌-감옥의 역사』, 나남, 1994.
바네사 R. 슈와르츠, 노명우·박성일 역, 『구경꾼의 탄생』, 마티, 2006.
베네딕트 앤더슨, 윤형숙 역, 『민족주의의 기원과 전파』, 나남, 1991.
부장록, 오창화 역, 『中國現代文化史略』, 중국학센터, 2001.
빌헬름 라이히, 오세철·문형구 역, 『파시즘의 대중심리』, 현상과인식, 1987.
수잔 손탁, 이재원 역, 『은유로서의 질병』, 이후, 2002.
스즈키 사다미, 김채수 역, 『일본의 문학개념』, 보고사, 2001.
스즈키 토미, 한일문학연구회 역, 『이야기된 자기』, 생각의나무, 2004.
슬라보예 지젝, 이성민 역, 『까다로운 주체』, 도서출판b, 2005.
슬라보예 지젝, 이성민 역, 『부정적인 것과 함께 머물기』, 도서출판b, 2007.
神野由紀, 『趣味の誕生』, 勁草書房, 1994.
안토니오 네그리·마이클 하트, 윤수종 역, 『제국』, 이학, 2001.
알랭 로랑, 김용민 역, 『개인주의의 역사』, 한길사, 1993.
앙드레 슈미드, 정여울 역, 『제국, 그 사이의 한국』, 휴머니스트, 2007.
앤소니 기든스, 배은경·황정미 역, 『현대 사회의 성 사랑 에로티시즘』, 새물결, 1999.
야나부 아키라, 서혜영 역, 『번역어 성립사전』, 일빛, 2003.
野村浩一, 『近代 中國 の 思想 世界-新青年の 群像』, 岩波書店, 1990.
에드워드 사이드, 김성곤·정정호 역, 『문화와 제국주의』, 창, 1995.
에르스트 르낭, 신행선 역, 『민족이란 무엇인가』, 책세상, 2002.
에릭 홉스봄, 박지향·장문석 역, 『만들어진 전통』, 휴머니스트, 2004.
와카바야시 미키오, 정선태 역, 『지도의 상상력』, 산처럼, 2002.
와타나베 히로시, 윤대석 역, 『청중의 탄생』, 강, 2006.
유에노 치즈코, 이선이 역, 『내셔널리즘과 젠더』, 박종철출판사, 1999.
이안 와트, 이시연·강유나 역, 『근대 개인주의 신화』, 문학동네, 2004.
이안 와트, 전철민 역, 『소설의 발생』, 열린책들, 1988.
이에나가 사부로 편, 수유+너머 일본근대사상팀 역, 『근대 일본 사상사』, 소명출판,
　　2006.

이정우 외, 『주체』, 산해, 2001.

이효덕, 박성관 역, 『표상공간의 근대』, 소명출판, 2002.

조앤 스콧, 공임순 외역, 『페미니즘 위대한 역설』, 앨피, 2006.

조지 모스, 서강여성문학연구회 역, 『내셔널리즘과 섹슈얼리티』, 소명출판, 2004.

찰스 귀논, 강혜원 역, 『진정성에 대하여』, 동문선, 2005.

川村邦光, 『オトメの 祈り－近代女性イメージの 誕生』, 紀伊國玉書店, 1993.

칼빈 O. 슈라그, 문정복·김영필 역, 『탈근대적 자아를 넘어서』, 울산대 출판부,
      1999.

토니 마이어스, 박정수 역, 『누가 슬라보예 지젝을 미워하는가』, 앨피, 2005.

파올로 비르노, 「다중과 개체화의 원리」, 박성수 역, 『문화과학』통권 29호, 2002.

폴 리쾨르, 김웅권 역, 『타자로서 자기자신』, 동문선, 2007.

프랑코 모레티, 성은애 역, 『세상의 이치』, 문학동네, 2005.

프로이드, 김석희 역, 「집단심리학과 자아분석」, 『문명속의 불만』, 열린책들, 1997.

프리드리히 니체, 황문수 역, 『짜라투스트라는 이렇게 말했다』, 문예출판사, 2004.

피에르 부르디외, 이태환 역, 『예술의 규칙－ 문학 장의 기원과 구조』, 동문선, 1998.

피에르 부르디외, 최종철 역, 『구별짓기』, 새물결, 2005.

필립 아리에스, 문지영 역, 『아동의 탄생』, 새물결, 2003.

하루오 시라네·스즈키 토미 편, 왕숙영 역, 『창조된 고전』, 소명출판, 2002.

하르트무트 샤이블레, 김유동 역, 『아도르노』, 한길사, 1997.

하버마스, 황태연 역, 『이질성의 포용』, 나남출판, 2000.

효도 히로미, 문경연·김주현 역, 『연기된 근대－국민의 신체와 퍼포먼스』, 연극과
      인간, 2007.